CE QUE TU VEUX

Sabine Durrant

CE QUE TU VEUX

TRADUIT DE L'ANGLAIS (ROYAUME-UNI) PAR PAUL BENITA

Titre original :

REMEMBER ME THIS WAY

Couverture : Studio LGF. © Tristan Hutchinson/Millenium/Plainpicture.

Préludes est un département de la Librairie Générale Française.

© TPL & G. Ltd, 2014.
© Librairie Générale Française, 2016, pour la traduction française.
ISBN : 978-2-253-10777-4

Pour B.S., J.S. et M.S.

« Je commence à comprendre pourquoi
le deuil provoque comme un suspense. »

C. S. LEWIS

Zach

Je suis allé dans le parc pour la surveiller, là-haut, dans la bibliothèque de l'école. Les lumières étaient allumées. Elle est passée deux fois devant la fenêtre. La troisième, elle s'est accoudée au rebord pour regarder dehors. On aurait dit qu'elle me fixait droit dans les yeux, alors que, je le savais, elle ne pouvait me voir, adossé à cet arbre, le visage dissimulé par les branches. Je prévoyais de m'avancer lorsqu'un homme est apparu derrière elle ; elle s'est retournée, je l'ai vue rire, sa gorge si blanche. J'ai imaginé qu'il posait ses lèvres au creux de son cou, là où la veine palpite ; elle ferme les yeux, il frôle ses seins.

Si elle a tout oublié, si pour elle tout est terminé, je la tuerai.

Tout est sa faute.

1

Lizzie

Un grand bol d'air. Essence, fumier, saveur piquante de l'iode. Je ne suis plus très loin de la mer. Mon visage est trempé à cause de la bruine et des éclaboussures des pneus sur la route mouillée. Je tiens les fleurs à deux mains, comme une mariée. Dans le doute, je n'ai pris que des jacinthes bleues. Zach disait toujours qu'un bouquet ne doit être composé que d'une seule couleur. Je les ai enveloppées dans du papier absorbant avant de les glisser dans un sachet de congélation. Le papier est trop mouillé ou c'est le sac qui est troué, car l'eau fuit. Elle me coule le long du coude.

Au-delà de la route, je vois un talus tapissé d'herbe, un bosquet d'arbres décharnés et, en arrière-plan, l'ombre d'une colline. Au-dessus, le ciel est comme une peau de mouton, taches sombres et sales avec, au loin, un filet de soleil couchant alors que cet après-midi froid se termine. Je me concentre très fort sur ces choses, car je sais que c'est là, quelque part, dans un coin de mon champ de vision, de l'autre côté de la chaussée, un peu sur la gauche. Mais je ne veux pas regarder. Pas encore.

C'est la Saint-Valentin, un an exactement après l'accident de voiture de mon mari, et je suis à trois cents kilomètres de chez moi, sur une route nationale des Cornouailles. Ce voyage est une fin ou un commencement... Je ne sais pas trop. Il est temps d'aller de l'avant, comme on me le répète sans cesse. J'essaie de le croire.

Je choisis mon moment entre les voitures qui rugissent et je cours. Après avoir traversé, je me retourne vers ma Nissan Micra qui branle à chaque camion qui passe. Mon chien me regarde par la vitre de la portière. Depuis que je me suis garée, j'ai l'impression d'être suivie. C'est sans doute ce coin perdu − tant de passage et personne qui ne s'arrête ; ou alors le remords − ce ne sont pas les raisons qui manquent −, mais c'est surtout que j'aurais dû venir plus tôt.

Il est normal de se recueillir sur les lieux d'un accident fatal, d'y déposer des fleurs : tous ces lampadaires décorés de cellophane là où de pauvres cyclistes ont été tués. Moins courant de laisser ça de côté si longtemps. La nuit où c'est arrivé, quand l'agent Morrow a frappé à la porte, elle voulait m'amener ici sur-le-champ. La voiture de patrouille attendait. Ma sœur Peggy m'en a empêchée. Elle a dit à Morrow qu'il valait mieux que je rentre avec elle plutôt que de faire cinq heures de route jusqu'à un trou paumé des Cornouailles, balayé par le vent et la pluie, pour aller voir une épave encore fumante. Ce serait de la folie, a-t-elle dit. Je pourrais toujours m'y rendre plus tard. Zach était parti. Je ne pouvais rien y changer.

Et ce n'était pas comme si je ne savais pas ce qu'il s'était passé. Morrow, tout juste sortie de sa formation de soutien aux familles, l'avait répété maintes fois. J'avais compris la combinaison mortelle : la brume venue de la mer et la route humide, le virage qui se referme, la chaussée glissante, les bouteilles de whisky en provenance de sa distillerie préférée sur le siège du mort, les peintures à l'huile, les chiffons imbibés de solvant dans le coffre, le tronc massif d'un arbre... de cet arbre de malheur.

Je n'ai pas arrêté de reporter ce pèlerinage et on me comprenait. Zach adorait les Cornouailles, cette petite maison qu'il retapait. Les gens pensaient que je finirais bien par y retourner un jour. Mais, à mesure que les semaines passaient, mon appréhension grandissait : voir le bungalow vide, ressentir sa perte. Encore un peu plus.

Un frisson. Les nuages s'épaississent. Une rafale de vent me fouette. Je dois me dépêcher, en finir, retourner à la voiture avant qu'il ne fasse nuit. Une moto hurle en doublant un camion. Je recule. Ce qui me semblait si nécessaire quand j'étais à trois cents kilomètres commence à me paraître téméraire, une folie.

Je m'avance sur l'étroit bas-côté entre la ligne blanche et la barrière. Un pied après l'autre. C'est comme ça qu'il faut s'y prendre, paraît-il. Pas à pas. Je fixe toute mon attention sur les débris au sol : un emballage de hamburger taché de ketchup ; une capote usagée, étrangement luisante dans l'herbe souillée ; une tasse en polystyrène, coincée contre la barrière, qui ballotte au passage de chaque véhicule. Alors que j'approche du virage, un klaxon retentit... pour me prévenir, ou alors pour manifester sa stupeur de voir cette folle au bord de la route, des fleurs à la main.

Quand j'y arriverai, je poserai les jacinthes sur le sol au pied de l'arbre. Ça ira ? Ou faut-il les mettre en hauteur ? J'aurais dû y penser, apporter de quoi les fixer. Zach aurait su quoi faire... quand bien même il aurait détesté que je vienne ici. Il aurait pris ça pour une insulte, pas un hommage. Il détestait le sentimentalisme. Il ne supportait même pas les anniversaires. Il aurait trouvé que je cédais à un cliché, ou à l'avis d'un autre. « Par qui t'es-tu encore laissé influencer, Lizzie Carter ? »

Je sens la forme de l'arbre maintenant, ses branches comme des veines sur le ciel gris. J'arrive au trou dans la haie fracassée. Des pousses vert pâle au bout de chaque brindille. C'est dur de voir cette vie qui redémarre, comment l'aubépine s'est régénérée. Je jette un dernier coup d'œil derrière moi avant de passer par-dessus la barrière et le voilà : un chêne, étrangement digne malgré la profonde entaille sur son tronc noueux.

L'arbre de Zach. Je tends le bras pour le toucher, pour sentir la rugosité de son écorce. J'appuie mon front dessus. Mes yeux s'emplissent.

Mon amie Jane ne voulait pas que je vienne seule. Je l'ai fait rire pour lui prouver que j'y arriverais. J'ai pris une voix comique pour parler de ma « cérémonie », de mon « rituel des fleurs »... des mots issus du livre de reconstruction personnelle que m'a donné ma sœur. Je ne lui ai pas dit toute la vérité : à quel point mon deuil est compliqué, glauque, que j'étais là, plus que tout, pour exorciser un fantôme.

Tous les deuils sont-ils aussi confus, ou est-ce juste le mien qui prend cette forme si particulière ? Il y a des jours où j'accepte sa mort et je me promène dans le monde comme si j'étais sous l'eau. Les tâches ordinaires – remplir la machine à laver, payer les factures – me paraissent vides et brutales. J'en veux aux pigeons qui ont fait leur nid à la fenêtre de la chambre, aux écoliers qui font leur rentrée dans leurs uniformes tout neufs. Le moindre détail me déstabilise. La semaine dernière, c'était un casque blanc sur la tête d'un cycliste sur Northcote Road : une vague a déferlé sur moi avec une telle violence que mes genoux ont cédé. J'ai dû m'asseoir un moment sur le trottoir devant Capstick Sports. À d'autres moments, j'oublie. Je suis presque insouciante, soulagée, sauf qu'après je suis submergée par une telle honte que je ne sais plus où me mettre. Je succombe à la léthargie et à la dépression. Je remets tout à plus tard.

Mais ici, maintenant, ma proximité avec lui est une purification. C'est pour ça que je suis venue. Pour la première fois, sa mort me paraît réelle. Je dois le laisser partir, aussi difficile cela soit-il, car il était, malgré tout, l'amour de ma vie. Peggy a raison. J'ai passé l'essentiel de ma vie à aimer cet homme… l'essentiel des minutes, l'essentiel des heures, l'essentiel des jours, l'essentiel du temps. Je ferme les yeux – un battement de paupière pour chasser les larmes – et je me demande si j'en ai enfin fini avec ces tourments.

Quelque chose craque sous mon pied. Je baisse le regard.

Posé contre une racine, un bouquet de fleurs. Des lys orientaux blancs, impeccablement emballés dans de la cellophane avec un large ruban pourpre.

Je recule. Un autre accident au même endroit : c'est ma première idée. Un lieu maudit. Le virage et le mensonge du paysage. Une autre nuit de brouillard, peut-être. La pluie, aussi.

Je suis déconcertée. Je ne sais où mettre mes jacinthes. Ces lys paraissent si solennels et imposants. Je reste plantée là, indécise. Je ne crois pas que Zach, malgré tout son dédain, aimerait partager. Il me faut donc un moment avant de découvrir le mot. Il est blanc. Quelqu'un a dessiné un grand cœur avec un nom – X E N I A – qui en fait tout le tour. Et, en haut, en grosses lettres noires : *Pour Zach.*

Pendant un moment, honnêtement, je me dis : quelle coïncidence ! Un autre Zach a eu un accident mortel ici. A-t-il été lui aussi, pour reprendre les termes de l'agent Morrow, « carbonisé » ?

Quand la vérité finit par s'imposer, j'étale humblement mes fleurs à côté de cet hommage grandiose. Je me relève et, en transe, je traverse à nouveau le trou dans la haie, franchis la barrière de sécurité et je repars par où je suis venue, le long de la route, les mains vides, la tête baissée. Ce n'est qu'en relevant les yeux que je découvre l'autre voiture – un SUV gris, garé juste derrière la Micra, quasiment pare-chocs contre pare-chocs.

Un nœud se referme sur ma nuque. J'essaie de courir vers mon véhicule mais mes jambes sont lourdes, comme engourdies. Des voitures arrivent derrière moi. Un klaxon se déchaîne. Ma jupe s'envole, un bout d'écharpe me gifle le visage. Des freins crissent, un autre coup de klaxon. Une giclée d'air et d'eau.

Je me débats avec la portière et me jette sur le siège, accueillie par mon chien qui me lèche nerveusement et se tortille tout en essayant, dans le même temps, de s'éloigner de moi. Dans le rétroviseur, je vois le SUV déboîter, j'aperçois la silhouette du conducteur penché sur le volant. Il a dû s'arrêter pour vérifier son chemin ou passer un coup de téléphone. N'est-ce pas ?

Dans le miroir, mes yeux sont rouges. Une griffure est apparue sur ma joue. Je gratte la tête d'Howard, glisse les doigts sous son collier pour les enfouir dans les plis de son cou. J'essaie de ne pas pleurer.

Un cœur dessiné à la main. Xenia. Il ne m'a jamais parlé d'une quelconque Xenia.

Un brusque accès de jalousie, auquel se mêle le vieux désir lancinant, me saisit, mais, pour la première fois, je prends conscience d'un changement : quelqu'un d'autre l'aimait. Je ne suis peut-être pas la seule responsable. Ce goût au fond de ma gorge est propre, métallique, je comprends que c'est le soulagement.

Cupidon s'appelait Internet. Je préfère être franche là-dessus. Ma sœur Peggy, qui se soucie des apparences, avait vite décidé qu'il valait mieux ne pas l'être. Prétendre que ça avait commencé par une rencontre fortuite au supermarché.

— Dites que vous êtes tombés l'un sur l'autre au rayon bio. Que vous cherchiez à prendre le même ananas issu du commerce équitable ou quelque chose comme ça.

— Plutôt au rayon des surgelés, avais-je répondu.

— En train de choisir une boîte de boulettes de porc, avait dit Zach. Ou pire encore.

Au début, j'avais eu un peu peur. Je me demandais ce qu'il pouvait me trouver. Mais, à cet instant, dans la cuisine de Peggy, en le regardant faire son numéro de charme auprès de ma sœur – ce « ou pire encore » étant déjà devenu une *private joke* entre nous –, je me suis permis de tomber amoureuse.

Jane, heureuse épouse de son amour d'enfance, m'avait encouragée à m'inscrire. Depuis qu'on était devenues amies en première, et en dehors d'une brève période entre vingt et trente ans, elle m'avait toujours connue célibataire. On travaillait dans la même école – elle m'avait un peu pistonnée pour le boulot à la bibliothèque – et elle me harcelait dès qu'elle en avait l'occasion :

— Ce n'est plus comme c'était. Il n'y a pas de honte. Il faut juste que tu choisisses un site sérieux. C'est le meilleur moyen de rencontrer des gens comme il faut. Tu sais...

Elle fait un geste avec les mains, pour séparer la délicatesse du snobisme.

— ... éduqués.

Jane oublie parfois que, contrairement à elle, je ne suis pas allée à l'université.

Pour mon profil, je voulais écrire : *Bibliothécaire un peu démodée, sans qualification particulière, principal soutien d'un parent atteint de démence, expérience amoureuse très réduite*. Elle n'était pas de cet avis. *Mes amis me décrivent comme une voyageuse au long cours, enjouée et qui aime rire*, a-t-elle écrit après m'avoir chassée de l'ordinateur. *Tout aussi à l'aise en jean que dans une petite robe noire.*

— Je n'ai même pas de petite robe noire.

— Et alors ?

Zach était mon sixième rendez-vous. Un artiste, vivant à Brighton, largement au-delà des dix kilomètres de mon rayon d'action habituel : j'ai donc bien failli ne jamais le rencontrer. Au téléphone, il a suggéré une promenade. On nous prévient qu'il faut éviter ce genre de plan ; les premières fois, il est préférable de se rencontrer dans un endroit public. Je savais déjà qu'il n'aimait pas respecter les règles. Les autres s'étaient tous lancés dans une série d'e-mails dans lesquels on débattait de sujets essentiels : vie à la campagne ou à la ville, frissons sexuels ou compagnonnage. Il m'avait juste demandé s'il pouvait m'appeler. Et il avait tout de suite utilisé son vrai nom, pas « Jecherchelamour_007 », mais Zach Hopkins.

Sur sa photo, il n'était pas planté devant une voiture de collection ou en train de faire du ski. Il ne tenait pas un berger allemand dans ses bras. Le cliché était en noir et blanc, un peu flou, pris à vitesse d'obturation lente, en plongée. La bouche entrouverte, les sourcils légèrement froncés – la concentration perplexe de celui qui fait des mots croisés. La photo semblait bâclée, choisie au hasard. J'allais bientôt m'en rendre compte : rien n'était jamais bâclé ni hasardeux chez Zach.

J'ai accepté la balade. Je ne crois pas avoir hésité. Sa voix profonde et calme, sa façon, subtilement ironique, de ne pas faire la cour. J'étais déjà sous le charme, déboussolée par son assurance.

Il a pris le train de Brighton à Clapham Junction et je l'ai attendu, nerveuse, devant la nouvelle entrée. On était en novembre, temps gris, un peu de fraîcheur dans l'air, mais il ne faisait pas froid. Il portait une chapka en fourrure et un épais trench-coat sur un costume ample en lin. Alors que nous partions vers le parc – et que je retenais Howard pour qu'il ne saute pas sur sa toque –, il m'a expliqué qu'il avait mis longtemps à choisir sa tenue.

— Je voulais vous impressionner par ma sophistication naturelle. Vous êtes, après tout, une voyageuse au long cours.

Une légère inclinaison de la tête avant de poursuivre :

— Je tenais aussi à une petite note d'excentricité, une bizarrerie dont nous pourrions nous souvenir. Je voulais que nous puissions regarder en arrière et dire : « Tu te souviens de ce machin que tu portais sur la tête à notre première rencontre. Tu cherchais quoi ? » Avec cet avantage supplémentaire...

Il s'interrompit pour prendre la pose.

— ... que l'imper me fait paraître plus musclé.

J'avais du mal à parler tant je le trouvais beau. La largeur de ses épaules, l'intensité bleue de ses yeux, sa haute taille qui le voûtait à peine. Au milieu de mon précédent rendez-vous, un café pris au Starbucks avec M. Sympa, un ingénieur dans les télécoms de Crystal Palace, j'avais aperçu nos deux silhouettes dans un miroir : épaules rondes, expressions ternes et vulnérables. On aurait dit deux tortues sans leur carapace.

Je ne comprenais pas ce que Zach faisait ici. Ni pourquoi il perdait son temps avec moi. Sa façon de parler, aussi, sa théâtralité volontaire et la légère nervosité qu'elle ne cachait pas vraiment, l'intimité quasi immédiate qu'il avait instaurée entre nous et qui pouvait passer pour de l'ironie, ou pas. Il était l'opposé d'une tortue sans carapace, le contraire de terne.

— Je vous trouve assez musclé, ai-je fini par dire.

Nous avions à peine atteint les feux au croisement de South Circular qu'il a pris ma main pour l'enfouir dans sa poche avec la sienne.

Je me souviens de ça plus que de tout le reste : la chaleur rugueuse de ses doigts, les craquelures sur sa paume, la sécheresse de sa peau, que j'allais bientôt apprendre à connaître, était due à la peinture à l'huile et au white-spirit. Je me souviens de ça plus que de sa volubilité, de son large imper ou de sa chapka grotesque. Et il ne me tenait pas avec raideur. Il me caressait la main alors que nous marchions, massant doucement ma peau avec son pouce comme pour évaluer sa texture.

Plus tard, quand il m'a parlé de son enfance, des problèmes qu'il avait à accorder sa confiance, quand il a planté son regard dans le mien de telle sorte que j'ai eu l'impression de fondre à l'intérieur, il m'a dit que ce n'était pas la solitude qui l'avait conduit à Internet. Rencontrer des femmes célibataires avait toujours été facile pour lui. Il cherchait un nouveau départ. Il voulait juste tout recommencer.

Je tourne la clé du contact et je repars. Il y a beaucoup de circulation. La fin d'un samedi après-midi morne, les gens qui reviennent du match de foot. Le crépuscule qui se déploie sur les champs. J'ai encore trente kilomètres à faire et j'ai promis à Jane, qui sait à quel point je redoute d'ouvrir la porte de la maison de Zach, que j'y serai avant la nuit.

Je continue en empruntant le trajet le plus long : la rocade Bodmin et la route principale jusqu'à Waterbridge – les deux côtés d'un triangle. Celui qu'utilisait Zach pour aller à Gulls avant de découvrir le raccourci. L'an passé, selon l'analyse de Morrow, il a raté l'embranchement et fait demi-tour au rond-point suivant. Il avait bu, probablement. Il était sûrement fatigué, après être sorti tard la veille avec un marchand d'art à Exeter, avoir passé une mauvaise nuit dans un Bed & Breakfast et une longue journée à peindre sur la lande.

Avant de pouvoir m'en empêcher, je pense à la dernière fois où je l'ai vu : le matin de la veille de sa mort. Nous étions dans notre petite cuisine à Wandsworth. La radio diffusait les résultats d'une élection partielle dans le Hampshire. J'étais en retard pour le travail, j'avais peur de lui, j'essayais de me concentrer : enfiler mon manteau, trouver la laisse pour le chien, mettre mon chapeau. Mais quand je suis arrivée à la porte, il m'a prise par la manche. Ses pupilles étaient plus petites, les iris d'un bleu plus clair. Son humeur avait changé.

— Je t'aime, a-t-il dit, intensément, en m'attirant contre lui. Tu le sais, n'est-ce pas ?

— Oui, ai-je dit.

Je n'en avais jamais douté.

— Parce que c'est vrai. Je t'aime vraiment.

Il m'a embrassée sur la bouche. Goûts de café, de pastille à la menthe et du whisky de la veille. Je me suis sentie couler, céder, comme à chaque fois. Mon estomac s'est noué. Des larmes ont commencé à me piquer les yeux. S'il avait déplacé ses lèvres vers le creux de mon cou, je serais montée dans la chambre avec lui, malgré mon retard, malgré ma peur.

J'ai dit :

— Je suis désolée pour les champignons.

— C'est juste que je pensais que tu savais.

Sa voix était douce.

J'ai répondu :

— Oui, j'aurais dû m'en souvenir. Et je suis désolée d'être rentrée si tard. Peggy était dans tous ses états à cause du bébé.

— Tu lui passes tous ses caprices.

Howard est venu me pousser le coude avec son museau. Je l'ai gratté derrière l'oreille. Il n'était pas très bien ces derniers temps et j'ai glissé la main sous sa poitrine pour sentir son cœur.

Zach s'est détourné.

— Tu aimes ce chien plus que moi.

— Mais non.

Il a replacé la cafetière et sa tasse sur la table de façon que les anses soient du même côté. Il a aligné la cuillère sur la sous-tasse.

— C'est juré ?

Comme je m'étais agenouillée, je me suis relevée avec un rire forcé. J'avais déjà décidé de le quitter. J'avais écrit la lettre et je l'avais postée. Elle l'attendait dans les Cornouailles. Je l'avais envoyée là-bas parce que je préférais qu'il soit très loin quand il la lirait. Je voulais un dernier petit-déjeuner normal. À mes propres oreilles, ma voix m'a paru trop aiguë, étranglée, les mots comme de petits cailloux secs sur ma langue.

— Je jure que je n'aime pas le chien plus que toi.

Je lui ai encore parlé à deux reprises avant sa mort : d'abord au téléphone ce soir-là, puis en fin d'après-midi, le lendemain. Je voulais entendre sa voix une dernière fois. Il était toujours dans le Dartmoor, un endroit nommé Cosdon, à peindre des empilements de vieilles pierres. Lugubres et funéraires, m'avait-il expliqué, qui s'étalaient au loin comme des tombes anonymes. Il recherchait une lumière déclinante. Il arriverait au bungalow après la nuit. Je lui ai recommandé d'être prudent sur la route, surtout à la fin du trajet. Ce sont les derniers mots que je lui ai dits.

Je quitte la quatre voies, je ralentis et me dirige vers le pont. La route se rétrécit et devient une chaussée à double sens. J'allume mes feux. Je reste, comme toujours, bien au-dessous des limitations de vitesse. Zach disait que je conduisais comme une vieille. C'est le genre de choses que j'essaie de me rappeler : sa tendance aux vexations, la façon dont ses blagues pouvaient vite devenir blessantes. Ainsi, j'espère qu'il me manquera moins.

Ça ne marche pas.

On peut aimer et détester quelqu'un. En même temps. Avoir tellement pitié de lui que c'est comme un coup de poing dans le ventre et lui en vouloir au point d'avoir envie de le frapper. Il peut être la meilleure chose qui vous soit jamais arrivée et la pire. On peut vouloir le quitter bien que le souvenir de sa peau, de la pression de ses doigts sur vos côtes vous coupent le souffle, même un an après.

La lettre sera encore là dans la maison. Elle y est restée toujours cachetée, pendant une année entière. Je l'imagine engloutie sous les pubs pour pizzas, les rappels de redevance télé et les enveloppes brunes des listes électorales.

Dieu merci, il est mort avant de l'avoir lue. C'est l'une de mes rares consolations. Il n'a jamais su ma trahison.

Je la brûlerai dès mon arrivée.

Je change de vitesse pour grimper la colline. La voiture frémit. Howard, couché près de moi, garde la tête enfouie entre ses pattes.

En dépassant le parc d'attractions, j'aperçois pour la première fois la mer à travers une haie et soudain des feux surgissent dans mon rétroviseur. Juste derrière moi, en pleins phares. Profitant de la pente, j'accélère pour les distancer. Quel crétin. Les phares reviennent. Éblouissants, aveuglants. La voiture me colle. Son klaxon retentit. Je pense au SUV gris métallisé sur le bas-côté. Est-ce lui ? Je n'arrive pas à savoir. Je ne vois rien, ni la mer, ni le bord de la route, rien que ces feux insistants, éclatants ; je roule de plus en plus vite, dévalant la colline vers le village jusqu'au magasin de produits fermiers. La voiture dérape dans l'entrée et stoppe dans un hurlement de freins.

L'autre passe et file. J'attends un moment. Howard s'est relevé, le museau collé à la vitre. Il fait nuit, les étalages de légumes se dressent comme des potences ; soudain, tout est très calme.

Les livres sur la reconstruction avec leurs étapes formelles du deuil ne connaissent qu'une seule trajectoire : choc, incrédulité, marchandage, colère, dépression et, finalement, acceptation. Je crois que j'ai tout mélangé. Celui que Peggy m'a donné, *L'Épanouissement après un trépas*, avait un chapitre sur le « deuil pathologique » : quand la personne endeuillée n'arrive pas à reprendre une vie normale. Je crois que c'est ce dont je souffre.

Personne ne me suit. C'est dans ma tête. C'est pathologique. La culpabilité de celui qui survit. De celui qui quitte. Cette sensation d'inachevé.

Si j'avais volé les lys, je les aurais avec moi maintenant. Je pourrais les toucher, effleurer le satiné des pétales fanés, respirer leur odeur écœurante et comprendre que je ne les ai pas inventés.

Je suis presque arrivée. À partir de là, ce sont de petites routes défoncées qui s'accrochent aux contours de la colline. Gulls est à la périphérie, près du flanc de la falaise, à l'endroit où les propriétés s'arrêtent. J'allume la radio et je me lance sur la chaussée criblée de nids-de-poule, en chantant vaguement avec Taylor Swift.

2

De grosses poubelles à roulettes bloquent l'entrée du vieux garage que Zach a converti en atelier. Des poires pourries de l'été dernier jonchent le petit bout d'herbe en pente. Des feuilles d'hostas agonisantes pendouillent le long du chemin. Le rosier grimpant que j'avais essayé de redresser au-dessus du porche il y a deux ans est retombé par terre.

J'approche du bungalow par le côté, comme on le ferait avec un animal sauvage. Je ne me suis jamais plu ici. C'est trop perdu pour moi. Tout est décrépit et désolé sur ce coin de falaise ; les autres demeures paraissent vides et abandonnées, même quand elles ne le sont pas. Zach, qui a acheté la maison à la mort de sa mère, prétendait aimer la nature et l'isolement, mais je n'y croyais pas trop. C'était ce qu'un artiste devait dire. Une affectation. Le fait est qu'il détestait être seul.

La clé accroche un peu. Je pousse tant bien que mal la pile de courrier qui coince le battant. Ma lettre doit être là-dessous. Je la détruirai dès que possible.

La porte finit par s'ouvrir et je scrute l'obscurité. Personne n'est là. Personne n'a vécu ici. Les fleurs de « Xenia » sont, d'une certaine façon, la preuve que je recherchais. Il ne se cachait pas dans cette maison. Il est bien mort. Il est parti pour de bon. Une odeur d'humidité. Les contours des meubles qui se dressent dans la pénombre. Je franchis le seuil et actionne l'interrupteur sur le mur. Rien. Je traverse la pièce, trébuchant sur le rebord du tapis, pour allumer les lampes de chaque côté de la cheminée. Une lueur jaune coule sur la poussière de la petite table ronde de Zach. Je caresse le chêne avec ma paume, y laissant une trace en forme de larme.

C'est complètement idiot d'avoir peur d'une maison. Je commence à en faire le tour, allumant toutes les lumières dans toutes les pièces. Un robinet fuit dans la salle de bains, goutte à goutte. Dans la cuisine, des crottes de souris encerclent le grille-pain et une branche de lierre s'insinue par une entaille dans l'encadrement de la fenêtre. La rangée de bocaux en verre fumé sur l'étagère est parfaitement alignée, toutes les poignées tournées selon le même angle ; les brosses à récurer avec leurs manches en bois de bouleau se dressent fièrement dans leur pot. Quelque chose d'âcre est figé dans l'air. L'humidité, encore.

La chambre à coucher est telle que nous l'avons laissée – les oreillers côte à côte, la couette sous le vieil édredon, comme un corps. Les draps se trouvent dans le tiroir du bas de la commode – tous propres et parfumés à la lavande. Je me rappelle la dernière fois où nous les avons rangés : les grandes mains de Zach sur le coton, la concentration sur son visage, la petite danse pour nous rapprocher, les rires, nos nez au-dessus du drap, le long baiser. Des moments de bonheur parfait : je ne pourrai jamais les nier.

Mes jambes vacillent. Je m'assois au bord du lit et je pose ma tête contre le mur. On n'était pas faits l'un pour l'autre. Les gens se demandaient ce qu'il fabriquait avec moi. Son assurance, ma timidité. Je n'ai rien de très spécial. Il était du genre qui attire les regards, qui fait minauder les caissières de supermarché. J'avais réussi une sacrée prise, toutes mes amies en étaient convaincues. Quelle chance : je le voyais à leur expression. Jane enviait la nouveauté de la situation. Pourtant, c'était plutôt quelque chose d'ancien. Dès notre première rencontre, je me suis sentie liée à lui, prise aux tripes. Des coïncidences se multipliaient entre nous, nous attirant l'un vers l'autre. Il avait été à l'école avec mon ancien chef. Nous avions vécu, sans le savoir, dans le même immeuble à Clapham. Il formulait des sentiments que j'avais moi-même éprouvés mais sans les avoir jamais mis en mots. Il prenait mon parti, il me soutenait, ce que personne n'avait jamais fait. Et il avait cette façon d'accélérer les choses (« Combien d'enfants aurons-nous ? » ; « Où prendrons-nous notre retraite ? ») qui me donnait la sensation de l'avoir toujours connu et que je le connaîtrai toujours.

Et puis, au lit, nus, ça fonctionnait. Les choses que j'avais lues dans les livres n'étaient pas que des clichés après tout. Il me faisait fondre. Je ne savais plus où il se terminait et où je commençais. Des nuits entières se passaient dans un mélange de membres. Et c'était pareil pour lui. Je le sais, malgré toute son expérience. Ses mains dans mes cheveux, le silence haletant, l'extase angoissée sur son beau visage quand il jouissait. Ses soupirs après, son poids qui m'enfonçait dans les draps, son menton qui me raclait le cou. Le petit gémissement de satisfaction quand il m'attirait contre lui. Je possédais mon propre pouvoir.

Mes yeux s'étaient fermés ; je les rouvre pour me rendre compte que je fixe un câble qui rampe depuis la prise dans le mur. Je le pousse du bout du pied. Il est d'un blanc sale, à moitié torsadé, avec un adaptateur au milieu. Je me baisse et là, sous le lit, à l'extrémité du fil, je trouve un ordinateur – un MacBook Air.

Je le retourne, j'éprouve la froideur de l'aluminium, et j'essaie de comprendre

Zach possédait un MacBook Air. Il passait son temps à écrire dessus, à le remplir de ses idées, de ses notes pour ses peintures, de ses projets. Il était obsessionnel avec cet engin. Il ne le perdait jamais de vue. Il l'avait avec lui en quittant Londres. Il devait l'avoir avec lui quand il est mort. Selon Morrow, l'incendie a tout détruit. Celui-ci ne peut donc pas être le sien : il doit appartenir à quelqu'un d'autre.

Je l'ouvre. *Zach Hopkins* surgit en plein écran avec un champ pour le mot de passe. Le fond d'écran est une photo prise depuis le sommet de la falaise – des nuages bas, les rouleaux de l'Atlantique, son coin préféré. Fébrile, je referme brusquement l'ordinateur et le pose délicatement sur le lit à côté de moi.

Il refusait que j'y touche. Un jour, je l'ai juste soulevé pour nettoyer la table de la cuisine ; il me l'a arraché des mains avec une telle violence qu'il est tombé par terre. Il l'a ramassé, a vérifié qu'il marchait encore en me couvrant d'insultes ; j'ai quitté la pièce pour qu'il ne voie pas mon visage. Plus tard, pendant la réconciliation, alors qu'il s'accrochait à moi dans le lit, il a présenté ses excuses : « C'est juste que toute ma vie est là-dedans. »

Je me relève, essayant de ne faire aucun bruit. J'ouvre le tiroir où il gardait quelques vieux vêtements. J'ai l'impression qu'il en manque : un short bleu marine, un sweat-shirt gris et une vieille ceinture en cuir normalement enroulée dans un coin. Je m'agenouille pour regarder sous le lit. Il devrait y avoir un grand sac fourre-tout – il n'y a plus de place dans l'armoire – mais il n'y est pas. Je cours dans la cuisine. Je fouille les tiroirs, le four, je déplie les torchons. Dans le placard, la lampe torche n'est plus là, pas plus que l'argent de secours, une quarantaine de livres rangées dans une boîte de muesli. Je passe la maison au crible, pièce par pièce, à la recherche de preuves avec un œil différent, avec des présupposés différents. Sur le mur du salon, une trace rectangulaire sous un clou vide. Un tableau a été enlevé. Une des premières œuvres de Zach, une huile, simple, âpre, d'une femme dans un encadrement de porte. Ses bottes Hunter, en accord avec sa passion très stricte pour le rangement, devraient se trouver dans le placard du couloir. Mes vieilles Dunlop bleues y sont bien. Mais les siennes – vert sombre, pointure 43, la gauche mâchouillée par Howard et que j'avais réparée en cachette, paniquée, avec une colle spéciale trouvée sur Internet – ont disparu.

Je m'assois dans le fauteuil près de la cheminée. Ma bouche est sèche. Je me suis remise à trembler. Ça recommence. Je suis revenue au point de départ. Certains pensent que je suis folle et je le suis peut-être. Tout ceci n'est que le fruit de mon imagination. Mais non. L'ordinateur, les vêtements, le sac... Il est bien venu ici.

Ma lettre.

Le courrier est toujours empilé devant la porte. Je le ramasse, le pose sur la table, fouille parmi les enveloppes marron, les journaux gratuits, les pubs pour plombiers et électriciens, les factures de gaz, les rappels de redevance TV avant de tout flanquer par terre. Elle n'y est pas.

Howard est resté dehors, dans le jardin. Je vais à la porte pour l'appeler. C'est une froide nuit caractéristique des Cornouailles, avec un fond d'air un peu plus tiède grâce au Gulf Stream. Le silence est saisissant. Le chien a dû descendre le chemin après avoir flairé une odeur, peut-être celle de Zach. Je crie plus fort.

Des phrases défilent dans ma tête. *Mon amour,* avais-je commencé. *J'ai besoin d'une pause... de passer un peu de temps seule* : des formules creuses, toutes faites, le genre de faux sentiments qu'il détestait. J'avais trop peur d'écrire la vérité. « Sois franche, disait-il souvent. Regarde-moi et dis-moi ce que tu ressens. » Cette injonction réveille une véritable panique en moi. Souvent, je ne savais pas ce que je ressentais. Parfois, pétrifiée par la férocité de son désir de savoir, je ne ressentais rien du tout.

— Tu es tout pour moi, disait-il. Je ne pourrais pas vivre sans toi.

Tu aimes ce chien plus que moi.

Howard ne revient toujours pas. Je me décide à rentrer. Dans la cuisine, la poubelle est un modèle design, du haut de gamme – Zach avait insisté. Avec un côté vintage. Le moindre détail était essentiel pour lui. Je déclenche l'ouverture du couvercle.

Ma lettre et son enveloppe sont chiffonnées en boule tout au fond.

— HOWARD !

Je suis dehors maintenant, en train de hurler.

Mon chien arrive en bondissant, dérapant parfois sur l'herbe trempée. Il me cogne les jambes avant de filer dans la maison. Ses pattes sales sur le plancher blanc et le tapis pâle. La peur si familière qui me serre la poitrine : il faut nettoyer avant que Zach ne voie ça.

À Londres, je laisse la lumière allumée la nuit. Depuis l'accident, je ne me fais pas confiance. Mon cerveau ment. Je dois vérifier portes et fenêtres deux ou trois fois. Quand je parle à des gens, je ne sais plus ce que je viens de dire. Je me répète, selon Jane. À d'autres moments, je reste silencieuse, comme en attente. Mes membres sont lourds, ils refusent de coopérer. Je dois faire attention pour ne pas tomber dans l'escalier et me fracasser le crâne, les os. J'ai peur, je pourrais mourir.

Je vois Zach partout. Une silhouette dans la rue ou sur le quai du métro, et mon cœur s'arrête. Je cours dans la foule et je le rejoins, ou alors il se retourne, et ce n'est pas lui du tout mais un inconnu qui a sa démarche ou une sacoche similaire, la même chevelure sombre et souple.

Peggy veut que je me débarrasse de ses affaires. Mais cela m'est impossible. Comment pourrais-je jeter ses chaussures, ses chemises ? Il en aura besoin quand il reviendra.

L'agent Morrow m'assure que ça arrive souvent. Le cerveau a besoin de forger de nouvelles synapses. Il n'a pas encore rattrapé le cœur. Je suis comme un soldat, dit-elle, qui éprouve des sensations fantômes dans un membre amputé. C'est de la confusion névropathique. Ça s'arrêtera, selon elle, quand je redeviendrai moi-même.

Alors, j'attends encore. Mais, au lieu de diminuer, la confusion ne fait que croître. Je sens son souffle sur mon cou. Une fois, j'étais seule au fond de la bibliothèque à ranger des livres quand j'ai senti son après-rasage. Aqua di Parma – Colonia Intensa (pas Assoluta : une erreur que j'avais commise). L'éclairage dans la salle a changé, comme si quelqu'un obstruait l'entrée. Je suis allée voir, le couloir était vide.

Nous avons été cambriolés. J'ai été cambriolée. Même si « cambriolée » n'est pas le bon mot. Pas de serrure forcée, pas de fenêtre brisée, aucun gond arraché. Mon sac à main, la télévision, la petite monnaie sur la table de la cuisine sont toujours là. Ils ont juste pris l'iPod de Zach. « C'est tout ce que les gosses cherchent de nos jours, avait dit Morrow, des gadgets électroniques qu'ils peuvent revendre. » Pourtant. La porte d'entrée fermée à double tour, le courrier impeccablement empilé sur le guéridon dans le couloir… Était-ce moi qui avais tout laissé ainsi ? Je ne m'en souvenais pas. Selon Morrow, j'avais dû oublier de mettre le verrou sur la porte du jardin. Une véritable invitation. C'est vrai, je ne cesse de commettre ce genre d'erreurs. Était-ce la peur ou le désir qui provoquaient cette fièvre, qui me faisaient imaginer qu'il était entré avec sa clé ?

La nuit, j'entends des bruits. Il y a quelques semaines, quelqu'un s'est garé dans la rue. De la vitre ouverte s'élevait « I Wanna be Loved » d'Elvis Costello, sa chanson préférée. Le moteur de la voiture tournait, mais elle ne bougeait pas, restant là juste devant la maison. La musique était assez forte pour que je l'entende depuis la chambre du fond où je dormais. Quand je suis arrivée à la fenêtre du bureau, la voiture était repartie. J'ai vu ses feux arrière disparaître au carrefour.

Je rêve de lui presque toutes les nuits. Dans les replis du sommeil, mes yeux bien fermés, je pense à son visage pressé contre le mien. Les mains entre les cuisses, j'imagine ses lèvres sur ma gorge, sur mes seins, ses doigts autour de mes tétons. Je sens son poids sur moi, mes poings qui se resserrent, le coton de la couette dans ma bouche. Au matin, quand je me réveille, je crois qu'il est entré par la fenêtre, qu'il s'est faufilé sous les draps. Je le sens encore sur ma peau, je vois le creux de sa tête dans l'oreiller. Il a passé la nuit avec moi. C'est Zach, j'en suis sûre, qui m'a fait jouir.

Je n'en parle à personne. Ils me trouvent déjà assez folle comme ça. Peggy dit que quand on perd l'amour de sa vie, on a le droit de perdre le contact avec la réalité, mais je ne suis pas certaine qu'elle croie que cela puisse durer plus d'une année. Un an pile, à la rigueur. Peggy croit aux absolus. Le désordre, c'est pas son genre.

Jane, quant à elle, sait des choses sur mon mariage, mais pas les détails.

Il y a, dans ma tête, des souvenirs qui brûlent… Des choses que toutes les deux ignorent, que je ne pourrai jamais dire.

Je détruis la lettre et son enveloppe sur la marche de l'entrée. Avec une allumette. Je regarde le papier se recroqueviller avant de chasser les cendres sur le chemin. Zach est bien venu ici. C'est une certitude. Je me brosse les dents, en prenant l'eau directement au robinet – au début, elle est rouge argile – puis je m'assois bien droite dans le fauteuil. J'essaie d'y voir clair. Je redoutais tellement sa réaction, j'étais si faible, que j'ai envoyé une lettre dans un cottage à trois cents kilomètres de distance. Je lui ai parlé une heure avant sa mort. Rien dans sa voix n'indiquait qu'il l'avait lue. Il mentait, réprimant sa colère et cherchant déjà comment il allait se venger.

L'obscurité se presse contre les fenêtres. Des bruits nocturnes : le vent qui fait bouger les vitres, des souris dans les combles. J'envisage de fuir, de trouver un hôtel, de rouler jusqu'à Londres, mais je suis incapable de bouger. Alors, je décide d'attendre. S'il est là quelque part, qu'il vienne. Je l'ai bien mérité.

La vérité, c'est que je ne l'aurais jamais quitté. Zach pouvait être drôle, sûr de lui et intelligent mais c'était son côté sombre qui m'attirait. Les ombres qui creusaient son visage, les migraines inexpliquées, les accès de colère (pas dirigées contre moi, pas au début). Un jour, après une soirée avec ma sœur et son mari, il s'est mis à râler à propos de Rob : « Tu as vu comme il ricanait à chaque fois que je parlais de mon "art" ? » Ce genre de choses, ça me rendait encore plus amoureuse. Ses obsessions, son insécurité, sa susceptibilité devant la condescendance : je savais d'où elles venaient. À l'école, j'avais vu ce que la maltraitance fait aux gosses, à quel point ils peuvent se renfermer, être en colère, à quel point ils sont vulnérables. Je savais que je n'étais pas responsable de ses sautes d'humeur – j'avais mis le mauvais ingrédient dans un plat, je portais le mauvais vêtement –, même s'il prétendait le contraire. Je le savais. Vraiment. À la fin, tout était si embrouillé entre nous, si intense, si profond, que cette perte, le vide qu'il a laissé, a été presque impossible à supporter.

Je pense à Xenia et à son mot en forme de cœur et je me permets une bonne jalousie bien franche envers cette inconnue, cette femme que je n'ai jamais rencontrée ; une douleur atroce, affolante, sous mon plexus. Était-elle son amante ? Je me permets d'imaginer Zach ici, avec moi, l'odeur de whisky sur mon cou, ses cuisses contre les miennes. Au tout début, il m'a dit que mon obsession pour son corps le touchait.

Que j'étais comme un oisillon qui vient de sortir de l'œuf et qui s'imprègne de la première créature vivante qu'il découvre.

L'année est terminée. Il a pris son temps, il a attendu que je vienne à Gulls pour agir.

Je suis prête.

Tout ce qu'il veut, il peut l'avoir.

Je ne dormirai pas cette nuit.

Zach

Juillet 2009

Sa façon de mâcher me tape sur les nerfs. Sa bouche à moitié ouverte, ses petites dents qui croquent et ce bruit de succion répété. Elle se passe la langue sur les lèvres entre chaque bouchée. Je sais que ce n'est pas raisonnable, mais je ne peux pas m'empêcher de le remarquer. Ça me donne envie de vomir. L'appartement est trop petit, mal agencé : le problème doit aussi venir de là. Je suis claustrophobe. À chaque fois qu'elle bouge sur le canapé, les ressorts grincent.

Ses yeux étaient rivés à la télé. Autrefois, on appelait ça un plateau-télé. Maintenant, c'est un plat cuisiné. Des *Count on Us* de chez Marks & Spencer. Quatre cents calories, pas plus. Saumon et riz complet. Après, elle a posé son repas sur la moquette. Une traînée de sauce miso maculait sa jupe, mais elle ne s'en rendait pas compte. Elle a relevé les pieds pour les mettre sur mes cuisses, sauf qu'elle portait des mi-bas – marques horizontales gravées dans sa chair. J'ai fait en sorte que ses orteils restent le plus loin possible de mon entrejambe. Au bout d'un moment, je les ai repoussés et je me suis levé pour aller à la fenêtre.

Si seulement on voyait la mer, mais ce n'est qu'une accumulation de toits rouges et gris, avec au loin le dôme en verre du centre commercial. Un truc que je ne comprends pas à propos de Brighton. La plupart des maisons tournent le dos à la mer, alors qu'elles pourraient lui faire face. Pourquoi, lors de la construction, se soucier du vent et pas de la lumière ? Elle aime la chaleur et la commodité de cet appartement – deux pièces carrées, trois mètres de la télé au lit. À une rue d'ici, il y a un endroit qui pourrait me plaire : une gourmandise géorgienne en forme de pièce montée, avec son propre jardin.

Je suis venu me rasseoir, et j'ai attendu un moment où l'émission braillait pour dire que j'avais besoin de prendre l'air.

— Oh, mon cœur, désolée, a-t-elle dit en se redressant d'un bond. Tu veux qu'on regarde autre chose ? Je peux changer de chaîne, si tu préfères.

J'ai fait semblant de réfléchir mais, mentalement, j'étais déjà dehors, à arpenter les rues, à me remplir d'ozone. J'ai essayé de mettre de la considération dans ma voix.

— C'est très gentil à toi, mais tu as besoin de te détendre. Je ne serai pas long.

Une fois la porte franchie, je me suis senti soulagé. J'avais bien un peu de remords à cause de son expression, mais j'étais surtout libéré. C'est sa faute si ça ne marche pas. Je veux que ça marche, du moins je le voulais. Qu'est-ce qui ne va pas chez elle ? Pourquoi ne voit-elle pas ce que nous pourrions avoir ? C'est une fille intelligente ; elle fait passer des tests psychotechniques à longueur de journée. Elle devrait avoir pigé ce qui nous rendrait heureux. Elle ne m'apprécie pas, voilà le problème.

Brighton en pleine saison. Le contenu des poubelles qui déborde sur le trottoir, des sacs en plastique noir trop mous. L'odeur rance de fruits pourris à laquelle se mêlent celles de friture et de nourriture chinoise. Des types en virée qui se bousculent, traversent sans regarder, qui jouent la comédie de la camaraderie en fredonnant la même chanson sans entrain. Sur la plage, un groupe de femmes assises sur les galets dans la lumière immobile, leurs jambes, rougies par des coups de soleil, étalées devant elles, la blancheur de leurs gorges, leurs rires tapageurs. « Umbrella », de Rihanna, geint depuis un iPhone. « Ella, ella, ella », répètent les filles en criant au milieu de leurs sacs Primark. Des poules qui reviennent du shopping et qui ont profité de l'*happy hour* pour faire le plein. Sous le soleil couchant, la mer luit comme une flaque d'huile. Des mouettes, grasses et grises, caracolent sur la passerelle en bois. Ici, même les mouettes n'ont pas l'air naturel.

Un peu plus tôt, j'ai marché le long du front de mer vers le Pier[1]. Ce n'était pas tant que j'étais attiré par les spots et le vrombissement suraigu. Je voulais juste éviter de passer par la ville et de me retrouver devant Black Canvas. J'aurais eu l'impression de retourner une pierre pour y découvrir des cloportes accrochés sur le dos, les pattes battant l'air. Trois tableaux, pas une seule vente la dernière fois que j'ai vérifié. Personne n'en veut. Les gens n'aiment pas la lourdeur, les strates. Ils veulent des petits enfants avec des pelles et un seau, un ciel de la même teinte que leurs rideaux. Je ne sais pas pourquoi j'insiste. Je devrais me contenter des plâtres. Jim m'a appelé, trois nouvelles commandes sont arrivées aujourd'hui. Les pieds d'un nouveau-né et deux mères qui veulent pouvoir contempler les mains grassouillettes

---

1. Le Pier à Brighton est une fête foraine permanente qui se tient au bout d'un long quai en bois. (*Toutes les notes sont du traducteur.*)

de leurs gosses. Les habitants de Brighton ne se lassent pas de leurs propres appendices.

J'ai fini devant le Green's Wine Bar. Assez loin du centre pour être tranquille. Plus personne n'aime les repas à l'ancienne, solides, français. Il faut du local, de l'artisanal, de l'héritage traditionnel. J'ai pensé à appeler quelqu'un, mais je n'aurais pas été de bonne compagnie ; ça sera différent quand j'aurais vendu une toile. Je me suis assis dans un coin et la nouvelle serveuse, une fausse blonde qui abuse de l'autobronzant, s'est perchée sur le rebord de ma table pour prendre ma commande : poulet grillé aux pommes de terre sautées et haricots verts. Quand le plat est arrivé, j'ai séparé chaque aliment. J'ai mangé les pommes de terre d'abord, puis les haricots et enfin le poulet, avalant chaque bouchée avec assez de moutarde pour que ma tête éclate. Parfois, je suis prêt à tout pour retrouver des sensations là où il devrait y en avoir.

Il faisait nuit quand je suis rentré, la télé était éteinte. Charlotte avait rangé le salon et m'attendait dans la chambre à coucher. Elle avait changé de sous-vêtements, troquant ses machins gris délavés pour un string et un soutien-gorge assortis en nylon rouge et noir. J'avais vu le sac La Senza dans la poubelle. Je ne sais pas si c'était la pitié ou la vulgarité de sa « lingerie », mais j'étais excité, malgré moi. Elle m'a dit qu'elle était désolée, seulement, je ne crois pas qu'elle savait pourquoi. C'était exactement ce que je voulais, je ne sais pas pourquoi. Quoi qu'il en soit, je me sentais vide. J'ignore ce que je cherchais, mais tout me paraissait creux.

Après, je suis revenu au salon et je me suis servi un whisky. Ça marche parfois quand j'ai l'impression de perdre le contrôle. Dehors, le ciel est orange pourpre, les lumières blanches et jaunes. De la musique provenant d'un night-club. Des voix trop fortes qui grimpent jusqu'aux toits. Brighton n'est pas pour moi. On n'est pas faits l'un pour l'autre. Je suis trop grand pour cet appartement, pour cette ville. La moquette est chargée d'électricité statique, les meubles sont trop fragiles. Tout ici fait ressortir le pire en moi. Je devrais vivre dans les Cornouailles. Je le ferai peut-être un jour.

Non… J'ai surtout besoin de douceur, de naïveté. De quelqu'un qui me sauverait de moi-même.

J'ai ce qu'il faut pour être heureux, je crois. Je pourrais être un type bien.

Il faut que quelque chose arrive. Que quelque chose marche.

Quelque part, quelqu'un doit attendre.

3

Lizzie

Je me réveille en sursaut. Ma nuque est raide. Howard est couché sur mes pieds. Il dresse la tête, puis la repose.

Il est huit heures.

Une branche gratte la fenêtre.

Je bouge les jambes et Howard m'abandonne. Une pâle lumière emplit la pièce. C'est une journée de nuages plats. Je n'arrive pas à croire que je me suis endormie. Rien n'a changé. La porte d'entrée est toujours fermée ; le courrier toujours répandu par terre, là où je l'ai jeté.

Je devrais me sentir soulagée, mais non, je suis complètement à plat. Je frissonne et me lève difficilement. Il fait froid. Je porte mes vêtements d'hier : une vieille jupe d'été de ma mère, un fond de tiroir. Zach ne l'aurait pas aimée. Un jour, il a donné toutes mes polaires et mes vieux jeans à une organisation caritative. Il n'était heureux que quand je portais les affaires qu'il m'avait choisies. Peggy m'avait offert une robe qu'elle ne mettait plus, une chose ample et pourpre. Je la trouvais jolie. Il a dit qu'elle ne m'allait pas et elle a disparu de mon placard.

Dans la commode de la chambre, je trouve une de ses chemises : une chambray gris clair avec une grosse tache. Une autre de mes fautes. J'avais posé un stylo qui fuyait sur la planche à repasser. Il m'a surprise en train d'essayer de l'enlever avec un produit spécial dans la salle de bains. Je le revois debout dans l'encadrement de la porte, un sourire froid aux lèvres. J'ai sursauté.

— Je t'ai fait peur ?

J'ai dit que non. En me forçant à rester calme.

— Je sais que c'est important pour toi. Je voulais juste éviter une dispute inutile. Ce n'est qu'une chemise.

Mon ton l'a étonné ; il a paru désorienté, perdu. Il était très rare qu'il se rende compte de l'extravagance de ses obsessions. C'était un de ces moments où je pouvais prendre l'ascendant. J'ai senti quelque chose battre plus vite tout en bas dans mon ventre, j'ai noué mes doigts à la ceinture de son jean et je l'ai attiré contre moi.

Je tiens la chemise contre mon visage, pose les lèvres sur le tissu. Elle sent une lessive différente – la seule marque disponible à la boutique du village. Je l'enfile avec un de ses vieux pulls par-dessus. Je trouve une paire de chaussettes dans le tiroir. Je me regarde dans le miroir. Je me trouve pâle et vieille. Il m'aimait avec du maquillage. Depuis sa mort, je n'en mets plus. Ce rouge à lèvres qu'il m'a acheté, je ne sais plus où il est. Je m'assois sur le lit, dans ses vêtements, laissant la tristesse et le remords m'envahir.

Des pensées que je tenais à distance commencent à se rapprocher. Et s'il avait lu ma lettre et décidé de revenir à Londres pour m'en parler ? Et s'il avait bu, et si c'était la rage qui l'avait aveuglé, littéralement, sur cette route ? Et s'il était mort à cause de ça ?

Suis-je en train de perdre tout sens de la mesure ? Suis-je restée seule trop longtemps ?

Il faut que je sorte.

Mes Converse sont encore trempées. J'ouvre le placard pour prendre mes bottes en caoutchouc. Je contemple l'emplacement vide où auraient dû se trouver celles de Zach. Il devait les porter. Est-il sorti se promener à son arrivée, pour prendre l'air ou pour s'éclaircir les idées ? A-t-il trouvé ma lettre à son retour ? Je l'imagine en train de franchir la porte, insouciant, puis la ramassant, et cette idée m'est insupportable.

J'attrape mes bottes. Dans ma hâte, je renverse la bouteille d'assouplissant. Je la remets sur l'étagère, bien alignée avec la lessive. La pelle et la brosse que j'ai utilisées hier sont tombées. À moins que, dans mon angoisse, je ne les aie pas raccrochées – comme Zach me l'avait montré – me contentant de les poser contre la paroi. Je les suspends avant d'attraper la laisse d'Howard.

Le vent est plus vif ce matin. Je prends mon anorak sur le siège arrière de la voiture, remonte la capuche pour me protéger, sors mes gants de mes poches. Mon téléphone portable est toujours coincé dans le vide-poches avant, côté conducteur. Je n'ai aucune envie de parler à qui que ce soit, mais j'ai promis d'appeler Jane et Peggy.

Je me redresse et c'est alors que je perçois vague-ment un mouvement. Une silhouette de l'autre côté de la route, une fille aux longs cheveux dans une veste bleue. Elle me fixe. À cette distance, je ne vois pas son expression, mais quelque chose dans son attitude, sa façon d'être plantée là, solidement campée sur ses jambes, les épaules en avant, me déconcerte. Je me demande si elle est perdue.

— Ça va ?

Je me dirige vers elle, mais elle ne répond pas. Le temps de traverser la route et elle a disparu dans le chemin qui borde le cottage d'en face.

Je l'emprunte à mon tour. Les pluies de ces dernières semaines y ont laissé des flaques. Le sentier grimpe entre les clôtures des jardins, puis longe celles de l'hôtel, jusqu'au sommet. Là où la civilisation s'arrête et où commencent la falaise et ses ajoncs.

La mer : c'est toujours une surprise. Zach disait que c'était une consolation, partout, toujours. On la devine, on sent son odeur dans l'air, la lumière qui perce et, soudain, elle est là : cette vaste étendue étale. Aujourd'hui, elle est agitée, hérissée de quelques pointes blanches. Des couches de couleurs, vert cendré et granit sur un horizon sale. Stepper Point, de l'autre côté de la baie, est un patchwork de vert et de jaune moutarde, bordé par de maigres lambeaux de sable. Des mouettes couinent au-dessus de ma tête. Derrière moi, perchés sur le mur de l'hôtel, des choucas d'un noir luisant croassent.

Je n'avais jamais imaginé connaître ce genre de bonheur. Quand j'ai rencontré Zach, je m'étais habituée à être une tante, une sœur et une fille, mais pas une amante. Je me contentais de satisfactions banales. Quelques mois plus tard, je me promenais sur cette falaise, sa main dans la mienne, des ajoncs sous les pieds, le vent dans mes oreilles, la mer dans ses yeux. Un jour, alors que nous marchions ici, il m'a dit que j'étais pour lui une source d'étonnement constant, que mon humble ravissement vis-à-vis du monde était contagieux. Jamais personne ne m'avait trouvée spéciale. Quand je me demande ce qu'il voyait en moi, je pense souvent à ça.

Un homme âgé passe avec un labrador noir. Je m'écarte. Je n'arrive pas à respirer normalement. À cause du nœud dans ma gorge, de cette sensation de vide au fond de moi. Je me mords les lèvres. Cette perte, ce manque, est pire que la peur de la nuit dernière. C'est pour ça que je repoussais ma venue ici. Le monde me paraît opaque. Il me demandait souvent si je préférerais mourir avant ou après lui. « Avant », je répondais.

Je marche plus vite. Il y a un banc derrière la crête, sous les grandes maisons de vacances – celles avec des télescopes et des terrasses, celles dont il rêvait –, je m'y assois. En bas, la mer grouille autour des rochers noirs.

Je cherche mon téléphone. Il y a du réseau. J'appelle Jane d'abord, mais elle ne répond pas. Dimanche matin. Sanjay et elle sont probablement en train de bruncher dans un des nouveaux cafés qui se sont ouverts dans leur quartier. Elle me racontera plus tard. Elle croit au réconfort de la nourriture : le muffin du matin, les œufs Bénédicte ou la pita turque. Je lui dirai que je vais bien et elle fera semblant de me croire. Elle évoquera peut-être Sam Welham, le nouveau prof de psychologie. Elle aimait Zach : mon chevalier sans armure, comme elle l'appelait, mon prince de conte de fées ; mais, comme beaucoup d'autres, elle estime qu'il est temps pour moi d'avancer.

Peggy répond. Je fixe la mer et, contrôlant ma voix, je lui dis que Gulls est toujours debout. « Et moi aussi. » Sa cuisine dans Clapham, avec les dessins des gosses et les piles de linge sale, me semble très lointaine. Elle n'a pas eu le temps d'aller voir maman. « Tu sais ce que c'est, le week-end. » Elle est en train de préparer le déjeuner avec l'aide de son fils de cinq ans. « Non, non, non », dit-elle sans cesse. « Attention, Alfie. Désolée, Lizzie. Tu vas bien, pas trop triste ? Mais fais attention ! C'est chaud. » Zach était toujours irrité par le fait que son rôle de mère éclabousse chaque pan de la vie de Peggy ; moi, j'en suis plutôt touchée. « Je te rappelle », dit-elle, et soudain elle n'est plus là.

Je me lève. Il faut juste que j'aille acheter quelques bricoles et que je fasse venir un agent immobilier. Ce n'est pas grand-chose. Rien que de très normal. Je peux y arriver. J'accède au dernier virage pour découvrir le village qui s'étire en contrebas, un croissant de bâtiments autour d'une baie profonde, une plage scintillante parsemée de rochers. C'est marée basse, la mer s'est retirée. Une bande de silhouettes en néoprène lisse et noir appuyées sur des planches jaunes sont inconsolables devant ce rivage qui n'en est plus un. Quelques autres essaient de glisser sur l'eau à une centaine de mètres au large. Des enfants sur la grève, des gens qui se promènent, des chiens aussi. Le van pour les cours de surf est là : « Prenez une nouvelle vague. » Même s'il n'y a pas de vague.

Zach aimait cet endroit. Il était originaire de l'île de Wight. Une de ses amies d'enfance avait une maison de vacances ici et c'est grâce à elle qu'il a découvert la région. À la mort de ses parents, il a vendu leur propriété pour acheter le bungalow. Pour lui, c'était une rupture, mais je ne crois pas qu'elle était si marquante. C'était toujours le même petit monde étroit que celui dans lequel il avait grandi : les classes moyennes dans toute leur splendeur passée. Il avait juste échangé une communauté privilégiée de bord de mer pour une autre.

South-London-on-sea, c'est ainsi que certains appellent ce coin, parce que tous les riches du sud de Londres semblent s'y retrouver. C'est curieux comme ils manquent d'imagination, comment ils finissent tous par passer leurs vacances dans les mêmes endroits. Beaucoup des parents de mon école ont des maisons ou de la famille par ici. Quand nous venions l'été avec Zach, j'étais certaine de tomber sur l'un d'entre eux. Ça me mettait mal à l'aise, j'étais terriblement gênée. Je les voyais qui se disaient : que fait donc ici cette petite bibliothécaire ? Je me demande, avec un accablement soudain, si je vais en rencontrer un aujourd'hui.

Je mets la laisse à Howard et je traverse le dernier champ en direction du chemin qui mène au parking.

Une rivière descend de la colline, passe sous un pont pour finir sur la plage, flaque d'argent sur le sable. Au pied de la falaise, des sacs en plastique se sont accrochés dans les mauvaises herbes, un chariot de supermarché est renversé. Trois garçons, leurs vélos en étoile sur la plage, s'en servent de cible. Des jeunes du coin. Je traverse le pont vers la petite rangée de boutiques. Devant le Spar, deux mères traînent derrière elles une flopée d'enfants en bas âge. Des vacancières, ça se voit à leurs vestes : des doudounes bien chaudes en duvet avec des capuches bordées de fourrure. (Les gosses avec les vélos sont en tee-shirt.) Elles commentent une affichette à moitié arrachée sur la porte : un avis de recherche pour une personne disparue.

— Mon Dieu, vous imaginez ? dit la plus grande presque à voix basse. Perdre quelqu'un comme ça.

Sans savoir ce qu'il lui est arrivé. On doit passer sa vie à le chercher... à espérer le voir partout où on va.

— Inimaginable, dit l'autre.

Elle pose les deux mains sur les épaules d'un petit garçon qui essaie de se glisser sous le battant d'une publicité pour des glaces Miko.

— Vous croyez qu'il est mort ? ajoute-t-elle au-dessus de la tête du gosse.

J'avais prévu d'acheter quelques trucs essentiels, mais ces femmes qui bloquent l'entrée m'en dissuadent. Je fais demi-tour, comme si je voulais admirer la vue. Un *café-bar*[1], le Blue Lagoon, surmonte la boutique de surf juste à côté. Sur un coup de tête, je monte les marches, Howard sur mes talons.

Il est trop tôt dans l'année pour utiliser la terrasse. Les chaises en plastique blanc sont empilées dans un coin et les parasols rayés enroulés très serrés. Je pousse la porte. Vacarme. Des familles surtout, par groupes plus ou moins importants qui se répandent entre les tables. C'est une grande salle ouverte, avec des mouettes empaillées sur les murs bleu azur ou blanchis à la chaux : un décor volontairement « bord de mer » que Zach trouvait à vomir. Il règne une écœurante odeur de bière et d'huile un peu rance. Les enfants boivent des chocolats chauds. Un bébé pleure.

Je m'assieds au comptoir, dos à la salle, et commande un café. Je devrais manger, mais je n'ai pas d'appétit. La jeune serveuse apporte un bol d'eau pour Howard. Elle vient de Lituanie, me dit-elle en se redressant ; ses parents, qui vivent dans une ferme, ont tout un tas de chiens. Elle penche la tête quand elle parle et il

---

1. Tous les mots en italique suivis d'un astérisque sont en français dans le texte.

y a cette expression sur son visage pâle, pincé, qu'on voit parfois chez les gamins à l'école, une franchise, une vulnérabilité, qui me donne envie de la prendre dans mes bras. Mais nous ne parlons pas longtemps, car le patron sort de la cuisine. Aussitôt, elle attrape une pile de menus et file.

Je me triture le crâne pour retrouver comment il s'appelle. Kumon ? Un nom bizarre. Quand Zach descendait au village, ils traînaient ensemble, à boire du whisky et à jouer au poker.

Il m'a vue. Il passe ses mains dans sa tignasse grisonnante de surfer puis, par réflexe, le long de son sweat-shirt bleu pâle. Nous voudrions tous les deux nous cacher, mais il est trop tard. Ses yeux sont un peu vitreux pour masquer un début de panique ; j'ai souvent vu ça depuis un an. Je souris, parce que même si les gens s'attendent à ce que je sois triste, ça semble plus facile pour eux si je ne le suis pas.

— Ma pauvre.

Il se penche sur le comptoir, légèrement de travers, en se caressant le bouc. Je ne pense pas qu'il se souvienne de mon nom, lui non plus.

— Comment ça se passe ? Comment allez-vous ?

— Oh, vous savez, ça va.

Il me fixe en hochant la tête mécaniquement.

— Kulon !

Remue-ménage à la porte : de nouveaux venus, des voix fortes, une entrée remarquée. Je regarde par-dessus mon épaule et me détourne aussitôt. C'est Alan Murphy, membre du Parlement. Sa femme, Victoria, est l'amie, qui, adolescente, a fait connaître la région à Zach. Ils habitent Winchester, je crois, mais ont gardé une maison de vacances ici. Un héritage de sa famille à elle. Il est une étoile montante chez les conservateurs, et elle une économiste qui travaille dans un laboratoire d'idées, un profil tout aussi public, mais qu'elle doit à elle-même ; des célébrités locales, surtout à leurs propres yeux. Zach détestait Murphy. Victoria et lui s'étaient perdus de vue. Un jour, en nous promenant du côté de Trebetherick Point, nous étions tombés sur eux. Il avait dû me présenter, mais je ne pense pas que Murphy s'en souvienne.

— Kulon ! crie encore plus fort le politique. Comment diable vas-tu, vieux démon !

Kulon, bien sûr, pas Kumon. Il lève le bras gauche en guise de salut. Il m'a déjà à moitié oubliée, son expression a changé.

— Elena. Déplace des tables ! Mets ces deux-là ensemble !

Il se retourne vers moi.

— Pauvre vieux Zacho.

— Je sais.

Il secoue la tête.

— Merde, putain, il me manque.

— Je sais, je répète.

— Et dire que ce salopard me doit encore du fric de notre dernière partie, juste avant...

— Il vous devait de l'argent ? Oh, Seigneur, je dois vous rembourser.

— Rien du tout. Pas question. Que dalle !

Il flanque une claque au comptoir. Le soulagement inonde ses traits. Il s'est risqué sur le fleuve de mon deuil et, grâce à ce geste si généreux, est parvenu à atteindre l'autre rive.

— Vraiment. Rien.

Les journaux du dimanche sont étalés sur le comptoir et je fais semblant de les lire. Sa cour ne lui suffit pas : Alan Murphy parle de plus en plus fort, essayant d'attirer dans son cercle quiconque veut bien l'écouter. Depuis qu'il a été nommé ministre de la Culture, des Médias et des Sports, il est devenu un grand sujet de conversation dans la salle des profs. Selon Sam Wellman, il joue la comédie du bouffon, alors qu'en réalité il est impitoyable. Mais Peggy l'aime bien, ou du moins elle aime bien le rôle qu'il se donne dans les émissions satiriques à la télé : tout en gaffes et en fanfaronnades. Il représenterait un nouvel état d'esprit dans la politique ; c'est une *personnalité,* comme on en voyait avant. Zach le trouvait vaniteux. Que penserait-il maintenant, en l'entendant entreprendre toute la salle, se lançant dans une opération de séduction pitoyable ? « Vous êtes ici pour combien de temps... N'est-ce pas le paradis ? »

C'est dur de se concentrer sur autre chose, mais au bout d'un moment, je remarque deux filles qui parlent à Howard en le dorlotant, lui caressant les oreilles. Je repose le journal. Leurs voix me sont familières. Bottes Ugg, leggings, longs cheveux blonds. Je les connais de Londres, de la Wandle Academy. Ellie et Grace Samuels, des jumelles en sixième.

Ellie lève les yeux.

— Mademoiselle Carter ! s'exclame-t-elle.

— Salut, les filles, dis-je. Vous passez de bonnes vacances ?

À l'autre bout de la salle, dans l'entourage de Murphy, je remarque une femme grassouillette dans un pull trop grand, avec des lunettes, qui se lève et se faufile rapidement entre les chaises pour nous rejoindre.

— Zut, dit-elle, en faisant la grimace. Désolée. Ce n'est pas South-London-on-sea pour rien ! Quel cauchemar, venir jusqu'ici pour retrouver vos élèves !

— Ce n'est pas grave, dis-je. Elles sont adorables.

— Je dis toujours aux filles : si vous rencontrez un professeur, faites semblant de ne pas le voir.

— Non, vraiment. Tout va bien.

Elle replace ses cheveux derrière ses oreilles.

— Nous séjournons chez mes parents à Padstow. On est venus de ce côté de la baie pour passer la journée avec de vieux amis.

Elle fait un petit geste dédaigneux en direction de Murphy, visiblement gênée qu'on puisse la croire en train de se vanter de compter parmi ses relations.

— Alan était à l'école avec mon mari. Mais, si je ne me trompe, vous avez un cottage près d'ici ?

— Feu mon mari, oui. Un bungalow, plutôt. Il venait pour peindre. Je suis ici pour le mettre en vente.

Elle a un peu rougi.

— Je savais pour votre mari, mais j'avais oublié. Je suis vraiment désolée.

— Merci. Tout le monde m'a conseillé d'attendre un an avant de prendre la moindre disposition. L'année est terminée, alors me voilà.

— Ma pauvre, dit-elle en posant la main sur mon épaule. Vous êtes trop jeune pour vivre une chose pareille. Cela a dû être un choc atroce. Quelqu'un vous accompagne ?

La sincérité de sa sympathie est comme un petit coup de poignard dans les côtes. Des larmes me piquent au coin des yeux. Je baisse le regard pour les chasser à coups de paupière et je secoue la tête, mais je sens toujours la pression de sa main. La rubrique Critiques est ouverte en face de moi et je vois, comme au ralenti, une larme tomber et s'étaler sur le papier.

— Mais qu'est-ce qui se passe ici, Sue ?

Murphy a surgi derrière Mme Samuels, lui enlaçant la taille, le menton posé sur le sommet de son crâne. Je m'essuie les yeux avec le dos de la main et j'essaie de sourire.

— Rappelez-moi. Nous nous connaissons ?

Il est plus petit dans la vraie vie qu'à la télévision, mais plus séduisant aussi. Le succès lui a apporté un aplomb qu'il n'avait pas avant, selon Zach.

— Oh, Alan.

Sue tente de le repousser.

Dans une sorte de petite danse, il l'écarte sur le côté.

— Je suis sûr de vous connaître.

Je m'éclaircis la voix.

— Nous nous sommes rencontrés une fois ou deux. Je suis Lizzie Carter. La femme de Zach Hopkins.

— Zach Hopkins, bien sûr, dit-il en lâchant Sue pour se percher sur le tabouret voisin. Comment va ce vieux bouc ?

Mme Samuels lève les mains comme pour empêcher les mots de sortir.

— Alan… commence-t-elle.

— Je suis navrée, dis-je. Vous n'avez aucune raison de savoir. Il est mort dans un accident de voiture.

— Mort ? Vraiment ? Seigneur, c'est atroce, pardonnez-moi. Quand est-ce arrivé ?

— Il y a un an.

— Je suis absolument désolé. À peu près à la même époque où Jolyon a disparu, alors. Quel mois terrible, Seigneur !

— Mlle Carter travaille dans l'école d'Ellie et de Grace, ajoute Sue. À la bibliothèque.

Nous avons été rejoints par d'autres membres de la garde rapprochée de Murphy : deux hommes qui restent légèrement en retrait. Des amis ? De la famille ? La sécurité ?

— Patrick, dit Murphy d'une voix forte à l'un d'entre eux. Vous saviez que Zach Hopkins était mort ?

— Oui, répond doucement le dénommé Patrick.

J'ai une très forte envie de sortir prendre l'air. Les interactions sociales normales sont au-delà de mes capacités et je ne mérite pas leur gentillesse. Je ne veux pas me faire happer par ces mondanités de la classe supérieure. Pas maintenant. Il faut que je m'en aille. Mais j'entends des chuchotements, quelque chose est mis en branle et je suis soudain impuissante. Grace et Ellie m'ont pris la laisse d'Howard, Sue a jeté un bras autour de mes épaules.

— Alan a raison, je suis sûre que Victoria aimerait vous revoir, est-elle en train de dire. Elle sera si triste d'apprendre la nouvelle.

— Allons déjeuner ! rugit Murphy. Cette fille a besoin de se nourrir.

— Je vais bien, je vais bien, je vais bien, dis-je, mais Sue me serre contre elle.

La douceur de son pull me caresse le visage.

— Venez à Sand Martin avec nous. Murphy adore la foule. Un verre, c'est tout, et ensuite, vous pourrez partir, faire ce que vous avez à faire. Rien qu'un. En vitesse. Je ne supporte pas de vous imaginer toute seule.

Et peut-être parce qu'elle est si bonne ou peut-être parce que, comme disait Zach, je suis faible et influençable, ou alors peut-être aussi parce que c'est ça d'être en deuil, je me laisse conduire dans une voiture qui démarre.

Zach

Je suis allé à Londres hier. J'ai dit à Charlotte que je devais y travailler et j'ai emporté mon carnet de croquis dans la « sacoche d'artiste » qu'elle vient de m'acheter. (J'ai vérifié sur le site Ally Capellino : 278 livres. Je ne sais pas pourquoi elle s'imagine que dépenser de l'argent pour moi va nous rapprocher.)

Arrivé à Victoria, j'ai pris un autre train vers l'ouest, avec la vague idée de me rapprocher des Cornouailles. Je n'avais pas vraiment de but. Je ne sais pas trop ce que je cherchais. Je déteste être sans racines comme ça. Nell et Pete semblent se sentir chez eux partout où ils atterrissent. C'était une des choses qui m'avaient attiré chez Charlotte, cette façon d'être ancrée. Elle ne quitterait pas Brighton, sa ville natale, même si on la payait. Alors que je pourrais vivre n'importe où. C'est le problème quand on a grandi dans un cul-de-sac. Les Cornouailles pourraient être la réponse – mon sanctuaire – mais pas seul. Il me faut une âme sœur, et je suis navré de le dire après tout le temps et les efforts consentis, je sais maintenant que ce n'est pas Charlotte.

Richmond a été ma première idée. De là, on peut facilement rejoindre la route des Cornouailles. J'ai éprouvé une légère excitation quand j'ai traversé le Green jusqu'au fleuve. Ce parc semble tout droit issu d'un Disney : l'eau qui scintille sous le pont, les lampadaires d'époque dans les rues, les barques de location. Je pouvais m'imaginer vivre ici, tomber amoureux, mener une vie conventionnelle. Puis un avion est passé si bas qu'on aurait pu sentir l'odeur des repas servis à bord. Toutes ces grandes maisons chics et les gens qui y demeurent : toutes les trois minutes, ils doivent s'arrêter de parler pour attendre que le bruit passe.

Après ça, j'ai repris le train pour Londres, m'arrêtant brièvement à chaque station. Barnes : trop villageois, et le couloir aérien tout aussi gênant pour discuter, ou réfléchir, normalement. Putney, mieux, mais à quoi ressemble Putney quand c'est chez soi (s'il arrive que quiconque puisse se sentir chez soi là-bas, ce dont je doute) ? En gros, l'A3 avec un tas de boutiques fermées. Wandsworth Town, un dortoir, et enfin Clapham Junction, au premier coup d'œil, un dépotoir.

Debout devant un Marks & Spencer déprimant dans une rue principale morne qui sentait les frites de chez McDonald's, j'étais abattu et affamé. J'ai marché un peu pour trouver un endroit où manger décemment. À l'évidence, il ne fallait pas compter sur une épicerie fine et je ne voulais pas d'un sandwich préemballé. J'ai fini par trouver une rue avec des cafés et des boutiques, une sorte de marché, et un restaurant italien où la nourriture semblait convenable.

J'ai commandé un steak. Des épinards dans un bol séparé. Quand j'en suis ressorti, le sang réchauffé par un bon verre de Bardolino, j'ai regardé la rue avec un œil différent. Un couple d'une trentaine d'années se faisait des mamours contre un mur dans un coin : il avait glissé sa jambe entre ses cuisses, elle le tenait par le fond de son pantalon. Ça a piqué ma curiosité. Une alliance brillait au doigt de la fille. C'était peut-être un adultère, mais j'avais envie de croire qu'ils étaient mariés. Après cela, je suis entré chez le premier agent immobilier que j'ai trouvé. Un petit branleur assez prétentieux en costume à rayures m'a d'emblée annoncé qu'on appelait cette partie de Londres « Entre les parcs ».

— Quel est votre budget, monsieur ? Je dois vous avertir que, par ici, le marché est plutôt favorable au vendeur.

Le marché est toujours favorable au vendeur.

Charlotte a laissé trois messages pendant que je passais au crible les clauses immobilières. Je les ai écoutés sur le chemin du retour à la gare. Cette angoisse dans sa voix. Elle rentrerait tôt. À quelle heure serais-je de retour ? Elle avait acheté des blancs de poulet et les pâtes fraîches que j'aime tant. Devait-elle les cuisiner ou bien préférais-je sortir ? Elle avait fait le ménage dans l'appartement et m'avait acheté un cadeau : la chemise Paul Smith à pois que j'avais vue dans la vitrine. « Dépêche-toi de revenir, disait-elle. Qu'on voit si elle te va. »

Toutes ces attentions : elle sent que je m'éloigne. Je suis déjà presque parti. J'essaie de m'imaginer en train de l'embrasser contre un mur dans une ruelle et je n'y arrive pas. Notre histoire est morte. Elle a laissé passer sa chance. Elle aurait dû s'en rendre compte avant. Elle aurait pu m'avoir. Maintenant, c'est trop tard. Rien n'est moins attirant que le désespoir. Et puis, combien de Paul Smith croit-elle qu'il me faut ?

Nell et Pete sont venus dîner. Je n'ai pas mangé grand-chose. Du rôti de porc : je lui avais dit que ça irait, mais elle l'avait acheté chez Waitrose et il avait un goût bizarre. Elle a caché l'emballage avant que je puisse l'inspecter, mais je soupçonne qu'il avait été mis à mariner ou alors qu'il était fourré avec quelque chose. Il sentait le cochon. Je n'ai pas aimé.

Après leur départ, je me suis fait couler un bain. Je sentais que je ne me contrôlais pas autant que je l'aurais voulu et j'avais pris une pilule de la réserve de Jim pour me reprendre. C'est là que je l'ai entendue pleurer à travers la porte de la salle de bains, faisant semblant de ne pas faire de bruit. Quand j'ai ouvert, elle a filé jusqu'au canapé. Près de ses pieds, il y avait de petites taches brunes : la boue que Pete avait ramenée sous ses chaussures. Le verre de vin de Nelly avait laissé un anneau brillant comme de la bave de limace sur la table basse. J'ai essayé de ne pas y prêter attention, alors que j'étais écœuré ; je lui ai demandé ce qui n'allait pas. Elle a commencé par dire que j'avais fait exprès de ne rien manger, pour la vexer. Que je « jouais avec ses émotions », une phrase que lui avait sans doute soufflée une de ses copines. Elle ne comprenait pas, disait-elle, comment je pouvais me comporter aussi normalement devant Nell et Pete et « être comme ça » maintenant.

— Comme quoi ?

— Bizarre. Froid. Tu ne m'as pas adressé la parole depuis qu'ils sont partis. Tu ne m'as même pas aidée pour la vaisselle. Ce sont tes amis. Je ne les ai invités que pour te faire plaisir. Tu étais si attentionné avant, si gentil. Je trouvais que tu étais l'homme le plus doux que j'avais jamais rencontré.

Pourquoi n'avouait-elle pas simplement ce qui la gênait vraiment ? L'incapacité des gens à être directs me rend fou. Tous ces faux-semblants. Nous allions devoir débattre pour savoir si j'étais toujours aussi gentil et attentionné, alors qu'en réalité elle était énervée parce que Nell avait mentionné Gulls et que je ne l'y ai jamais emmenée. Elle fait partie de ces filles qui mesurent leurs histoires d'amour au nombre des fausses ruptures. En la voyant sur le canapé, les yeux rougis, la lèvre inférieure gonflée, ses doigts tortillant la ceinture du haut en soie moulant qu'elle avait acheté pour moi, je lui en ai voulu. Pourquoi essayait-elle de me culpabiliser ? Je n'y suis pour rien. Parfois, je ne sais même pas pourquoi je me comporte ainsi. C'est comme si mon cerveau avait la capacité de se dédoubler, de séparer la mémoire du présent. Si je pouvais juste lâcher, ralentir… je ne sais pas. Je suis comme ça, c'est tout.

— Je croyais que tu étais énervée contre moi, lui ai-je dit. J'essayais de ne pas m'imposer. J'avais l'impression que tu ne pouvais plus me supporter. Tu te comportes si bizarrement ces derniers temps.

Je la regardais fixement. J'ai continué sur ce ton :

— Je suis un cas désespéré. Je n'ai pas vendu un seul tableau depuis des semaines. Je ne ramène rien à la maison. Et toi, tu passes des nuits entières le nez dans les papiers… Je ne sais pas pourquoi tu me supportes encore. Je pensais que tu voulais en finir.

C'était presque trop facile. Elle ne s'était pas rendu compte que j'étais dans un tel état. Je ne devais pas m'inquiéter pour l'argent ; elle en gagnait assez pour nous deux. Elle m'aimait, elle n'avait jamais autant aimé un autre homme. Un jour bientôt, je me trouverai peut-être « un but dans la vie », qui me rendrait mon estime de moi-même.

Cette condescendance dans son ton. J'ai senti monter en moi la colère. Je l'ai laissée m'embrasser un moment puis avec ma voix de petit garçon :

— Je devrais aller prendre mon bain tant qu'il est chaud.

Elle a répondu avec une voix de gamine, elle aussi :

— Oui, bien sûr. Je suis désolée de t'avoir fait cette scène.

Je l'entends qui passe l'aspirateur pour nettoyer la boue de Pete.

4

Lizzie

Le trajet est court jusqu'à Sand Martin mais la pente est rude : il faut grimper la colline derrière le village, prendre à gauche derrière le site réservé aux caravanes, et dépasser le sommet du vallon. À chaque changement de vitesse, je regrette d'être venue.

Murphy et sa suite sont devant, dans une longue berline noire aux vitres teintées. Je suis avec les Samuels dans un break cabossé. Tim Samuels a des poches molles sous les yeux et manifeste un enjouement forcé. Sur la route, il m'explique qu'il est expert-comptable – « mortellement ennuyeux, j'en ai peur » – sans emploi depuis dix-huit mois. « On ne perd pas espoir ! » lance gaiement Sue à l'arrière. Il grimace, dubitatif.

Après un portail en fer forgé apparaît la maison, carrée et blanche, aux grandes fenêtres géorgiennes et au toit pentu en ardoises grises. On la dirait sortie d'un livre pour enfants, ou alors d'un roman de Mary Wesley[1]. Rien à voir avec les lotissements de bord de mer aux alignements réguliers.

---

1. Romancière anglaise (1912-2002) connue notamment pour ses ouvrages destinés à la jeunesse.

Nous claquons les portières de la voiture puis nous remontons l'allée de gravier, entre les rhododendrons, ponctuée par les cris secs des choucas. La vaste pelouse est bordée d'arbres plantés dans des boîtes ; de la lavande pousse dans des pots sur la terrasse. Des feuilles tapissent un grand trampoline installé entre les voitures et les arbres. Le filet de sécurité noir pendouille par endroits, plein de trous. Non loin de là, deux vélos d'enfant par terre.

Un vol de colombes blanches décolle subitement pour aller se percher sur le toit. Howard échappe à Grace et fonce vers elles puis, distrait par autre chose, détale dans les fourrés. Il a dû flairer un lapin.

— Ne vous en faites pas, crie Murphy. Il ne peut pas aller bien loin.

La porte d'entrée, située sous un porche sur le pignon de la maison, est ouverte. Le convoi d'invités se retrouve dans un grand hall avec, sur le côté, un immense escalier couvert d'un lourd tapis. Les murs rose pastel sont décorés de petites aquarelles encadrées. Un renard empaillé dressé sur ses pattes de derrière sert de support à un porte-parapluies rempli de raquettes de tennis. Murphy entraîne les Samuels dans un petit salon – « Mettez-vous à l'aise ». Il me prend par la main et, jetant sa veste sur le bras d'un fauteuil, crie :

— Chérie ! Ajoute une assiette, tu veux bien ? J'ai invité Lizzie Carter à déjeuner.

— Qui ?

La voix vient d'une autre pièce.

— Tu sais bien, la charmante Lizzie Carter de…

— Non, j'en sais foutre rien, répond la voix avec plus de force. Bordel, Alan. Il y a un putain de chien dans la cuisine.

— Oh, Seigneur.

Je ressors aussitôt et manque de me cogner à Victoria qui sort de la cuisine, en s'essuyant les mains sur un tablier de boucher.

— Pardon, c'est le mien. Je suis vraiment désolée !

Howard surgit à son tour en bondissant, sa laisse derrière lui, et la déséquilibre légèrement au passage. Je le rattrape, tandis qu'elle agite les bras de façon exagérée pour bien montrer qu'elle a failli tomber. Elle est grande et svelte, avec de longs cheveux blond cendré. Elle porte un jean moulant, un pull d'homme en cachemire gris et un rouge à lèvres rose laqué. Une de ses dents de devant est un peu de travers. Ses sourcils froncés lui plissent le front.

Je répète :

— Je suis vraiment désolée.

Murphy pose les mains sur mes épaules.

— Vic, tu te souviens de Lizzie ? La femme de ce pauvre Zach Hopkins ? Ce terrible accident. Tu te rappelles ?

Je regarde Victoria, m'attendant, je ne sais pas, à ce qu'elle se radoucisse, mais son expression semble se durcir davantage sans que je parvienne à la déchiffrer : curiosité ou mépris ?

— Je me rappelle, dit-elle. Je vous présente mes condoléances.

— Merci, dis-je.

— Zach et moi nous étions perdus de vue, mais je l'ai bien connu quand nous étions plus jeunes.

— Oui. Sur l'île de Wight, n'est-ce pas ?

— J'avais des amis à Benenden qui y passaient leurs étés. Nous avions tendance à chasser en meute. Vous connaissez les pensionnats.

66

Comme je ne réponds pas sur-le-champ, elle se tourne vers Murphy.

— Où sont les autres ?

— J'étais sur le point de leur servir un verre.

— Le rôti, dit-elle, et elle retourne dans la cuisine.

Murphy hausse les épaules.

— C'est un peu tendu ce matin. L'article de Vicky pour le *Sunday Times* a été coupé à la machette.

Il laisse échapper un éclat de rire en direction de la porte de la cuisine, avant d'ajouter plus doucement :

— Satanés rédacteurs en chef.

Il me prend par le bras et me ramène dans le petit salon où les Samuels sont assis en rang d'oignons sur un canapé fleuri et capitonné, les mains sur les genoux. D'autres aquarelles sur les murs, tout un tas de fauteuils à franges. Près de la cheminée, les outils en cuivre pour le feu sont rangés dans un présentoir complexe en spirale. Je vais à la fenêtre pour contempler un bout de mer horizontale, d'un gris acier, encadrée par les arbres et couverte par un ciel bas. Je me sens seule, j'ai envie de pleurer.

Murphy fait tout un cinéma avec une bouteille de champagne et des coupes, tout en faisant éclater des paquets de cacahuètes. De la porte, il crie :

— Tom ! Patrick ! Vic ! Venez boire un verre !

Tom apparaît. Il porte des richelieus et un polo Fred Perry boutonné jusqu'en haut, le genre de style débile et décalé qu'on voit dans les classes de terminale pour gosses de très riches.

— Mon fils, tout droit arrivé d'Oxford, dit Murphy, incapable de masquer sa fierté. Un garçon qui a de la cervelle.

— Ça en fait au moins un dans la famille, répond Tom.

— Et à ce sujet — ou pas — où est Onnie ?

Murphy retourne à la porte et crie à nouveau :

— Onnie ! Patrick ! Mais à quoi ça sert d'avoir un bras droit si vous ne l'avez jamais sous la main ?

On dirait que la maison est remplie de gens que je n'arrive pas à identifier. Mon champ de vision détecte seulement de vagues mouvements.

— Je ne vais pas rester, dis-je doucement. C'est très gentil à vous, mais j'ai tellement de choses à régler… honnêtement, il faut que j'y aille.

Dans le couloir, par la porte ouverte, j'aperçois Victoria qui parle avec Patrick. Les mains derrière le dos, il est penché en avant à la façon d'un prêtre. Leurs têtes sont proches.

— Prenez au moins un verre, dit Murphy. C'est les vacances. Et que quelqu'un fasse descendre Onnie.

— J'ai essayé, rétorque Victoria qui entre pour se jeter dans un fauteuil. Je n'arrive à rien avec elle. C'est ton tour.

— J'y vais, déclare Patrick.

Pantalon bleu impeccablement repassé et chemise d'un blanc immaculé, il disparaît dans l'escalier. Ses chaussures — d'élégantes tennis en cuir — couinent à chaque pas.

Sue chuchote :

— Pauvre Onnie. Elle traverse une passe difficile. Elle revient tout juste d'une école en Suisse où ça n'a pas marché.

Une grimace avant d'ajouter :

— C'est un peu le mouton noir.

Murphy rugit :

— Votre mari l'a aidée en art lors de son brevet des collèges. Un des nombreux cours de rattrapage que je lui ai payés, sans parler des écoles privées. Pour

68

ce que ça a servi. Le seul examen qu'elle ait jamais réussi, c'est son permis de conduire. À mon avis...

Il lève les bras dans un geste de reddition et regarde autour de lui.

— ... c'est la faute de ce pensionnat ringard où ils passent leur temps à dorloter les élèves. Il aurait mieux valu qu'elle aille dans un établissement plus dur, où on étudie de façon plus rigoureuse.

Tom, dans le fauteuil proche de la cheminée, étale les jambes et croise les bras derrière la tête.

— C'était récent ? je demande. Ces cours privés ?

Victoria esquisse un sourire.

— Il y a deux ans, pas l'été dernier, celui d'avant. Le brevet a été une très longue épreuve pour elle : elle a commencé à Bedales, pour passer à Esher College, puis à Bodmin et enfin, en dernier lieu et en échange d'une somme assez considérable, à La Retraite à Lausanne. Un établissement qui, apparemment, ne désire plus la recevoir. Ma fille a tendance à semer le chaos dans son sillage. Ce qui n'est pas l'idéal quand votre père pourrait bien devenir le prochain chef du parti conservateur.

— Chérie ! Chut.

Je fixe une petite brûlure de cigarette sur le tapis. Il y a deux ans. L'été avant sa mort. Il était venu passer un peu de temps seul ici. Il était optimiste, il travaillait dur. Une galerie à Bristol lui avait promis un mur lors d'une expo – finalement, ça n'avait pas marché. Il insistait toujours pour que nous nous disions tout, mais il ne m'avait pas parlé de ces cours donnés à une adolescente. Un petit sentiment de trahison me picote, ironique.

Une trouée dans les nuages permet au soleil de se glisser dans la pièce. Un carré de lumière tremble au

69

milieu du tapis. Patrick redescend en compagnie d'une grande jeune fille avec de longs cheveux blond-brun teints à la lotion. Tout son corps est caché par une sorte de grenouillère en peluche blanche, mais je me dis aussitôt que c'est elle que j'ai vue traîner devant Gulls.

— Qu'est-ce que c'est que cette tenue ? dit Victoria. C'est le repas du dimanche !

Avant de se laisser tomber sur la chaise face à moi, Onnie lui jette un regard plein de défi qui annonce à tous qu'elle est ici contrainte et forcée. Elle se met à nettoyer les petites peaux autour de ses ongles avec une pince, l'un après l'autre, soigneusement. Personne ne nous présente.

Victoria et Murphy échangent un regard.

— Une grenouillère, s'exclame Sue. Les jumelles en sont folles.

— Je n'imagine rien de plus confortable, dis-je, que de passer tout un dimanche dans une grenouillère. Dites-moi franchement : suis-je trop vieille pour en porter ?

Onnie lève les yeux. Elle me considère longuement, depuis mes cheveux mal peignés jusqu'à mes bottes en caoutchouc, mais ne répond pas. Au bout d'une minute, elle lance d'une voix forte :

— Je suis sidérée que maman ait laissé votre chien entrer dans la maison.

Howard était couché à mes pieds, mais il connaît le mot « chien » ; il se dresse aussitôt et flanque un coup de queue à la table basse. Elle est recouverte d'une nappe en chintz que je retiens pour qu'elle ne glisse pas. Tom, toujours vautré devant la cheminée, dit :

— Onnie, tu es vraiment chiante quand tu veux.

Onnie rougit. Je me dis alors qu'elle voulait juste faire une blague, mais personne ne lui accorde le bénéfice du doute. La conversation dans la pièce reprend bruyamment sans elle. Elle arrête de s'occuper de ses cuticules pour s'emparer d'une cacahuète qu'elle place au bout de ses doigts avant de l'expédier sur sa langue. Au bout d'un moment, elle dépose la cacahuète dessalée sur un exemplaire de *The Economist* qui se trouve à ses côtés, la plaçant très exactement à l'intérieur de la barre du « T ».

Je me décide :

— C'est vous que j'ai vue ce matin à l'autre bout du village ?

Elle ne me regarde pas, mais son cou se colore. Elle secoue la tête.

— Vous êtes sûre ? J'étais en train de prendre quelque chose dans ma voiture et j'ai vu quelqu'un qui vous ressemblait beaucoup.

— J'ai peut-être fait un tour par là-bas tout à l'heure.

— Ah, d'accord.

Je ne veux pas insister. Les adolescents détestent qu'on les interroge. Pas pour cacher quoi que ce soit, mais parce qu'ils ressentent ça comme une intrusion.

— Vous avez bien connu mon mari ?

Elle contemple toujours le journal.

— Un peu.

Malgré sa taille, elle a un petit visage, des traits nets. Finalement, elle se redresse et me fixe droit dans les yeux, sa langue fouillant sous sa lèvre.

— Il vous manque ?

À mon tour, je sens la chaleur qui monte vers mes joues.

— Oui. Beaucoup.

Ma voix s'est brisée. Dans l'espoir de le dissimuler, je reprends, très vite :

— Êtes-vous intéressée par l'art ? Est-ce votre matière préférée ?

Elle commence à se faire les sourcils.

— Je ne suis pas comme mon frère, Tom, qui est brillant en tout. Je n'ai même pas eu mon bac. J'en suis restée au brevet. Ils ont tous renoncé avec moi.

— Je n'ai jamais été très douée pour les examens, lui dis-je. La bonne élève, c'était ma sœur. J'ai fini par quitter l'école pour chercher du travail. Ce n'était pas si mal en fin de compte.

— J'aime la mode, dit-elle.

Elle examine ses ongles – un geste d'autoprotection dont elle a visiblement l'habitude, ce qui me fait encore plus de peine pour elle.

— Une fille à La Retraite… sa tante travaille pour Shelby Pink et elle m'a dit que je pourrais y faire un stage. Mais ils refusent de me laisser y aller parce que c'est à Londres. Mon père a un appartement dans Kennington, mais il n'y a qu'une chambre à coucher.

Adossé à la cheminée, Murphy s'est lancé dans une anecdote, ou peut-être une conférence.

— Et si vous partagiez un appartement avec une amie ? dis-je.

— Ils refuseront.

— Alors, pourquoi ne pas vivre dans une famille ? Vous pourriez aider, faire du baby-sitting, en échange d'une chambre.

Zach disait que je souffrais du mal de résoudre les problèmes des autres.

Onnie me regarde à nouveau dans les yeux.

— Vous habitez Londres, n'est-ce pas ?

— Oui, je pourrais demander. Ma sœur a des enfants. Elle connaît peut-être quelqu'un.

— Vous avez une chambre d'ami ?

— J'ai un canapé-lit.

— Alors, je pourrais peut-être venir chez vous ?

— Chez moi ?

— Je veux dire, vous êtes seule maintenant. Un peu de compagnie, ça pourrait vous faire du bien.

— Eh bien, je...

Je suis tellement surprise que je ne sais quoi dire, c'est alors que Victoria vient bruyamment à ma rescousse depuis l'autre bout de la pièce, un sourire froid aux lèvres.

— C'est très gentil, mais Onnie a des priorités. Elle doit avant tout réfléchir sérieusement à son avenir.

Murphy est arrivé au terme de son histoire et tous les autres s'esclaffent. Onnie, à nouveau enfermée en elle-même, baisse la tête pour s'occuper de ses ongles. Je m'imagine me lever et dire merci pour le verre. Je l'imagine avec une telle clarté que je me demande vraiment si je ne l'ai pas fait, mais il semble que je sois toujours assise. Murphy, debout près de la cheminée, dit : « Très bien » à une remarque faite par Tim, comme s'il lui attribuait une note.

— Est-ce horrible d'être veuve ?

Onnie me regarde. Sans savoir si c'est une affirmation ou une question, je réponds :

— Oui. C'est horrible. C'est très triste. Hier, je suis allée déposer des fleurs sur le lieu de l'accident.

— Vraiment ?

Ses yeux me fixent avec intensité maintenant et j'ai du mal à regarder ailleurs. Un désir lancinant, fou, s'empare de moi, alors que je suis déchirée entre une irrésistible sensation de perte et celle, tout aussi irrésistible, de la présence de Zach. Cette combinaison me donne le vertige, les murs de la pièce commencent à se recourber ; j'ai peur de m'évanouir.

Je me lève à l'aveuglette et demande sans m'adresser à quelqu'un en particulier :

— Vous avez une salle de bains ?

Murphy se lève d'un bond.

— Nous avons une salle de bains, dit-il. Nous en avons même plusieurs. Et elles sont toutes à votre disposition.

Il est déjà en train de me guider dans le couloir.

— Luxueuse en haut ou chiottes standard ici, première à droite.

Il me montre une porte à l'extrémité du couloir, avant de taper dans ses mains.

— Faites comme chez vous.

Au bout, ce n'est pas la cuisine, comme je le supposais, mais un office, rempli de vestes et de chaussures boueuses ; quelques battes de cricket, un jeu de boules. Une carabine à air comprimé est posée contre un mur. Il fait plus chaud ici. J'entends quelque chose qui grésille bruyamment dans le four à côté. J'attache Howard au meuble à chaussures en me disant que certaines personnes sont incroyablement organisées, possèdent tout un tas de trucs dont il ne me viendrait jamais à l'idée qu'ils puissent être nécessaires. Puis, je pousse la porte et je m'assieds sur les toilettes, couvercle baissé. Je pose la tête contre le mur et je respire profondément. Après un moment, je me rends compte que je contemple une caricature encadrée de Murphy : en plein numéro de claquettes à la Fred Astaire, sur une table, et faisant un clin d'œil, avec divers membres du gouvernement qui dépassent de sa poche de poitrine. Au-dessus de la chasse d'eau est accrochée une photographie de classe : Branesone College, 1986. Si je la regarde assez longtemps, je devrais y trouver le ministre.

Je pose la tête sur mes genoux et je ferme les yeux. Une odeur de désinfectant au pin et, derrière, celle d'ammoniaque. Je me sens broyée, infréquentable, perdue dans ce monde. Je suis prise de panique comme si j'étais censée faire quelque chose d'essentiel que j'ai laissé tomber, comme si je devrais être ailleurs.

Des pas discrets approchent de la porte, s'arrêtent puis repartent. Une autre porte claque.

Je me force à me lever et gagne l'office. Je m'adosse un instant au mur pour me ressaisir. Howard est toujours là, près de l'étagère à chaussures : une rangée de bottes en caoutchouc plantées à l'envers. Les dernières bottes de la rangée, à moitié cachées sous un imper beige, sont des Hunter vertes. Au moment où je décroche la laisse d'Howard, mon cœur tressaille. C'est absurde. Ce ne sont que des bottes. Pas celles de Zach. Qu'est-ce qu'elles feraient ici ?

Placées ainsi, à l'envers, je vois les semelles immaculées, à la différence des autres... La boue a été soigneusement brossée ; les sillons sont propres et définis, la pointure gravée dans le caoutchouc n'est pas masquée par la saleté. Du 43.

Je m'avance. Mes mains tremblent. Je déplace le manteau. Je dégage la botte du support en bois pour la retourner. Là, sur le dessus, il y a des marques et une ligne de colle. Et sur le côté, une tache de peinture.

Je sors par la porte de derrière, sans dire au revoir à qui que ce soit, et je dévale la colline, Howard bondissant à mes côtés, sautant en l'air, tirant sur sa laisse. Pour lui, c'est un jeu. Nous suivons le chemin de la ferme vers le terrain réservé aux caravanes, à travers champ jusqu'à la route en bas.

Les clés de l'atelier de Zach, dans l'ancien garage de Gulls, se trouvent sous un pot en terre au bout de l'allée dans le jardin ; je le renverse, projetant de la terre et quelques bulbes noueux. Mes mains tremblent encore. J'ai du mal à insérer la clé.

Je pousse la porte ; une bouteille d'alcool à brûler roule jusqu'au milieu du parquet. Comme partout ailleurs, Zach était extrêmement méticuleux dans son atelier. Il avait besoin de silence et de clarté, d'espaces nus sans la moindre aspérité. Ses pinceaux étaient rangés par taille, ses tubes de peinture impeccablement alignés, l'étiquette sur le dessus. Le sol devait être propre, rien dans son champ de vision ne devait le distraire. Quand il travaillait, il plaçait son chevalet au centre de la pièce et tournait les autres tableaux face au mur.

Il me faut un moment pour comprendre la scène : tubes, pinceaux, chiffons, colle, journal. Le placard est renversé. L'établi où Zach posait ses outils est boulonné au sol, mais sa chaise a été jetée à terre et le chevalet en hêtre, celui qu'il frottait et huilait à chaque fois avant de se mettre au travail, a disparu. Non, pas disparu : il a été disloqué, réduit en pièces comme du bois de chauffage. Et les murs...

Les murs sont maculés de sang.

Je reste pétrifiée sur le seuil, la main devant la bouche. Mes oreilles bourdonnent, un cri rauque sort de ma gorge. Une toile est dressée sur l'établi, directement face à moi. Je connais bien ce tableau. C'est une huile. La mer – gris acier, horizontale, l'horizon noir, les nuages bas –, sa vue préférée, le fond d'écran de son ordinateur. Une forme sombre au premier plan – un bateau de pêche vide, sans pilote, partant pour l'inconnu. C'est une image de solitude. « Ma vie, a-t-il dit un jour, sans toi. »

Le tableau a été vandalisé. Je me retiens à l'encadrement de la porte pour ne pas tomber. La vérité est en train de me brûler. Au fusain, il a ajouté une silhouette grossière à l'avant du bateau, face à l'horizon : un homme, de dos, avec un chapeau et une lourde veste.

Un nœud de peur. J'entends sa voix : « Ne me quitte pas. Si tu me quittes, tu n'as pas idée de ce que je ferai. »

J'appelle Jane depuis la station-service. Je fais les cent pas entre les camions et la boutique. Je lui dis que j'ai tout compris. Zach est venu au bungalow et a lu ma lettre. Il savait que je le quittais. Il ne supportait pas d'être rejeté, Jane, par personne. Alors, imagine si c'est par moi ? Tu devrais voir son atelier. Il a été saccagé. Il y a du sang partout. Je sais ce que tu vas dire, mais ce n'était pas un suicide. Je n'aurais pas… Je n'aurais pas pu le pousser jusque-là. C'est quelque chose de bien plus compliqué. Je lui ai parlé au téléphone juste avant et on ne se serait douté de rien. Il contrôlait parfaitement ses émotions. Il a laissé un message pour moi sur l'une de ses toiles. C'est mon châtiment. Ce corps carbonisé… ce qui restait du conducteur de la voiture… je te le dis, Jane, ce n'était pas lui.

Elle me demande où je suis. Elle me dit de rester là, de me réchauffer, elle va venir me chercher. Sa voix est calme et douce. Elle pense que j'ai perdu la tête.

Je m'en moque. Je le répète, encore et encore :

— Zach est vivant. Zach est vivant.

Zach

Ce soir, j'ai suivi une femme. C'était un peu sordide – je ne le nie pas –, mais quelle prodigieuse excitation.

J'avais peut-être pris un risque avec ce profil sur un site en ligne. Mais le succès a été quasi immédiat : trente demandes de renseignements en moins de vingt-quatre heures. Cette photo noir et blanc, prise « sans réfléchir » avec mon iPhone, était une idée de génie. Trois rendez-vous pour l'instant. La première, une avocate au front botoxé, était trop vieille. Elle perdait son temps et me faisait perdre le mien. J'ai embrassé les veines de sa main ridée quand nous nous sommes séparés en lui disant : « Madame, si nos chemins se croisent à nouveau, nous nous en trouverons tous les deux plus fortunés », ou quelque chose d'aussi tarte et incompréhensible. Je ne voulais pas la blesser, mais vraiment, de qui se moquait-elle, en postant cette photo ?

La numéro deux était divorcée, jolie, assez brillante (diplôme de biologie à York, employée chez Glaxo-SmithKline), mais elle m'a menti, elle aussi. Elle m'a dit vivre seule ; j'ai vite deviné qu'elle avait un enfant. Elle n'arrêtait pas de vérifier son téléphone et, quand je suis revenu du comptoir, elle chuchotait dans son portable. J'ai surpris ses derniers mots : « Au lit. Tout de suite. » Avec ce genre de tromperie, on ne peut pas construire une vie de couple. Décevant.

Ces deux-là, je m'en rendais compte, ne comprenaient pas pourquoi un type aussi normal et séduisant cherchait l'âme sœur sur Internet. Celle de ce soir, le meilleur espoir des trois, s'imaginait pour sa part avoir tout compris. Nous nous sommes retrouvés dans un bar tout en bas de King's Road dans Chelsea, « juste de l'autre côté du fleuve » où elle prétendait habiter. Elle portait une robe fourreau pourpre qui moulait ses courbes avec un décolleté très plongeant. Des cheveux blonds courts, coupés en pointe, beaucoup d'eye-liner, un espace entre les deux incisives. Pas mal, vraiment. Me faisait un peu penser à Vic Murphy jeune. Les deux autres avaient un peu minaudé, les yeux baissés sur leur vin qu'elles faisaient tourner dans leur verre. Cathy ? (Pas son vrai nom, sans doute.) Elle a croisé les jambes de façon provocante en me regardant droit dans les yeux pour déclarer avec son accent très South London :

— Vous n'avez pas besoin de faire semblant. Jouons cartes sur table. Je sais ce que vous voulez.

— Déménager ?

Je ne plaisantais qu'à moitié.

Elle m'a adressé un drôle de regard puis elle a haussé les épaules.

— Le sexe. Vous êtes marié. Vous faites juste semblant de chercher. « L'amour ? Une partenaire pour la vie ? Voyons ce qui arrive… » ? Ou quels que soient les mensonges que vous avez inventés pour votre profil.

— Ce n'étaient pas des mensonges.

J'étais sincère.

— Ça fait un moment que je pratique ce jeu. J'en ai rencontré beaucoup des comme vous. Si un homme semble trop beau pour être vrai, c'est qu'il l'est en général.

Elle a léché son doigt pour le passer sur le rebord de son verre.

— Cette chemise... aucune chance que vous l'ayez achetée vous-même. C'est le genre de chemise qu'une femme choisit pour son mari.

J'ai fait semblant de bafouiller et de réfuter toutes ses accusations. J'ai parlé de timidité, d'une longue relation avec une partenaire qui me l'avait offerte avant de partir avec mon meilleur ami.

— Un achat coupable. Ne me jugez pas à cause d'un achat coupable.

Oh, je suis bon quand il faut l'être. Je suis sacrément bon.

I can be brown, I can be blue, I can be vi-o-let sky... I can be anything you like[1].

— Écoutez, a-t-elle dit, je vous trouve séduisant. Si vous vous souvenez de mon commentaire, je disais : « relation à long ou à court terme, je ne suis pas difficile ». Je ne vais pas vous mentir. Dans l'idéal, je recherche quelqu'un avec qui partager ma vie, mais je ne vais pas refuser l'opportunité de m'amuser un peu si elle se présente.

Je déteste quand les gens disent : « Je ne vais pas vous mentir. » C'est un tic. Le genre de phrases dont ils se servent pour se donner de l'importance. Un roulement de tambour verbal. Et la plupart du temps, ça n'annonce qu'un mensonge ou une demi-vérité, ou

---

1. « Je peux être brun, je peux être bleu, je peux être un ciel violet... je peux être tout ce que tu veux », extrait de la chanson « Grace Kelly » de Mika.

alors une « vérité » à laquelle ils n'ont pas vraiment réfléchi mais qui leur paraît agréable.

— De quoi parlez-vous ? ai-je bredouillé.

Elle m'a étudié un moment.

— Hum. Je me demande.

J'ai réussi à changer de sujet pour gagner un peu de temps. Elle me proposait de coucher avec elle ; dès le soir même, si je ne me trompais pas. C'était tentant. Mais elle était un peu trop maligne à mon goût ; complètement à côté de la plaque, bien sûr, mais d'une franchise gênante, agressive. Et, de toute manière, elle avait tort. Je ne cherchais pas du court mais du long terme.

Je lui ai demandé son métier. Psychologue, administrant des thérapies comportementales et cognitives à des patients en détresse émotionnelle.

— Une médecin ! me suis-je exclamé, tout en sachant pertinemment qu'elle ne l'était pas.

Tout ce temps où j'ai partagé des locations avec des étudiants à Édimbourg m'avait appris la différence entre dix années de rude formation médicale et un simple diplôme en psychologie, même suivi d'un petit doctorat. Des paroles, pas de médicament. Intéressant, qu'elle ne m'ait pas corrigé.

La soirée n'a pas paru si longue. Elle était de bonne compagnie, à la fois indiscrète et dragueuse. J'ai particulièrement apprécié sa description d'une TCC[1] en cours avec un couple qui avait cessé toute relation conjugale. « Dès le deuxième jour, ils peuvent se toucher ou se caresser n'importe où, la poitrine, les bras, le haut des cuisses, mais pas encore les seins, le vagin et le pénis. » Pour mon plus grand plaisir, elle sifflait

---

1. Thérapie comportementale et cognitive.

les sibilantes. J'observais sa bouche quand elle parlait, l'espace entre sa langue et l'écartement entre ses
dents. Le sexe : ça avait souvent été mon point faible.
J'ai failli rentrer avec elle.

Elle a absolument tenu à payer les verres, claquant
d'un geste flamboyant une pile de billets sur la table
avant que je ne puisse protester. Si j'avais porté une
cravate, elle l'aurait sans doute saisie pour me traîner
sur le trottoir. J'ai réussi à reprendre le dessus quand
on s'est retrouvés dehors, en lui disant que j'avais
besoin d'avoir les idées claires, car je commençais tôt
le lendemain.

— On rentre auprès de sa petite femme ?

Elle était un peu abattue.

— Non.

Comme pour la punir, je lui ai tapoté le nez. Elle a
essayé d'attraper mon doigt avec sa bouche.

— Mais je suis un gentleman et je vous raccompa-
gnerai là où vous le voudrez.

— J'ai lu les petites lignes, a-t-elle dit en rebou-
tonnant son manteau. Pas de détails personnels au
premier rendez-vous.

— Que croyez-vous ? Que je vais vous étrangler ?

Elle a éclaté de rire.

— Je suis une grande fille.

Mais j'ai insisté. J'étais assez intrigué pour vouloir
en savoir davantage.

— On n'est jamais trop prudent. Il est tard. Ce ne
sont pas les cinglés qui manquent.

Elle s'est laissé fléchir et a accepté que je l'accompagne
au métro – un sacré détour, ce qui m'a mis de mauvaise
humeur. Mais je l'ai quand même embrassée à Sloane
Square, une fois doucement sur chaque joue, les lèvres
ouvertes pour sentir sa peau. J'ai laissé ma main frôler son

sein. Si elle n'avait pas été intéressée avant, elle l'était maintenant. Elle a essayé de le prendre à la cool et m'a salué, un petit geste coquet de la main tandis qu'elle empruntait l'escalator.

— Appelez-moi. On pourrait se revoir.

Ce n'était pas difficile. Il suffisait de laisser deux ou trois personnes entre nous. Elle ne regardait pas autour d'elle. Elle est descendue sur le quai – la Circle Line – fixant droit devant elle la publicité pour du bain de bouche de l'autre côté de la voie, tripotant une mèche de cheveux derrière sa tête. Elle a ouvert son manteau pour resserrer la ceinture de sa robe, agitant les épaules comme pour libérer la peau sous son soutien-gorge.

Quand la rame est arrivée, je suis monté dans la voiture voisine pour l'observer à travers la vitre. Une fois assise, elle a sorti un magazine de son sac en bandoulière. *The Economist* – voilà qui était une surprise. Qui s'est avérée utile, car, même si elle est descendue à Victoria, l'arrêt suivant, elle a continué à lire en marchant, puis sur l'escalator, et ne l'a remis dans son sac qu'une fois arrivée dans le hall principal de la gare. Plus intellectuelle – ou plus prétentieuse – que je ne le pensais.

Même histoire dans le train, à cette différence que je la voyais moins bien depuis le wagon voisin, des têtes et des corps gênant la vue. Je suis resté debout, près des portes, vérifiant à chaque station. Quand elle est enfin sortie, vingt bonnes minutes plus tard, je me suis retrouvé dans une gare de banlieue, déprimante et paumée, jonchée de paquets de chips et de sacs plastique Aldi. J'aurais dû en noter le nom. Le fait que je ne m'en souvienne pas est la preuve de son morne anonymat.

Bien sûr, je pourrais le retrouver, mais à ce stade, je m'en moque. Boxland ? Moxton Eastfield ? Envolé.

Deux garçons d'une vingtaine d'années en costumes bon marché, l'haleine empestant la bière, sont descendus avec moi et je me suis mis à marcher derrière eux. Elle a quitté la gare, un piètre bâtiment en mauvaises briques et faux piliers, et a traversé la rue en direction d'une rangée de maisons en préfabriqué. Au bout – les jeunes toujours devant moi, chemises dépassant de leurs vestes –, elle a pris à gauche dans une rue identique. Les types sont partis à droite, rigolant, l'un d'entre eux sautant pour essayer de toucher un lampadaire. Là, elle a jeté un regard derrière elle, son visage éclairé par un halo orange ; je me suis planqué dans l'ombre et j'ai attendu.

Elle a continué à marcher un peu, je restais derrière ma haie de troènes. Je ne savais pas trop quoi faire. J'en avais assez vu, mais la curiosité, l'excitation de la traque je suppose, provoquaient des frémissements dans mes membres. Elle a fini par s'arrêter, fouillant dans son sac à la recherche de ses clés, pour entrer dans une maison. Je lui ai laissé le temps d'enlever son manteau, de se brosser les dents, de se faire une tasse de thé, puis je me suis glissé de l'autre côté de la rue pour voir où elle habitait.

De quoi briser toute idylle, j'en ai peur. Même si Boxland ou Moxton Eastfield avaient révélé des délices insoupçonnées – un restaurant étoilé Michelin, par exemple –, je ne pourrais jamais être heureux avec quelqu'un ayant choisi une maison pareille. De vilaines fenêtres en aluminium munies de voilages sales, un porche prétentieux façon Versailles, un emplacement pour garer une voiture un peu en retrait qui semblait avoir été pavé avec des carreaux de salle de bains.

Décevant. Mais tant mieux, sans doute. Ça ne valait pas la peine d'entrer pour vérifier l'intérieur. Les signes de danger étaient suffisants : le boulot, *The Economist*, la tenue. Si la maison et le quartier avaient été tentants, j'aurais pu me faire avoir. Je vais bricoler mon profil. Il vaut probablement mieux trouver quelqu'un sans diplôme, rétrécir le champ d'action. Je m'en rends compte : il me faut de la douceur, pas du culot. Je n'ai pas besoin qu'on me fasse la leçon. Les gens avec un diplôme universitaire – médical ou autre – croient tout savoir. La plupart du temps, ils sont à côté de la plaque.

Je n'ai éprouvé aucun remords à suivre « Cathy ». Quand on accepte de rencontrer un inconnu, que peut-on espérer ? Ça l'aurait sans doute excitée de savoir que j'étais là, dehors.

Je n'aurais jamais imaginé qu'elle puisse vivre dans une maison pareille. Mais, bien sûr, le problème avec les gens, c'est qu'on ne sait jamais.

5

Lizzie

— Je préfère de loin un cadavre aux vomissures. Et c'est pas pour faire de l'humour. Hier soir, j'ai été appelée pour un incident au Taj Mahal[1] – un petit malin avait mordu l'oreille de son pote et la lui avait arrachée. J'étais en train de prendre leurs dépositions quand le type se penche en avant et dégueule sur mes chaussures. J'ai failli en faire autant. Vous connaissez ? Ce réflexe conditionné devant le vomi des autres ? D'après ma mère, j'en ai souffert toute mon enfance.

L'agent Hannah Morrow, mon officier de liaison avec les familles, est assise à ma table de cuisine. Il y a une tasse de thé devant elle, mais elle n'a pas encore eu le temps de la boire. Elle voûte les épaules et se tord le ventre pour illustrer l'horreur de l'expérience.

Jane, ses talons aiguilles posés sur les barreaux de ma chaise, intervient :

— Je crois que je préfère du vomi à un cadavre.

— Franchement ? Moi, c'est ni l'un ni l'autre.

---

1. Restaurant indien situé dans le quartier de Streatham à Londres.

Cela fait une heure au moins qu'elles papotent comme ça. Je suis comme un fantôme. Je suis à peine là.

Il était plus de huit heures quand je suis arrivée, la nuit était déjà tombée. Jane attendait devant la maison, faisant les cent pas pour se réchauffer. Hannah nous a rejointes peu après. Je voulais qu'elle vienne : en tant que policière, elle dispose de certains moyens. Je me disais qu'elle pourrait m'aider.

Mais maintenant, elle parle. Ce bavardage, c'est son truc depuis le début, depuis cette nuit où elle a frappé à ma porte – elle n'avait que vingt-cinq ans à l'époque. Je n'imagine même pas ce que cela a dû être pour elle. Ces inepties, ce qu'elle avait mangé tel ou tel jour, ce que sa mère lui disait, tout cela m'avait d'abord donné envie de hurler. Je trouvais ça débile. Aujourd'hui, un an après, une année au cours de laquelle elle a acheté son propre appartement, perdu trois kilos et adopté une coupe au carré, je comprends. C'est une stratégie de sortie de crise. Elle fait en sorte que les émotions retombent.

Son chef, l'inspecteur Perivale, a fait une intervention au sujet de la sécurité sur Internet à l'école le mois dernier et j'en ai profité pour lui dire à quel point je trouvais Morrow brillante, à quel point elle était calme et imperturbable, y compris quand d'autres s'effondraient autour d'elle. Il a marmonné quelque chose de dédaigneux sur les jeunes agents qui sont souvent meilleurs pour « faire la douleur » que des officiers plus expérimentés. « Faire la douleur » : j'ai retenu l'expression.

Ce soir, elle n'est pas de service, mais elle est venue quand même.

— Vous plaisantez ? Je m'ennuyais à mourir. Rien à part « Antiques Roadshow[1] ». C'était soit vous, soit un coup de fil à ma grand-mère.

— Ils ont sauvé l'oreille ?

Jane s'est penchée en avant pour poser la main sur mon genou. Elle porte une robe de bal année 1950 et des bas résille. Elle devait être attendue ailleurs. Elle me serre le genou pour me montrer qu'elle ne m'oublie pas.

— Le serveur l'a enveloppée dans un paquet de petits pois surgelés, des Bird Eye. Il ne m'était jamais venu à l'esprit qu'on puisse trouver des Bird Eye dans un resto indien. Bon, un petit tour aux Urgences et c'était recousu.

Hannah avale une longue gorgée de thé. Elle repose le mug en le faisant claquer sur la table.

— Une quantité de sang impressionnante en tout cas. Pas autant que cette blessure à la tête infligée par une dinde surgelée pour laquelle j'ai été appelée à Noël. Mais plus qu'on imagine. Du vrai sang, dois-je ajouter. Pas de la peinture rouge.

Elle m'adresse un sourire complice et mon regard s'abîme à nouveau vers mes cuisses. Je suis épuisée. C'est comme si cet après-midi s'était dilaté pour durer des jours ; des jours, et non quelques heures, depuis le moment où j'ai annoncé à Jane, à son grand affolement, que je rentrais sur-le-champ, en lui promettant de l'appeler toutes les trente minutes pour la rassurer ; des jours, et pas juste une heure, depuis l'instant où je me suis assise, tremblante, dans la cuisine pour écouter

---

1. Très ancienne émission de télévision britannique où, au cours d'un voyage, on examine des objets anciens ou antiques trouvés sur place et présentés par des gens du cru.

Hannah. Elle avait envoyé la police de Cornouailles inspecter l'atelier. Verdict : de la peinture, et non du sang, sur les murs. L'effraction était possible, même si, en l'absence du moindre signe de vol...

Je porte toujours la jupe de ma mère. Elle est crasseuse, maculée d'herbe et de traces de pattes. J'essaie de retrouver comment je me les suis faites. Était-ce en déposant les fleurs devant l'arbre, ou bien en dévalant la colline ? J'arrache un bout de ronces coincé dans mon pull, à l'épaule. Dessous, il y a la chemise de Zach. Celle qui est tachée. Il faudrait que j'essaie de la nettoyer une nouvelle fois. Et puis, j'ai mes grosses bottes en caoutchouc. J'ai conduit avec ça ? Comment ai-je fait pour passer les vitesses ? Pour freiner ? C'est le genre de choses qu'Hannah pourrait me reprocher. Je ne veux pas la fâcher. Pas maintenant.

— J'aurais préféré que tu me laisses venir te chercher, me dit Jane.

Je secoue la tête.

Elle se penche vers moi et, avec un petit sourire contrit, me frotte la joue avec deux doigts. Ce doit être son rouge à lèvres quand elle m'a embrassée tout à l'heure. Je respire un bon coup et je contemple la cuisine. La vaisselle de mon petit-déjeuner d'hier est toujours dans l'évier. Des miettes jonchent le plan de travail. Depuis la mort de Zach, je ne m'occupe plus de rien – dans cette pièce, dans cette maison. Toutes les surfaces en bois sont sales, craquelées. Des éclaboussures brunes à côté de la poubelle montrent qu'un sachet de thé a fini contre le mur. Il faudrait que je fasse le ménage.

— Vous vous dites que je suis folle.

— Non, dit Hannah qui m'observe avec attention.

— Mais je crois vraiment que Zach est toujours en vie.

J'essaie de parler avec calme. Howard est à mes pieds, se grattant paresseusement, le MacBook, sur la table.

— Pourquoi son ordinateur était-il à Gulls ? Et puis, il manque des affaires. Ses bottes Hunter. Je les ai retrouvées à Sand Martin. Elles étaient sur une étagère.

— Sand Martin ? répète Hannah.

— Je ne sais pas comment elles sont arrivées là-bas. Lors de notre dernier séjour dans les Cornouailles, elles étaient à Gulls, ça doit forcément vouloir dire quelque chose. Mais ce n'est pas le plus important. Il n'y a pas que ça. Des affaires ont disparu. Des vêtements, un sac, une lampe torche, de l'argent qu'on gardait en cas d'urgence, un tableau aussi, je crois. Mais là, je n'en suis pas certaine.

— D'accord, fait Hannah, vous avez fouillé la maison, mais comment pouvez-vous en être aussi sûre ?

Elle se balance en arrière sur sa chaise, coince ses genoux contre la table avant d'ajouter :

— Ça faisait longtemps que vous n'y étiez pas allée.

— La police pense que l'atelier a été cambriolé, renchérit Jane. Gulls est restée inhabitée une année entière...

— Non, attendez. Il y avait déjà des fleurs devant l'arbre, des lys. Des fleurs déposées par quelqu'un d'autre. Et ce SUV gris, je n'ai pas arrêté de le voir partout.

Je secoue la tête pour tenter de m'éclaircir les idées.

— Peut-être que ça n'a aucun rapport, dis-je.

Je m'y prends mal. Si je veux qu'elles comprennent, il faut expliquer autrement.

Pour me donner du temps, je me lève, j'enlève ma botte de la gueule d'Howard et ouvre la porte. Le jardin est peuplé d'ombres que le vent remue. Le chien disparaît dans l'obscurité touffue des fourrés. Puis je retourne m'asseoir, plus droite qu'avant. Un muscle de ma jambe palpite.

— Je lui avais écrit une lettre, dis-je. Et quand je suis arrivée là-bas, elle avait été ouverte. Il l'a lue.

— Quelle lettre ? dit Jane.

— Que lui écriviez-vous ? demande Hannah.

— Ça n'était pas très facile entre nous, vous savez… Je n'arrivais pas à tomber enceinte, et Zach… j'ai découvert que… qu'il était un peu possessif. J'ai écrit des choses que je n'aurais peut-être pas dû. J'ai dit que je voulais que nous nous séparions.

Chaque mot crée une nouvelle boule dans ma gorge. Je tousse et puis je me force à rire. Je frotte un cercle de tasse incrusté sur la table et Jane pose sa main sur la mienne pour m'arrêter. Son vernis à ongles est gris, comme un habit de nonne.

— Cette lettre, vous l'avez ? demande Hannah d'un ton léger.

— Non. Je l'ai brûlée.

Je ne la regarde pas.

— La seule chose qui me soulageait un peu, c'était qu'il ne l'ait pas lue avant de mourir. Sauf qu'il l'a lue. Il a dû arriver à Gulls plus tôt qu'il ne l'a dit. Il a dû aller là-bas. Vous comprenez ? Il est allé au bungalow – ce qui explique la présence de l'ordinateur – et il a trouvé la lettre. Ça l'a mis tellement en colère qu'il a tout cassé dans son atelier.

Je me tourne vers Jane.

— Il était saccagé. Je t'accorde que ce n'était pas du sang, mais de la peinture sur les murs. Sauf que c'était comme si quelqu'un était devenu fou furieux là-dedans. Ensuite, j'imagine qu'il a fini par se calmer. Il m'a menti au téléphone. Et il m'a laissé un message personnel sur un des tableaux.

— Sur un tableau ?

— Un message « personnel » ? demande Hannah. Vous voulez dire codé ?

— Au fusain. Il s'est dessiné en train de partir vers une nouvelle vie sans moi. Il savait que je le verrais. Il savait que je comprendrais. Et puis, il a fermé la maison... et puis il...

Il y a une drôle d'expression sur le visage de Jane, comme quelque chose de forcé. Ses yeux brillent et ses joues ont rougi. Je regarde Hannah : ses lèvres sont bizarres, tordues. Jane a enlevé sa main de la mienne, elle la tient devant sa bouche. Ses yeux sont inquiets. Ni l'une ni l'autre ne disent rien.

— Donc, vous voyez, dis-je à nouveau.

Hannah hoche légèrement la tête.

— Il a lu la lettre et ça l'a dévasté. Il a bu pour noyer son chagrin. Et puis il a repris la route pour Londres. Ce qui explique pourquoi il circulait dans ce sens. Il n'a pas fait demi-tour. Il revenait ici pour vous voir, un peu en colère, un peu trop vite. Peut-être...

Jane baisse la main.

— Oh, pauvre Zach. Il...

— NON !

J'ai hurlé.

— Ce n'est pas ce que vous croyez. Il ne s'est pas tué. Ce n'était pas un suicide. Il n'était pas dans la voiture. Ce n'était pas lui.

Jane repousse sa chaise et s'accroupit près de moi. Elle me prend dans ses bras. Je me suis mise à pleurer pour de bon.

— Pas de corps, dis-je. Il n'y avait pas de corps.

— Mais si, mon cœur, dit Jane. Il y en avait un.

— Non. Non.

Hannah se lève à son tour. J'ai conscience qu'elle se déplace dans la cuisine. Elle ouvre la porte du jardin. Elle a dû faire rentrer Howard, car son museau me renifle les pieds, il pose la tête sur mes genoux. Ses poils sont mouillés et boueux. J'entends qu'on remplit la bouilloire. Finalement, Hannah revient à table où elle pose la théière.

— Nous n'avons pas fait de test ADN. N'est-ce pas, Lizzie ? Parce que nous étions sûrs, hein ? Son téléphone portable se trouvait dans la voiture. Il y avait les images de la caméra de sécurité le montrant un peu plus tôt dans l'après-midi en train de faire le plein à la station-service. Vous nous avez dit qu'il était en voiture cette nuit-là. Nous ne procédons à des tests que quand il y a un doute. Et il n'y avait pas le moindre doute.

Je la revois à la porte. Debout là, avec ces questions qu'elle devait poser, comme elle a dit, et sa petite queue de cheval, dans son uniforme tout propre. À qui appartenait la voiture ? Est-ce que je savais qui était au volant ? J'en étais sûre ? Je sais maintenant qu'elle cherchait une preuve, une confirmation. Mais ses phrases mouraient entre nous deux. Je tendais les bras pour les empêcher d'arriver. Elle m'a montré une photo de Zach prise par la caméra de surveillance : « Est-ce bien lui ? » J'ai froissé l'image et ai essayé de pousser Hannah dehors.

Je me mouche. Jane incline la tête pour voir comment je vais. Elle approche une chaise.

Les obsèques ont eu lieu au crématorium de Putney Vale. La voiture rampait le long des allées entre les tombes. La pluie tombait. Nous étions en retard : la famille suivante était déjà là, un attroupement noir devant la chapelle. Un amas de fleurs. Des bancs à moitié vides. Peggy, Rob, quelques artistes de l'atelier où travaillait Zach. L'odeur de santal, le froissement d'un rideau en polyester. Le cercueil semblait si léger. Ses restes pitoyables si faciles à hisser sur des épaules. C'était un cercueil en saule, il aurait pu contenir un enfant.

— Qui était dans la voiture, Lizzie ? Si ce n'était pas Zach, qui était-ce ?

Jane parle très doucement.

— Des dents, des os, dis-je brutalement. Non, même pas des os, des fragments.

— Il y avait quelqu'un dans cette voiture, Lizzie, confirme Hannah.

— Je pense qu'il a mis en scène l'accident. Je ne sais pas comment. Il y avait du brouillard. Cet incendie. Il était intelligent, bien plus que moi. Il a sûrement trouvé un moyen.

Jane s'écarte très légèrement.

— Tu sous-entends qu'il a tué quelqu'un ?

— Non. Bien sûr que non, dis-je, l'esprit tournant à toute allure maintenant. Il a dû prêter la voiture à quelqu'un et cet accident s'est produit. Alors, il a saisi l'occasion. Il était comme ça. Il aimait prendre des risques. Il tenait à être différent, à enfreindre les règles. Il y a des précédents, non ? Ces gens qui se sont servis des Twin Towers pour commencer une nouvelle vie ?

— Et où crois-tu qu'il se trouve maintenant ? demande Jane.

— Il serait capable de vivre n'importe où. Y compris dans les bois... Il a passé son enfance à camper. Mais je l'imagine plutôt au bord de la mer. Il aimait la mer. Il n'a pris que des affaires dont il aurait besoin pour survivre en pleine nature. Une torche, ses bottes.

— Donc, pas dans le bungalow, n'est-ce pas ? continua-t-elle. Il ne s'est pas installé là-bas ?

Je réfléchis. Gulls sentait le renfermé. Une toile d'araignée s'étalait de la bouilloire à la vitre. Un lieu inhabité.

— Non. J'imagine qu'il préfère être près de moi. Hannah, Jane... Ça colle, non, avec toutes ces choses qui se sont passées, avec ce sentiment que j'ai de sa présence, cette impression qu'il me surveille ? Ce n'est pas mon imagination. Cette effraction, Hannah... Le cambrioleur est entré ici comme si c'était chez lui. Ça aurait pu être Zach.

— Ne m'avez-vous pas dit que vous n'étiez pas certaine d'avoir verrouillé la porte avant d'aller vous coucher ? Que vous l'aviez laissée comme ça et, peut-être même, entrouverte ? insiste Hannah.

— C'est la seule explication qui m'est venue à l'époque... Mais Zach avait sa clé...

— Je ne comprends pas, dit gentiment Jane. Lizzie, c'est de Zach que nous parlons. Comment peux-tu imaginer que ton mari qui t'adorait t'aurait infligé une telle souffrance ? Pendant une année entière ? Te surveiller ? Te cambrioler ?

— Le message dans le tableau. C'était peut-être pour me dire qu'il allait bien. Ce n'était peut-être pas une provocation, il cherchait peut-être à me rassurer. Ou les deux.

— Mais même. T'abandonner. Quelle sorte d'homme ferait une chose pareille ? Te torturer ainsi... ?

— Il...

Je ne sais même pas par où commencer.

— Il était compliqué.

— Je sais.

Elle se lève et me prend à nouveau dans ses bras.

Hannah a cassé son biscuit en morceaux. Maintenant, elle en grignote un bout, laissant les autres sur la table. Elle reprend la parole sur un ton neutre :

— Il n'aurait pas pu obtenir une nouvelle identité. Avant, c'était assez facile : il suffisait d'envoyer une copie de l'acte de naissance de quelqu'un né la même année que vous et mort depuis. Les flics sous couverture faisaient ça tout le temps.

Elle avale.

— Mais cette brèche n'existe plus, tout est informatisé. Ce n'est plus aussi facile, Lizzie.

Elle secoue la tête, s'essuyant la bouche du bout des doigts.

Jane se lève. Elle me tapote l'épaule en passant derrière moi. Elle commence à remplir le lave-vaisselle avec nos mugs et les restes de mon petit-déjeuner d'hier. Elle trouve une éponge et enlève les miettes, nettoie la table.

Ses mouvements sont prudents. C'est quelqu'un de très énergique, à l'esprit vif, qui en général fait tout à toute allure ; là, il n'y a aucune précipitation dans ses gestes. Elle agit délibérément au ralenti. Hannah, pendant ce temps-là, sourit avec gentillesse.

Je repense à mes séances avec elle. Elle notait tout dans un calepin, chaque mot, le moindre détail. Elle n'a rien écrit ce soir. Ni l'une ni l'autre ne croient un mot de ce que j'ai dit. Elles pensent que j'ai tout inventé. C'est mon état qui les inquiète, pas de savoir si Zach est vivant ou pas. Elles doivent faire très attention à moi. Pendant un moment, je me sens dépossédée. Je reste assise là à digérer ça. Bien sûr qu'elles ne comprennent pas. Elles ne le connaissent pas comme je le connais. Il n'est pas dans leurs os, ni sous leur peau. Il n'est pas entre leurs lèvres ou sur leurs paupières. Je suis seule avec ça. J'ai eu tort d'espérer leur aide. Je ne pourrai jamais les convaincre. C'est entre Zach et moi.

Un silence tombe sur la cuisine. Quand les clés grincent dans la porte d'entrée au bout du couloir, nous sursautons toutes les trois.

Peggy a amené deux de ses trois enfants : Alfie et Gussie, cinq et trois ans.

— Tu es là ! dit-elle en les poussant dans la cuisine. J'étais tellement inquiète depuis le coup de fil de Jane. Le trajet a été très long.

Elle jette ses bras autour de moi. J'échange un rapide coup d'œil paniqué avec Jane. Je ne lui ai pas demandé d'appeler Peggy. J'ignore ce qu'elle lui a raconté. Elle secoue légèrement la tête.

Gussie grimpe sur mes genoux et tient mon visage entre ses mains humides. Elle me picore les lèvres comme un oiseau. Ses cheveux – de longues boucles comme sa mère, pas mes machins frisés – me chatouillent la joue. Alfie, en costume de Batman, joue avec Howard. Je les aime tous, mais j'ai envie de poser la tête sur la table et de fermer les yeux.

— Salut, Jane, dit Peggy en l'étreignant elle aussi. Et chère Hannah, comme c'est gentil à vous d'être passée. J'adore votre coupe. *Très** chic.

Cette effusion un peu maniérée montre que la présence simultanée de Jane et de Hannah la rend perplexe.

Elle se perche sur le plan de travail. Ses cheveux sont noués en deux nattes à la Heidi.

— Je suis tellement, tellement, contente que tu sois rentrée, Lizzie. Je ne supportais pas de t'imaginer toute seule là-bas, sans Zach. Tu as besoin d'avoir ta famille auprès de toi.

Une autre petite pique.

Gussie demande « dada-dada » et j'agite mes genoux de haut en bas, la tenant solidement, ma joue appuyée contre son dos. « Sans Zach », comme ça a l'air simple. La petite couine de plaisir.

— Encore, encore !

— Elle a très envie de passer la nuit chez sa tante préférée, dit Peggy.

— Sa seule tante, je précise.

— Pas ce soir, coupe Jane.

— Peut-être… dis-je.

— Non, réplique fermement Jane. Lizzie a eu une journée éreintante.

— Dommage, dit Peggy en souriant. Une autre fois, mon petit cœur.

Alfie, qui était monté à l'étage, revient avec la boîte transparente de feutres Rotring de Zach. Il enlève le couvercle, la retourne et les étale sur la table.

— Ah, bien joué, dit Peggy. Des feutres. Demande à tata Lizzie si elle a du papier.

— Où les as-tu trouvés ? dis-je.

Chaque pointe a une taille différente. Zach faisait très attention à ne pas les abîmer. C'en était une obsession. Chacune a son compartiment séparé dans la boîte.

— Ce n'est pas fait pour jouer.

— Lizzie, dit Peggy. Ce n'est qu'un enfant.

— Je peux les avoir ? demande Alfie en enlevant tous les capuchons.

— Peut-être… quand tu seras plus grand, dis-je, sans regarder Peggy.

Je crois l'entendre émettre un toussotement désapprobateur et elle a peut-être raison.

— Bon, faut que j'y aille, dit Hannah en se levant. Je n'ai toujours pas appelé ma grand-mère. C'est bientôt son anniversaire et on lui organise une fête.

Je me débarrasse de Gussie pour la suivre. C'est un soulagement de me retrouver dehors. L'air froid dans mon cou pénètre sous mon pull et enserre mes jambes nues. Hannah a garé sa mobylette sur le parking près du pub, à l'embranchement de la rue principale où la circulation gronde en permanence. La vibration fait trembler les lampadaires. Hannah, récupérant son casque dans le top-case, me tourne le dos pendant que mon regard scrute les broussailles au fond du parc : de l'herbe, des arbres et des ronces. Au-delà se dresse la prison de Wandsworth. Mille six cents détenus – tous ces crimes, ces mauvais instincts, ces erreurs – vivant à côté de chez moi. Mais c'est surtout le bâtiment qui paraît maléfique. Et c'est le pire moment de la journée, avec cette pénombre qui le défigure.

Hannah grimace en serrant la lanière de son casque sous son menton. Puis elle me regarde dans les yeux et dit :

— Vous mangez ? On dirait que vous avez perdu du poids.

Je lui dis que oui, même si je ne me rappelle plus à quand remonte mon dernier repas.

— Tant mieux. Alors ? Cette lettre que vous avez écrite ?

— On avait des hauts et des bas, comme la plupart des couples.

Elle continue à me dévisager. J'envisage de lui divulguer certaines de ses manies : comment il n'aimait pas que je lise, comment il attirait mon attention par-dessus le journal, ou bien cachait mes livres si bien que je ne les retrouvais pas, comment de simples gestes, comme refermer la machine à laver, étaient parfois lourds de colère. Comment je devais être prudente avec ma tenue, ou ma façon de me comporter ; comment je redoutais certaines situations, par exemple en soirée avec des amis, où je ferais tout de travers, où il me trouverait insensible.

— Des banalités, dis-je. Rien d'important.

— Cette idée que vous avez...

Je la coupe en faisant un geste de la main pour indiquer ma propre idiotie.

— Je sais. C'est de la folie.

— Bien, dit-elle avec un regard éloquent. Soyez forte.

Elle me fait un signe en partant. Je la regarde s'éloigner avec cette posture comique des gens qui chevauchent ces engins, jusqu'au bout de la rue où elle met son clignotant après la prison et disparaît. Si je ne peux pas compter sur son aide, je me débrouillerai toute seule.

Je sens Zach qui m'observe depuis les ombres derrière la balustrade, depuis ces fourrés derrière le sycomore. L'air frémit, une petite décharge d'électricité ou comme si on agitait une feuille de métal très mince. Une voiture accélère, mais je tends l'oreille pour entendre sa respiration malgré ça. Les yeux fermés, j'ouvre les bras.

— Viens. Si c'est ce que tu veux. Vas-y. Viens.

Zach

Au début, j'ai cru que Sanssouci201, rendez-vous numéro quatre, était une petite coquine. Elle m'a donné son numéro de téléphone dès que je le lui ai demandé. Aucune des autres n'avait accepté. À la seconde où j'ai entendu sa voix, j'ai su que ce n'était pas par effronterie mais par naïveté. Elle manquait d'assurance, bégayait même un peu. La petite classe moyenne dans ce qu'elle a de bon. Une bibliothécaire, pas moins. Je lui ai demandé où elle habitait et elle a dit Wandsworth, près de la prison. Un appartement en colocation ou bien… ? Une hésitation. « Toute seule », a-t-elle dit. Pendant que nous parlions, j'ai affiché la carte de la zone sur mon écran. Un peu plus à l'ouest de l'endroit où j'avais assisté à cette démonstration d'affection publique par le couple d'amoureux, mais à peu près dans le même coin.

J'ai suggéré que, plutôt que de prendre le verre habituel, nous fassions une longue et belle promenade. Un silence pendant qu'elle analysait ma proposition, puis avec un ravissement timide : « Quelle bonne idée ! C'est tellement mieux. »

Ça n'avait pas été trop difficile. J'avais entendu un chien aboyer quelques instants plus tôt, sa voix était devenue plus distante comme si elle avait éloigné le combiné, puis il y avait eu un bruit de porte.

Première vision, pas très favorable. Une drôle de petite chose incolore, en jean baggy et polaire, traînant – ou plutôt traînée par – un énorme animal qu'elle contrôlait difficilement. Elle s'était peut-être décrite comme une « voyageuse au long cours », mais elle donnait l'impression de n'avoir jamais dépassé Orpington.

Elle a rougi jusqu'à la racine des cheveux en me voyant. Je m'étais vêtu avec soin – pas de Paul Smith cette fois, mais des éléments disparates choisis chez Age Concern[1] en pensant que ça plairait à quelqu'un qui aime les livres. Un peu trop chauds. Et c'était pénible, aussi, de trimbaler cette sacoche de matériel d'artiste, sacrément lourde pour une « longue et belle promenade ».

Tandis que nous nous dirigions vers le parc de Wandsworth, je faisais de mon mieux pour la mettre à l'aise. Je ne cessais de l'observer du coin de l'œil, avant de me rendre compte qu'elle en faisant autant. Bizarrement, cela m'a touché. Quand j'ai enfin pu la dévisager à mon aise, j'ai vu qu'elle avait en fait un beau visage, et une jolie petite silhouette aussi, d'autant plus attirante qu'elle ne semblait pas du tout en avoir conscience. Elle se rongeait les ongles. Au bout d'un moment, je lui ai pris la main pour l'en empêcher.

Elle m'a, bien sûr, posé des questions. Je suis resté évasif. Je lui ai dit, les yeux fixés droit devant moi pour indiquer à quel point le sujet était difficile, que mon père avait été un alcoolique violent, que j'avais souvent déménagé dans ma vie d'adulte, que j'avais

----

1. Organisation caritative d'aide aux personnes âgées. Comme Emmaüs, elle gère des friperies.

travaillé à l'étranger : un mal chronique à m'installer. « Je suis désolée », a-t-elle répété plusieurs fois. Sa propre enfance avait été facile, dorée, même si elle a plus tard évoqué le fait que son père était mort d'une crise cardiaque alors qu'elle avait cinq ans. La coupe à moitié pleine, donc : intéressant.

Finalement, après nous être traînés dans les deux sens le long de la voie ferrée, passant devant une sorte d'étang et un terrain de jeux pour gosses, je lui ai demandé si on pouvait aller chez elle boire un verre. Elle était partagée, ça se voyait. Le site *Rencontre* vous sermonne à propos de ce genre de choses. Je l'ai laissé mijoter tout en l'entraînant du côté de la prison. Un peu plus tôt, j'avais aperçu son toit gris à tourelles, son immense porte barricadée – une gueule avec des dents – de l'autre côté du terrain de cricket. Elle a regardé sa montre une ou deux fois. On a quitté le parc, emprunté un bout de rue bordée de maisons victoriennes pour nous arrêter sur le trottoir d'une route bruyante qui, à notre droite, s'élargissait pour devenir une quatre voies. « C'est par là. » Sa main montrait la ruelle en face. « Mais, si cela ne vous dérange pas, je préférerais que nous allions au pub. Ils font du café. » La main s'était déplacée vers l'établissement de l'autre côté de la chaussée.

J'ai dit, en plaisantant, que cela me dérangeait, histoire d'avoir l'air de flirter sans être trop lourd. Et puis, pardon, du café ? C'est ça qu'elle imaginait quand on lui parlait d'un verre ? Seigneur ! Il y en a qui savent s'amuser. Elle est restée inflexible. En rosissant jusqu'aux oreilles, elle a annoncé que nous pourrions aller chez elle la prochaine fois, « s'il y a une prochaine fois ».

Cela n'avait aucune importance. J'avais pu repérer les lieux. C'était une jolie petite rue de cottages victoriens bien alignés avec leurs façades plates, probablement construits pour les officiers de la prison ou des maraîchers. Un joli travail à la brique, une implantation agréable, des lampadaires d'époque. Et puis, c'était un cul-de-sac, donc même si le bruit de la circulation sur cette route risquait d'être gênant, au moins il n'y avait pas de passage devant chez elle. Un quartier cher aussi, difficile d'y accéder. Favorable au vendeur, comme chacun sait.

Pour lui dire au revoir, je me suis penché pour l'embrasser. J'ai posé la main dans le creux de ses reins et elle a lâché un petit gémissement venu des profondeurs de sa gorge. J'ai eu l'impression que personne ne l'avait touchée depuis longtemps. J'ai cru qu'elle allait mourir de plaisir.

Quand nous nous sommes séparés, je me suis rendu compte que je souriais. Elle avait un goût de Sugar Mice, ces bonbons en forme de souris qu'on vendait autrefois dans les boulangeries de campagne, roses et sucrés. Addictif. Je lui ai gentiment mordu la lèvre en m'écartant, j'ai senti sa douce résistance entre mes dents. Délicieux.

Je n'arrête pas d'y penser, à ce baiser.

6

Lizzie

Il pleut quand je me réveille : les gouttes cognent contre la vitre, le vent fait gémir les joints. Cette nuit, j'ai senti Howard se promener doucement dans la chambre, mais il n'est plus là. Le réveil indique dix heures trente. Au début, je n'arrivais pas à dormir. Autant j'espérais l'oubli total, l'anesthésie, autant mon cerveau bouillonnait, ne me laissait aucun répit. Épuisée, j'étais incapable de déchiffrer mon chagrin, mes remords. Maintenant, je dors souvent du sommeil des morts.

La maison semble en suspens, inquiète, comme si elle retenait son souffle pour mieux tendre l'oreille. J'enfile la robe de chambre de Zach qui a depuis longtemps perdu son odeur et j'erre de pièce en pièce. Quand ma mère vivait ici, il y avait des plantes et des bibelots partout. Les murs étaient recouverts de papiers peints de toutes les couleurs : vert pomme, jaune citron. Zach les a tous arrachés, pour les repeindre avec ce gris clair – « Lumière volée » – d'une simplicité monacale. J'aimais bien cette austérité. Maintenant, je n'en suis plus si sûre. Je regrette presque l'ancienne déco. Je descends dans le salon pour m'installer sur le canapé. Je l'ai replacé dos à la baie vitrée, un endroit que Zach n'aimait pas. J'ai aussi acheté un tapis, l'autre jour. Des rayures rouges et bleues. Une autre erreur. Il est laid, criard ; la pièce l'a rejeté.

Je remarque une trace – l'empreinte d'une semelle de basket. Jane portait des talons aiguilles, Peggy des bottes. Je ne me souviens pas des chaussures d'Hannah, mais ses pieds ne sont pas si grands.

Je la fixe un moment. Puis je m'agenouille pour la frotter avec mes doigts. Les poils du tapis se remettent en place, deviennent plus clairs à mesure que je les redresse. Quand je retourne m'asseoir, la marque a disparu.

Dans la cuisine, un courant d'air froid me gifle les jambes. La porte du jardin est ouverte. Le loquet tient mal, le vent a dû l'ouvrir. Sur le seuil, dans un accès de panique familier, j'appelle Howard. Le soulagement quand il fonce dans la maison, s'ébrouant pour chasser la pluie, est pesant et peu réconfortant. Je lui verse de la nourriture dans son écuelle ; il mange avec appétit. Je fais davantage attention depuis qu'il a été si malade l'an dernier.

Je remonte dans la chambre. Hier soir, j'ai fourré l'ordinateur de Zach dans la penderie : il est là qui me regarde. La garde-robe déborde. Je n'ai jeté aucune de ses affaires qui, peu à peu, se sont mélangées aux miennes. Les vêtements qu'il m'a offerts sont là quelque part : les jeans délavés très chers, les chemisiers délicats. J'y faisais toujours des accrocs, ou alors je les lavais à la mauvaise température. Plaire à Zach était un travail stressant. Depuis qu'il n'est plus là, j'ai arrêté de m'en soucier. Je porte mes habits comme un linceul. Un pantalon de survêtement, un tee-shirt trop grand, un sweat à capuche et, dessous, un vieux soutien-gorge et une vieille culotte, gris tous les deux. Les sous-vêtements qu'il me choisissait – de la dentelle, de la soie ou du satin transparents – sont entassés au fond d'un tiroir.

Cette volonté de me prendre en main, était-ce pour mieux me contrôler ? Ce n'est pas si simple. Je me sentais désirée. Il étudiait mon visage avec un œil d'expert, me touchant les joues ou la bouche avec les pouces, un artiste cherchant les proportions. Lors d'un de nos premiers rendez-vous, il m'a emmenée dans un institut de beauté : « Faites d'elle ce que vous voulez », a-t-il dit, mais ses yeux suivaient le moindre geste de la maquilleuse, une pichenette ici, un coup de blush là. À peine sortis, nous nous sommes embrassés devant l'entrée, sa langue sur mes lèvres brillantes, y léchant la couleur.

Je ne porte plus de maquillage à présent. Mon visage reste nu. C'est une pénitence. La dernière fois que j'ai vu mon mascara, sec comme une brosse de ramoneur, il était sur mon bureau dans un pot à crayons. Le rouge à lèvres qu'il m'a acheté, celui dont il disait que, quand je le mets, mes dents ressemblent à des perles, celui dont il aimait tant le goût... je ne sais pas où il est.

Je choisis un string dans la pile délaissée. Je mets une robe noire moulante, avec des collants. Dans le placard de la salle de bains, je trouve les restes d'une vieille ombre à paupières grise avec laquelle je me tartine. Puis je me pince les joues et me mords les lèvres pour leur redonner un peu de couleur. S'il me surveille, j'espère qu'il prendra ça pour un signal. Un drapeau blanc.

Nous quittons la maison, le chien et moi, pour une promenade humide, la tête baissée contre le vent, ma vision limitée à quelques mètres devant moi par la capuche de mon anorak. Le quartier n'est plus le même depuis quelques années. Les étudiants et les comédiens sont partis, les banquiers sont arrivés. Nous ne connaissons pas nos voisins : ils changent trop souvent. Ma mère qui, avant de tomber malade, aimait rendre service et arroser les plantes des autres, qui remarquait quand les bouteilles de lait restaient sur les porches, détestait ça.

Je traverse la grand-route en direction du parc et de ses pelouses bordées d'arbres et d'allées. Il n'y a pas grand monde aujourd'hui, quelques marcheurs endurcis et des obsédés du fitness. La pluie s'est arrêtée, laissant les courts de tennis glissants et déserts sous les branches tordues des sycomores. Personne devant le café, même si un entraînement a lieu sur le terrain de cricket. En arrivant dans l'allée principale, je tourne à droite. Avant, je faisais le grand tour derrière le terrain de boules gazonné, un coin que j'évite désormais, depuis qu'une femme y a été assassinée l'an dernier. Je préfère prendre le parcours santé, veillant à rester sur l'allée pour éviter l'herbe boueuse. Après, je remonte Bellevue Road jusqu'au Sainsbury's où j'attache Howard à la rampe avant d'entrer acheter du lait et un journal.

Dedans, il fait froid ; ça sent la sauce tomate et cette odeur de vanille propre au pain chaud de supermarché. Un garçon de la Wandle Academy, dont le nom m'échappe, est au rayon boulangerie et tente d'attraper un croissant avec la pince prévue à cet effet. Je lui souris, mais il rougit ; je regrette aussitôt cette familiarité. Une seule caisse fonctionne, une queue s'est donc formée. Quand je ressors enfin, une camionnette de livraison s'est garée le long de la rampe. Deux grands chariots en métal remplis de cartons de chips Lay's me bloquent la vue. Je ne vois pas Howard. Mon cœur rate un battement. Je dévale la rampe à toutes jambes, je dépasse le dernier chariot, et il est bien là où je l'ai laissé, contemplant placidement le trafic routier.

Je lis le journal pendant que nous revenons par le parc. On parle d'une fuite lors d'une réunion secrète du gouvernement. Alan Murphy a indigné l'opposition, car il se livre à des manœuvres de « privatisation cachée ». L'article est illustré par une photo du ministre devant une nouvelle bibliothèque à Manchester construite grâce aux fonds de quelques entreprises. Les deux pouces en l'air, il porte un casque jaune vif sur le crâne.

Dès que je tourne la clé dans la serrure, j'ai une sensation bizarre, comme si je venais de provoquer un courant d'air. J'entends du bruit dans la maison, le froissement d'un rideau peut-être, et il y a cette odeur de linge sale, comme si la cuisine du voisin traversait les murs. Je pose mon sac à provisions par terre, le journal dessus. Les pages remuent à peine. Les coins se soulèvent tout seuls. Je me fige.

Les bruits de la rue me paraissent plus forts que d'habitude. Une moto qui démarre m'envoie des vibrations dans les jambes.

La porte du salon est fermée. Je ne me rappelle pas l'avoir fermée.

Je l'ouvre. Je m'entends pousser un petit cri.

La fenêtre est brisée et une chose horrible se trouve sur le canapé. C'est un oiseau, la tête sur le côté, l'aile brisée. Il est gris foncé, les plumes luisantes comme enduites de pétrole, les yeux vitreux. Ses pattes roses sont horriblement crochues.

Autour du cadavre, des morceaux de verre. De longues échardes sont encore accrochées à l'encadrement de la vitre, telles des dents.

Je ne veux pas m'en approcher, mais j'entre malgré tout dans la pièce pour m'asseoir sur le bras du fauteuil. De minuscules éclats de verre brillent sur le canapé et sur le sol. J'entends le bourdonnement du frigo et le grondement de la circulation. Un sentiment de solitude m'accable. La pitié pour l'oiseau se mêle à l'apitoiement sur moi-même. Pauvre bête. A-t-elle foncé dans la vitre à cause du reflet d'un arbre ? Elle a dû la heurter avec une sacrée force. Je me penche pour mieux la voir.

Un pigeon.

Mon petit pigeon de Londres. C'est ainsi qu'il m'appelait.

Je me lève très vite. Quelle idiote. Quelle imbécile. J'ai tout compris de travers. Zach ne va pas soudain jaillir de l'obscurité pour me bondir dessus. Après tout ce temps, il ne va pas se contenter de surgir comme ça un beau jour. Ce n'est pas son genre. Ce serait trop évident. La porte du jardin grande ouverte ce matin. L'empreinte sur le tapis. Le carreau brisé. Le pigeon. Il va me harceler, jouer avec mes nerfs. Voilà ce qu'il va faire.

Je retourne lentement dans la cuisine.

Mon regard est attiré par la table. La boîte de Rotring qui y était posée ce matin a disparu. À sa place, je trouve un petit objet rond et doré en forme de balle. Le rouge à lèvres que j'avais perdu.

Je m'en empare, sens ce poids dans ma paume. Le métal est chaud. Je dévisse le capuchon et je m'en tartine la bouche, m'écrasant les lèvres, maculant les coins. Je le goûte et teste son adhérence sur le dos de ma main.

Dans le salon, je contemple mon visage dans le miroir au-dessus de la cheminée. Ma bouche est une plaie. Mes yeux scintillent. Un frémissement de colère, et de peur. Une fièvre, un frisson brûlant.

Zach lit en moi. Il sait ce que je pense. Il a un coup d'avance.

Zach

Décembre 2009

Choses que je sais à propos de Mlle Lizzie Carter :

1) Elle est plus douée avec les enfants qu'avec les adultes.

2) Elle est digne de confiance et elle voit le meilleur chez les gens.

3) Elle n'a jamais regardé une émission de télé-réalité.

4) Elle aime avoir un livre « en route ».

5) Elle porte des culottes et des soutiens-gorge Marks & Spencer blancs. (Ou censés l'être.) Elle prend du 90C, ce qui n'est pas sa taille.

6) Sa maison est merdique à l'intérieur.

7) Elle vit avec sa putain de mère.

Trois déjeuners, vingt-deux conversations téléphoniques, un cinéma, une visite chez elle. Pour me rapprocher d'elle, j'ai dû faire preuve d'énormément d'ingéniosité. J'y ai consacré beaucoup plus d'efforts que d'habitude. Un type meilleur que moi aurait renoncé depuis longtemps, mais je me sens attiré. Le fait est que j'ai du mal à ne pas penser à elle.

Nos déjeuners n'ont rien donné. On se retrouvait chez Marco, près de son école. J'étais prêt à changer mes habitudes pour elle. La conversation restait heurtée. À chaque fois que la porte du restaurant s'ouvrait, elle sursautait.

— Les parents de la Wandle Academy vont-ils *vraiment* venir déjeuner ici ? lui ai-je demandé.

(35 % des élèves sont inscrits à la cantine gratuite.)

Mais il s'est avéré que ce qui l'inquiétait, ce n'était ni les parents ni les professeurs. C'était d'abandonner les enfants. Une ineptie à vous faire pleurer comme quoi les plus vulnérables utilisaient l'heure du déjeuner pour se réfugier à la bibliothèque. Pour de bon ? Ils ne sont pas trop occupés à se faire enfoncer la tête dans les chiottes ? Je n'ai pas dit ça, bien sûr. Je lui ai touché la main en plongeant dans ses yeux gris et en déclarant qu'elle était une sainte. Étrangement, en formulant ces mots, j'étais sincère. Son amour pouvait me sauver. Je sentais en moi un frémissement presque sexuel.

Nos coups de téléphone étaient plus réussis. Je descendais sur le front de mer pendant que Charlotte préparait mon dîner et je m'installais sur un banc. J'observais l'eau, jusqu'au bout de l'horizon. Peut-être parce que je n'étais pas là, devant elle, Lizzie s'ouvrait davantage : les gosses de l'école, les autres profs, sa sœur, les trucs drôles qu'avaient faits son neveu ou son chien, ce qu'elle était en train de lire, ce qu'elle aimerait que les enfants lisent. Tout en me posant des questions. Qu'est-ce que je pensais de ceci ? Avais-je fait cela ? C'était curieux. Je n'ai pas l'habitude. La plupart des femmes que je rencontre ont tendance à ne parler que d'elles-mêmes. Je dois faire attention, car ça me fait baisser la garde.

Hier, Charlotte était à un enterrement de vie de jeune fille dans un spa du côté de Winchester, je disposais donc de la journée entière. J'avais décidé Lizzie à aller au cinéma. Jim m'avait « prêté » son vélo – en fait, il l'avait laissé derrière l'atelier sans cadenas. Je l'ai pris avec moi dans le train jusqu'à Clapham Junction. En me voyant arriver, Lizzie a rigolé, disant qu'elle ne m'imaginait pas sur une bicyclette. Je devrais porter un casque, m'a-t-elle fait remarquer.

— À moins que vous n'ayez l'intention de vous tuer.

J'ai haussé les épaules : ça m'était égal.

— Il va falloir que je vous en achète un, a-t-elle ajouté avant de rougir.

Je visais *2012* (un truc d'extermination totale, sympa pour un samedi après-midi) mais elle tenait à voir un machin français décalé, qui se passe dans la banlieue de Paris, dans lequel une truculente jeune fille « s'émancipe » (c'est-à-dire couche avec des mecs plus vieux). Quelques élèves de terminale lui avaient dit que c'était génial. J'ai cédé – ce qui ne me ressemble pas. Après, je l'ai invitée à dîner dans un restaurant français, ayant passé l'essentiel du film à me demander comment la persuader de ne pas aller dans ce « très bon marocain pas cher » qu'elle avait évoqué. (Je ne supporte pas le tagine. Je ne supporte pas.) Nous avons parlé du film et du fait de devenir adulte. Elle m'a expliqué à quel point elle était renfermée quand elle était gamine ; comment sa sœur, la préférée de sa mère, osait bien davantage, s'était libérée.

— Je pense qu'après la mort de notre père, maman s'est dit que l'une d'entre nous devait le remplacer. Même si je n'étais pas son premier choix, c'est finalement moi qui ai hérité du rôle.

— Pas de grand amour ? ai-je demandé.

— Il y a eu quelqu'un... j'avais un peu plus de vingt ans. Un électricien, mais il s'est avéré qu'il n'était pas un grand adepte de la monogamie. C'était peut-être vieux jeu de ma part mais...

J'ai éprouvé un élan de sympathie. Le restaurant était bondé et confortable ; dehors s'installait l'obscurité d'une fin d'après-midi pluvieuse. Le vin m'ayant réchauffé les veines, je lui ai parlé de mon amour d'enfance, Polly, qui m'avait trompé avec mon meilleur ami. Je me suis un peu emporté, car tout en révélant cette terrible histoire (dont j'ai changé le dénouement), j'ai laissé échapper le nom de l'endroit où j'avais grandi. Ce qui aurait dû n'avoir aucune importance. En général, les gens ne savent pas où se trouve l'île de Wight, et encore moins mon village. Mais elle a écarquillé les yeux. Est-ce que je connaissais son grand ami Fred Laws ? J'ai failli m'étouffer avec mon *escalope de volaille**. Ce crétin coincé et zozotant. J'ai dû le voir pour la dernière fois – quand ? en 1987 – tout en haut de Tennyson Down. Mad Paul et moi l'avions persuadé de venir faire un tour en bagnole avec nous cette nuit-là. Il n'y croyait pas, de se découvrir enfin deux super potes. On a foncé jusqu'au monument en haut de la colline et, pour rigoler, on l'a laissé seul là-haut, en pleine nuit, à trente kilomètres de chez lui. Seigneur, si jamais elle l'appelait pour lui demander des renseignements sur moi, j'étais cuit.

J'ai balayé ça de mon esprit – il y aurait moyen d'y remédier, j'en étais certain. Je tenais surtout à aller chez elle. Cela avait été mon intention toute la journée. Je lui avais tenu la main pendant le film (quand nos poignets ont frôlé le haut de sa cuisse, j'ai entendu sa respiration se bloquer) ; je l'avais incitée à partager une bouteille de Merlot pendant le repas. Quand nous sommes sortis du restaurant, je l'ai prise dans mes bras, en notant la tache de tanin au bord de sa lèvre

114

inférieure, prune contre rose ; j'ai senti l'étroitesse de sa cage thoracique. Elle s'est pressée contre moi, haletante. Et puis… non, elle s'est écartée, a dit qu'elle devait y aller, qu'elle avait « des choses à faire ».

Ma frustration était extrême, mais pas question d'insister. De risquer de tout gâcher. Elle comptait rentrer en bus, ce qui me laissait amplement le temps. La route descendait tout du long ou presque ; le vent me crachait au visage, enserrant ma tête sans casque. Je suis arrivé avant elle. J'ai caché le vélo derrière les poubelles du County Arms, sauté la balustrade et me suis accroupi dans un bosquet d'arbres dans le petit bout de parc face à sa rue. Au moins, j'allais connaître le numéro de sa maison. C'était déjà ça.

Il fait nuit tôt ces jours-ci. Mais personne n'avait tiré les rideaux. Les gens sont bizarres, cette façon de se moquer de ceux qui peuvent les observer. Un jeune couple regardait la télé au 32, les images défilant sur leurs visages pendant qu'un bébé se tortillait par terre comme une coccinelle ; au 28, un vieux monsieur faisait une réussite sous un abat-jour qui projetait des ombres sur les murs, semblables aux tentacules d'une araignée géante. À la fenêtre du haut, dans une autre maison, une fille en serviette blanche tendait les bras pour fermer les rideaux, ce qui dessinait un crucifix. J'observe bien ces images. On ne sait jamais, elles pourraient être utiles.

J'avais froid accroupi là, les oreilles remplies par les bruits de la route. À chaque voiture qui passait, la lueur orangée des feux balayait les branches les plus basses ; ce que j'avais pris pour de la mousse était en fait un voile de pollution. Le sol était trop mouillé pour s'asseoir et les muscles de mes cuisses se raidissaient. Rien de tout cela ne me dérangeait. J'étais enfiévré, autant excité par ce qu'il risquait de se produire, que par l'exécution de mon plan. Comme ce soir-là, très récemment, où j'avais suivi la psychologue, tout mon être vibrait comme soumis à une décharge électrique. J'en avais des palpitations. Qu'est-ce que c'est que ce charabia ? Je me sentais vivant, c'est tout.

Quand elle a tourné au coin, elle se rongeait un ongle, l'air vaguement préoccupé. Même si je l'attendais, son apparition m'a procuré une agréable surprise. Mon cœur s'est vraiment arrêté de battre pendant un instant. Mais le plaisir s'est émoussé. Elle était là, remontant sa propre rue, après avoir pris la décision de le faire sans moi. Et puis, cette expression contemplative. Que se passait-il dans sa tête ? Je détestais ne pas savoir. Si j'avais pu lui forer le crâne et fouiller sa cervelle avec mes mains, je l'aurais fait.

Elle n'a pas été bien loin : jusqu'au numéro 30. Des plantes à feuilles persistantes impeccablement taillées dans le petit jardin, la peinture de la façade fatiguée, un énorme caoutchouc qui occupe toute la baie vitrée. Elle est entrée. La lampe du couloir s'est allumée – une de ces boules en papier pas chères – puis elle a refermé la porte derrière elle.

Je me suis relevé. Mes cuisses n'en pouvaient plus. Je ne m'étais pas encore décidé – rentrer tout droit à Brighton ou bien tuer une heure ou deux dans un bar du coin – quand la porte s'est rouverte et elle est ressortie, cette fois avec le chien qui la traînait au bout d'une laisse. Elle est repartie en direction du pub, le menton haut maintenant, la main libre dans la poche, l'air beaucoup plus gai. Le bip du feu pour piétons a retenti et je l'ai regardée traverser et se diriger vers l'entrée principale du parc.

Il est possible que, si elle n'avait pas paru si optimiste, si peu privée de ma compagnie, je serais, comme prévu, parti de mon côté. Mais j'ai éprouvé le besoin, je ne sais pas, de lui arracher quelque chose, de la posséder d'une manière ou d'une autre. Sur le moment, je n'aurais pas pu l'expliquer.

La porte d'entrée était verrouillée ; la fenêtre solide, de surcroît bloquée par de la peinture séchée. Un coup d'œil sous le paillasson. On ne sait jamais. Certaines personnes ont de la merde dans le cerveau. Rien. Mais un rapide tour du pâté de maisons a révélé d'intéressantes possibilités. Tous les cottages de ce côté-là de la rue de Lizzie donnaient sur un petit lotissement des années 1980 – toits en pignon, briques apparentes, petites voûtes grotesques – et un grand mur offrait un accès indirect à la palissade qui clôturait son jardin. Avec l'aide de quelques poubelles, d'un peu d'ingéniosité et d'une dépense considérable de force au niveau des biceps, il ne m'a pas fallu longtemps pour me retrouver derrière quelques buissons dans ledit jardin.

Une étroite bande d'herbe, bordée de parterres, menait à la maison à une vingtaine de mètres. Ce que les agents immobiliers décrivent, je crois, comme un bien « mature ». Une taille pas du tout ridicule pour Londres. Et orienté plein sud. La lumière de la cuisine éclairait une petite table de jardin, deux chaises et une collection de pots disparates : des tomates, des herbes et autres conneries.

Un léger bruit derrière ma tête. Un chat noir et blanc perché sur la clôture qui me fixe. Il ouvre sa gueule, langue rose, dents pointues. Un miaou si grave que c'est comme un hurlement silencieux. Je fais un geste et il décampe, griffes qui raclent, petit choc sur le sol.

Je sens l'adrénaline tandis que je traverse la pelouse en courant. Je n'ai pas beaucoup de temps.

La porte de derrière était fermée. Merde. Léger dépit. J'y avais tellement cru. Comment osait-elle ?

J'ai examiné l'arrière de la maison. Une fenêtre au premier étage était entrouverte. En montant sur la table de jardin, j'ai pu me suspendre au cadre pour me balancer et caler les pieds sur une saillie au-dessus de la cuisine. Avec ce levier, j'ai libéré une main pour relever la vitre. Ça a marché.

Je me suis contorsionné pour passer, m'écroulant tête la première à l'intérieur et déchirant ma chemise, pas une Paul Smith heureusement. J'ai fait usage des toilettes puis je me suis lavé les mains – un vilain jus de rouille coulant du robinet à la bonde. J'ai préféré ne pas les sécher. Aucune des serviettes suspendues sur le radiateur n'était assez propre. Un truc bizarre en plastique bleu reposait sur la baignoire, le genre d'engins qu'on utilise pour faire des pompes, avec un tapis antidérapant au fond. Par terre, il y avait une grosse boîte marron, trop grande pour loger dans le placard, contenant ce qui ressemblait à des compresses de coton. L'odeur, non plus, n'était pas agréable : douceâtre, écœurante, un peu acide. Pas de verrou sur la porte.

Un couloir. Une petite volée de marches donnant sur deux chambres. Les murs étaient couverts d'un papier peint rose et jaune représentant des guirlandes de fleurs miniatures et il y avait une moquette verte à l'ancienne, comme de la mousse, au sol. Des doutes ont commencé à surgir. Elle avait bien dit qu'elle vivait seule, non ? La première chambre dans laquelle je suis entré était visiblement celle de Lizzie – le pantalon qu'elle avait porté au cinéma était abandonné sur le sol, retroussé. Son meilleur pantalon. Trop beau pour sortir le chien. Elle avait dû le mettre spécialement pour moi. Un élan de tendresse m'a traversé. La chambre elle-même était petite et mal rangée avec des vêtements qui pendaient en désordre sur un portant en métal. Des chaussures très usagées entassées n'importe comment. La cheminée victorienne abritait une plante grimpante avec des livres empilés de chaque côté. Sur le petit bureau, un journal intime et un carnet d'adresses bien rangés l'un sur l'autre. Après avoir trouvé la page Fred Laws, je l'ai arrachée et fourrée dans ma poche.

Près du lit, un dessin d'enfant servant de marque-page pour *Le Tigre blanc* d'Aravind Adiga. Dans une alcôve, un meuble à tiroirs en contreplaqué surmonté de photos dans des cadres mal assortis. Plusieurs du même gosse : dans une petite piscine gonflable, sur une balançoire, dans une chaise haute – son neveu adoré, sans doute. Une photo d'elle adolescente avec une autre fille : sa sœur, à en juger par la ressemblance physique. Elles se tenaient enlacées, assez proches pour que leurs joues se touchent. Tant de bien-être, tant d'amour. Fascinant. Je n'arrivais pas à en détacher les yeux. J'ai failli la sortir de son cadre pour la voler.

J'ai allumé l'interrupteur au mur. Une petite imprudence, mais c'était plus fort que moi.

Ses sous-vêtements se trouvaient dans le tiroir du haut. De banales culottes sans doute achetées par lots et un soutien-gorge de rechange – un seul – qui semblait bien trop grand pour sa fine silhouette. Des dessous qui n'avaient jamais servi au combat. La lingerie d'une réserviste.

J'étais en train de refermer le tiroir quand j'ai senti un changement. Je me suis figé – un déclic, un bruit de pas. En bas. Les sons étaient imprécis, indéfinis. Je n'avais pas entendu la porte. Lizzie était-elle revenue ?

Ou bien avait-elle juste laissé entrer le chien pendant qu'elle traînait dehors ? J'ai pensé au chat sur la clôture, mais il n'aurait pas été aussi bruyant.

La fenêtre de la chambre était coincée, et de plus bien trop haute, par rapport au sol. Je suis revenu à la porte et j'ai tendu l'oreille, les yeux fixés sur celle de la salle de bains, calculant combien de pas il me faudrait faire pour l'atteindre et s'il me serait possible de franchir les marches d'un seul bond et de sauter dans le jardin sans être vu.

Un craquement, un autre. La personne, ou quoi que ce soit, se trouvait juste en dessous. Un pas jusqu'à la rampe et, en me penchant, je la verrais.

Je serrais les dents. Je respirais plus lentement. Une fureur calme. Un psychiatre, ou même cette psychologue de l'autre soir, aurait été ravi. J'avais parfaitement conscience de ma colère, comme si cette maison était la mienne, et que ceci constituait une intrusion dans ma vie privée. Du coup, je suis sorti sur le palier, j'ai descendu les trois ou quatre marches qui mènent à la salle de bains.

Arrivé à la porte, je me suis retourné. Quelqu'un se trouvait dans le couloir, les yeux levés vers moi. Un regard vide, la bouche à moitié ouverte. Elle était vieille. Et nue.

— Où est Elizabeth ? a-t-elle dit.

— Elle est sortie, dis-je sur le ton de la conversation. Toute cette chair.

— C'est l'heure de mon thé maintenant ?

J'ai réfléchi un moment avant de répondre :

— Je pense qu'Elizabeth vous le fera dès qu'elle rentrera.

— Je veux quelque chose de chaud.

— Eh bien, vous aurez quelque chose de chaud.

— J'ai envie de descendre au Fox & Hounds. Ils ont un menu pour vieux. Je peux prendre le bus.

— Quoi ? Comme dirait ma mère, vous n'allez pas sortir dans cette tenue ?

— C'était une femme très bien, votre mère. Ne parlez pas d'elle sur ce ton-là.

Je la fixais et elle me fixait. J'ai ravalé un éclat de rire avant de dire :

— Eh bien, salut.

Je suis entré dans la salle de bains. La porte refermée, je m'y suis adossé. Tout était clair maintenant. La boîte de compresses : des serviettes d'incontinence. Le bidule sur la baignoire : un dispositif pour handicapé. Les odeurs : urine, vieillesse, délabrement physique. J'ai grimpé sur le rebord, en prenant soin de refermer la fenêtre derrière moi. Je n'ai pas eu besoin de la table, j'ai sauté sur la pelouse. J'ai pris mon temps pour traverser le jardin. Je ne me pressais pas, comme si j'étais chez moi.

La vision poignante du pantalon de Lizzie par terre ne cesse de me revenir en tête. J'ai retrouvé la page Fred Laws roulée en boule dans ma poche un peu plus tôt aujourd'hui et j'ai éprouvé un sentiment de perte.

Son numéro vient tout juste de s'afficher sur mon téléphone. Elle ne m'avait encore jamais appelé, attendant toujours timidement que je prenne l'initiative. Je me suis demandé pendant une minute si elle m'avait percé à jour. Mais je ne vois pas comment : il n'y avait aucun moyen de me relier à l'intrus. À moins que je ne retourne chez elle et que je ne rencontre sa mère de façon légitime, ce qui est impossible maintenant. J'ai fait en sorte que ça ne puisse pas arriver.

Je me suis forcé à passer mon téléphone sur silencieux.

Je devrais laisser tomber, ajouter ça à mes expériences passées. C'est quoi, mon problème ? Mon esprit ne cesse de s'emballer. Je repense à son expression quand elle parlait des enfants malheureux à l'école, comment elle fait tout son possible pour les aider.

Je me ramollis avec l'âge.

Elle a rappelé aujourd'hui et je n'ai pas pu m'en empêcher. J'ai répondu.

Elle a été droit au but.

— J'ai fait quelque chose qui vous a offensé ?

Pris de court, j'ai bafouillé que j'avais été très occupé. J'avais envie de fermer les yeux et de m'allonger, de laisser sa voix se glisser dans mes oreilles, couler dans mon corps. M'abandonner.

— Jusqu'au week-end dernier, vous téléphoniez tous les soirs. On avait l'air de bien s'entendre. Mais depuis le jour où nous sommes allés au cinéma, vous n'avez plus appelé. Et... mon amie Jane m'a dit qu'elle a vu que votre profil était à nouveau en ligne sur *Rencontre* et...

Une hésitation, puis le reste est sorti à toute vitesse :

— J'ai réfléchi et je me suis demandé si vous n'étiez pas fâché à propos de ce qu'il s'est passé.

— Que s'est-il passé ?

— Je ne vous ai pas invité chez moi.

Elle ne fait pas ce truc que font les femmes quand elles sont vexées, c'est-à-dire prétendre qu'elles sont vexées par quelque chose qui n'a rien à voir, ce qui rend la dispute qui s'ensuit surréaliste et inutile. Désarmé, j'ai dit :

— Oui, je l'étais peut-être. Blessé, je veux dire. J'espérais tellement, je ne sais pas, mieux vous connaître.

— Tellement ?

Il y avait du rire dans sa voix, et quelque chose de sexy aussi.

— Tellement, ai-je répété sans pouvoir m'empêcher de sourire. J'ai eu l'impression que vous ne vouliez pas aller plus loin et, en bon gentleman, je me suis dit qu'il fallait vous laisser une porte de sortie.

Un petit silence et puis elle s'est exclamée :

— Je veux aller plus loin. Je ne veux pas d'une porte de sortie. Je veux une porte d'entrée... c'est juste...

J'essayais de rester détaché.

— Quoi ?

— Je vous ai caché quelque chose.

Et tout s'est déversé : comment elle vivait avec sa mère atteinte de démence ; elle ne me l'avait pas dit parce qu'elle pensait que cela me rebuterait ; c'était pour cette raison qu'elle était souvent distraite et ne m'avait pas invité chez elle. Sa mère souffrait de confusion mentale et d'incontinence depuis un moment déjà et elle commençait à avoir des hallucinations. Elle prétendait que des hommes se promenaient dans la maison. Elle avait insulté les voisins, leur criant des obscénités par-dessus la clôture, accusant le jardinier de détruire ses pots de fleurs ; elle lui avait même craché au visage. L'autre jour, la police l'avait trouvée à l'arrêt de bus sur Trinity Road, sans aucun vêtement sur elle, obsédée par le menu pour personnes âgées de chez Fox & Hounds. Lizzie était à bout, elle se demandait si elle allait pouvoir tenir.

— Vous rencontrer... C'est juste...

— Quoi ? ai-je dit à nouveau.

Un silence, puis :

— J'ai toujours été l'idiote de la famille, la fille pas très jolie. Je n'avais... je n'avais jamais imaginé que quelque chose comme ça puisse m'arriver.

— Comme quoi ?

— Une vie qui m'appartienne, s'est-elle écriée. Vous êtes tout ce... et que je puisse vous intéresser... je veux dire, bon sang.

Elle riait à nouveau ; cette fois, je me suis demandé si ce n'était pas à travers des larmes.

— Quoi ? ai-je répété.

— Ce que j'essaie de dire c'est que l'idée « d'aller plus loin » me coupe les jambes.

J'ai écouté le silence qui a suivi. Pendant un long moment, j'ai écouté.

J'ai réussi à me contrôler.

— Pauvre Lizzie.

J'entendais comme elle avait du mal à respirer.

— Je comprends que vous n'y arriviez pas.

Une petite exclamation étranglée de son côté.

Je sentais monter un immense soulagement. Une nouvelle vie pouvait s'ouvrir, un sauvetage, pour nous deux : la fin d'une existence monotone pour elle et pour moi, un abri sûr, un nouveau départ peut-être. J'étais tellement ému que je pouvais à peine parler. J'ai réussi à dire d'une voix rauque :

— Avez-vous...

Je suis passé de tendre à hésitant :

— Avez-vous envisagé de fonder un foyer ?

7

Lizzie

J'enveloppe l'oiseau mort dans du papier journal et je balaie les éclats de verre. Je trouve dans les Pages jaunes un vitrier qui vient dans l'heure. Le carreau cassé est d'époque, me dit-il en le remplaçant : de la feuille roulée, ça se voit aux imperfections. Mince et non renforcé, facile à briser.

Dès qu'il part, je m'installe dans la cuisine pour réfléchir. Qu'est-ce que Zach veut que je fasse maintenant ? À moi de le deviner. Il parlait sans cesse de ma « gentillesse », de ma passivité. Pense-t-il que je vais rester là à attendre ? Qu'espère-t-il ? Que je vais m'effondrer ? À moins que ce ne soit ce qu'il cherche. Ce serait une façon de lui prouver mon amour. Dieu sait pourtant si je me suis effondrée cette année. Il a dû me voir, dans la rue, les yeux rouges, les cheveux pas lavés. En collant l'oreille aux murs de la maison, il m'aurait entendue gémir au beau milieu de la nuit. Mais, cette fois, c'est différent. Ça ressemble plutôt à un de ses tests.

Les premiers temps de notre mariage, il m'appelait au travail pour me demander une petite course : tel tube de peinture à l'huile, est-ce que je pouvais passer le lui prendre à la boutique de fournitures ? Ou alors, il laissait un chèque sur la table de la cuisine qu'il fallait porter à la banque de toute urgence. Il s'en serait bien chargé lui-même, mais il était en bas dans l'atelier et pour une fois, l'inspiration était là, il ne voulait pas la perdre. En général, ces requêtes arrivaient le matin pour que je puisse m'en occuper pendant ma pause déjeuner. Mais une fois, il m'a appelée en début d'après-midi. Il était dans tous ses états. Il s'était enfermé dehors. Il avait perdu sa clé. Il avait raté un tableau. Il était un bon à rien. Il ne savait plus quoi faire, ni où aller.

Un groupe d'élèves attendait devant ma porte pour un cours de littérature en option. On était sur le point de commencer. Il tombait des cordes. Je lui ai dit de me retrouver à mi-chemin, au pont. J'ai couru tout le long, énervée par le désespoir qui filtrait dans sa voix. Et comme il n'était pas là, j'ai continué, toujours en courant, jusqu'à la maison. Il l'avait remplie de fleurs. Il avait fait un gâteau. La table était couverte de biscuits, de chocolats. « Surprise ! » a-t-il crié. Il m'a prise sur ses genoux et il a enlevé la pluie de mon visage avec des baisers. Bien longtemps avant ça, je lui avais parlé d'une visite chez une amie quand j'étais petite, comment sa mère lui avait préparé un thé, chose qui n'existait pas chez moi, et comment j'avais eu un aperçu d'une vie de famille complètement différente. Il s'en était souvenu. Il se souvenait toujours des détails de ce genre. J'étais touchée. J'ai abandonné mes élèves devant la porte de la bibliothèque.

Que veut-il de moi maintenant ?

Son ordinateur. Pourquoi n'est-il pas retourné le chercher à Gulls ? Y a-t-il dedans quelque chose qu'il veut que je voie ? Ou quelque chose que je ne devrais pas voir ?

Je vais récupérer le MacBook dans la chambre et je le branche sur la table de la cuisine. L'écran s'allume ; le nom de Zach apparaît à nouveau devant la photo de la falaise et le curseur clignote dans la fenêtre du mot de passe. Mon doigt plane au-dessus des touches. Le remords descend le long de mon bras et m'arrête. Je baisse le capot. Dès que je passais derrière lui quand il écrivait, il repoussait sa chaise en arrière pour me bloquer et refermait très vite l'ordi. Il m'accusait de l'espionner, ce qui n'était pas vrai. Je lui faisais confiance. J'ai toujours cru qu'il y notait des idées pour ses tableaux. Je comprenais. Il était sensible aux critiques : il était comme un enfant qui essaie de cacher sa copie.

Je fixe l'appareil. Il a fait en sorte que je le trouve. Maintenant, à moi de prouver que je suis à sa recherche. Cette machine devrait m'y aider, elle contient peut-être des solutions. Grâce à elle, je pourrais savoir où il est, pardonner et être pardonnée, le ramener chez nous.

J'ouvre à nouveau l'ordinateur. Le curseur pour le mot de passe m'attend. Quel serait le choix de Zach ? Quelque chose d'obscur, d'impossible ? Ou, au contraire, quelque chose d'aveuglément évident… un double bluff ?

Mon doigt tremblant tape une à une les lettres de son prénom.

Z A C H

J'appuie sur « Entrée ».

L'écran s'assombrit puis s'illumine. *MOT DE PASSE INCORRECT.*

J'essaie, avec un peu moins d'hésitation, son nom entier.

ZACH HOPKINS

L'écran se fige et à nouveau le message s'inscrit : *MOT DE PASSE INCORRECT.*

Je tente sa date de naissance, puis une combinaison de celle-ci et de son nom. J'essaie le nom du village où il a grandi, puis *Cornouailles, Stepper Point, Gulls.* Avec un peu d'appréhension, je tape aussi *Xenia.*

MOT DE PASSE INCORRECT.

Frustrée, je sors mon propre portable de sa sacoche.

Je tape « Xenia » sur Google. L'écran se remplit d'une liste de sites. *« Bienvenue à Xenia, Ohio : le royaume de l'hospitalité. »* Ou alors Xenia : maison de mode en Australie, qui vend actuellement un « ensemble short Ullawatu » pour 58 dollars australiens. Et puis, Xenia, chanteuse américaine arrivée deuxième lors de la première saison de *The Voice.*

Google Image me balance des pages et des pages de femmes blondes dévêtues que je referme très vite.

Puis, j'ai une inspiration. Je tape : « pseudocide ». Je retrouve le mot dans un article sur John Darwin, « l'escroc au canoë » qui, après avoir mis en scène sa propre mort, a vécu dans une chambre secrète dissimulée dans la maison familiale, à dépenser son assurance-vie. Le site liste les livres expliquant « comment s'y prendre », parmi lesquels : *Comment disparaître complètement et ne jamais se faire retrouver.* Tout un tas de faux morts célèbres : John Stonehouse, « Lord » Timothy Dexter, Dorothy Johnson. *« Selon une étude anonyme, au moins un quart des suicides commis depuis le Golden Gate Bridge à San Francisco après lesquels on n'a jamais retrouvé les corps pourraient être des simulations. »*

Je me lève et je fais les cent pas dans la cuisine. Le mot paraît si absurde. Pseudocide. C'est un calembour[1]. Et l'idée est si méchante, si creuse. Quand l'homme au canoë a fait la une, après avoir été retrouvé se cachant chez lui derrière des murs en contreplaqué, on en a débattu à l'école, à quel point un type pareil n'a pas de cœur. Quel genre de personne ose imposer ça à ses proches, à ses enfants ?

Je me rassois. Si je me concentre assez, je pourrais peut-être visualiser Zach dans ma tête, deviner où il se trouve. La réponse est là, quelque part. Je ferme les yeux très fort mais rien ne vient. Il n'y a aucune piste. La mer. La falaise. L'horizon.

Où irait-il ? John Darwin s'était caché chez lui, avec la complicité de sa femme. Avant de rejeter cette hypothèse, je me demande pendant un instant vertigineux si Zach n'est pas ici depuis le début, se glissant dans la maison dès que je la quitte, dormant dans mon lit toute la journée.

Où s'attendrait-il à ce que je le cherche ? Ses parents sont morts et il jurait qu'il ne remettrait jamais les pieds sur l'île de Wight. Il n'avait plus d'amis d'enfance. Il n'y avait que ceux, comme Victoria Murphy, dont il s'était éloigné. Édimbourg, où il a fait ses études ? Brighton ? Ou alors pourquoi pas, vivant comme un sauvage dans le Dartmoor ?

Je ne sais pas. Seule demeure cette impression qu'il est proche de moi. En cet instant même.

Qu'est-ce que je sais de son passé ? Moins que je ne l'imaginais. Son père et sa mère morts, aucune famille pour ainsi dire. Et il avait très peu d'amis. C'était une des choses qui me troublaient au cours des derniers mois. Au début, le sentiment que je

1. En anglais, la prononciation du mot « pseudocide » ressemble beaucoup à celle de « suicide ».

lui suffisais était si nouveau, si séduisant. Quand un jour, j'ai évoqué l'idée de voir des gens, de sortir un peu plus, il a pris mon visage entre ses mains, et s'est approché tout près de moi. « C'est pour ça que nous ne sommes pas comme les autres », avait-il murmuré avec une férocité qui avait fait battre mon cœur plus vite. « C'est toi et moi. »

Je me disais que c'était normal de délaisser ses amis, que c'était comme ça quand on tombait amoureux. Tomber amoureux : ai-je le droit de dire cela ? C'est le genre d'expression toute faite qu'il n'aimait pas. Et pourtant... tomber, la perte de contrôle, le corps bouleversé, cet abîme qui s'ouvre, c'est exactement ça.

Je n'ai commencé à m'inquiéter que lors des derniers mois. J'étais allée boire un verre avec Jane après l'école pour son anniversaire et, quand je suis rentrée, il m'attendait dans la cuisine, dans le noir.

— Tu en as marre de moi ? Tu veux que je me barre ?

Je lui ai répondu qu'il était idiot. Bien sûr que je n'en avais pas marre de lui. Nous nous sommes disputés avant de nous réconcilier un peu plus tard au lit. Comme toujours.

Où serait-il allé si je lui avais dit de se barrer, que oui, c'était ce que je voulais ?

Pete et Nell : ce sont les seuls auxquels je pense. Ses meilleurs amis aux Beaux-Arts. Pete et lui étaient proches – les deux étudiants les plus âgés de leur promo. Zach avait vécu chez eux à son arrivée à Brighton.

Je les ai rencontrés une fois. Une seule fois. Pete a téléphoné un dimanche matin alors que Zach était dans son bain. Ils étaient à Londres pour le week-end – il y avait eu une soirée à Battersea. Je les ai invités à déjeuner, ce qui a provoqué une de nos premières querelles. Zach a dit que j'aurais pu au moins le consulter d'abord, que c'était irréfléchi de ma part, mais je crois qu'il était surtout gêné par la maison. Ma mère n'était partie que récemment aux Beeches et, même s'il avait déjà redécoré le bas, le premier étage était encore en chantier.

Finalement, nous les avons retrouvés dans un café italien sur Northcote Road, près de l'école. Zach avait retrouvé sa bonne humeur et nous avons bavardé gaiement, tous les quatre, de Brighton, de leurs préparatifs pour fonder une famille. Ils ont montré de l'intérêt pour mon travail. J'ai parlé de ma mère, comme c'était douloureux de s'occuper d'elle (la disparition progressive de la personne que je connaissais, la distance, la perte de son amour) et aussi des côtés drôles, parfois (sa période nudiste). Nell, qui portait un chemisier du même vert exactement que ses yeux, m'a prise dans ses bras. Je me suis imaginé qu'ils allaient devenir mes amis. Mais une faille s'était ouverte sans que je ne la remarque. Quand je les ai invités chez nous à prendre le café, ils se sont excusés. Sur le moment, je me suis demandé s'il s'était passé quelque chose pendant que j'étais allée aux toilettes, s'ils s'étaient disputés.

Je les ai évoqués à une ou deux reprises au cours des semaines qui ont suivi. À chaque fois, Zach a changé de sujet. Nous ne les avons plus jamais revus.

Pete était graphiste et Nell travaillait dans la production de films. Je me creuse la cervelle pour retrouver leur nom de famille. En vain. Lors d'une de nos premières rencontres, Zach avait mentionné une galerie à Brighton. Il était ami avec le propriétaire, même si leur relation s'était distendue. L'un des deux devait de l'argent à l'autre. Zach s'était senti trahi.

Pete et Nell avaient fait allusion à lui au cours de notre déjeuner ; ils le connaissaient, eux aussi. Jim. Il s'appelait Jim.

Il ne me faut pas longtemps. Black Canvas. « Un espace d'exposition innovant et créatif » dans « le quartier très animé de North Laine à Brighton », dirigé par Jim Ibsen, « artiste, sculpteur et libre penseur ». Il y a un numéro que j'appelle. Je tombe sur un répondeur. Je laisse un message expliquant qui je suis et demandant qu'il me rappelle.

Zach détestait Facebook. Il disait que seuls les solitaires et les déconnectés ont besoin des médias sociaux, que ces trucs font ressortir le pire (suffisance, insécurité) chez les gens. Je me connectais en secret. Non pas que j'aie beaucoup d'amis – trente-trois, en tout, pour la plupart des personnes que je n'ai pas vues depuis des années, avec qui j'étais à l'école primaire, ou alors d'anciens élèves.

Un soir de beuverie dans l'appartement de Jane, avant ma rencontre avec Zach, nous avions traqué ses ex-petits amis, pour voir à quoi ils ressemblaient, pour rigoler de leurs photos, pour faire semblant d'être jeunes. C'était étonnamment facile de retrouver la plupart d'entre eux.

Inutile de rechercher Nell et Pete : je ne connais pas leurs noms de famille. Mais mon esprit fait surgir quelqu'un d'autre. Fred Laws : mon ancien chef à la bibliothèque de Westminster. Zach et lui avaient été à l'école ensemble. Fred et moi étions bons amis ; c'était un homme doux, sérieux. Nous mangions nos sandwiches ensemble dans Parliament Square. En fait, c'était Fred qui m'avait encouragée à entamer ma formation continue en alternance. Quand nous avons découvert ce lien entre nous, j'étais excitée comme une gosse, mais une étrange expression est passée sur le visage de Zach : il paraissait effrayé, pris au piège. Il s'est vite repris pour se lancer dans une imitation, pas très gentille, de Fred levant son index en l'air quand il parle. Je comprenais. Il avait passé tout ce temps à essayer d'oublier la violence et le traumatisme de son enfance ; il n'avait pas besoin qu'on les lui rappelle. Nous n'avons donc jamais cherché à le revoir. Notre mariage à l'hôtel de ville de Wandsworth a été minuscule : juste nous six, Zach et moi, Peggy et Rob, Jane et Sanjay. (Finalement, Nell et Pete ne sont pas venus.) Mais la crémation à Putney Vale... J'avais perdu les coordonnées de Fred Laws, seulement, j'aurais dû essayer de le retrouver.

Fred n'est pas du genre Facebook, mais des tas de gens sur Facebook ne sont pas du genre Facebook. Je découvre des tas de Fred Lawrence, de Fred Lawson. Mais un seul Fred Laws. Pas de photo, aucun détail, juste une silhouette. J'envoie quand même un message. J'écris : *Désolée si vous n'êtes pas le bon Fred Laws mais si c'est le cas, je vous en prie, appelez-moi.*

Comme j'ai fait preuve de bravoure, assise ici, avec mon rouge à lèvres. Rouge rubis, comme une cochenille, comme du sang. Mais, dès que j'ai écrit ça, je referme l'ordinateur, le couvercle froid et dur contre mes doigts.

Après le déjeuner – une boîte de soupe à la tomate bue à même la casserole –, je me force à aller voir le monde extérieur. Je repousse Zach au fond de mon esprit et je pars en voiture aux Beeches à Colliers Wood, la maison médicalisée où vit ma mère.

Après avoir signé le registre des visites, je la trouve assise dans le foyer devant *Judge Judy*. Comme

133

toujours, mon cœur se serre d'amour et de culpabilité. Elle est installée auprès d'un homme atteint de Parkinson qui, selon le personnel soignant, serait son « petit ami ». Il dort profondément, la bouche ouverte. Le crâne de ma mère est maintenu par le repose-tête de son fauteuil, ses yeux sont humides, la peau de ses pommettes fine et tendue. Elle a perdu beaucoup de poids, mais je remarque avec inquiétude que ses jambes sont plus gonflées que la semaine dernière.

Je lui ai amené ses caramels au chocolat préférés. Je les pose sur ses genoux.

— Comment vas-tu, maman ? dis-je en l'embrassant sur le sommet de la tête.

— Cet homme, dit-elle en flanquant les caramels par terre d'un revers de la main, m'a pris tout mon argent.

Je les ramasse, les replace prudemment sur le fauteuil près d'elle.

— Dans *Judge Judy* ?

— Ici, dit-elle. Celui qui vit dans la salle de bains. Il est venu dans ma chambre, en faisant semblant d'être gentil.

— Quand ? Quand était-il dans la salle de bains ?

Elle adopte une voix différente, chantante presque :

— Tous les mêmes. Des cons.

Je la fixe.

— Allons, allons, dit Angie, une des infirmières qui est en train de donner ses médicaments à Phil là-bas dans un coin. Pas de grossièretés, Lyn.

L'équipe trouve ma mère impolie et difficile, mais elle n'est pas du tout comme ça. Avant Alzheimer, elle n'aurait jamais proféré le moindre juron. Elle était forte et capable. Veuve à vingt-huit ans, avec deux enfants de moins de six ans à charge, elle a d'abord trouvé un poste dans une cantine d'école puis comme réceptionniste chez un médecin généraliste. Elle a appris toute seule à taper à la machine et, le soir, elle prenait du travail de secrétariat d'un ancien collègue de mon père qu'elle effectuait à la maison. Elle voulait le mieux pour nous. Elle était si fière de Peggy, avec son diplôme universitaire et son mari riche. Ma pauvre maman. Je l'ai toujours déçue. Et ça continue.

Je contemple le jardin de l'atrium. La statue au milieu, une forme abstraite en béton entourée de bandes d'herbe séchée. Nulle part où se cacher. J'entends des voix dans le hall d'entrée. Une femme en fauteuil roulant que l'on pousse sur la rampe vers une voiture. Un infirmier tient la porte. Il y a toujours quelqu'un à la réception. Il serait impossible qu'un inconnu entre sans qu'on ne s'en rende compte.

Je la persuade de se lever et je la ramène dans sa salle de bains pour lui laver les cheveux. Je fais couler l'eau un moment afin qu'elle s'habitue au bruit qui pourrait la surprendre. Je pousse une chaise près du lavabo et elle penche la tête en arrière en fermant les yeux. Je fais très attention, épongeant l'eau sur ses yeux et son visage, la séchant pour que sa peau ne s'irrite pas. Celle de son crâne est craquelée comme un parchemin. Elle ne dit rien, mais elle ne proteste pas non plus.

De retour dans la chambre, je l'installe sur le rebord du lit pour peigner ses cheveux humides. Je lui pose des questions sur son enfance dans le Kent. Elle aime ça. On dirait que ça la rassure. Elle me parle du pommier au fond du jardin pendant que je remplis sa carafe d'eau, que j'arrose les plantes et que je range un peu. J'essaie de voir si quoi que ce soit a été touché. Je vérifie encore dans la salle de bains, sous le lavabo, derrière la baignoire. Rien ne semble avoir été déplacé. Dans la chambre à coucher, les photos couvertes de poussière ne portent aucune trace d'empreintes. Je les essuie avec un chiffon : celle de mon père d'abord, prise sur une plage dans le Devon. Je crois me rappeler ces vacances − le sel et la crème glacée sur mes lèvres, son sourire, sa barbe qui gratte − mais je triche. Ce sont les souvenirs créés à partir de la photo. Ensuite, le grand mariage de Peggy et Rob ; puis Peggy et moi, gamines, dans des robes identiques. Reléguée dans un coin, il y a une petite photo de Zach. C'est moi qui l'ai mise là, un jour. Elle glisse hors du cadre quand je le nettoie ; je l'examine un moment. Elle a été prise pendant des vacances dans les Cornouailles. Il est bronzé, le vent dans les cheveux ; il rit. Nous venions de faire la course jusqu'à la crique. Il m'avait laissé gagner. Après la photo, nous avons fait des ricochets et lancé des bâtons pour le chien. Jeans retroussés, nous avons pataugé dans l'eau. Il avait enlevé son tee-shirt pour me sécher les pieds avec.

— Zach était toujours heureux au bord de la mer, dis-je.

Ma mère fredonne en tirant des fils du couvre-lit.

Quand il a emménagé avec moi, il a été sidéré par la quantité de bibelots qu'elle possédait : les petits coqs en bois du Portugal, les poupées portant le costume traditionnel grec, les pots et les clochettes en cuivre, les respectables chlorophytums. Tout s'est retrouvé dans des cartons, mais il n'y avait pas assez de place dans sa chambre aux Beeches. Nous n'avons apporté que ses préférés : les plantes, les photos et la collection de maisons en porcelaine de Coalport que Zach trouvait hideuses mais que nous avions toujours aimées quand nous étions petites. Mon père en avait offert une à ma mère à chaque anniversaire depuis leur mariage.

Elles sont alignées sur une étagère. Je les compte, les recompte. Cinq, il devrait y en avoir six. Il en manque une. Laquelle ? Je les passe en revue dans ma tête. La villa jaune est bien là, celle en forme de parapluie aussi, la rouge avec les cottages jumeaux entourés de roses ; ils sont tous sur l'étagère. Mais le chalet suisse bleu et blanc, le préféré de Peggy quand nous étions gamines : il a disparu. Je regarde sous le lit, au cas où il serait tombé et à côté de la télévision, au cas où on l'aurait déplacé.

— Ça fait une éternité que tu n'es pas venue, dit soudain ma mère. Tu ne viens plus.

Elle m'observe en se mordillant la lèvre. Je m'assois près d'elle et je lui prends la main. Je lui rappelle que j'étais là vendredi. Je n'ai pas pu venir du week-end parce que je n'étais pas à Londres. Je lui raconte, du moins certaines choses : j'étais au bord de la mer où j'ai rencontré un célèbre ministre, Alan Murphy. Je lui décris la maison au sommet de la colline, le porte-parapluie fait à partir d'un pauvre renard mort. J'essaie de retrouver le plus de détails possible. Elle aime bien ça, d'habitude.

— Je préfère l'autre fille, dit-elle quand je m'arrête pour reprendre mon souffle. Celle qui est jolie.

— Je sais.

— Je préfère que tu me laisses tranquille.

— D'accord, dis-je en lui embrassant le sommet du crâne. J'y vais.

— Et dis à cet homme que je ne veux pas qu'il revienne non plus.

Mon cœur tressaille.

— Quel homme ?

Mais elle s'est tournée vers la fenêtre, les lèvres cousues.

Flo, une autre infirmière, est à la réception quand je pars. Elle me dit que ma mère a eu « un léger problème de régurgitation » au petit-déjeuner et nous en discutons. Sans paraître y attacher trop d'importance, je lui demande si elle sait quelque chose à propos de la décoration manquante, si elle n'aurait pas été cassée. Je ne veux pas en faire toute une histoire. L'alliance de ma mère avait disparu juste avant Noël et Peggy avait fait un scandale. L'équipe soignante s'était sentie accusée – tout en reportant la responsabilité sur l'hôpital où maman était allée faire une analyse de sang. Je ne veux pas déterrer cette histoire.

— Pas que je sache, dit Flo. Vous êtes sûre qu'il y en avait six ?

— Je me suis peut-être trompée. Au fait, quelqu'un d'autre lui a rendu visite ?

— Je ne pense pas, dit Flo. Mais vous pouvez vérifier sur le registre.

Je le consulte mais personne n'est venu la voir, à part moi.

Je fais un détour avant de rentrer, dans le dédale de rues derrière Clapham High Street qu'on appelle la Vieille Ville. C'est un quartier mixte : de grandes et belles demeures face à des blocs de HLM, de longues rangées de maisons victoriennes qui ont été morcelées et vendues par lots pendant le boom immobilier des années 1980 avec, ici et là, des cottages mitoyens des années 1950. Je me gare devant le petit immeuble en briques rouges où Zach et moi avons été voisins sans le savoir. Je louais un studio au dernier étage, il vivait dans un appartement en sous-sol appartenant à un banquier d'Anvers. Quand nous avions évoqué le fait que nous nous étions sûrement croisés dans la rue, il avait dit : « Sûrement pas, je n'aurais pas pu m'empêcher de te sauter dessus. »

Je contemple la maison depuis la voiture. Habite-t-il désormais un endroit similaire ? Un appartement en sous-sol dans un immeuble anonyme ? Et de quoi vivrait-il ? De petits boulots, peut-être. De vols ? Je l'en crois capable.

Pendant que je fixe ces briques, une douleur sourde commence à me lancer dans le front. Ma vision se trouble. Des taches noires fleurissent sous mes paupières. Zach. Il est là sur le trottoir, il vient vers la voiture ; sa main sur la portière, le bruit quand elle s'ouvre, le courant d'air frais sur mon visage. Je sens ses bras qui m'attirent vers lui, son poids contre ma poitrine, sa bouche humide au creux de mon cou. J'entends mon petit râle. C'est si vivace qu'en rouvrant les yeux, j'ai l'impression que mon cœur se déchire quand je me souviens que je suis seule.

C'est absurde. Je me décide enfin et je descends les quelques marches qui mènent au sous-sol. Des ordures : un sac en papier sale, une boîte de repas à emporter maculée de sauce au curry. Je ne suis pas sûre qu'on entendra la sonnette par-dessus la télévision qui beugle. Un jeu. Un présentateur qui pose des questions. Musique. Applaudissements. Pourtant, un homme assez âgé vient ouvrir au bout d'un moment, un chat gros et mou dans les bras. Il me semble vaguement familier, et le chat aussi, mais c'est souvent le cas avec les chats noirs et blancs.

— Que voulez-vous ? demande-t-il.

Je lui explique que mon mari a vécu ici autrefois en 2001 ou 2002, qu'il était le locataire d'un banquier belge. Il travaillait sur les chantiers à l'époque. J'effectue un pèlerinage sur les lieux qui ont compté pour lui. Puis-je vous demander, s'il vous plaît, d'entrer juste une minute ou deux pour voir l'appartement ?

Il me fixe, ce vieil homme, de ses yeux délavés, le blanc de l'œil jauni par l'âge. Il avance sa mâchoire au-dessus de la tête du chat et il fait un mouvement de mastication avec ses gencives.

— Ça, c'est une première, finit-il par dire. Je vous accorde que vous avez de l'imagination, mais je ne suis pas né d'hier.

— Désolée. Je...

Il commence à refermer la porte.

— Je vis ici depuis 1970. Et avant, c'était mon père et ma mère. Allez trouver quelqu'un d'autre à arnaquer.

Zach avait prétendu avoir habité ici pendant plusieurs mois, entre un travail de guide touristique à l'étranger et ses études à Édimbourg. C'était il y a plus de dix ans. Peut-être ne se rappelait-il plus très bien du numéro de la maison. S'il a réalisé son erreur, il a sans doute préféré de ne pas la corriger en raison du plaisir que m'avait procuré cette coïncidence.

Les excuses existent. Des raisons. Des explications. Et pourtant, je suis mal à l'aise. Un peu comme si un fil de mon passé avait été rompu. De petites contrevérités : j'en avais surpris parfois. Avec Nell et Pete, par exemple. Il m'avait assuré les avoir invités au mariage, mais qu'ils n'avaient pas pu venir en raison d'un engagement familial. Quand nous avons déjeuné avec eux, il était clair qu'ils ignoraient que nous étions mariés. Je n'ai pas voulu l'embêter avec ça. Je savais qu'il était plutôt discret. Un mensonge sans conséquences que je n'ai pas relevé. J'ai réagi de la même façon quand je l'ai entendu raconter à Peggy que sa mère était issue d'une famille de propriétaires terriens dans le Somerset. Il m'avait dit le Dorset. Un détail… Et puis les deux comtés sont voisins. J'ai laissé filer. Maintenant, je me demande si j'ai bien fait.

Sur le chemin du retour, l'esprit à la fois hébété et en effervescence, je me trompe de route, et me voilà partie vers le centre, coincée dans le trafic, incapable de faire demi-tour. Je me perds dans les rues à sens unique de Kennington. Quand je repasse pour la deuxième fois au même endroit, je me gare n'importe où et je pose la tête sur le volant pour m'éclaircir les idées. Il me cachait des choses, je le comprends enfin, éludant, esquivant, même quand nous n'en étions qu'au début de notre relation, quand celle-ci était apparemment idyllique. Cette idée me donne l'élan dont j'ai besoin. Je vais le démasquer. Je vais le retrouver, qu'il le veuille ou non.

Quand j'arrive enfin à la maison, le téléphone est en train de sonner. Je décroche trop tard. Je consulte le journal des appels, mais « l'appelant a caché son numéro ». Je raccroche violemment. J'ai reçu de nombreux appels anonymes ces derniers mois. Selon Peggy, c'est juste quelqu'un en Inde qui veut fourguer des assurances sauf que la connexion ne se fait pas. Maintenant, je m'interroge. Est-ce lui qui vérifie si je suis là ?

Sans enlever ma veste, je ressors avec Howard. Je prends la route de la prison où pénètre un grand van blanc. Le parking de la jardinerie un peu plus loin est presque vide. Il fait froid, le ciel est lourd. Le monde a l'air lugubre. J'aurais dû passer de l'autre côté. J'accélère le pas et je tourne à droite sur Earlsfield Road pour rejoindre la quatre voies et emprunter le passage souterrain. Quatre adolescents y tapent dans un ballon, le faisant rebondir encore et encore sur les parois en béton. Dans le parc, à l'endroit où s'installe la foire à Pâques, j'aperçois deux femmes avec des landaus en train de boire des gobelets Starbucks sur un banc.

Comme s'il m'avait attendue, le téléphone dans la cuisine sonne à nouveau à l'instant où je franchis la porte d'entrée.

— Lizzie Carter ?

La voix est profonde, un peu usée par la débauche. On entend le vin rouge et les nuits blanches.

— Oui.

Un nerf s'est mis à tressauter sur ma nuque.

— Jim Ibsen.

Une bouffée de cigarette.

— Oh, bon sang, oui.

Nerveuse, je bafouille un moment, le remerciant d'avoir rappelé.

— Pas de problème, me dit-il à plusieurs reprises.

Je sais qu'il faut que je me décide, que je dois l'interroger, mais je continue à réciter des banalités en faisant les cent pas dans la cuisine sans trouver quoi dire, quoi lui demander.

Finalement, Jim Ibsen m'interrompt.

— Je suis navrée pour vous… J'ai appris pour Zach…

— Vous n'étiez pas aux obsèques. J'aurais dû y penser. Ce n'était pas une grande cérémonie. En raison des circonstances, vous comprenez. Je n'ai jamais eu l'occasion de vous rencontrer. À vrai dire, je n'ai pas eu le temps de connaître beaucoup d'amis de Zach.

— Vous étiez mariés depuis longtemps ?

— Deux ans. Presque. C'est peu, n'est-ce pas ? J'ai encore tellement de choses à apprendre sur lui et...

— Ouais. Zach et moi, on s'était un peu éloignés.

Je guettais des signes d'intérêt ou de complicité, mais sa voix reste neutre et indifférente. Cette discussion est une impasse. Jim Ibsen ne sait rien.

— Je vois.

Une autre inhalation de nicotine.

— Il était sympa avec vous ?

— Oui, dis-je en me rasseyant. À sa façon. Oui, il l'était.

— Eh bien, je suis content d'entendre ça. Zach Hopkins. Un talent oublié. Il continuait à vouloir exposer ?

Son ton – un peu moqueur – ne me plaît pas. Je me sens forcée de prouver ma loyauté.

— Oui. Ça allait plutôt bien. En fait, juste avant son accident, il était sur le point de signer un truc important.

Il rigole.

— Il était toujours sur le point de signer un truc important. Sans lui manquer de respect. Il avait du talent. Mais il faut parfois accepter certaines concessions et c'était pas son genre. On avait un chouette petit business, lui et moi : des plâtres de mains et de pieds d'enfants – il y a des tas de jeunes familles du côté de Brighton et de Hove. Ça rapportait pas mal, mais il s'estimait au-dessus de ça. Il vexait les clients par son attitude. S'il s'imaginait pouvoir gagner sa vie avec ses petits tableaux noirs, tant mieux pour lui. Mais certains d'entre nous doivent vivre dans le monde réel.

— Un galeriste d'Exeter venait de lui passer une grosse commande, dis-je, sur la défensive. Ils envisageaient une exposition chez lui.

— Elle a eu lieu ?

— Eh bien… non.

Après sa mort, j'avais en vain essayé de retrouver cette galerie. Je n'ai jamais récupéré les œuvres qu'il y avait laissées. Quelqu'un les possède maintenant. À moins que ce quelqu'un ne soit Zach.

— Vous voyez. Toujours la même histoire.

— Oui.

Je n'ai plus envie de parler avec lui, ce Jim Ibsen aigri, bouffi de préjugés.

— Je cherche à retrouver une vieille amie de Zach… Xenia. Ce nom vous dit-il quelque chose ?

— Anya ?

— Xenia.

— Rien du tout.

— Et Nell et Pete : vous les connaissez ?

— Nell et Pete ? Bien sûr.

— Je pourrais avoir leur numéro ?

Un silence à l'autre bout. Pendant un moment, je me dis qu'il va refuser, mais en fait il est seulement en train de chercher dans les contacts de son téléphone. Il me donne leurs coordonnées. Je les griffonne sur un coin du journal, sur les briques grises derrière le casque jaune de Murphy.

Je décide d'appeler chez eux. Il n'est que dix-sept heures. Ils doivent encore être au travail. Ils en avaient beaucoup parlé, de leur boulot, ce jour-là au restaurant : les horaires interminables, la pression, les patrons exigeants. Et pour Pete au moins, un long trajet quotidien, aller et retour. J'ai le courage d'appeler et la couardise de préférer laisser un message.

Mon plan échoue. Nell n'est pas au travail. Elle répond au téléphone, essoufflée comme si elle avait couru pour décrocher.

Je me force à ne pas raccrocher. Je me souviens de la gêne de nos adieux ce dimanche-là. Pete, les yeux plissés, fixait quelque chose de fascinant très loin au-delà de l'épaule de Zach.

— C'est Lizzie Carter, dis-je. Je suis désolée de vous déranger.

— Lizzie Carter ?

Mon nom ne lui dit rien. Ou alors, elle fait comme si.

— La femme de Zach ?

Une fraction de seconde puis :

— Oh, mon Dieu, Lizzie Carter.

— Vous vous rappelez ?

— Oui.

Une petite hésitation – elle me reconnaît, mais d'autres émotions semblent l'assaillir. Je n'arrive pas à déchiffrer son ton. J'aimerais voir son visage. Une idée bizarre, affolante me vient à l'esprit : elle sait où il est.

Elle recouvre très vite son sang-froid.

— Bien sûr que je me rappelle. Comment allez-vous ? J'ai appris pour Zach. Jim l'a lu quelque part et je voulais envoyer un mot...

— Ma sœur Peggy ne vous a pas écrit ? Elle devait essayer de vous retrouver.

— Peut-être, oui. C'est possible. Pete a parlé de quelque chose... mais nous avons été très occupés, avec la nouvelle maison, jongler avec les...

En arrière-plan, un petit hoquet se transforme en vraie crise de larmes.

— Vous avez un bébé !

— Oui.

Elle rit.

Les cris enflent puis s'arrêtent.

— Je suis en congé maternité jusqu'en septembre. C'est mon deuxième. Vous vous rappelez, quand nous nous sommes rencontrés, je pensais être enceinte, eh bien, je l'étais vraiment ! Mais c'était du premier. Le temps passe. Mais dites-moi, Lizzie Carter, comment allez-vous ?

Elle a dit cela avec un peu trop d'enthousiasme. Un rire forcé, mon nom répété comme un code, comme pour prévenir quelqu'un d'autre dans la pièce. Je ferme les yeux. Ai-je eu un coup de chance ? Ma première intuition était-elle la bonne ? S'est-il réfugié chez elle ? Si oui, elle est de son côté. Je ne peux pas lui faire confiance.

Ou alors, je suis en train de m'emballer. Elle est simplement embarrassée, se demandant la raison de ce coup de fil.

J'essaie de garder une voix normale.

— Je suis navrée de vous appeler ainsi, à l'improviste. Vous vous dites probablement : « Ah, mais qu'est-ce qu'elle veut ? » Je suis en congés scolaires et je dois descendre à Brighton cette semaine. J'espérais juste vous offrir une tasse de café. J'aurais juste...

Arrête de répéter *juste*.

— J'ignore encore certains détails à propos de Zach et j'aurais ju... je pensais que vous pourriez m'aider.

— Oui, je comprends, dit-elle d'une voix joviale. Mais je ne pense pas en savoir tant que ça.

— Ce serait très important pour moi.

Une hésitation, un peu trop longue.

— Quel jour ?

— Jeudi, mais ce serait aussi possible vendredi si c'est mieux pour vous. Si vous avez le temps... vous devez être très occupée avec les petits.

— Attendez. Je consulte mon agenda.

Un clac quand le téléphone est posé sur une surface dure, des voix étouffées au loin, des pas plus légers, puis :

— Allô.

Une voix d'enfant.

— Allô, dis-je. Es-tu un garçon ou une fille ?

— Je suis un alligator.

— Ah. C'est bien ce que je pensais. J'étais justement en train de me dire : si je ne me trompe pas, voilà bien un alligator.

— Désolée.

Nell est de retour sur un autre poste.

— Raccroche, Pidge.

— Au revoir, dit l'alligator.

— Au revoir, dis-je. Ravie de t'avoir parlé.

— Bon. D'accord pour jeudi matin. Vers onze heures trente ? Si cela ne vous dérange pas de venir ici, à la maison, ce serait plus simple.

À la maison ? M'inviterait-elle chez elle si elle y cachait Zach ? Mais jeudi est dans trois jours, ce qui leur laisse amplement le temps de dissimuler toutes les traces. J'aurais dû demander plus tôt dans la semaine, ou bien trouver son adresse et y passer sans prévenir. Je n'avais pas les idées claires. J'aurais dû être plus maligne.

— Vous êtes toujours là ? dit-elle.

— Oui, désolée. Merci beaucoup, c'est très gentil à vous.

Je note son adresse, sur un autre coin du journal et nous raccrochons.

Zach

Janvier 2010

Deux développements majeurs aujourd'hui.

D'abord, j'ai rencontré la sœur. Peggy. Un sacré morceau, mais pas question de la dénigrer auprès de Lizzie. Ou alors pas beaucoup. Ou alors un tout petit peu, mais à condition que ça vienne de moi.

J'ai été charmant, bien sûr. Elle n'aimait pas trop l'aspect Internet de notre rencontre, mais ça a vite été oublié. Quelques blagues, des sourires, la vaisselle, agiter le bambin jusqu'à ce qu'il se mette à couiner, le reposer prudemment, et une bonne dose de drague (c'est le genre de femme qui pense y avoir droit en permanence). Assez jolie ; mais pas mon genre. Une de ces trentenaires pourries gâtées qui s'imaginent qu'elles ont encore dix-sept ans, de longs cheveux blonds, des fringues qui moulent les nichons, un jean serré. Une ambitieuse, fière d'avoir mis le grappin sur un City-boy et le genre de vie qui va avec : « Vous n'êtes jamais allé à Dubaï ? Oh, nous adorons Dubaï. » Sans parler des insupportables tics verbaux. « Oh, merde. » Chaque anecdote ponctuée de « vous voyez, genre... » concernait la stupidité des gens – les autres, bien sûr – et se terminait par un « non, mais, sans déc' » d'auto-congratulation. Et toujours à se plaindre. À l'entendre, on aurait cru une malheureuse bonne à tout faire, pas une petite bourgeoise privilégiée.

La maison, pas très loin de celle de Lizzie, était décorée de ce gris-beige fadasse que ceux qui possèdent de l'argent et aucune imagination considèrent comme le summum de la sophistication. Je l'ai complimentée sur sa tenue : « On ne vous a jamais dit que vous vous habillez comme Alexa Chung ? » Elle a adressé un hochement de menton condescendant à sa sœur : « Oh, merde. Dites ça à celle qui ne porte que des polaires. » Un peu plus tard, je me suis surpris à tenir la main de Lizzie sous la table, ce qui était bizarre. Je ne me souvenais pas l'avoir cherchée.

Peggy avait des « nouvelles » et nous avons tous eu droit à un petit moment d'intense combat intérieur au cours duquel le désir de se vanter affrontait une vague compassion pour sa sœur. La lutte a été brève. Elle a emmené Lizzie à l'autre bout de la cuisine pour qu'elle l'aide à servir le thé. Une petite photo noir et blanc a surgi comme par miracle : une échographie à douze semaines.

— On ne voulait pas t'en parler avant d'être sûrs. Je sais à quel point la grossesse des autres peut être prodigieusement agaçante.

Lizzie a réagi comme il se doit, je veux bien le lui accorder. Embrassade, étreinte, gloussements triomphaux. Quand nous sommes partis, je lui ai demandé si elle n'était pas gênée et elle a répondu :

— Non. Pas du tout. Elle me l'a dit quand elle a été prête.

Elle m'avait mal compris. Je parlais de sa sœur cadette en passe de donner naissance à son second enfant alors qu'elle n'en avait pas. Mais c'était la « grossesse des autres » qui l'avait heurtée, cette façon nonchalante de nier les liens du sang.

Tandis que nous rentrions à travers le parc, elle m'a dit que le mari de Peggy n'était pas du tout un « financier ». Son existence était entièrement sponsorisée par ses parents. J'ai beaucoup ri et elle a paru apprécier mon amusement. J'ai dit : « Non, mais, sans déc' », et elle a ri de plus belle, l'air un peu coupable. Elle m'a laissé l'embrasser, là, contre un arbre, au milieu du parc. Le baiser a duré longtemps. Une main contre le tronc, l'autre sous sa nuque. Un train est passé, la terre a frémi. Nous nous sommes séparés. Si je le voulais, a-t-elle dit, je pouvais rentrer avec elle... d'où le second développement.

C'était risqué, mais j'étais sûr de pouvoir gérer. J'avais fait quelques recherches. Si la mère de Lizzie se mettait à hurler en me voyant, me désignant de son doigt tordu par l'arthrose, m'accusant d'être son intrus, il serait facile de trouver des explications : la confusion d'un esprit malade, le blocage des artères, la synthèse réduite des neurotransmetteurs. Et puis, le timing était impeccable. On lui a même donné un nom : la dépression crépusculaire. Cette perte des repères et cette agitation qui s'accentuent souvent en début de soirée.

Autant d'inquiétudes dont j'aurais pu me passer. La vieille a à peine enregistré ma présence. Elle était assise dans le salon surchauffé, sur un hideux canapé-lit devant la télévision, se tordant les doigts, tirant sur son alliance. Lizzie lui a préparé son souper qu'elle lui a amené sur un plateau. Le chien et moi l'avons regardée la nourrir à la cuillère, approchant les aliments jusqu'à sa bouche béante. Je commençais à croire que ça ne finirait jamais, mais elle s'est finalement endormie. J'ai emmené Lizzie à l'étage.

Elle n'a pas trouvé bizarre que je sache quelle porte pousser du genou (mes mains étaient occupées). Sa chambre était mieux rangée que lors de ma dernière visite : pas de vêtements ou de livres entassés sur le sol. Elle avait fait le ménage. En prévision de ma venue. Elle l'avait *programmée.*

Elle était bien plus ardente que je ne l'avais imaginée, avide, généreuse et, en dépit des polaires et des sous-vêtements de mémère, étonnamment désinhibée. Elle était prête à tout. Je ne m'attendais pas à ça. Mieux encore. Elle faisait ressortir ce qu'il y a de meilleur en moi. Après, une chose tout à fait inhabituelle s'est produite. Je me suis endormi, ce que je ne fais jamais. Jamais.

Quand j'ai ouvert les yeux, elle n'était pas en train de me contempler comme pour essayer d'absorber mes traits, à la manière de Charlotte. Au début, je ne me suis même pas rendu compte de sa présence. Il faisait sombre dehors. Assise contre la tête de lit, les jambes remontées, elle lisait le journal qu'elle tenait penché vers la lumière de la lampe de chevet.

— Tu te sentiras seule quand ta mère partira ? ai-je demandé.

Elle n'a pas levé les yeux de sa page.

— Je ne sais pas.

Elle avait mis un moment pour répondre.

— Je pourrais toujours emménager avec toi pour te tenir compagnie.

Elle a baissé le journal d'un geste brusque pour me dévisager.

— Tu plaisantes.

J'ai tiré le duvet sur mon épaule.

— Pourquoi plaisanterais-je ?

— Nous nous connaissons à peine.

— Ce n'est pas vrai.

Elle avait enfilé un tee-shirt gris foncé qui accentuait la couleur ardoise de ses yeux. Pour la première fois, j'ai remarqué les taches dorées dans ses iris. Elle pense être banale, mais sous certaines lumières, elle est en fait très belle.

— Je te connais maintenant, ai-je ajouté.

— Tu vis à Brighton.

— Je pourrais m'installer à Londres.

La porte de la chambre s'est ouverte et le chien est entré. Lizzie s'est penchée pour le caresser, froissant le journal sous son bras tendu.

— Tu es très gentil et tu es très fou, dit-elle.

Je ne suis pas très gentil. Je n'ai pas les qualités requises pour ça. Et je n'étais pas fou du tout. J'étais très sérieux. Son ton ne m'a pas plu. Je ne savais pas si elle s'adressait au chien ou à moi. La dernière fois que Charlotte m'avait traité avec autant de condescendance, ça ne s'était pas bien terminé. J'allais lui répondre, mais comme si elle l'avait senti, elle s'est retournée. Elle a posé la main sur ma tête, une mèche de mes cheveux entre ses doigts, pour dire doucement :

— C'est trop tôt.

J'étais en pleine panique. Tout partait en vrille, la situation devenait incontrôlable. C'était quoi, son problème ? On était bien ensemble. C'était parfait. Elle ne s'en rendait pas compte ? Cherchait-elle à gâcher ce que nous avions ? J'entendais mon téléphone, dans la poche de mon jean par terre, vibrant contre la moquette. Charlotte qui se demandait où j'étais, ce que je faisais. L'idée de m'habiller, de sortir, d'aller jusqu'à la gare, de prendre un train pour Brighton me paraissait tordue et horrible, désespérante. J'ai tourné la tête pour que Lizzie ne voie pas mon visage.

Je n'ai pas pu me retenir :

— Tu ne devrais pas laisser le chien venir dans la chambre. Ce n'est pas hygiénique.

8

Lizzie

Je mets mon réveil tôt mardi matin. Je ne veux pas dormir trop longtemps – la maison, les rues animées, la circulation qui gronde. Il faut que je reste sur mes gardes.

Il fait sombre dans la chambre. Je croyais avoir baissé les stores, mais ils sont entièrement remontés. Le ciel à travers la fenêtre, derrière l'arbre, a la couleur d'un vieil hématome.

J'ai rêvé de Zach, je le sais, mais malgré tous mes efforts, malgré mes yeux fermés, je ne retrouve aucune image. Il ne me reste qu'une humeur, un souffle, une vibration dans le corps. Je reste allongée, écoutant les bruits du Londres matinal : une camionnette de livraison qui fait marche arrière, un bus qui peine, un hélicoptère. Toutes mes peurs se sont dissipées et rien ne les remplace. Je me sens vide et démunie. Je m'étais souvenue de son air perdu que je surprenais parfois à son insu : ce jour où la galerie avait refusé son travail, ou quand je disais que je rentrerais tard. Il le masquait très vite, affichant de l'irritation et du ressentiment, mais j'avais eu le temps de surprendre sa vulnérabilité.

Que cherche-t-il ? À me faire assez souffrir pour mériter son retour ? Ou bien ne le sait-il pas lui-même ?

Je pense à lui là, dehors, désespéré, confus, hagard.

Le chien est couché sur mes pieds.

Si Zach s'était faufilé dans la chambre cette nuit, il aurait aboyé. Non ?

Avec Howard à l'arrière de la voiture, je descends à Colliers Wood. J'arrive aux Beeches à huit heures. Ma mère dort encore. Je reste assise un moment près du lit à la regarder, attendant, non, espérant qu'elle ouvre les yeux. Pour avoir quelque chose à faire, je lave sa brosse à cheveux et je parle de son traitement avec une infirmière. Quand elle se réveille, je l'habille et je l'aide à prendre son petit-déjeuner. Je comprends cette histoire de régurgitation : ils lui donnaient du lait dans son thé et elle n'aime pas ça. Après cela, je lui demande si l'homme est revenu.

— Quel homme ? dit-elle.

Je préfère alors évoquer le Kent et elle me parle de la pommeraie. Elle semble plus calme. Quand je pars, elle me demande quand « l'autre fille » viendra et je pleure un peu dans la voiture. Comme à chaque fois.

Je dois retrouver Jane à dix heures et demie à Wimbledon pour promener le chien ; en route, je m'aperçois soudain que je suis en train de faire un détour par un dédale de petites rues, à l'intérieur de lotissements, puis le long d'un terrain vague non loin de la River Wandle. Mon regard fouille chaque ruelle, chaque bâtiment. Où pourrait-il être ? Où se cacherait-il ? Le débusquer me paraît une tâche insurmontable. Un million de cabanes à outils aux portes brisées. Un million d'abris en tôle ondulée, de refuges de fortune. Il peut être n'importe où, dans un interstice entre deux immeubles, dans un bunker enfoui sous terre.

Quand je me gare enfin sur le parking du Wimbledon Common, où Jane et moi nous sommes donné rendez-vous, je me sens faible, lourde et hébétée. Qui était-il ? Je ferme les yeux, mais je n'arrive pas à me représenter son visage. Mes paupières fatiguées tremblent, comme la dernière bobine à la fin d'un film. Je ne retrouve ni ses traits, ni ses membres, ni sa poitrine, ni son dos. Je ne le vois pas.

Le moulin est perché parmi quelques bâtiments non loin de la route principale. La journée est grise et morne, le parking désert : une étendue de gravier jonchée de flaques.

Le break Volvo rouge de Jane est la seule autre voiture garée là à l'autre bout. Elle attend à l'intérieur, écoutant Radio 4. J'entends la voix de la présentatrice Jenni Murray qui résonne à travers la carrosserie. En me voyant, Jane me fait signe et enfile ses bottes. En m'approchant, je lui souris, en proie à un étrange sentiment : comme si j'étais dégagée de toute obligation. Jane, ma meilleure amie. Là aussi, Zach s'est interposé entre nous. Je ne veux rien lui cacher, mais je n'ai pas le choix. Elle ne me croirait pas et elle s'inquiéterait. Elle irait trouver Morrow. Elle appellerait Peggy, comme elle l'a fait ce week-end. Et ce serait pire encore.

— Salut. Tu vas bien ?

— Oui, dis-je un peu trop vite, car elle m'observe. Je suis désolée pour dimanche, j'ajoute sur un ton aussi léger qu'il m'est possible. Je suis sûre que tu avais prévu autre chose.

155

— Non, dit-elle en plissant le nez, mais je sais qu'elle ment.

Elle me pose la main sur l'épaule pour pouvoir tirer sa chaussette sur son talon. C'est un geste qui se veut normal mais, en fait, elle me touche pour s'assurer que je vais bien, que je ne vais pas m'effondrer.

Je tente une blague pour la convaincre :

— Et dire que j'en suis arrivée à parler de fragments d'os.

— Arrête, dit-elle.

— Mais j'ai bien dit ça, non ?

Je me penche pour détacher la laisse d'Howard avant d'ajouter :

— J'ai même parlé de dents.

Elle lève la main vers sa bouche.

— Je ne sais pas ce qui m'a pris. Morrow était consternée.

— Je crois qu'elle était surtout sidérée.

— Je me demande si on l'a préparée aux fragments d'os pendant sa formation d'aide aux familles.

— Pauvre Hannah, dit Jane. Pauvre toi.

Nous nous sommes mises à marcher sur le chemin qui conduit aux bois. Elle tend la main pour repousser une branche.

— Tu aurais pu me parler de la lettre.

— Ah...

— Pour toi, découvrir qu'il l'a lue juste avant de monter dans la voiture... Je n'imagine même pas ce que tu as dû éprouver. Mais j'ai beaucoup réfléchi... et il faut que je te le dise...

Elle s'immobilise.

— Zach savait que tu l'aimais, Lizzie, que tu ne voulais pas vraiment dire ce que tu as écrit. C'était juste une mauvaise passe. Qui n'aurait pas duré et qui n'a sûrement rien changé. Tu le sais, n'est-ce pas ? Vous étiez deux âmes sœurs. Cela ne change rien.

Une boule se forme dans ma gorge. Elle croit que Zach s'est suicidé et que j'en suis venue à me persuader qu'il est toujours en vie pour échapper à cette responsabilité. Pendant un moment, ses mots ouvrent un trou béant devant moi. J'émets un petit bruit comme une sorte de craquement que je tente de transformer en raclement de gorge. J'aimerais pouvoir la convaincre, mais rien de ce que je dirais ne changera quoi que ce soit. Elle n'a aucune idée de la vérité parce que je la lui ai toujours cachée. Deux âmes sœurs : ça a l'air si simple. Mon prince de conte de fées, a-t-elle dit un jour. Elle n'avait aucune idée. Elle ne le connaissait pas.

Je finis par dire :

— Merci.

— Je ne m'étais pas rendu compte que ça se passait mal entre vous. Je sais qu'il a été un peu énervé quand tu as dansé avec Angus à la soirée de l'école...

Je l'ai regardée avant de vite détourner les yeux. Angus, un des profs issus du programme d'intégration des nouveaux enseignants, m'avait prise par la main avant que je ne puisse réagir. Je savais que Zach nous observait, le regard brûlant, dans un coin. Quand j'ai enfin réussi à quitter la piste de danse, il m'a tordu le bras dans le dos et m'a dit des choses à l'oreille en faisant en sorte que personne d'autre n'entende. Jane n'avait pas assisté à la scène. Quelqu'un avait dû lui en parler.

— Il était parfois un peu jaloux, dis-je. Comme tu dis, c'était juste une mauvaise passe.

Elle se penche pour me fixer dans les yeux.

— Vraiment ? Et cette personne qui a laissé des fleurs ? Tu as trouvé qui c'était ?

— Xenia ? Non.

— Et si c'était quelqu'un qui a été témoin de l'accident ? Quelqu'un qu'il ne connaissait pas du tout ?

— Ça se pourrait.

Je dois faire preuve de prudence. Elle me connaît par cœur. J'enchaîne :

— C'est peut-être une bonne chose que je me sois mise à dérailler un peu ce week-end. J'en avais sans doute besoin. Un dernier maelstrom de folie avant de reprendre une vie normale.

— Un « maelstrom de folie » ? dit-elle en haussant un sourcil, mais elle sourit. Ma pauvre Lizzie. Tout va s'arranger.

Elle se remet à marcher et je sais que je suis tirée d'affaire. On en est revenues à Zach et moi, comme avant.

Nous faisons notre promenade habituelle, jusqu'en bas de la colline, à travers les arbres vers le lac, argenté et paisible, là-bas tout au fond, comme issu d'un conte de fées, avant de remonter dans les bois en contournant le parcours de golf. Howard chasse des écureuils, des lapins et des corbeaux. Des coins sauvages, des pelouses impeccables, des arbres tordus, des feuillages surplombant d'épaisses haies. Wimbledon Common est un parc sans cesse différent. Quand le rugissement de l'A3 est assourdi par un petit vallon ou par la densité d'un bosquet, on pourrait se croire en pleine nature très, très loin de Londres. Ça me fait du bien de marcher. J'aurais préféré ne pas repenser à cette soirée. Je m'étais enfuie après l'incident avec Angus. Zach m'avait rattrapée dans le parc. Il était ivre : l'alcool ne faisait pas bon ménage avec ses tranquillisants. Il a imploré mon pardon. Il ne savait pas ce qui lui avait pris. Il avait tant besoin de moi. J'essaie de me concentrer sur le poids et la pression du bras de Jane appuyé sur le mien, de ne pas penser à lui, seul quelque part.

Sur la dernière partie de la piste cavalière, où on peut voir le haut du moulin qui dépasse au-dessus du sommet des arbres, nous nous mettons à discuter de l'école. Jane glisse Sam Welham dans la conversation. Elle est tombée sur lui achetant du gombo et de la coriandre hier au marché de Tooting pour se préparer un curry.

— Sympa, dis-je.

— Il m'a demandé de tes nouvelles. Il savait que ça faisait un an. Il se faisait du souci.

— C'est gentil à lui.

Jane, qui travaillait avec Sam dans une autre école, m'avait à plusieurs reprises expliqué à quel point sa femme avait été idiote de le quitter. Elle me le répète encore une fois. Elle m'informe aussi qu'il lui a demandé l'adresse d'un bon dentiste.

— Tu lui as donné ?

— Oui.

— Bravo.

— Il est bien, Lizzie, dit-elle.

— Je sais.

— Zach voudrait que tu sois heureuse.

Je retiens mon souffle. La simplicité de cette phrase me donne envie de pleurer. Elle a lâché mon bras.

— Je sais.

— Je te le dis, c'est tout.

— Je sais.

Je prends une autre route pour rentrer, par Wimbledon Village jusqu'à Plough Road, derrière le champ de courses de lévriers. Zach y louait un local dans un vieil entrepôt industriel converti en ateliers d'artistes.

Je me gare sur l'immense parking du stade et je coupe le moteur. Des piquets métalliques pour le marché du dimanche jonchent le sol, comme abandonnés. Des cartons, aplatis et trempés, sont empilés à côté de l'entrée.

Je suis déjà venue une fois ici, peu après l'accident, pour débarrasser son atelier. J'étais encore sous le choc. Jane m'avait accompagnée. Le gardien, un jeune homme avec de longs favoris, a utilisé un passe pour ouvrir sa porte. C'était au-dessus de mes forces de voir son travail en cours, les tubes de peinture, les tableaux et toutes ces preuves de sa vie interrompue... J'ai laissé Jane passer devant. Elle s'est immobilisée sur le seuil et elle n'a plus bougé. Au bout d'un moment, je l'ai rejointe. Il n'y avait plus rien. Un chevalet vide. Des murs nus. Un sol immaculé. Trois bouteilles de white-spirit alignées dans un coin, les étiquettes bien parallèles. Nous avions pris le break de Jane pour tout emporter. J'aurais pu ramener les restes de sa vie professionnelle sur le porte-bagages d'un vélo.

Selon Jane, c'était l'œuvre d'une crapule de la pire espèce qui, ayant appris sa mort, était venue voler ses affaires.

Maintenant, je ne sais pas. Je me demande : et si c'était lui qui avait tout récupéré ?

Je mets le pied dans une flaque en sortant de la voiture. L'entrepôt est derrière le stade dans une ruelle délabrée criblée de nids-de-poule. C'est un bâtiment trapu et long d'époque victorienne, tout en fer forgé, escaliers d'incendie et fenêtres longilignes. Le hall d'entrée est peint en rose fluo et le couloir principal démarre après un passage voûté. Un curieux mélange d'odeurs. Ça sent la térébenthine et la chaleur, les produits chimiques et la terre humide. Le couinement strident d'une scie électrique, des coups de marteau, de la pop qui s'échappe d'une radio au loin.

La plupart des portes sont ouvertes. Dans le premier atelier, un vieil homme est accroupi, éviscérant un fauteuil avec des pinces ; dans le suivant, une femme en tablier est penchée sur un four à poterie maculé de boue. Suivent un aquarelliste, un atelier de sérigraphie, un sculpteur de ferraille et une jeune fille qui fabrique des personnages avec des bandages et des épingles. Tout le monde a l'air trop occupé pour que j'impose ma présence.

La musique provient de la cuisine, un double atelier situé au centre du couloir, où une femme avec des cheveux noirs en pointes et un anneau dans un sourcil réchauffe son déjeuner au micro-onde. Elle me semble vaguement familière. Je l'ai déjà rencontrée. Elle était aux obsèques de Zach. Elle sait peut-être quelque chose.

Je dis bonjour et me présente. Elle hoche la tête. Oui. Elle s'appelle Maria, elle fait du tricot. C'est exact, elle est bien venue aux funérailles de mon mari. Quelqu'un avait appelé le gardien pour qu'il prévienne tout le monde et avec son amie Suzie, une sculptrice, elles ont décidé de venir. « Ce n'était pas si loin. »

Je souris, mais ses mots me font mal. À l'entendre, on dirait qu'elle allait au cinéma.

— Quel dommage, ajoute-t-elle. Un homme si charmant, si séduisant.

Le micro-onde émet son petit bip et elle en sort un plat tout préparé de poulet teriyaki avec du riz. Je m'assieds en face d'elle. Je dois me montrer prudente et maligne. Nous bavardons ; ça fait déjà un an et j'aimerais essayer de comprendre certains petits détails. Son atelier vide, par exemple : croit-elle que quelqu'un soit venu prendre ses affaires ?

Maria semble mal à l'aise.

— Nous formons une petite communauté, dit-elle. D'artistes, pas de voleurs.

— Oui, oui, bien sûr. Mais je suis surprise du peu qu'il avait.

Elle secoue la tête.

— Zach, son atelier était toujours fermé. Nous organisons des journées portes ouvertes deux fois par an pour montrer notre travail, offrir un verre et vendre, si possible. Mais Zach, lui verrouillait sa porte. Il ne participait jamais. Il me disait que son travail n'était pas bon. Je ne sais même pas à quoi ressemblait son atelier.

— C'est bizarre.

— Certains ici ne font que parler, parler, parler, mais Zach, il parlait avec ses yeux. De si beaux yeux bleus.

— Ils étaient très saisissants, dis-je. Ses yeux. Personne ne venait jamais le voir ? Il ne recevait pas de visite ?

Elle secoue la tête, la bouche pleine de poulet.

— Non.

— Vous connaissez quelqu'un qui s'appelle Xenia ?

— Non. Xenia, non. Je connais pas.

— Et il ne fréquentait pas les autres artistes ?

Elle lève un doigt en l'air pendant qu'elle déglutit.

— Il tapait sur son ordinateur. De longs mails. Un jour, il était furieux. Je ne me rappelle plus quand. Il était tout rouge. Je l'ai revu un peu plus tard, il était sur le point de partir et je lui ai demandé si ça allait. Je n'aime pas que les gens soient malheureux. Je suis une bonne âme.

— J'en suis sûre.

Je la regarde manger encore un moment. Elle me sourit deux ou trois fois.

— Son atelier, dit-elle. Il va être repris par un photographe. Un homme très bien.

— Tant mieux.

Après ça, je suis impatiente de partir. Penser à cette image de Zach et de sa porte fermée, cette angoisse qu'il dissimulait. Je fonce hors du bâtiment pour retourner à la voiture. J'aperçois un trou dans la clôture que je n'avais pas remarqué et je m'y faufile. En me redressant trop vite, j'accroche mon anorak.

Ma voiture est à l'autre bout du parking, près du café. Je repars dans sa direction puis m'arrête.

Un homme est là, entre le capot et la clôture. Cette silhouette… la chevelure souple, le grand manteau, l'épaule légèrement penchée. J'éprouve un sentiment de triomphe – et de terreur, en même temps. Je me mets à courir entre les nids-de-poule. De l'eau boueuse éclabousse mon jean. Ma vision se trouble. Le parking tourbillonne. Je dérape, trébuche et tombe. Mains sur le gravier, genoux trempés, le visage à quelques centimètres du sol. Je me relève.

Un bout de vêtement – un sweat-shirt noir qui pend mollement – est coincé dans la clôture derrière le capot.

Zach a disparu.

Zach

Mars 2010

Je suis dans les Cornouailles pour quelques jours. Il fait froid et moche, et sans voiture c'est l'horreur. Je devais prendre la Golf de Charlotte, mais une bouteille de lait s'était renversée sur le siège passager et, même si elle affirmait avoir nettoyé, je sentais encore l'odeur, aigre et douceâtre comme une peau de vieillard.

Le vent sur le chemin en haut de la falaise qui mène au village est glacé. J'ai réussi à rapporter du bois de chauffage de la boutique de la ferme pour faire un feu. Il a duré une heure, mais pas moyen de maintenir les bûches bien droites. En brûlant, elles n'arrêtaient pas de glisser et de tomber. J'essayais de ne pas y prêter attention, mais ça ne servait à rien. Mon regard était constamment attiré. Impossible d'être tranquille. J'en avais la chair de poule. Finalement, j'ai éteint les flammes avec mes pieds. J'attends que les braises aient assez refroidi pour nettoyer le foyer. Si j'avais une voiture, je pourrais aller à la station-service acheter des briquettes rectangulaires. On peut les empiler comme il faut.

Je suis encore plus agité que d'habitude. Même avec les cachets, je ne contrôle rien.

Cette double vie est en train de me tuer. C'est la frustration, l'impression que tout pourrait être réglé, ordonné, alors que ça ne l'est pas. Je suis comme un de ces hommes d'affaires qui donnent le change pendant des années. Une semaine dans leur usine en banlieue ou en province, l'autre dans leur résidence de Maida Vale, la « Petite Venise ». Charlotte est trop souvent au travail pour remarquer mes absences, occupée par ce qu'elle s'est mise à appeler « son vrai boulot » – une pique qui m'est destinée. Les exigences de Lizzie sont faibles comparées à celles d'autres femmes que j'ai connues. Contente de me voir quand je me rends disponible, elle n'insiste jamais pour que je rencontre ses amis, que je voie sa famille, qu'on aille à des dîners ou des baptêmes de bébés appartenant à des gens que j'aurais préféré ne jamais connaître.

Ce manque de pression me donne encore plus envie de la voir. J'ai l'impression de devenir fou.

Je ne dors pas. Je ne peins pas. J'ai même perdu mon job alimentaire. Jim, cet enfoiré, a trouvé un étudiant pour faire les moulages ; selon lui, je manquais « d'enthousiasme ». Il me doit de l'argent de la dernière commande, mais il garde quelques toiles en gage. Quelle histoire débile. Tout ça parce que je n'ai pas payé certaines fournitures et que j'ai raté un ou deux rendez-vous. Je savais qu'il était radin, qu'il ne lâcherait pas un penny à moins d'y être forcé. Mais dépourvu de scrupule à ce point ? Je ne m'attendais pas à ça de sa part. Heureusement, j'ai toujours son vélo. Il croit que c'est ce sans-abri qui traînait autour de l'atelier qui le lui a volé. Les gens sont si bornés. Je le garde à Londres maintenant, bien accroché, avec mon casque blanc tout neuf, aux rambardes à la gare. Ce n'est pas du vol. C'est un remboursement en nature.

Le temps se traîne avec une lourdeur grotesque. C'est ridicule que nous en soyons toujours là, que rien n'ait changé. Lizzie a accepté l'idée qu'il valait mieux placer sa mère dans une maison médicalisée. Il y a une disponibilité aux Beeches à Colliers Wood. C'est tout à fait adéquat. Mais elle n'arrête pas de parler de sa « tête » et de son « cœur » – comme si c'étaient deux entités bien séparées. L'autre nuit, elle a pleuré et s'est mise à parler. Elle s'est toujours sentie bonne à rien, c'était Peggy la fille préférée, mais elle – Lizzie – espérait qu'en veillant sur sa mère tout au long de cette interminable maladie, elle aurait une chance de prouver sa valeur. Encore une fois ça n'avait pas marché. Sa mère avait raison. Elle n'était bonne à rien.

La fureur est montée : cette vieille femme coincée et cette snobinarde de sœur. Lizzie vaut largement plus que toutes les deux réunies. La famille est vraiment un poison. Et, bien sûr, Peggy ne fait rien pour arranger la situation. Elle n'est pas du tout ravie de voir Maman Chérie « soignée par des étrangers ». Ce qu'elle veut, c'est que Lizzie continue à sacrifier sa vie pour qu'elle – Peggy – puisse continuer à mener la sienne dans le bonheur et sans remords.

J'ai persuadé Lizzie de convoquer une « réunion de famille ». À un moment, j'ai glissé : « Je suppose que vous pourriez partager la garde, même après la naissance du bébé, votre maison est tellement grande. » Après ça, Peggy a vite changé de chanson.

Aujourd'hui, le vent est tombé. J'ai croisé Alan Murphy, l'ivrogne qui a épousé Victoria, courant sur la plage tôt ce matin, accompagné d'un type plus jeune : un adjoint, un secrétaire ou un garde du corps. Il était à bout de souffle et, en levant le bras pour me saluer, il a même trébuché. Je doute qu'il m'ait reconnu, il a juste vu le mot « électeur » clignoter sur mon front. Il est copain avec le nouveau chef des conservateurs. Il doit vouloir se remettre en forme pour entrer au gouvernement. Eh bien, je vais vous dire ce qu'il n'aura pas. Mon vote. Vic ne sortait jamais avec des mecs pareils quand on était jeunes. Elle était marrante à l'époque. Elle a changé, a pris conscience de son propre statut, a perdu ce qui faisait ce qu'elle était.

Je me dirigeais vers St Enoch Church, juste pour m'éclaircir les idées et j'avais atteint l'endroit où les rochers s'arrêtent pour laisser soudain la place à la plage et à tout ce sable à perte de vue, quand j'ai aperçu une silhouette vêtue de noir. La brume s'accrochait encore aux falaises, balayant le terrain de golf. Il n'y avait personne d'autre.

En m'approchant, j'ai vu que c'était une fille, quatorze ou quinze ans, qui pleurait, accroupie. Quand elle a levé son regard vers moi, il y avait quelque chose, dans ces yeux tout gonflés, qui m'a arrêté : ils étaient très bleus, perçants. On aurait dit qu'ils vous perforaient le crâne.

— Ça va ? j'ai dit.

— Qu'est-ce que ça peut vous faire ?

— Rien.

Le menton s'est un peu redressé.

— Alors… non.

Je lui ai demandé son nom et elle a répondu Onnie. La fille de Vic et Murphy. Voilà pourquoi son visage me disait quelque chose, même si elle était plus maigre et plus boutonneuse que lors de notre dernière rencontre.

— Tu ne peux pas rester assise là sur ce sable mouillé. Tu vas attraper des vers.

— Ce n'est pas comme ça qu'on les attrape, mais en se rongeant les ongles.

— Tu en sais visiblement beaucoup plus que moi sur le sujet. Je m'incline donc devant ta science supérieure et ton indubitable expérience.

Elle a tiré la langue, ce qui m'a fait rire.

J'étais sur le point de repartir quand elle m'a rappelé.

— Je suis en pleine fugue.

— Ah ?

Je me suis arrêté pour l'écouter.

Elle détestait son internat. Une fille la martyrisait, l'excluait des conversations, lui interdisait de s'asseoir à sa table au déjeuner.

Je lui ai dit de ne pas broncher, d'attendre que ça lui passe, et de rendre à cette petite salope la monnaie de sa pièce quand elle serait prête.

— Tu connais le dicton ? « La vengeance est un plat qui se mange froid. »

Elle a fait une grimace comme pour dire : « Peut-être bien. »

Je lui ai envoyé une bise du bout des doigts et je suis parti.

De retour à Brighton. Je n'arrive pas à y croire. Il faut que je me sorte de ça. Londres et Lizzie : je n'arrête pas d'y penser.

Tout va de travers.

On était au pub hier soir et Charlotte s'est mise à draguer le serveur, se penchant au-dessus du comptoir pour lui montrer son décolleté. Elle essayait d'attirer mon attention, de se rendre désirable, et je n'y aurais prêté aucune attention si elle n'avait pas fait ça devant

Pete et Nell. C'était un manque de respect. Elle me faisait passer pour un idiot.

Alors que nous montions l'escalier de l'appartement un peu plus tard, elle a recommencé avec les Cornouailles. Elle aurait dû savoir s'arrêter. Elle cherchait ses clés. La vision de son manteau si vulgaire, façon peau de léopard, qui pendait sur son épaule, le rouge à lèvres qui lui tachait les dents… ça a été trop. Je lui ai dit de la fermer et, dans le même temps, j'ai senti l'impact de ma main sur son visage. Elle a titubé et a failli tomber. Si je ne l'avais pas retenue, elle aurait roulé jusqu'au bas des marches. C'est mortel, ce jonc de mer.

Elle m'a hurlé dessus et j'ai imploré son pardon, je lui ai dit à quel point elle comptait pour moi, comment, s'il lui arrivait quoi que ce soit, je ne saurais plus que faire. J'ai promis de sortir ma boîte à outils et de reclouer les plaques de jonc décollées.

9

Lizzie

J'avais proposé de m'occuper des enfants de Peggy pendant mes vacances, pour lui offrir un break. Elle me les amène le mercredi.

Elle reste dans l'entrée, impatiente de repartir. Rob et elle, me dit-elle, ont tellement besoin de « temps à nous » qu'ils sont littéralement « au bord du divorce ». Ils ont prévu un resto à midi, un ciné, un autre resto « tu vois, genre... » puis retour à la maison pour fumer une bonne clope, « si tu vois ce que je veux dire ». Avant, je ne faisais pas attention à sa façon de parler. C'était Peggy. Et puis Zach m'a fait remarquer comment elle répète certains mots ou reprend des phrases qu'elle a entendues. Je m'en rends davantage compte maintenant, et parfois je le regrette. Les deux grands ont chacun ramené une valise, celle de Gussie contient surtout les bijoux de sa malle à déguisements.

Je les emmène nager au Latchmere, où il y a une piscine à vagues, puis manger du poulet et des frites et boire autant de sodas qu'ils le veulent chez Nando avant une balade dans le parc avec le chien et le landau jusqu'au terrain de jeux. De retour à la maison, on vide les placards pour créer des potions magiques à base de bicarbonate de soude, histoire d'ajouter un peu d'effervescence à nos décoctions immondes. Nous jouons à la bataille jusqu'à ce que Gussie en ait assez, puis nous décorons les pizzas et, finalement, nous nous jetons dans mon lit pour regarder le DVD de *Stuart Little* que j'ai acheté la semaine dernière.

J'ai fait le canapé-lit du bureau mais nous finissons par nous endormir là où nous sommes, Gussie étalée en travers du matelas, Alfie accaparant le duvet et Chloe dans mes bras. Je dors par à-coups. Des renards dans le jardin dérangent le chien et il aboie par intermittence. Je suis allongée là, à me demander si Zach m'a observée avec les enfants. Il disait que Peggy se servait de moi, que je devrais lui tenir tête. Mais je les aime. Et j'aime ma sœur. Il n'a jamais paru le comprendre.

Aux premières heures du jour, j'entends de la musique, retentissante et lente, qui monte bizarrement du cul-de-sac derrière le jardin. Je n'arrive pas à saisir les paroles en raison de l'écho sur les portes du garage.

M'extrayant d'un amas de membres, je quitte le lit et je vais à la fenêtre. « I Wanna be Loved ». Elvis Costello and the Attractions. Sa chanson préférée. Encore une fois. Un voile de pollution donne au ciel une teinte abricot. Une lune blanche se glisse derrière un nuage orange. Je remonte le store et je sors la tête pour essayer de percevoir les notes, quand la musique s'arrête.

Ils se réveillent, tous les trois, à cinq heures du matin, mais je leur trouve des choses à faire – télé et coloriage – jusqu'à dix, une heure honnête pour les ramener chez eux. Je suis pressée. Je ne veux pas contrarier Peggy, mais mon train pour Brighton part à dix heures et demie.

— Ah, dit-elle quand elle nous découvre à la porte. Déjà ? Rob et moi commençons à peine notre petit-déjeuner.

— Je suis vraiment désolée. Je pourrais les reprendre ce week-end si tu veux. Mais aujourd'hui, je suis occupée.

— Occupée ? dit-elle en fronçant les sourcils, ne comprenant pas. À quoi faire ?

Je rougis, m'écarte un peu de l'encadrement pour masquer ma gêne.

— Je dois voir quelqu'un.

— Ooooh...

Elle plisse la bouche d'un air gourmand.

— Ce nouveau prof dont parlait Jane ?

Je ris.

— Non.

— Qui alors ?

Une voiture qui passe lentement dans la rue lance un coup de klaxon et Peggy lui adresse un salut.

— Vous avez regardé *Quiz Night* hier ? crie-t-elle à la passagère qui a baissé sa vitre.

Je m'échappe avant qu'elle ne puisse me demander quoi que ce soit d'autre.

Je rentre, me gare à la première place disponible en bas de la rue et laisse Howard dans le jardin. J'aurais dû demander à Nell si je pouvais venir avec le chien, mais je n'ai pas eu le courage. C'est la pagaille à la maison, des trucs partout. Le canapé-lit toujours ouvert dans le bureau. Pas le temps maintenant. Je rangerai en rentrant.

En sortant, du coin de l'œil je remarque une jeune femme. Elle est assise par terre, contre une clôture, les jambes étalées sur le trottoir. Elle porte un short sur des collants noirs déchirés, ces espèces de fines tennis en toile très plates comme en ont les filles à l'école,

172

un blouson en skaï jeté sur les épaules. Souvent, les gens qui vont voir quelqu'un à la prison traînent dans la rue ou en bordure du parc pour fumer une dernière cigarette en attendant l'heure des visites.

Je descends rapidement la rue et je m'arrête au feu pour piétons quand j'entends des pas et un cri :

— Hé ! Ne faites pas semblant de ne pas me voir !

Je me retourne. La fille est là, juste devant moi. De près, je remarque ses membres longilignes, le visage d'un ovale précis et le nez retroussé avec plein de taches de rousseur. Je renifle une odeur de produit de luxe, un shampoing ou une lotion pour le corps à base de basilic et de citronnelle. Eh non, pas du skaï, du cuir véritable.

Et soudain, je comprends qui elle est. Pas une petite amie renfrognée ou une mère adolescente, mais la fille d'Alan et Victoria Murphy.

— Onnie ! Bonjour !

Elle ramène une frange de cheveux teints devant ses yeux comme pour se masquer le visage.

— J'attendais que vous rentriez chez vous, dit-elle, et vous êtes passée devant moi sans me remarquer. Deux fois.

— Tu es venue me voir ?

Je l'ai tutoyée machinalement.

— Oui, dit-elle en écarquillant un peu les yeux comme si j'étais bouchée.

J'ai envie de sourire, même si je suis assez déconcertée, mais je réussis à me retenir. Sa voix est butée, comme c'est souvent le cas chez les enfants timides. Ce qu'on prend pour de la grossièreté n'est, la plupart du temps, que de la gêne. Ils ont du mal à s'exprimer.

— Je suis désolée. Je ne t'avais pas vue. Je ne m'attendais pas...

Non, ça ne va pas. Je secoue la tête et je demande :

— Comment savais-tu où j'habite ?

— Zach m'a donné l'adresse.

— Quand ? Récemment ?

Elle fronce les sourcils.

— Non, pas récemment. Il y a une éternité.

— Et tu... l'as gardée ? Tout ce temps ?

Elle hausse les épaules.

— Oui.

De plus en plus déroutée, je la fixe. Zach n'aurait jamais donné notre adresse comme ça. Il tenait trop à son intimité.

— Vous ne pensiez pas que je viendrais ?

J'essaie de comprendre ce qu'elle veut dire. Aurais-je oublié un détail de notre rencontre du week-end dernier ? Ça me paraît si loin. Quelque chose à propos d'un stage. Lui ai-je dit que j'essaierai de l'aider ? Et puis, pourquoi attendait-elle sur le trottoir ? Pourquoi n'a-t-elle pas sonné à la porte ?

— Ah, j'ai été très occupée. Je ne sais pas, dis-je en consultant ma montre. Écoute, j'ai un train à prendre. On pourrait en discuter sur le chemin de la gare ?

Elle hausse les épaules. Encore.

Le petit bonhomme vert est allumé, je traverse.

— Tu es à Londres pour un moment ?

Elle ne répond pas. Un coup de klaxon retentit derrière moi. En arrivant sur le trottoir, je me retourne pour voir Onnie coincée au milieu de la chaussée, les voitures accélérant devant et derrière elle.

— Onnie !

Je tends les bras dans le vide. Un moteur rugit, une moto l'évite.

Elle attend le bon moment, le cou tordu – un bus surgit et passe – puis, en trois petits sauts rapides elle atterrit à mes côtés.

— Ouf, dis-je pour signifier mon soulagement.

Mes doigts, trouvant sa manche, s'accrochent au cuir glissant.

— Que s'est-il passé ? Tu as fait tomber quelque chose ?

— Non, c'est juste... je ne sais pas.

Son expression est fermée, mais elle a rougi.

— Il est rapide, hein, ce feu ?

— Je ne faisais pas trop attention.

Elle détourne les yeux et je me rends compte qu'elle va peut-être pleurer.

Je laisse passer un moment avant de consulter ma montre. Mon train part bientôt. J'essaie de rester calme.

— Il faut vraiment que j'y aille, dis-je en déplaçant la main jusqu'à son épaule. Tu peux revenir plus tard ?

Je sens la clavicule sous son blouson.

Elle se dégage.

— Ça va. De toute façon, je n'aurais pas dû venir.

— Bien sûr qu'il fallait venir, dis-je en souriant. Si c'était un autre jour, je laisserais tout tomber, mais j'ai un rendez-vous. Tu comprends, n'est-ce pas ?

Soudain, je me fais du souci pour elle.

— Je suis vraiment contente de te voir, j'ajoute, et si je peux faire quoi que ce soit pour t'aider, je le ferai.

— Vraiment ?

— Oui. Tu restes à Londres toute la journée ? On pourrait prendre un café cet après-midi ?

Elle cligne des yeux, lentement. Ils sont saisissants, d'un bleu très profond et injectés de sang.

— Je ne bois pas de café. Je n'ai pas le droit. Apparemment...

Elle hausse les épaules pour exprimer son mépris à l'égard de celui ou celle qui a émis cette opinion.

— ... c'est pas bon pour mes nerfs.

— Un thé, alors, dis-je gaiement.

Elle acquiesce, en plissant la lèvre.

— Marche un peu avec moi, dis-je. Je vais à la gare. J'imagine que tu en viens.

— J'ai pris le métro. La station est à des kilomètres d'ici.

Je ris à nouveau.

— Oui, désolée. Il vaut mieux prendre le train, ou le bus.

Nous approchons du parc maintenant et passons devant la dernière rangée de maisons victoriennes. Onnie porte un petit sac à dos kaki qui me cogne l'épaule à chaque pas. Elle ne dit plus rien, elle a un air un peu buté. Et maussade aussi. Les adolescents sont parfois difficiles. Qui a dit qu'elle avait dix-huit ans ? Elle paraît plus jeune. Surtout ne pas la heurter, parler normalement.

— Alors, quoi de neuf ? dis-je gaiement.

— Rien.

— Que s'est-il passé avec ce stage ? Tu as réussi à convaincre ta mère ?

— C'est de ça que je voulais vous parler.

Nous avons atteint l'allée principale ; nous prenons la direction du café et des courts de tennis.

— Ah ?

— Elle veut bien que je le fasse à condition que j'habite chez quelqu'un de responsable, alors je me suis dit que je pourrais accepter votre offre.

— Mon offre ?

Deux corbeaux traquent un écureuil sur le terrain de boules.

— Vous avez dit... que je pourrais, genre, vous louer une chambre ?

Je me débats avec la barrière qui donne accès au terrain de foot. Lui louer une chambre ? Je lui ai vraiment proposé ça ? Non, bien sûr que non. Je ne veux personne dans la maison. Déjà pas dans des circonstances normales et encore moins maintenant.

Je suis en train de réfléchir au meilleur moyen de refuser gentiment quand je me rends compte qu'elle s'est immobilisée, adossée à la clôture. Ses bras sont maigres, les poignets étroits. Elle tire ses manches sur ses doigts, l'une après l'autre, les épaules tassées. Je consulte à nouveau ma montre. Le train part dans dix minutes.

— Ce n'est que pour deux semaines, dit-elle.

— Ça commence quand ?

Je lui tiens toujours la barrière. Elle ne bouge pas. Pendant une fraction de seconde, je me demande, affolée, si elle n'est pas là pour faire diversion, pour m'empêcher d'aller à Brighton, pour me faire rater mon train.

Elle hausse les épaules d'un air nonchalant, mais ses pommettes rougissent.

— Lundi, mais je me demandais si je pourrais venir, genre, aujourd'hui ?

— Je sais pas...

— Ou dimanche ? Ou même lundi. Pour le premier jour, je pourrais prendre le train et venir après le travail.

J'enfonce mes mains dans mes poches, laissant la barrière se fermer avec un clang.

— Je ne crois pas que ça marcherait. Mais écoute, je pourrais peut-être trouver une autre solution. Si on en parlait tout à l'heure ?

Elle lève les yeux vers le ciel. Quelques gouttes tombent.

— Vous revenez quand ?

— En début d'après-midi. Ce café qu'on vient de dépasser : on pourrait s'y retrouver vers deux heures ?

Elle contemple les pelouses autour d'elle comme si c'étaient les déserts glacés de l'Antarctique.

— Qu'est-ce que je vais faire en attendant ?

J'ai envie de lui dire : « Va à la bibliothèque, il y en a une très bonne sur Northcote Road, lis un livre ou achète-toi un journal. » L'expression dans ses yeux m'arrête. Elle n'est ni belliqueuse ni boudeuse, mais simplement perdue. Elle semble si désespérée. Tout cet argent et ces privilèges, toutes ces postures, ces faux-semblants. Elle n'est pas différente de certains gosses de l'école : ceux qui, pour une raison quelconque, ne savent jamais où se mettre.

Je pense à la maison, à Howard seul dans la cuisine. Je pense à Zach qui lui a donné notre adresse. Avait-il, lui aussi, de la peine pour elle ? Je m'aperçois alors que je suis en train de fouiller mon sac à la recherche des clés.

— Écoute, tu n'as qu'à y aller maintenant. J'avais une clé de rechange rangée quelque part, mais je ne la trouve plus. Prends celle-ci. Tu tiendras compagnie au chien. Il y a du pain, du fromage, et quelques morceaux de pizzas d'hier dans le frigo. C'est un peu en désordre, je n'ai pas eu le temps de faire le ménage, mais installe-toi. On se verra à mon retour. Si tu as besoin de sortir, cache les clés sous le pot de fleurs.

Elle prend l'anneau avec les clés et elle le fait tourner d'un mouvement si négligent autour de son doigt que j'ai envie de les lui arracher sur-le-champ. Seigneur, qu'est-ce que je viens de faire ?

178

Elle hausse les épaules comme si elle allait peut-être accepter ma proposition, ou pas.

— Cool, dit-elle.

Quelques rayons de soleil dansent à travers le dôme vitré de la gare de Brighton et, dehors, des bouts de ciel bleu se faufilent entre les nuages. Une famille consulte un plan. Des adolescents de tailles diverses traînent devant l'entrée de Fitness First, se partageant une cigarette.

À pied, il n'y en a pas pour très longtemps. Je grimpe une jolie rue à flanc de colline entre des maisons mitoyennes. Celle de Pete et Nell possède une porte d'entrée peinte en vert marin qui donne directement sur le trottoir. En attendant qu'on réponde, je me sens nerveuse, un peu déphasée. J'ai été idiote de venir. Ça ne servira à rien. L'ozone pétille dans l'air. Des mouettes, blanches et menaçantes, sont alignées sur le toit. Quelqu'un quelque part fait des gammes sur une flûte à bec. Je n'imagine pas Zach ici. Tout n'est que radiance et angles droits. Pas le moindre recoin sombre où se tapir.

« Vivre le moment présent, disait-il. Ne jamais revenir en arrière. »

Je suis sur le point de détaler à toutes jambes quand Nell ouvre la porte, essoufflée. Sur son épaule est perchée une minuscule créature, tignasse sombre et joue rose contre la mousseline blanche.

— Oh, dis-je malgré moi.

Les petits bébés me font cet effet-là, parfois.

Elle sourit et ouvre grand la porte pour m'inviter à entrer, indiquant d'un geste que bébé dort. Son visage est plus rond que dans mon souvenir et ses épais cheveux châtains plus longs. Elle porte des collants rouges

179

en laine sous une robe verte en tricot. Nous nous saluons, en chuchotant, puis je la suis dans un étroit couloir où, après avoir descendu quelques marches, nous arrivons dans la cuisine. Je tends l'oreille.

Je cherche des signes, des indices. La pièce est mal rangée : de la vaisselle dans l'évier, des piles de journaux sur les plans de travail. Des tulipes perroquet, de différentes couleurs, jaillissent d'un vase sur la table. Les placards sont gris pâle, un des murs bleu paon. Sur un immense tableau en liège sont épinglés les éléments de la vie domestique : lettres et numéros de téléphone, un dessin d'enfant. Aucune trace de Zach : pas de peinture à l'huile ni de rouleaux de papier. Je vérifie les dossiers des chaises à la recherche d'une sacoche pendue par sa lanière. Mais il y a juste des vêtements de gosses, des torchons et la polaire d'un adulte. Zach ne supportait pas les polaires.

Sur le sol, jambes croisées, un petit garçon en salopette construit une tour avec des Lego.

— Et une de plus par terre, gazouille-t-il quand elle s'effondre.

Nell dépose avec soin le bébé dans un couffin devant la fenêtre. Dehors, quelques marches mènent à un petit jardin.

Qui cacherait un homme à sa femme dans une maison pleine d'enfants ?

— Lizzie, dit Nell en se retournant. Je suis tellement navrée pour Zach. C'est terrible. Mais je suis ravie de vous revoir.

Elle tend les bras. Je m'avance vers elle pour l'étreinte obligatoire – on étreint beaucoup les endeuillés – mais au dernier moment, elle se détourne pour jeter la mousseline sur le dossier d'une chaise.

— Quel beau bébé, dis-je pour masquer ma confusion. Garçon ou fille ?

Nous nous penchons toutes les deux sur le nourrisson.

— Fille, dit Nell. Gladys.

— Gladys. J'adore ces noms à l'ancienne. Et vous avez su en trouver un qui n'est pas trop utilisé.

Elle ne répond rien.

— Elle a six semaines, dit-elle en rajustant la couverture.

Un petit poing se serre. Je caresse la tête du bébé, lui touche la main qui attrape mon doigt.

— Zach et vous... vous n'avez pas eu d'enfants ? demande-t-elle.

— Non.

Un moment de gêne, de confusion.

— Un café, dit Nell en se redressant. Et ensuite, on se raconte tout.

Elle s'active avec la bouilloire, extirpe deux mugs d'un placard tout en m'interrogeant sur mon voyage, s'excusant parce qu'elle voulait faire un gâteau, mais elle n'a pas eu le temps, demandant à Pidge de sortir à la place les biscuits « miam, miam » de la boîte spéciale. « Bien, bien, bien », ne cesse-t-elle de dire, pour ponctuer chacun de ses gestes. Je l'observe, examine ses yeux et les muscles au coin de sa bouche, à la recherche de la moindre indication. Si Zach avait été là, je ne pense pas qu'elle aurait demandé si nous avions eu des enfants. Pourtant, ses manières sont bizarres, un peu forcées. La tension est là, cachée. Elle sait quelque chose.

Finalement, débarrassant la table avec son coude afin de faire de la place pour deux mugs de café et une assiette de gâteaux (des crunchies aux flocons d'avoine), elle s'assied.

— Ouf, dit-elle avec un demi-soupir. Alors...

Elle me regarde puis se détourne très vite.

— C'est extrêmement délicat de votre part d'être venue jusqu'ici.

Elle ne m'avait pas paru aussi snob la dernière fois, plutôt prolo que BCBG. Devenir parent, je l'ai remarqué, fait souvent ressortir la véritable nature des gens.

— Je regrette que nous ne nous soyons pas vus davantage, dis-je, après avoir goûté le café. Il y a eu ce déjeuner et puis... je ne sais pas, la vie a pris le dessus.

— Mon Dieu. Oui. Brighton et Londres, c'est si près, mais psychologiquement... le week-end, nous nous effondrons. Et puis, avec les gosses... Bon sang, on n'a jamais le temps de rien.

— La communication, ce n'était pas le fort de Zach, dis-je, tâtant le terrain. Certaines personnes sont douées pour entretenir l'amitié. Pas lui. Je crois qu'il aurait aimé voir ses amis un peu plus souvent. Je ne sais pas ce qui l'en empêchait. La fierté, peut-être. La timidité.

Nell s'esclaffe, mais son rire est un peu cassant. Je la dévisage.

— Bon, d'accord, pas la timidité, dis-je.

— Sans doute pas.

Essaie-t-elle de me faire comprendre quelque chose ? Je continue en scrutant ses traits :

— Il compartimentait sa vie, n'est-ce pas ? Le travail, les Cornouailles, l'enfance, l'île de Wight...

— L'île de Wight ?

Lâchant son menton, elle coince une mèche de cheveux derrière son oreille.

— C'est là qu'il a grandi, dis-je.

— Je croyais que c'était au Pays de Galles.

— Non, l'île de Wight. Je crois. Il ne vous en a pas parlé ?

Elle secoue la tête. Fait-elle exprès de rester vague ?

— Pas vraiment.

Le connaissait-elle si bien que ça, alors ? Je pense à la tête de Zach sur mon ventre, mes doigts dans sa chevelure. Le puits de malheur qu'il décantait, verre par verre. Les terribles raisons cachées qui expliquaient son comportement : les fixations de son père sur tel ou tel aspect de l'apparence de sa mère, ou sur sa façon de cuisiner ; comment il la torturait, physiquement et mentalement. Et Zach, le pauvre Zach, le fils unique désespérément en quête de l'approbation paternelle, qui assistait à ça, sans pouvoir intervenir, portant ces images en lui à travers toute sa vie d'adulte, enfermé là-dedans mais cherchant tout aussi désespérément à se libérer. Comment lui reprocher sa façon de me traiter parfois ?

— Il n'a pas eu une enfance formidable.

— Ah ? Je sais que ses parents sont morts il y a très longtemps, mais je croyais qu'ils étaient riches ?

— Oui, une grande maison… Marchington Manor. Des nounous. Une école de luxe. Le yacht-club. Mais tout ça ne signifie rien si, derrière les portes closes, votre père est un alcoolique violent et votre mère trop faible pour lui tenir tête.

— Je ne savais pas.

Elle remonte les genoux pour les coincer au bord de la table.

— Il a dû beaucoup vous aimer, Lizzie, pour s'être ainsi ouvert à vous. Je suis tellement désolée, dit-elle maladroitement. Une perte pareille, c'est terrible.

— Merci.

Je soupire, me frictionne le visage du bout des doigts. Elle est simplement gênée, je m'en rends compte, voilà pourquoi elle était si bizarre. J'oublie parfois à quel point le deuil peut mettre les gens mal à l'aise.

Je soupire à nouveau. Je me sens tellement vidée que j'ai envie de pleurer. Mais j'arrive à ajouter :

— Pete et vous comptiez beaucoup pour lui.

— Ah ?

Encore ce : « Ah. » Une tulipe récalcitrante a attiré son regard. Elle la sort du vase et penche la tête pour examiner le bouquet.

— Vous étiez les seules personnes d'Édimbourg qu'il voyait encore. Je ne suis pas allée à l'université. J'ai fait mes études de bibliothécaire par cours du soir. Mais je sais à quel point les amis de fac sont importants et…

— Ce n'est pas vraiment à l'université que nous nous sommes connus, dit-elle, replaçant la tulipe rose près d'une autre, orange.

— Non ? Je croyais que vous aviez étudié les Beaux-Arts ensemble ? Que Zach et Pete étaient les deux étudiants les plus âgés de leur promo.

— Pete était le plus âgé. Lui et moi avons tous les deux fait les Beaux-Arts. Mais pas Zach.

Le sang bout dans mes joues.

— Qu'étudiait-il, alors ? Si ce n'était pas les Beaux-Arts ? Les Arts déco ?

Elle rit.

— Non. Rien du tout. Il n'était pas à l'université. Il ne faisait pas d'études.

Elle rit encore négligemment, avec une pointe de dédain.

— Pas que je sache, en tout cas, ajoute-t-elle.

J'avale une gorgée de café.

— Je ne comprends pas. Il m'a dit vous avoir connus à Édimbourg.

— Oui, à Édimbourg, mais pas à l'université. Zach était vendeur dans un magasin. Il travaillait dans la boutique de fournitures d'art sur Princes Street. Da Vinci's, ça s'appelait. Nous y étions tout le temps fourrés avant nos examens, à acheter des fusains, des blocs de papier en quantités industrielles... sans doute pour nous changer les idées. Nous traînions souvent au pub.

Chaleur dans ma nuque. Froid dans mes jambes. Un autre mensonge. Je revois la notice biographique que je l'avais vu écrire pour « Lumière sur l'eau », l'exposition à Bristol qui n'avait jamais eu lieu. Il avait marqué : Collège d'art d'Édimbourg.

— Où a-t-il fait ses études, alors ?

Elle me fixe.

— Zach était un bon artiste. Il avait un réel talent naturel. Personne ne pourra jamais lui enlever ça. Mais c'était un autodidacte. Il avait cette capacité, un certain don... Il ne peignait pas toujours ce que les gens voulaient voir.

— Je croyais que vous aviez tous déménagé ensemble à Brighton l'été suivant votre diplôme.

Ma voix me paraît suraiguë et tendue.

— Pete et moi... oui. Pete a eu une opportunité de boulot. Il avait fait un stage à Bull Trout Media pendant les vacances. Je suis descendue avec lui et j'ai assez rapidement trouvé du travail, moi aussi. Zach ? Ça a été un peu une surprise, à franchement parler. Je veux dire, nous le connaissions assez pour discuter avec lui. Il nous aidait beaucoup à la boutique.

185

Je l'ai aussi soupçonné d'être sorti un bref moment avec notre colocataire, Margot. En tout cas, elle lui plaisait, c'est sûr. Et puis, un beau jour, il a débarqué. Ici. À Brighton. Descendu en stop en plein mois de septembre. Il a trouvé où nous habitions…

Elle s'interrompt, front plissé, le nez en accordéon.

— Je ne sais pas trop comment, à vrai dire. Quoi qu'il en soit, un soir, il nous attendait devant la porte quand nous sommes rentrés du travail. Il aimait la mer, n'est-ce pas ?

Elle se balance en arrière pour jeter un coup d'œil au bébé.

— Oui, dis-je d'une voix ferme, les yeux fixés sur mes mains bien à plat sur la table pour absorber la solidité du bois. Il aimait la mer.

— Et puis, reprend-elle en revenant à sa position initiale, il a emménagé chez nous. À l'époque, nous louions un appartement dans Hove, c'était cher et nous cherchions une troisième personne… l'occasion était trop belle. Nous avons bien rigolé tant que ça a duré. Il avait une sacrée personnalité.

Elle pose la main sur la mienne avant de conclure :

— J'avais de l'affection pour lui.

— J'avais ?

Comme pour souligner quelque chose de douteux. « Une sacrée personnalité », un « certain don » : ce genre de jugements obéit à un code. Le même qu'utilisent les profs aux réunions avec les parents d'élèves.

Elle répond comme si je n'avais cherché à attirer son attention que sur l'utilisation du passé.

— Je suis vraiment désolée, dit-elle. Je ne le connaissais pas si bien, à vrai dire. Mais je suis contente qu'il ait été heureux. Je suis contente qu'il vous ait rencontrée.

Un demi-sourire.

Pidge déclare qu'il veut aller dans le jardin. Nell lui déverrouille la porte en lui demandant de ne pas se salir parce qu'un ami va venir jouer. Je le regarde grimper les marches, s'asseoir sur le petit carré d'herbe boueuse, une truelle à la main. On dirait qu'il creuse pour trouver des vers de terre. Des activités saines, normales. Ne vient-elle pas de dire qu'elle ne le connaissait pas si bien ? Ça n'a pas de sens. C'étaient ses meilleurs amis. Je le sais.

Je respire un bon coup.

— Au téléphone, j'ai dit que j'avais des questions et vous risquez de les trouver un peu bizarres. L'accident de Zach a été si soudain. J'ignore encore certains… détails.

— Ah ?

— À Brighton, par exemple, il n'a pas tout le temps vécu avec vous, n'est-ce pas ? Il a pris son propre appartement ou bien… ?

— Non, il n'a habité avec nous que quatre mois, à peu près. Il s'est ensuite installé avec sa petite amie. Elle avait un appartement dans le centre de Brighton, juste à côté du centre commercial de Churchill Square.

Un nœud dans ma poitrine. Il m'avait dit que j'étais la première femme avec qui il vivait, qu'il ne s'était jamais senti assez proche de quiconque pour ne serait-ce que l'envisager. Il mentait. Son corps dans le lit avec elle. Leurs membres noués. Son visage dans son cou. Je mords rageusement ma lèvre.

— Je l'ignorais.

Elle m'adresse un petit sourire rassurant.

— Là-bas non plus, il n'est pas resté très longtemps. Un an, à peine. Il vous a rencontrée et puis…

Une pensée soudaine, tortueuse.

— Elle ne s'appelait pas Xenia, par hasard ?

— Non. Charlotte. Charlotte Reid.

Nell se tourne pour surveiller Pidge dans le jardin, mais je surprends quelque chose sur son visage, de la confusion ou de la culpabilité. Je ne sais pas. Son langage corporel me dit de ne pas insister.

— Comment était-elle ?

— Gentille. Jeune, beaucoup plus jeune que lui. Un poste haut placé à la City, une de ces filles élégantes qui partent au travail en tennis avec des talons hauts dans leur sac à main. Au début, nous sortions assez souvent avec eux...

Elle s'arrête, repose les yeux sur les miens et puis se mord la joue comme pour s'empêcher d'en dire davantage.

— Elle était folle de lui. Je l'aimais bien. Elle était adorable. Il aurait pu trouver bien pire.

Elle chasse des miettes invisibles de la table.

Je bois une autre gorgée. Le café stagne au fond de ma gorge. J'étreins le mug.

— Que s'est-il passé ?

Nell soupire.

— Elle voulait l'épouser et il ne voulait pas. Toujours la même histoire.

Elle regarde à nouveau par la fenêtre. Elle se demande probablement comment Zach, qui aurait pu avoir l'adorable, la si gentille et si élégante Charlotte Reid au poste si haut placé, a fini avec l'étrange petite bonne femme assise dans sa cuisine. Du coup, je me sens à la fois coupable, reconnaissante et folle de chagrin, mais je suis aussi perdue parce que ni elle ni moi ne disons vraiment ce que nous voudrions dire. Zach n'est pas ici et je n'aurais pas dû venir.

Au cœur de la gaieté ordinaire de cette maison, de cette vie, je sens une étrangeté, une écharde plantée dans cette surface si lisse.

La pièce paraît d'un calme surnaturel. Je vois les bras de Pidge qui bougent, mais je ne l'entends pas. Et c'est alors que je surprends un bruit – au-dessus de nos têtes – deux craquements distincts, presque simultanés.

Une averse de boue heurte la porte vitrée. Pidge a planté sa truelle avec un peu trop d'enthousiasme et il a fait voler la terre.

Nell bondit, renversant sa chaise.

— Attention, crie-t-elle.

— C'était quoi ? dis-je.

Elle se met à débarrasser les tasses de café et je l'aide. En les rinçant sous le robinet, je tends l'oreille vers le plafond, guettant d'autres sons. J'entends des pas. Il y a quelqu'un là-haut. Nell s'est remise à parler. Elle me demande des nouvelles de ma mère et j'explique brièvement à quelle vitesse son état s'est détérioré.

— Et votre chien ? demande-t-elle avec l'enthousiasme enjoué qu'elle avait lors de notre première rencontre. Vous aviez bien un chien ?

Un accès d'angoisse : depuis que je suis ici, je n'ai plus pensé à Howard. Onnie et les clés pendues à son doigt. Il faut que je rentre.

— Oui. Il a été d'un grand réconfort pour moi, dis-je. Ça semble idiot, n'est-ce pas ? Zach l'aimait, lui aussi.

— Ce n'est pas idiot du tout, dit-elle avec sympathie.

Je m'apprête à partir. Elle m'accompagne dans l'entrée ; nous nous étreignons et elle me dit de donner de mes nouvelles.

— Bien sûr, dis-je.

La porte se referme. Je commence à m'éloigner avant de m'arrêter. Je m'adosse à un mur pour contempler un bout de mer coincé au-dessus des toits. Et c'est tout ? Je vais rentrer comme ça à Londres ? Elle voulait me faire partir, je l'ai senti, et bien sûr, elle avait peut-être un million de bonnes raisons. Mais ces pas : il faut que je sache.

C'est Pidge qui vient cette fois : je le comprends au cafouillage derrière la porte et au temps qu'elle met à s'ouvrir.

— Oh, dit-il, déçu en me voyant. Je croyais que c'était mon ami.

Je regarde derrière lui, vers la cuisine. Nell est là, me fixant, et derrière elle, à la table, un homme.

Mon cœur s'arrête.

— Vous avez oublié quelque chose ?

Elle se dirige vers moi, me bloquant la vue, s'essuyant les mains sur sa robe. Derrière, l'homme se lève. Je me demande s'il va disparaître, mais il vient jusqu'au seuil de la cuisine. Je me retiens au mur. Il est à contre-jour et je ne vois pas son visage. Je ne respire plus jusqu'à ce que j'entende sa voix.

Les mots tombent comme des cendres.

— Bonjour. Désolé de vous avoir ratée tout à l'heure. Je travaillais à l'étage, je ne me sentais pas très bien et…

Nell, à la fois courroucée et gênée, dit :

— Vous vous souvenez de Pete ?

Mes jambes se sont désintégrées. J'ai été si stupide.

— Oui, je réponds. Ravie de vous revoir.

J'entends Nell présenter des excuses. Expliquer que Pete était un peu dans les vapes, qu'il aurait adoré venir me saluer, ne serait-ce qu'une seconde, mais qu'il est bourré de microbes et qu'il s'est endormi. « Un peu dans les vapes », « bourré de microbes », « endormi », autant d'expressions triviales pour masquer son embarras.

— Je m'étais remis au boulot, en fait, dit Pete, la rejoignant au pied de l'escalier. Faut que j'y retourne.

Il est beaucoup plus petit que Zach, ses cheveux ne sont pas marron auburn, mais blond sale, son visage est rond, avec de bonnes joues. Il n'a pas les creux de celui de Zach, les fines rides autour de la bouche.

— Toutes mes condoléances, Lizzie.

Maintenant qu'il a été débusqué, il est impatient de filer. J'imagine leur conversation avant mon arrivée.

— Faut-il vraiment que je lui parle ? Je ne peux pas rester planqué ?

— Bon, si tu veux. Mais à charge de revanche.

Seigneur. Je ne leur reproche rien. Moi non plus, je n'aurais pas eu envie de faire la conversation à la veuve d'un ancien ami. Non, même pas un ami : « Je ne le connaissais pas si bien, en fait. » La vérité de cette phrase me frappe. Zach n'était pas leur grand copain. C'était juste quelqu'un qu'ils ont connu et qu'ils n'appréciaient sans doute pas trop. Il n'est pas ici. Il n'y a jamais été.

Pete disparaît dans l'escalier, montant les marches deux par deux.

— Il n'y a aucun souci, lui dis-je faiblement. Ne vous inquiétez pas.

Je me tourne vers Nell.

— Je suis contente que vous soyez revenue, dit-elle. Je me suis sentie très mal après votre départ. Il

191

est clair que vous ignoriez tout à propos de Charlotte et moi qui ai mis les pieds dans le plat.

— J'ai été un peu surprise, c'est tout.

— Je suis désolée.

Elle se reprend, jette un regard par-dessus son épaule.

— Alors, vous avez oublié quelque chose ?

— Hum. Oui. Non. Mais…

Je balbutie un moment puis je réalise. Charlotte. Il faut que je la rencontre. Elle pourrait savoir quelque chose ou, au moins, comprendre.

Je reprends :

— Oui, en fait. Pourrais-je vous demander le numéro de Charlotte ? Si vous l'avez. Je sais que ça peut paraître bizarre, mais cela m'aiderait.

Le visage de Nell se tord.

— Désolée, mais non, dit-elle. Non.

Je commence à battre en retraite.

— Bien sûr que non. Je n'ai aucun tact. Je ne sais pas ce que je m'imaginais. C'était très égoïste de ma part. Elle n'a sûrement aucune envie de m'adresser la parole.

Nell a le regard vide.

— Ce n'est pas ça, dit-elle.

Soudain, j'ai froid. Son ton me fait frissonner.

— Ah, vous n'avez plus son numéro. C'était il y a si longtemps. Pourquoi l'auriez-vous gardé ?

Elle secoue la tête.

— Vous ne comprenez pas. Je ne peux pas.

Elle a encore baissé la voix. Elle jette à nouveau un regard derrière elle et, quand elle parle enfin, ce qui sort de sa bouche ressemble à des petits cristaux de glace.

— Je ne peux pas vous donner son numéro, dit-elle, parce qu'elle est morte.

Zach

Juillet 2010

Un petit mariage. Par chance, c'était tout ce que désirait Lizzie. L'hôtel de ville de Wandsworth un mercredi matin. Juste elle, moi et quelques-uns de ses amis et relations proches. Aucun de mes copains n'avait pu venir, malheureusement. (Sans doute parce qu'aucun d'entre eux n'a été prévenu.) Lizzie a compris. « De toute manière, tu es tout ce dont j'ai besoin », lui ai-je dit et elle a eu ce sourire qui me remue à l'intérieur.

Après la cérémonie, champagne et sandwiches au County Arms et, ensuite, dès qu'on a pu se débarrasser de tout le monde, on est allés au lit – Lizzie enfin nue dans mes bras. Une délicieuse consommation, d'autant plus qu'elle était légale. Ce qui m'a surpris. Le jour le plus heureux de ma vie, lui ai-je dit. Ce n'était pas tout à fait un mensonge. En fait, maintenant que j'y pense, ce n'était pas un mensonge du tout.

La vieille est aux Beeches désormais, déménagée avec ses cartons de bibelots abominables. Je me suis attaqué à la maison, sans trop me presser. J'ai arraché l'horrible moquette et les papiers peints. J'ai repeint plusieurs murs avec un bleu-gris sympa, « Lumière volée » – celle des murs de Nell et Pete à Édimbourg. C'est un travail en cours. Il me reste la salle de bains et la cuisine. Lizzie dit qu'il faut attendre sa prochaine paie ; je l'ai quand même persuadée d'acheter un nouveau matelas, l'ancien étant soi-disant trop mou. En réalité, c'était un nid à microbes, ce que j'ai évité de lui dire.

Cela fait des mois que je n'ai pas aussi bien travaillé. J'ai trouvé un petit local dans un vieil entrepôt reconverti près du champ de courses de lévriers à Wimbledon. Ma pièce, une boîte à chaussures coincée au rez-de-chaussée, n'a pas de lumière naturelle. Le loyer est ridicule, et le proprio l'a encore réduit à condition que j'aide le concierge à faire quelques réparations. Il faudrait remplacer la plupart des fenêtres, mais il n'y a pas d'urgence, selon lui.

J'aime cette pénombre. J'ai branché une ampoule supplémentaire au plafond et quand je peins je braque les deux sur la toile. Je suis au milieu d'une série. Ça s'appelle « Jours brisés ». Plutôt merdique, non ? Maintenant que je l'écris, je trouve ça merdique.

L'entrepôt est rempli de fouineurs, de gens qui cherchent à fourrer leur nez partout – une jeune Slovaque punky qui fait du tricot au bout du couloir ; un type de mon âge qui photoshope des chevaux très laids courant dans des vagues ; un couple de sérigraphistes, une sculptrice. Au déjeuner, c'est le grand rassemblement dans la cuisine autour de leurs boîtes de nouilles précuites. Quand je suis arrivé, ils voulaient tous faire ami-ami avec moi, mais le verrou sur ma porte reste fermé à double tour en permanence, même quand j'y suis. Je mets mon iPod en sourdine. La plupart du temps, personne ne se doute que je suis là.

Lizzie ne sait pas cuisiner. Je lui apprends comment faire à ma manière, pas à pas, protéine par protéine. L'état de son frigo m'a rendu physiquement malade :

tous ces légumes entassés dans les bacs, des carottes pourries, de la nourriture périmée. J'ai trouvé une boîte de cornichons qui avaient l'âge de la reine. Et puis, elle est désordonnée, une vraie souillon. J'essaie de l'éduquer.

Tout cela ne semble plus avoir autant d'importance qu'avant. Parfois, quand je suis avec elle, je ferme les yeux et je ressens quelque chose qui ressemble au bonheur. J'ai la sensation que je pourrais presque le toucher. Cela fait des années que je n'ai pas été aussi peu agité. On pourrait même dire que je suis détendu. J'ai pratiquement arrêté le traitement, rien qu'un demi-cachet de temps en temps, quand mes genoux se mettent à trembler.

Je ne m'étais jamais imaginé avec quelqu'un comme Lizzie. Ce serait donc ça, être normal ? Si oui, ça me va. Elle ne m'ennuie pas : c'est surtout ça. Et je me sens en sécurité avec elle, apprécié, quelqu'un de mieux. Elle ne me laissera jamais tomber. Jamais. « Toi et moi (contre le monde) », lui ai-je dit l'autre jour. Je citais la chanson de Joe Jackson. Mais elle m'a pris le menton pour me fixer droit dans les yeux. « Oui, toi et moi contre le monde », a-t-elle dit.

L'été en ville. Des martinets qui gazouillent dans le ciel bleu, des abeilles qui poignardent le cœur ouvert des roses. On ne peut vraiment pas se plaindre. Je suis sur une chaise longue sur l'herbe, un verre du meilleur whisky posé près de moi. (Ce maudit clébard n'a pas intérêt à le renverser.) Lizzie se donne du mal pour arranger le jardin. J'aime ça. Ça me rappelle ma mère. Elle aussi passait ses journées avec ses pots de fleurs. Elle est en train de « replanter » celles que nous avons achetées hier à la pépinière du coin. Je craignais de trouver ça assommant, mais son application m'a touché, sa façon de choisir chaque bouture, de l'étudier avant de faire son choix. Elle a pris des géraniums rose-bonbon pour les pots, et des machins blancs à repiquer pour les bordures. Je l'ai embrassée au milieu des massifs, en lui disant qu'elle était la seule fleur blanche dont j'avais besoin. Nous sommes rentrés à la maison et nous avons fait l'amour. « Tu n'en as jamais assez de moi, n'est-ce pas ? » lui ai-je demandé. Elle n'a même pas été offensée. « Non, jamais assez », a-t-elle dit avant d'étendre sa douce nudité sur la mienne.

Elle est un peu plus ronde qu'avant, ses seins et ses hanches se sont remplis, un petit rouleau autour du ventre. La vie conjugale lui fait du bien à elle aussi. La tension s'est dissipée autour de sa bouche maintenant qu'elle n'a plus à s'occuper de sa mère en permanence. Je lui ai aussi appris à dire non à sa sœur, à ne pas tout laisser tomber dès l'instant où le nouveau bébé veut son bain, ou bien quand Peggy a besoin d'une sieste. Si vous voulez mon avis, sa nouvelle coupe de cheveux lui va bien. Plus carrée, trop courte pour qu'elle puisse mâchouiller les pointes. « Tu pourrais en faire ton métier, a-t-elle dit, si jamais tu cherches un vr… je veux dire, un nouveau boulot. » (J'ai décidé de ne pas relever.) Elle est nulle en maquillage, malgré tout le fric qu'on a claqué chez Bobbi Brown. Elle a fait un effort aujourd'hui : elle porte le rouge à lèvres que j'ai choisi. J'ai envie de lui lécher la bouche.

Je crie pour lui rappeler de mettre des gants. Elle va se ruiner les ongles. Elle s'accroupit à nouveau.

— Je t'avais dit que ça ne valait pas la peine de m'offrir une manucure. Non pas que je n'aie pas apprécié. C'était très gentil de ta part. Tu es un homme très gentil.

Elle vient pour essayer de m'embrasser, mais je me détourne. Je lui dis que je n'aime pas les mains sales, elle rit encore et me répond que je vais devoir attendre un peu alors, parce qu'elle n'a pas fini dans le jardin et que ce serait inutile de les laver maintenant.

Seigneur. C'est impossible de lui en vouloir. Je sais qu'elle voit le meilleur chez les autres, mais je ne pensais pas qu'elle verrait aussi le meilleur en moi. Lizzie me fait du bien. Voilà, je l'ai dit. Au bout du compte, pour que tout s'arrange, il fallait juste que je trouve celle qui me convient.

Ah, je pourrais presque m'endormir, à traîner ici comme ça.

Londres me fait un bien fou.

Lizzie me fait un bien fou.

Si seulement Charlotte arrêtait de m'appeler, je serais au paradis.

Je n'aurais peut-être pas dû coucher avec elle la nuit précédant mon départ, mais bon… un dernier pour la route.

10

Lizzie

Par la fenêtre du train défilent Hassocks, Burgess Hill, l'aéroport de Gatwick, East Croydon. J'ai froid. Je pense aux parents de cette pauvre fille. Un deuil différent du mien. Que je n'envisage même pas.

Un terrible accident, selon Nell.

— La faute à pas de chance. Une de ces horreurs qui arrivent parfois.

Elle l'avait dit à Zach ce jour-là pendant notre déjeuner.

— Je me demande pourquoi il ne m'en a pas parlé. Je ne comprends pas.

Elle a haussé les épaules.

— Je ne suis pas certaine que cela l'ait énormément affecté.

Je sais qu'elle se trompe. Il a certainement été affecté. Profondément. J'aimerais connaître toute l'histoire. N'en savoir qu'une partie est plus troublant. Je n'arrive pas à comprendre ce que j'éprouve. Je me sens responsable et impliquée. Je n'arrête pas de me répéter qu'il est si facile de mourir.

À Clapham Junction, je prends par erreur le passage souterrain. C'est plus court de passer par le pont et il y a plus de lumière là-haut. Mais je n'ai pas les idées claires. En fait, je n'ai pas d'idées du tout. C'est comme si les choses me fuyaient. Je m'arrête au milieu du tunnel froid et humide, parmi le flot de banlieusards, pour vérifier que j'ai bien mon porte-monnaie et mon téléphone. Il devrait y avoir autre chose, non ? Les clés. Un moment de panique avant que ça ne me revienne. Onnie. Le chien.

Dès lors, je suis pressée de rentrer à la maison.

En quittant la gare, entre le supermarché et le fleuriste, j'ai la conviction d'être suivie. Je remonte St John's Hill – le kebab, Admiral Carpets –, je prends à gauche dans South Circular, devant les grandes demeures de Spencer Park, avec un fourmillement dans la nuque, un courant électrique. Je n'arrête pas de regarder derrière moi. La deuxième fois, un homme roux dans une doudoune noire et brillante s'arrête brusquement devant la vitrine d'un marchand de meubles. Pas Zach. A-t-il chargé quelqu'un de me surveiller ? En ai-je découvert plus que je n'aurais dû ? Je n'ai rien avalé aujourd'hui. Je tremble. Je ne fais plus confiance à mes yeux.

Je cours sur le dernier bout de Trinity Road, j'emprunte le passage piéton et j'arrive dans ma rue. Un flot glacé d'adrénaline quand je sonne à ma porte – c'est assez bizarre de sonner à sa propre porte. J'attends. Silence. Rien. Pas le moindre bruit. Je regarde par la baie vitrée ; le salon est vide. Je sonne à nouveau avant de cogner à la porte. Pas de réponse. Le pot de fleurs : je lui ai dit de laisser la clé si elle sortait. Je le soulève. Une racine se faufile par le trou. Des traînées de limace. Mais pas de clé.

Je jette un œil à travers la fente de la boîte aux lettres. J'arrive à voir jusqu'à la cuisine. La porte du jardin est fermée. Le chien ne vient pas me lécher le nez. Pas d'aboiement de bienvenue. Au loin, au-dessus du vacarme de la circulation, les bips d'un véhicule en marche arrière, une sirène de police.

J'essaie de rester calme mais ça se bouscule dans ma tête. Qu'est-ce qui m'a pris de laisser les clés de la maison à une fille que je connais à peine ? Pourquoi, bon sang, ai-je cru que je pouvais lui faire confiance ? Je n'ai pas la moindre jugeote, voilà le problème. Si ça se trouve, elle est partie avec mon chien, avec mes clés. Celles de la voiture y étaient aussi. Je vérifie. La Micra est toujours là, garée au même endroit. Au moins, elle ne l'a pas prise.

Je monte jusqu'au bout de la rue et je m'arrête au coin. Pas un bruit derrière moi. Si le type en dou-doune me suit toujours, il doit attendre quelque part, pour voir ce que je vais faire. Je tends l'oreille. La prison est calme. Un homme âgé est en train de quit-ter le parking des gardiens. L'un d'entre eux, trousseau de clés pendant à la ceinture de son pantalon, parle dans un téléphone portable à la barrière. Au-dessus, les nuages s'épaississent, mouvants, sombres. De grosses gouttes de pluie commencent à s'écraser par terre.

Je tourne à gauche dans la ruelle perpendiculaire aux jardins de ma rue. Ma maison est assez loin, mais je suis toujours aux aguets au cas où Howard aboie-rait ou pour l'entendre dans les buissons. Je l'appelle. En vain.

Je continue, traverse Magadalen Road pour prendre Lyford Road ; je dépasse la cabane de scout où Peggy et moi mangions des brownies autrefois et les vastes demeures appartenant désormais à des stars de la pop ou à des présentateurs télé. Je viens de traverser la rue suivante quand je remarque la voiture qui me suit, roulant lentement, tout près du trottoir. Je lance un regard par-dessus mon épaule. Une Ford rouge. Elle s'immobilise dans un sursaut, et, quand je repars, en fait autant. Deux silhouettes à l'intérieur. Je me mets à courir.

Le trottoir est désert. Personne en vue. Je cours aussi vite que j'en suis capable, à bout de souffle déjà. J'atteins le petit coin de parc qui se trouve de ce côté de la route principale ; je bondis pour me cacher derrière un arbre. Au-delà, c'est une impasse. La Ford Ka rouge approche. Quand elle atteint le sens interdit, elle ralentit. Un homme au volant ; une femme, plus âgée, sur le siège passager. Il regarde autour de lui, mais il ne me repère pas. La voiture s'arrête au milieu de la chaussée. Le moteur cale. On le redémarre et le véhicule entame péniblement un demi-tour ponctué de sursauts et de manœuvres inutiles. Il finit par s'en aller.

Une conduite accompagnée, un jeune garçon avec sa mère. Adossée au tronc, je pousse un très long soupir.

J'emprunte le chemin étroit qui mène à travers les arbres jusqu'à la route principale. C'est un parc de la taille d'un mouchoir de poche, ce coin, une île perdue, un nid d'arbres et de ronciers avec quelques poubelles et des taupinières sous un parapluie de branches. Hormis le froissement d'ailes de petits oiseaux dans les fourrés, le silence règne. Aucun signe de présence humaine.

Quand je reviens à la maison, je suis cette fois convaincue qu'Onnie sera là. On rejoue la scène. Je sonnerai et elle ouvrira la porte. Il faudra que je me retienne à l'encadrement au cas où Howard me foncerait dessus. La bouilloire sera sur le feu. Onnie sera sortie acheter du lait. Elle sera en train de manger des toasts. (Les jeunes adorent manger des toasts.) J'ai le temps de me faire un petit film dans ma tête : un plat qui mijote sur le feu ; une cuisine chaude et accueillante ; comment c'était, un ou deux ans en arrière, quand Zach était là.

Rien n'a bougé. Le pot de fleurs est toujours renversé. Pauvre pot. Je n'ai pas beaucoup jardiné cette année. En temps normal, j'y aurais planté des pensées ou des cyclamens roses. Maintenant, ce n'est que de la terre laissée à l'abandon. La boîte aux lettres aux gonds rouillés est encore entrouverte, coincée parce que je l'ai poussée tout à l'heure. Personne ne vient répondre quand je frappe à la porte.

J'appelle les renseignements pour avoir le numéro du Bureau du développement économique. Je tombe sur la boîte vocale de Victoria Murphy et je laisse un message, expliquant qui je suis et lui demandant de me rappeler.

Je m'assieds sur le trottoir en face de chez moi, vaguement abritée par un lierre, les genoux remontés sous le menton et j'attends.

Plus tard, je me rendrai compte que cet épisode n'aura duré que cinquante minutes, même pas une heure, donc. Quand je la vois enfin arriver, tenant Howard en laisse, son visage est dénué de toute expression. Elle a remonté la fermeture de son blouson et coincé ses cheveux sous le col, en prenant soin de les faire un peu bouffer. Elle ne paraît pas consciente de la pluie. J'ai envie de hurler. De lui taper dessus.

Mais je ne le fais pas.

— Salut, dis-je en me relevant. Vous étiez où, tous les deux ?

Howard se libère et bondit, traînant sa laisse derrière lui. Il me saute dessus pour me lécher le visage.

Onnie s'est immobilisée au milieu de la rue. Des taches bien roses sur les joues. Son mascara a coulé, une traînée violette qui fleurit sur une pommette.

— J'étais partie à votre rencontre, dit-elle. Mais j'ai fini par faire tout le chemin jusqu'à la gare. Vous aviez parlé du train de deux heures. Sauf que vous n'étiez pas là. On a dû se croiser sans se voir.

Je tâte Howard pour vérifier. Sa fourrure est mouillée. Une tache sur le dos, il a dû se rouler quelque part. Une odeur de mare, l'effluve d'un parfum peu familier.

— Je suis désolée, dis-je. J'ai pris un autre chemin.

— Vous n'avez pas pensé que je viendrais vous chercher ?

— Non. Désolée. Je n'y ai pas pensé.

Parfois à l'école, les gamins les plus perturbés se montrent grossiers avec moi : je n'ai pas l'autorité d'un professeur. Je me redis qu'Onnie ne maîtrise pas toujours son propre ton : trop gâtée ou trop peu aimée, ou les deux. Elle ne fait que reproduire la façon avec laquelle les gens s'adressent à elle. Mais cet après-midi, je me sens moins compréhensive et plus irritée.

Je me dégage d'Howard.

— Tu as mes clés ?

— Ouais.

Elle me les tend. Le chien file entre mes jambes. Je l'entends laper dans sa gamelle. Onnie traîne derrière moi dans l'entrée. Je ne la regarde pas. Après avoir jeté mon anorak sur la rampe et rejoint Howard dans la cuisine, je prends la décision de lui demander de partir. Je m'enfouis la tête dans un torchon propre, autant pour me sécher les cheveux que pour me donner un peu de temps. J'ai vraiment de la peine pour elle. Il est clair qu'elle est mal dans sa peau, mais dans mon état actuel, je ne vois pas comment je pourrais l'aider. Je n'en ai ni les ressources, ni la force. Il faut que je réfléchisse à ce que j'ai découvert aujourd'hui.

— Alors ? Vous êtes contente ? demande-t-elle derrière moi. Genre... ça vous plaît ?

— Quoi ?

Je sors ma tête du torchon. Elle fait un geste pour englober la pièce. Je regarde autour de moi. La pagaille que j'ai laissée ce matin, les flaques de lait renversé, les piles de bols de céréales, les dessins inachevés, les couches usagées... Tout a été nettoyé. Le plan de travail a été frotté, l'égouttoir est vide. Le seau et la serpillière sont dans un coin. L'odeur de citron chimique du produit ménager flotte dans l'air. La table, qui était couverte de papiers, est impeccable.

— Oh, comme c'est gentil, dis-je, à la fois touchée et consternée. Tu as fait le ménage.

Elle a mon anorak sur le bras qu'elle est en train de lisser pour en chasser l'eau, cherchant un endroit adéquat pour le suspendre.

— C'était vraiment sale là-dedans, dit-elle.

— C'est très gentil... mais je ne sais pas quoi dire.

Ses yeux captent les miens et elle avance le menton comme pour réduire la distance qui nous sépare.

— Zach ne supporte pas le désordre, dit-elle.

Dans la lumière qui vient du jardin par la porte, sa tache de mascara ressemble à une ecchymose.

204

— Il dit que vous êtes une souillon. Il m'a demandé de le faire. Je l'ai fait pour lui.

Je suis en haut, sur le palier, adossée au mur. La bouche pleine de craie, la tête qui gronde. Je l'entends en bas dans la cuisine ; les portes de placards s'ouvrent et se referment. Que cherche-t-elle encore ? Je me disais qu'elle me permettrait de penser à autre chose, mais maintenant, je ne sais pas. Est-elle le maillon que j'attendais ?

Je ne suis pas parvenue à la faire parler. Quand je lui ai demandé ce qu'elle voulait dire, elle s'est refermée.

— Quand a-t-il dit ça ? Qu'est-ce que ça signifie ? De quoi parles-tu ? Pourquoi es-tu ici ?

Elle s'est laissé tomber sur une chaise comme pour se faire la plus petite possible. Elle s'est excusée.

— Je n'aurais pas dû dire ça. J'étais toute seule ici et je me suis mise à imaginer des trucs. Genre, n'importe quoi. Ça m'arrive tout le temps de dire n'importe quoi. Ne vous mettez pas en colère.

Je voulais la secouer, lui arracher la vérité. Mais ce n'est qu'une adolescente, jeune pour son âge, à peine plus qu'une écolière. Je me suis forcée à m'en souvenir.

— Je ne suis pas en colère. Je veux juste comprendre. Quand t'a-t-il dit de nettoyer la cuisine ?

— Il y a une éternité.

— Et qu'as-tu « imaginé » pendant que tu étais seule ici ?

— Rien.

— Tu viens de dire le contraire. Tu l'as vu ?

— Qui ?

Je l'ai fixée.

— C'est juste que tu as dit... Tu as dit que tu imaginais...

— Je suis restée seule ici pendant une éternité, a-t-elle marmonné.

Elle s'est renfrognée, tout en se rongeant la peau autour des ongles.

J'ai dit que j'avais besoin d'une minute et je suis montée ici, pour me calmer.

Elle n'avait peut-être rien de spécial en tête. Il ne s'agissait peut-être que d'une tentative maladroite pour montrer à quel point elle l'avait bien connu, pour justifier sa présence sur le pas de ma porte. Mais « souillon » ? C'était le mot qu'il avait employé... le soir de la fête. Et elle avait utilisé le présent. Je pense aux bottes en caoutchouc sur l'étagère à Sand Martin. Et à elle qui traînait devant Gulls. Elle me surveillait. Elle sait quelque chose.

La porte du jardin s'ouvre et se ferme. Je vais dans la salle de bains pour regarder par la fenêtre. Elle est debout là, sous la pluie. Sans son blouson. Elle a trouvé une balle de tennis qu'elle lance à Howard. Il fonce dans les fourrés, ses pattes griffant la terre mouillée.

Elle lève les yeux, son visage pâle est luisant. Elle m'a vue. J'ouvre la fenêtre.

— Tu vas attraper la mort, dis-je.

Elle ne répond pas, mais son corps frissonne. Mon Dieu, je l'ai fait pleurer.

— Je vais te faire couler un bain.

Je commence à remplir la baignoire. Quand l'eau approche du bord, j'entends des pas dans l'escalier. Je suis agenouillée pour régler la température. J'essaie de trouver une phrase normale à dire.

— Voilà, je pense que c'est assez chaud.

Elle ne répond pas, mais je l'entends se déshabiller. Une tennis, boueuse, tombe près de moi. Sa respiration est lourde.

— Les serviettes sont derrière la porte, dis-je en me levant. Si tu as besoin de moi, je suis en bas.

Je referme la porte et je m'y adosse. Guère plus qu'une enfant, me dis-je. Ne l'oublie pas.

Mon téléphone sonne dans la cuisine. Je décroche à temps.

— Victoria Murphy, dit la voix à l'autre bout.

Je commence à répondre : « All... » mais elle m'interrompt.

— Vous m'avez appelée ? Je ne vois pas ce que je peux faire pour vous.

Sa voix est tendue. Les mots sortent par à-coups. Elle ne doit même pas se souvenir de moi.

Je lui rappelle : je suis l'épouse de son ami d'enfance, Zach Hopkins, cette femme agaçante qui a retardé leur déjeuner dimanche. Et je me lance dans une explication confuse. Onnie est venue chez moi. Elle va bien maintenant, mais elle était sortie sans prévenir ; j'ai paniqué, c'était stupide. Je suis désolée si je l'ai dérangée ou inquiétée.

Victoria reste silencieuse pendant mon récit décousu, puis elle me demande de tout répéter. Oui, Zach avait donné l'adresse à Onnie et elle est venue chez moi, ici à Londres. Oui, elle a bien quitté la maison pendant près d'une heure, mais elle est là.

— Pouvez-vous être plus claire ? L'avez-vous perdue ou bien est-elle avec vous ?

Elle me fait penser à Joyce Poplin, la prof de sciences à l'école : sévère dans la cour de récréation mais gentille en classe. Son cerveau fonctionne trop vite pour s'embarrasser de politesses.

— Elle est avec moi.

— Avec vous, donc ? aboie-t-elle. En ce moment. Dans la maison ?

Je lui explique qu'elle était trempée et qu'elle est en train de prendre un bain chaud. Je suis sur le point de lui suggérer de venir la chercher quand Victoria m'interrompt. Sa voix est plus forte, plus rythmée : Onnie est vraiment une fille irréfléchie, désespérante, elle n'arrête pas de leur jeter leur argent au visage, elle n'écoute jamais ce qu'on lui dit, tous ces ennuis qu'ils ont récoltés en cherchant à l'aider, ces putains d'écoles, elle n'a sans doute même pas pris son traitement avec elle, elle n'a que mépris pour tous ces médecins qui ne veulent que son bien…

— C'est une gentille fille, m'entends-je dire, avec une pointe de défi, en soutien à toutes les gamines de dix-huit ans qui ont raté leurs exams et tellement déçu leurs mères.

— Il faut que je lui parle, dit-elle sèchement. Passez-la-moi, s'il vous plaît.

La porte de la salle de bains est fermée. Je frappe doucement, tenant le téléphone contre mon épaule pour étouffer le son.

— Onnie ?

— Entrez.

La fenêtre est grande ouverte. Une rafale de vent s'y engouffre. Quelques petites flaques de pluie sur le lino. Dehors, l'arbre semble vouloir entrer lui aussi.

Je pensais que maintenant Onnie serait enroulée dans une serviette, ou même habillée. Mais ses vêtements sont toujours empilés par terre. Zach les pliait lui aussi de cette façon. Dans la baignoire, son maigre corps, pâle et blanc, est déformé sous la surface. Peut-être à cause du froid, elle garde les bras serrés contre les hanches, les mains coincées entre ses jambes marbrées.

— Ta mère, dis-je en lui tendant le téléphone.

L'eau s'agite. Onnie secoue la tête.

— Raccrochez.

— Je ne peux pas.

J'ai répondu en articulant sans émettre le moindre son. Elle me fixe, se frotte le nez dans une fureur hostile puis tend la main vers l'appareil. Le bain se déchaîne. L'eau gicle. Je me détourne précipitamment, mais non sans avoir aperçu les cicatrices violettes à l'intérieur de chacun de ses poignets.

Zach

Le trimestre a démarré et je veux qu'elle arrête de travailler. L'été a été si parfait. J'aimais comment nous passions nos journées. Manger. Jardiner. Baiser. C'est le secret du bonheur. Quelqu'un devrait l'écrire dans un de ces livres sur le développement personnel.

Elle aime son boulot, dit-elle, car ça lui permet de rencontrer des gens si différents : élèves, parents, professeurs. Je ne pense pas que ce soit sain. Je devrais lui suffire. J'essaie de lui faire comprendre cette évidence. Elle n'arrête pas de parler des nouveaux : ces gosses adorables dans leurs uniformes trop neufs et trop grands, si fiers de leurs cahiers de texte et de leurs trousses. Ils ne la voient pas comme moi je la vois. Ils ne comprennent pas. Bientôt, ils vont venir se planquer dans sa bibliothèque pour se servir de leurs téléphones et se goinfrer de bonbons. Ils savent qu'elle ne les dénoncera pas. Ils se servent d'elle, ils profitent de sa bonté.

Hier, elle s'inquiétait à propos d'un des nouveaux profs. Elle l'avait trouvé en train de pleurer entre deux rayonnages, le pauvre.

— Le pauvre ?

— Oui. Le pauvre. Angus. C'est la première fois qu'il a une classe.

— Tu n'es pas assez payée pour, en plus, jouer les psychiatres. En fait, il a sûrement un bien meilleur salaire que toi.

Je m'attendais à ce qu'elle réagisse mal, mais elle a rigolé.

— Ça, c'est sûr. Heureusement que je ne le fais pas pour l'argent.

Cet Angus a traîné dans ma tête pendant le restant de la soirée, un caillou dans mon crâne. Je me suis mis à penser à Polly Milton : son infidélité ne s'était pas bien terminée. J'ai dû me mordre la lèvre pour ne pas lancer un avertissement à Lizzie. Comment les Français appellent-ils l'orgasme ? La petite mort. Au lit, juste au moment où elle allait jouir, je me suis retiré. Je suis resté assis au bord du matelas jusqu'à ce qu'elle pose la main sur mon épaule. Je l'ai rejetée pour aller me barricader dans la salle de bains. Elle s'est mise à m'appeler doucement à travers la porte, mais je l'ai ignorée. En me branlant, j'essayais de penser à d'autres femmes – la tricoteuse bandante de l'entrepôt – mais c'était le visage de Lizzie qui revenait, ses yeux qui se ferment quand elle m'embrasse, ses cheveux moites collés à sa peau.

Quand je suis retourné me coucher un peu plus tard, elle dormait.

Elle ne s'est même pas réveillée. C'est moi qui me suis tourné et retourné, insatisfait. Charlotte a appelé au milieu de la nuit ; j'avais laissé mon téléphone sur silencieux. Au petit-déjeuner, Lizzie fredonnait derrière son journal comme s'il ne s'était rien passé. Les pleurnicheries d'Angus la chochotte, la nonchalance de Lizzie : tout ça brûlait en moi, de la lave en fusion d'où émergeait un monstre rouge à trois têtes. L'idée m'est venue de lui dire que je comptais aller à Gulls un moment – je n'y avais passé que quelques jours cet été. Au lieu de se plaindre ou de pleurer, elle a dit :

— Bonne idée.

Elle n'avait même pas arrêté de lire.

J'ai flanqué une pichenette sur le journal. Elle l'a baissé juste assez pour me regarder. J'ai suggéré que si elle abandonnait son travail, elle pourrait venir avec moi.

— Et qui paierait les factures ?

— On pourrait vendre la maison.

— Je ne peux pas. Elle appartient toujours à ma mère. Et, à sa mort, elle sera à Peggy aussi.

J'ai ravalé une bouffée de colère.

— On pourrait faire pousser nos propres légumes. Une vie simple. On pourrait avoir un bébé.

J'étais sérieux, sur le moment.

— On pourrait, dit-elle.

Ses yeux s'étaient illuminés. Et puis, elle a éclaté de rire, pour cacher cette joie.

— Tu disais que tu voulais une nouvelle voiture. Je croyais qu'on était en train de faire des économies. Ce n'est pas avec des légumes du jardin qu'on va s'offrir une décapotable.

— Je pourrais vendre un tableau.

Elle a replié le journal, prête à partir.

— Mais pour l'instant, en attendant qu'on devienne millionnaires, tu pourrais partir seul deux ou trois jours. Ça te fera sans doute du bien.

Nous n'étions mariés que depuis quelques mois. Ne pas me voir ne serait-ce qu'une seconde aurait dû lui être insupportable. Au lieu de ça, elle me guettait, essayait de me jauger. Que s'était-il passé ? C'est cet Angus qui l'avait fait changer ?

J'ai voulu la tester.

— Lâche le boulot quelques jours. Dis-leur que tu es malade.

Elle était à mi-chemin de la porte, mais encore une fois elle a souri, c'est tout. Elle a vaguement annoncé qu'elle risquait de rentrer tard : elle avait une réunion après les cours et, ensuite, elle irait directement voir sa mère.

Le chien a jappé.

— Désolé, Howard, ai-je dit. Je t'ai marché sur la patte ?

Elle est revenue voir s'il allait bien. Pour donner l'impression de faire acte de contrition, je me suis agenouillé pour faire un gros poutou au bon chien-chien. Quand je me suis relevé, elle a jeté ses petits bras autour de mon cou en déclarant :

— Tu sais que je t'adore.

Mes mains s'étaient enfoncées sous son jean.

— Moi aussi, je t'adore.

— Je ne pourrais pas vivre sans toi.

J'ai enfoui mon visage dans ses cheveux et repoussé le chien d'un coup de genou. Mes doigts étaient incrustés en elle au point que je sentais la chaleur de sa chair entre mes phalanges. Elle aurait eu du mal à se libérer.

— Moi non plus, je ne pourrais pas vivre sans toi.

Je n'ai pas été plus loin que l'atelier. Bruit blanc et porte cadenassée. Les tubes de peinture dans le bon ordre, les bouchons bien fermés. Le papier absorbant sur lequel ils étaient posés n'arrêtait pas de se froisser ; je l'ai changé pour un truc de meilleure qualité et il est parfait maintenant. Plat.

Une des prises électriques n'est pas parallèle à la plinthe – trois centimètres de décalage. Miteux. J'essaie de ne pas regarder, mais c'est plus fort que moi.

La tricoteuse slovaque m'a entendu arriver. Nos yeux se sont croisés et elle a paru surprise. En général, je ne montre pas mes émotions.

Je n'aurais pas dû répondre au téléphone. J'étais en colère après la dispute avec Lizzie ; les yeux qui piquaient à cause de l'épuisement. J'avais baissé ma garde. Était-ce insurmontable ? Est-ce que ça allait tout gâcher ? Juste au moment où tout se passait si bien. J'ÉTAIS HEUREUX, MERDE.

Non. Rien n'est insurmontable. Il faut juste que j'y réfléchisse, que je trouve un plan, une stratégie.

Charlotte avait fait une écho.

— On voit même ses petites mains et ses petits pieds. Zach, tu es là ? Tu m'entends ? J'ai essayé de te joindre. Ça te fait un choc ? Je suis désolée. Une chance sur un million. Et je ne m'en étais même pas rendu compte. Tu vas venir ? J'ai pris la semaine. Je sais que tu as besoin d'espace, mais si tu veux faire partie de la vie du bébé...

Faire partie de la vie du bébé ? Elle se fout de ma gueule ?

À la seconde où j'ai pu placer un mot, je lui ai demandé si elle avait utilisé mon sperme, et elle a répondu :

— Ça a dû être cette dernière fois où on a fait l'amour.

Fait l'amour : va te faire foutre.

Je lui ai dit qu'elle devait s'en débarrasser ; elle s'est mise à pleurer.

— C'est trop tard. Il faut qu'on parle. Quand peux-tu être ici ?

Elle croit que j'ai un boulot dans un collectif artistique à Cardiff (« une opportunité trop belle pour la laisser passer »). Je comptais attendre qu'elle en ait marre d'appeler pour rien et ensuite lui envoyer une lettre. Fin de l'histoire. Terminé. Je n'avais pas prévu ça.

— Ce week-end, peut-être, ai-je dit. Repose-toi.

Improviser, je sais faire. M'adapter aux circonstances. Il suffit que j'utilise mon cerveau.

Lizzie rentrera tard ce soir. Elle va voir sa mère après le travail et ensuite elle « passe en coup de vent » donner le bain aux gosses de Peggy. Le fait que la tricoteuse slovaque m'ait remarqué est une bonne chose après tout. À treize heures, elle va rejoindre les autres dans la cuisine pour leurs nouilles communautaires. Je filerai à ce moment-là. La fenêtre du couloir est pourrie. Je peux aller là-bas et revenir sans que quiconque ne remarque quoi que ce soit.

C'était bien plus facile que je ne l'avais cru. J'essaie de ne pas en être trop déprimé.

Je ne sais pas ce que j'avais dans la tête. Maintenant, tout est clair.

Une vasectomie non opératoire se fait sous anesthésie locale. Le médecin cherche les canaux déférents à travers la peau du scrotum avant de les maintenir en place avec une petite pince. On utilise ensuite un instrument spécial pour faire un trou minuscule dans l'épiderme. On l'agrandit avec une petite paire de forceps, afin que le chirurgien puisse lier les tubes sans avoir besoin de trancher la chair avec un scalpel.

J'avais découvert ça sur le site de la sécu. Un tout petit saignement et aucun point de suture. Moins douloureux et moins sujet à d'éventuelles complications qu'une vasectomie traditionnelle.

J'ignore si le Dr Harris a accompli l'opération exactement comme ils le disaient. J'ai gardé les yeux fermés pendant toute l'intervention.

En fait, je suis un peu délicat.

11

Lizzie

Onnie descend l'escalier lourdement. Surprenant de la part d'une personne aussi mince. Zach, qui était un homme massif, se déplaçait si furtivement dans la maison que, souvent, je ne le sentais même pas arriver. Il surgissait derrière moi quand j'écrivais un texto et, si je sursautais, il prenait ça pour de la culpabilité. Je devais lui montrer : « Regarde, c'est pour Peggy, elle me demande si je peux garder les enfants. » Toujours cette même insécurité. Cette discrétion était un talent qu'il avait développé dans son enfance. Pour éviter de se faire frapper.

Les pas d'Onnie sont belliqueux. Elle cherche à affirmer quelque chose.

— Ah, te voilà, dis-je avec une gaieté forcée quand elle entre dans la cuisine, tout habillée. Tu t'es lavé les cheveux ! Tu aurais dû m'appeler. Il y a un piège avec le tuyau de douche. Tu n'as pas dû réussir à te rincer.

— Je me suis rincée.

— Vraiment ?

— Oui. Il suffit de sortir de la baignoire et d'ouvrir le robinet du lavabo pour que la pompe fasse marcher la douche.

— Oh, dis-je en la fixant, surprise. Oui, c'est bien comme ça qu'il faut faire.

Elle hausse les épaules, ramenant ses cheveux mouillés sur sa nuque de façon à les faire boucler.

— Tu as deviné toute seule ? Ou c'est aussi comme ça chez toi ?

— Je ne suis pas idiote, c'est tout.

— Non, bien sûr que non. C'est juste que c'est tellement particulier. Je n'aurais pas cru... enfin, j'aurais trouvé normal de te montrer.

Elle lève à peine un sourcil et je dois me forcer à ne pas insister. Je retourne à la cuisine.

— J'ai fait à manger. Un délicieux plat de pâtes. Bon, je ne sais pas s'il est vraiment délicieux...

Je parle trop, pour masquer mon trouble.

— ... mais ma mère disait toujours ça. Les pâtes étaient toujours « un délicieux plat de pâtes » ; quand nous partions nous promener, c'était toujours « une longue et belle promenade » et un bain était toujours « un bon bain chaud ». On ne pouvait jamais prendre un horrible bain tiède, même si on était pressé.

— Si vous le dites.

Ses poignets sont couverts par son pull. Elle fixe le sol.

— En parlant de mère, la mienne vient me chercher. Je suis censée prendre des antidépresseurs. Je les ai laissés à la maison.

J'ai lu un article récemment à propos de la disparition de la rébellion chez les jeunes : autrefois, les adolescents s'insurgeaient contre le statu quo (la politique, les parents), alors que maintenant ils retournent leur colère contre eux. Ce qui explique l'augmentation des problèmes psychologiques : dépressions, automutilations, suicides. Je ne veux pas penser aux cicatrices.

— Manger te fera peut-être du bien.

— Je n'ai pas faim.

— Essaie un peu quand même.

Je pose les bols sur la table. Des spaghettis carbonara – un ajout récent à mon répertoire culinaire limité. Zach n'aurait pas supporté le mélange crème/bacon.

On picore toutes les deux. Au bout d'un moment, je dis :

— Écoute, je suis désolée si je t'ai contrariée tout à l'heure. C'est très gentil à toi d'avoir nettoyé la cuisine. Je te présente mes excuses si je t'ai paru un peu agressive. Mais ces commentaires que tu as faits à propos de Zach : c'était bizarre. Quand tu as dit que tu l'avais vu, j'ai cru que tu voulais dire...

Je ris pour indiquer à quel point je suis idiote, mais je ne cesse néanmoins de l'observer avec attention.

— ... aujourd'hui.

Elle lève les yeux vers moi.

— Vous voulez dire : comme un fantôme ?

— Peut-être.

L'impression de couler. Elle n'a pas bronché. Non, elle ne l'a pas vu. Et il ne lui est même pas venu à l'esprit que j'avais pris ses mots au pied de la lettre.

Elle se mord les lèvres.

— Tout le monde pense que je suis folle. C'est pour ça qu'ils m'emmènent tout le temps voir des docteurs.

— Je suis sûre qu'ils ne pensent pas ça.

Elle fait la grimace comme pour dire : ça intéresse qui, de toute manière ?

— Tout le monde pense que je suis folle, moi aussi, dis-je. Ça arrive souvent aux meilleurs d'entre nous.

Elle m'étudie un moment. Je sens qu'elle réfléchit.

— Je n'aurais pas dû dire « souillon », finit-elle par déclarer. D'ailleurs, Zach ne l'a peut-être pas dit comme ça. C'était peut-être « comme une souillon ».

Je souris à moitié.

— C'est nettement mieux.

Elle détourne les yeux, enroulant des spaghettis sur sa fourchette. Elle ne sourit pas.

— Je ne veux pas en faire toute une histoire. Excuse-moi d'être une vieille bique aussi agaçante, mais pourrais-tu juste m'expliquer quand Zach t'a demandé de nettoyer la cuisine ?

— Il ne me l'a pas demandé.

— Mais tu as dit qu'il l'avait fait.

Ses yeux sont vitreux.

— C'était il y a une éternité.

— Ici ou à Gulls ?

Elle me regarde puis se détourne rapidement.

— À Gulls, je crois.

Je pousse un soupir.

— D'accord.

Je commence à comprendre. Il lui donnait des cours, elle devait venir au bungalow ; il était sans doute énervé après moi – le jour où j'ai raté le train, par exemple – et il s'est plaint devant elle de ma négligence. C'est bizarre de prendre une gosse à témoin – elle avait quoi, seize ans ? –, mais il ne maîtrisait pas toujours ses colères.

— Tu passais beaucoup de temps avec lui ? Pour ces cours de rattrapage, je veux dire. Combien y en a-t-il eu ?

Elle hausse les épaules.

219

— Trois ou quatre. Pas assez pour que j'aie une bonne note.

— Il t'a aidée ?

— Il disait que j'avais l'œil et qu'il fallait que je m'en serve.

J'acquiesce.

— Il était plutôt dur dans ses jugements, alors j'espère que tu as pris ça comme un compliment.

— C'est ce que j'ai pensé, oui.

Elle lève les yeux en écartant son bol de pâtes intact. Nos regards se rencontrent et je vois l'émotion qu'elle retient. Quelque chose passe entre nous. Je sens une petite connexion, un début de partage entre deux compagnes d'infortune. L'opinion de Zach comptait pour elle. Elle voyait ce qu'il avait de beau. Et ça se limitait à ça. Mais il faut encore que je m'assure de deux ou trois choses.

— Il te donnait les cours à Sand Martin ou à Gulls ?

Elle répond sans hésiter :

— À Gulls.

— Quand je suis venue chez vous dimanche dernier, j'ai vu des bottes Hunter sur votre étagère à chaussures qui ressemblaient à celles de Zach. Je me demande comment elles sont arrivées là-bas.

Une légère rougeur lui monte aux joues. Une moue, les yeux qui s'écarquillent, une grimace presque comique d'incompréhension.

— Pourquoi croyez-vous que c'étaient les siennes ?

— L'une des deux était recollée sur le dessus. C'est moi qui l'avais réparée. Tu ne sais pas ce qu'elles faisaient là ?

— Non.

— Et quand je t'ai vue le matin, devant Gulls, tu étais juste en train de te promener ?

— Ouais.

— Et en venant ici aujourd'hui...

— C'était juste pour avoir un endroit où loger.

— D'accord.

Je repousse mon propre bol, pose les coudes sur la table et mon visage dans mes mains. Que d'énigmes. Et des réponses toutes plus insignifiantes les unes que les autres. J'avais raison. Elle est une diversion. Tout ça n'a aucun rapport.

— Tant de questions, dis-je sur un ton léger. Et si peu de temps.

Elle rit.

— J'imagine que tu ne connais personne dans les Cornouailles qui s'appelle Xenia ?

— Xenia ?

— Un autre petit mystère que je tente d'élucider. Sur le bord de la route, là où Zach a eu son accident, quelqu'un a laissé des fleurs. Des lys, avec un mot signé Xenia.

Onnie me fixe un moment puis elle se lève vivement pour aller se verser un verre d'eau à l'évier. Elle le boit d'un trait et, quand elle se retourne, elle me demande – avec un tel formalisme que je me dis que tout ce manège n'a servi qu'à préparer cette phrase dans sa tête :

— Alors, cela vous dérangerait si je venais habiter ici, comme prévu, la semaine prochaine ?

Sans la regarder, je me mets à débarrasser la table.

— Onnie. Je ne pense pas que ce soit une bonne idée. Le moment est mal choisi pour moi. Désolée, mais je vais devoir dire non.

— Vous aviez dit que vous étiez d'accord.

— Je ne crois pas.

Elle s'écarte pour que je puisse atteindre l'évier. Je sens quelque chose de lourd dans son corps, de contraint. Elle s'éloigne dans la pièce, retourne vers sa chaise en effectuant un étrange demi-tour.

— Et si je vous disais que je sais qui est Xenia.

Je me rends compte qu'elle a le souffle court.

— Xenia ? Tu la connais ?

— Peut-être.

Je m'assieds.

— Peut-être ?

— Ouais. Non. Peut-être. Ça fait un moment que je ne l'ai pas vue.

— C'est une de tes amies ?

— Pas vraiment. J'aurais mieux fait de me taire.

— Bon sang, Onnie. S'il te plaît.

J'ai élevé la voix. Elle se lève.

— Il faut d'abord que je voie si elle est d'accord.

— Tu peux au moins me dire qui c'est ?

La sonnette retentit. Je dévisage Onnie, mais elle détourne les yeux. La sonnette, à nouveau.

Victoria Murphy se tient sur le porche en veste et jean noirs, un grand sac en cuir au creux du coude.

— Je ne sais pas ce qu'il lui a pris, me lance-t-elle.

À l'entendre, on croirait que c'est ma faute.

— Je suis vraiment désolée, dis-je. Je n'aurais jamais dû…

Quoi ? Je ne vois pas ce que je n'aurais jamais dû faire. Alors, je répète :

— Désolée.

— Elle est là ? demande-t-elle avec lassitude.

Elle regarde dans la maison par-dessus mon épaule, tout en resserrant sa queue de cheval des deux mains. Un muscle sur sa joue ne cesse de se contracter. Elle est tendue, comme une joueuse de tennis sur le point de servir. Ses chaussures – des baskets à talons compensés – donnent l'impression qu'elle est perchée sur la pointe des pieds, au bord de la chute.

Un couvercle de poubelle s'écrase sur le sol quelque part. La pluie crépite sur la marche.

— Vous voulez entrer ?

— Non merci. Si je pouvais juste récupérer ma fille...

Je retourne dans la cuisine où Onnie enfile son cuir.

— Merci pour le dîner, dit-elle.

— Tu n'as rien mangé.

— Je n'aime pas trop les œufs.

— Zach non plus. Et puis, c'était un peu sec, non ? Désolée.

Elle lève les yeux de sa fermeture éclair.

— Vous dites souvent « désolée ».

— Oui. Ça énervait Zach.

— Ça l'énervait aussi que je répète tout le temps « genre ». Il disait que je m'en servais comme d'une ponctuation et que ça me donnait l'air d'une gourde.

Nos yeux se rencontrent à nouveau.

— Il pouvait être dur parfois, dis-je.

— Il pensait que les mots sont un reflet de notre esprit.

— Ce n'est pas toujours le cas.

— Tu te décides ?

La voix de Victoria est stridente.

— Onnie. Il faut que je sache qui est Xenia. Dis-le-moi, s'il te plaît.

— Je vous appellerai.

Je griffonne mon numéro de portable sur un bout de journal qu'elle enfonce dans la poche arrière de son jean.

— Mais merde ! hurle soudain Victoria.

Nous quittons toutes les deux la pièce. La porte d'entrée est ouverte, la pluie éclabousse le couloir. Victoria est dans le jardin, au milieu de l'allée.

Une Mini rouge avec une flèche noire sur le capot klaxonne dans la rue. Victoria lui fait un bras d'honneur. « Va te faire foutre. » L'homme dans la Mini baisse sa vitre et se met à crier ; la pluie et le vent emportent ce qu'il dit. Victoria a laissé son 4 × 4 au milieu de la chaussée, bloquant la rue.

Elle n'enregistre même pas ma présence.

— Onnie, dépêche-toi, dit-elle en tournant les talons.

Il est trop tard pour que j'aille voir ma mère. Maintenant que je suis seule, je m'ennuie, je suis agitée. Dehors, j'entends des raclements, des grincements ; l'impression que des objets inanimés se mettent soudain à bouger, à vivre. Les buissons remuent dans le jardin.

Il faut que je me détende, je me dis que je ne peux rien faire de plus ce soir.

Je monte au bureau pour m'occuper du canapé-lit que j'avais déplié pour les enfants de Peggy, mais en arrivant à l'étage je m'immobilise sur le seuil. Il a déjà été remis en place. Il est dans son coin habituel, impeccable, avec ses coussins assortis, les draps et les couvertures soigneusement pliés et empilés d'un côté.

Les étagères de livres sur le grand mur me paraissent différentes, elles aussi. Je ne me suis pas trop occupée de cette pièce depuis un an. Je fourrais juste les bouquins n'importe où au lieu de les classer, une légère entorse au code inflexible de Zach. Mais maintenant, ils sont tous parfaitement alignés. En les examinant, je constate qu'ils sont à nouveau rangés par ordre alphabétique.

Je me laisse tomber sur la chaise. Le bureau est en ordre, lui aussi : les crayons sont les uns à côté des autres, rigoureusement parallèles, le bout taillé vers le bas ; les papiers forment une pile compacte. Au milieu de la table trône le Mac de Zach.

Est-ce Onnie, ou bien avais-je raison ? Est-il venu ici ? L'a-t-elle vu ? Ou entendu ? Quelque chose l'a alertée... Je le sais.

Mais s'il est venu, pourquoi n'a-t-il pas repris l'ordinateur ? Et pourquoi l'avoir branché ? Pour attirer mon attention ? Que veut-il que j'y trouve ? Je l'ouvre. La barre du mot de passe clignote. J'écris : *Qu'attends-tu de moi ?*

MOT DE PASSE INCORRECT.

Je claque le couvercle et repousse l'appareil loin de moi.

Sous le bureau, il y a une boîte pleine de photos. Zach n'aimait pas être photographié. Ça le mettait mal à l'aise, trop de souvenirs de son père le cognant parce qu'il ne souriait jamais assez. J'avais pourtant réussi quelques fois : sur une crête dans les Cornouailles, les cheveux flottant autour du visage, riant, feignant de vouloir me reprendre l'appareil. Un autre jour, au parc, à genoux, les bras serrés autour du cou du chien. Mais ma préférée date du jour de notre mariage, sur les marches de l'hôtel de ville. Zach porte ce costume qu'il avait lors de notre première rencontre. Il essaie de se baisser pour poser la tête sur mon épaule. Je ris, un peu déséquilibrée par son poids, et il sourit : un sourire si large et si franc ; un pur bonheur semblait émaner de ses yeux. C'était le plus beau jour de sa vie, m'a-t-il dit.

Je m'agenouille et je commence à chercher. Si je la retrouve, ce sera la preuve de quelque chose : qu'il m'aimait, que nous étions heureux, que la torture qu'il m'inflige a une raison d'être.

Je renverse le contenu de la boîte sur le sol, et je fouille, mais la photographie a disparu.

Zach

Novembre 2010

J'ai eu tort de me relâcher. Les gens comme moi ne peuvent pas se le permettre. On a beau rôder derrière les murs entre lesquels les autres s'enferment, on n'est jamais libre. Parfois, ils sortent, nous attrapent et nous écrasent le visage contre les cloisons.

J'étais dans le bain quand j'ai entendu Lizzie au téléphone, l'empressement dans sa voix. Angus, me suis-je dit, au bord de la nausée. Ce petit con de prof débutant. Mais non, ce n'était pas ça du tout. Pas son portable. Le mien. Je l'avais laissé sur la table de la cuisine et elle avait répondu. Je commençais à faire preuve de laxisme avec elle.

C'était Pete, m'a-t-elle dit. Nell et lui étaient sur le point de prendre le train à Victoria – ils avaient été à une soirée la veille – et, sachant que j'étais à Londres, avaient appelé « au cas où ». Lizzie les avait invités. Elle leur avait donné l'adresse.

— Ici ?

— Pour déjeuner, dit-elle. J'ai pensé que ça te ferait plaisir. C'était si triste qu'ils n'aient pas pu venir au mariage. Je suis impatiente de les rencontrer. J'ai dit que je passerai les prendre.

Elle portait le jean de créateur et le tee-shirt marin que je lui avais achetés dans cette nouvelle boutique sur Northcote Road. Elle ne les avait que depuis quelques semaines et le jean était déjà taché aux genoux et le tee-shirt troué, rafistolé avec des épingles, une horreur. Elle a suivi la direction de mon regard.

— Je sais, a-t-elle dit. Je ne comprends pas comment c'est arrivé. Je suis complètement débile.

— Oui, j'ai dit en la dévisageant. Tu sais le temps que j'ai passé à le choisir, à réfléchir à ce qui pourrait t'aller ?

— Je suis désolée.

— Tu sais le prix qu'il a coûté ?

Mais elle n'a pas battu en retraite, comme je m'y attendais. Elle m'a fixé dans les yeux avec un petit geste du menton en signe de défi.

— Bien sûr que je sais puisque c'est moi qui ai payé. Si tu ne veux pas que Pete et Nell viennent à la maison, ça m'est égal. Je comprends. On peut aller chez l'Italien, si tu préfères. Mais dis-le, c'est tout. Ne cherche pas un autre prétexte à une dispute.

Je m'étais levé du pied gauche.

— Je n'aime pas qu'on réponde à mon téléphone. J'ai besoin...

— Ça va. Je sais. Je comprends. Maintenant, arrête et rappelle-les.

Curieusement, dès que nous avons été au restaurant, j'ai cessé de m'inquiéter. S'il le faut, je suis capable de me sortir de n'importe quelle situation. Les gens sont beaucoup moins curieux qu'on le croirait. La plupart du temps, ils ne supportent même pas qu'on déterre leurs propres souvenirs. Lizzie a vite pigé que je ne les avais pas invités au mariage.

— Une obligation familiale ? a fait Pete en me flanquant une claque sur le dos. Tu me surprendras toujours, mon vieux !

Mais elle m'a adressé un petit clin d'œil pour me signifier que ça n'avait aucune importance.

Nell, une petite snobinarde derrière ses fringues et ses expressions branchées, n'arrêtait pas de la jauger. Mais Lizzie l'a conquise. On ne s'en rend pas toujours compte la première fois, mais elle sait être drôle. Elle a raconté d'excellentes histoires à propos de sa formation de bibliothécaire : l'employée qui, en pleine dépression nerveuse, avait jeté toutes les cartes de prêts dans la cuvette des chiottes ; ce rayon secret dans les entrailles d'une des bibliothèques de Wandsworth où on ne peut emprunter un livre que grâce à une « autorisation spéciale ». Elle a parlé de sa mère, de sa santé qui s'était améliorée depuis qu'elle recevait des soins appropriés aux Beeches. « C'est Zach que je dois remercier pour ça », a-t-elle dit en me souriant. Quelle ironie : le bien-être de la vieille n'a jamais été l'une de mes préoccupations, mais je suis content que ça la rende heureuse.

Nell n'a pas pu contenir sa curiosité plus longtemps :

— Quand vous êtes-vous rencontrés ?

— Il y a un an... a commencé Lizzie.

Je l'ai interrompue.

— Au début, nous étions amis, n'est-ce pas ? Il nous a fallu un peu de temps.

Lizzie a souri : elle croyait que j'étais doublement galant, en faisant référence à sa timidité des débuts et en la protégeant des stigmates d'Internet.

— Mais, Zach, a dit Nell, quand as-tu quitté Brighton au juste ?

— Tu as carrément disparu, mon vieux ! a renchéri Pete.

Je me suis excusé en prenant la main de Lizzie. Je leur ai dit que j'étais parti en mai, ce qui était faux. En fait, c'était fin juin, mais Lizzie croyait que j'étais à Gulls à l'époque et cela me permettait de couvrir... eh bien, tout ce qui aurait pu surgir par la suite. J'ai dit que j'avais l'esprit occupé, que j'avais... et je leur ai adressé un regard lourd, dans l'espoir qu'ils comprennent qu'il ne fallait pas mentionner Charlotte.

Nell a hoché la tête, comme soulagée, comme si j'avais éclairci un point crucial.

Elle s'est tournée vers Lizzie pour lui demander avec cet aplomb que certaines femmes se sentent en droit d'employer dès qu'il est question de fertilité si nous comptions fonder une famille. Moment intéressant : Lizzie a rougi violemment. En ce moment, elle est désespérée. Elle a même acheté des kits d'ovulation spéciaux. Cette réaction n'a pas empêché Nell d'insister.

— J'espère bien être moi-même enceinte. Nous avons choisi le meilleur moment et je sens une lourdeur en bas, pas vraiment comme une douleur de règles... mais je n'ai pas encore fait le test.

Comme il se doit, Pete et moi nous avons échangé un regard de mecs.

Ils essayaient de se comporter normalement, mais je commençais à sentir le serpent qui rampait sous cette apparence : un tremblement dans la main de Pete, une lueur fiévreuse dans le regard de Nell. Ils n'avaient pas recherché leur vieux pote Zach Hopkins dans le seul but de voir ce qu'il devenait. Ils avaient une raison. Ils avaient une mission.

Qu'ils m'ont révélée dès que Lizzie est allée aux chiottes (« aux toilettes », a-t-elle dit. J'ai observé leur réaction : Nell lui a adressé un petit sourire condescendant).

— Nous sommes vraiment désolés, a dit Nell. Je ne savais pas si tu avais appris la nouvelle. Je ne voulais pas en parler devant ton adorable nouvelle épouse – elle est délicieuse, au fait – mais...

Je n'ai pas arrêté de répéter : « Morte ? Charlotte, morte ? » Il valait mieux faire semblant de ne pas savoir. En fait, Jim m'avait déjà appelé. Il était affolé à cause des drogues, le Diazépam et le Xanax, craignant qu'on remonte jusqu'à lui. Est-ce que j'en avais laissé dans l'appart ?

— Je suis désolé, mon vieux.

Pete semblait incroyablement mal à l'aise.

— Mais comment ? C'était un suicide ? Je sais qu'elle était instable.

(J'avais posé la même question à Jim. Sa réponse ? « Un truc à la con, voilà ce que c'était. »)

— Un terrible accident, a répondu Nell qui savourait chaque mot. Elle a glissé dans l'escalier. Tu sais dans quel état il était. Et cette moquette en jonc de mer était si glissante... Je l'avais dit quand tu refaisais la déco l'an dernier, il ne faut pas laisser ça sur ces marches. Et puis elle avait bu. La police dit qu'elle avait aussi pris des cachets. Non, ce n'était pas un suicide. Elle n'a pas laissé de lettre. Mais ils ont trouvé des tas de mouchoirs froissés dans son appartement, comme si elle avait un rhume... ou comme si elle avait beaucoup pleuré.

Je n'arrêtais pas de répéter :

— Je n'arrive pas à y croire. Je n'arrive pas à y croire. Quand ?

— Le mois dernier, je crois, dit Nell. Je voulais t'appeler mais nous avons pensé qu'il valait mieux te le dire de vive voix.

Bien sûr : le délicieux plaisir d'annoncer une mauvaise nouvelle.

— Merci.

De façon intéressante, ils n'ont pas évoqué sa grossesse. Étaient-ils au courant ?

— Quand l'avez-vous vue pour la dernière fois ? ai-je demandé.

Nell a secoué la tête.

— Ça faisait un petit bout de temps. Je le regrette. Elle était tellement bouleversée après ton départ, je suis allée boire un verre ou deux avec elle, mais je ne savais pas trop quoi dire, alors…

Vous voyez ? Les gens n'en ont rien à foutre. Dans ce monde, vous êtes seul. Nell n'a pas soutenu Charlotte au moment où celle-ci avait besoin d'elle. C'était devenu une pleureuse et Nell l'a jetée comme un Kleenex plein de morve.

— Je n'arrive pas à le croire, ai-je répété.

— Croire quoi ?

Lizzie était revenue sans que nous ne l'ayons remarquée.

Je l'ai attirée sur mes genoux.

— Je n'arrive pas à croire que je n'ai pas vu ces deux-là depuis si longtemps. Il ne faut plus que ça se reproduise.

Elle a mis ses bras autour de mon cou et posé son menton sur le sommet de mon crâne. Et puis, elle m'a dit, très doucement, à l'oreille :

— Qu'en penses-tu ? Sommes-nous assez courageux pour les inviter à prendre le café dans notre taudis ?

— Je ne crois pas qu'ils ont le temps, ai-je répondu à haute voix.

— Au fait…

Lizzie venait de se souvenir de quelque chose.

— Nos nouveaux murs ! s'est-elle exclamée avant de s'adresser à la tablée. « Lumière volée ». Nous avons repeint le rez-de-chaussée avec un gris superbe et il semble que ce soit grâce à vous. Zach m'a dit que c'était la couleur de votre appartement à Édimbourg.

Ils vous saisissent, ces moments, vous nouent les chevilles à votre chaise, vous broient le cœur. Comment avais-je pu laisser échapper un détail pareil ?

Pete a froncé les sourcils.

— « Lumière volée ». C'est juste. Oui. Farrow & Ball. Moi et mes goûts de luxe d'étudiant en art.

Il réfléchissait.

— Mais Zach, tu n'es jamais venu dans notre appartement à Édimbourg, non ? Je ne suis même pas sûr qu'on se connaissait déjà à l'époque, en tout cas pas quand on a refait la déco.

— Tu as dû m'en parler, mon vieux, ai-je dit.

— Il est tellement barbant dès qu'il est question de couleurs, a expliqué Nell à Lizzie. C'est son côté graphiste.

— Ce n'est pas du snobisme, Nell. C'est la qualité de la peinture, son opacité, que j'aime.

Le moment est passé. Je m'en étais tiré. Tout comme je m'en étais tiré avec ma visite officieuse de leur appartement. C'était leur colocataire qui m'intéressait. Comment s'appelait-elle ? Margot, non ? À ce stade, j'avais à peine enregistré l'existence de Pete et Nell. Étrange sentiment de puissance, en y repensant. Après m'être introduit chez eux, j'avais piqué des miettes de leur petit-déjeuner sur le bout de mon doigt, enfoui mon visage dans leurs draps froissés, inspecté le diaphragme de Nell dans le tiroir. Les pots de peinture se trouvaient dans l'entrée à moitié terminée. J'en ai éclaboussé le cadre de la porte juste pour voir, la laissant couler par terre.

On appelait ça faire une bombe : cette sensation, quand on saute dans le Solent[1] depuis le sommet d'une jetée. L'adrénaline, l'air qui siffle, l'excitation quand on heurte l'eau, la libération quand on revient à la surface. Il n'y a rien de comparable. Ça ne vaut la peine qu'à cause du risque. Les rochers cachés, les ombres inattendues : savoir que si on se rate, on se brise la nuque.

---

1. Bras de mer qui sépare l'île de Wight de l'Angleterre.

12

Lizzie

L'orage de jeudi soir a ravagé le jardin. Le vendredi matin, je contemple la pelouse jonchée de brindilles brisées et de débris à travers la vitre. La branche à moitié cassée d'un pommier derrière l'abri à outils pend comme un membre fracturé. Il faudrait que j'y passe la journée, à réparer, à replanter. Il y a un an, cela aurait été mon premier réflexe. Mais mes réflexes ont changé. Je me détourne de la fenêtre et je laisse tout ça comme ça.

Je reste seule l'essentiel de mes trois dernières journées des vacances. Quand on est veuve, ce sont surtout les week-ends qui sont durs. Les gens ont tendance à être en famille, avec leurs proches. J'essaie de ne pas m'immiscer. Je ne peux pas m'empêcher de me dire, assise à la table de la cuisine le samedi matin, à quel point cela aurait été différent si Zach et moi avions eu un enfant.

Je rends visite à ma mère et je garde les gosses de Peggy. J'achète de la nourriture au supermarché que je me force à avaler. Des activités normales. Mais mon cerveau tourne en permanence, cherchant des endroits où regarder, des façons de le débusquer. Le samedi matin, je traîne dans le couloir avec la porte d'entrée ouverte et je parle à des agents immobiliers dans les Cornouailles. Un marché à la baisse, selon eux. Est-ce que je ne pourrais pas attendre le printemps ?

Je me poste dans l'embrasure de la porte.

— Pas vraiment, dis-je. J'aimerais vendre Gulls le plus tôt possible. Peut-être une mise aux enchères ? Le prix m'est égal.

Un autre agent immobilier, du quartier celui-ci, vient à ma demande évaluer la maison de ma mère. L'hypothèque que j'ai levée pour payer Beeches n'a jamais été une solution à long terme. Le capital s'épuise. Je le sais. Peggy m'a laissé du temps en raison du deuil avant une réunion au sommet sur le sujet.

Je suis dans la rue avec cet homme rasé de frais en costume à discuter d'extensions et de mètres carrés. Il prend des photos avec son téléphone.

— Après la vente, vous voudrez acheter ? demande-t-il.

— Non. Je cherche à louer. Un bail court. Je pourrais partir bientôt, je ne sais pas.

Le soir, je me peins le visage avec soin, blush et rouge à lèvres, et j'enfile sa tenue préférée : jean serré et le haut en soie que j'ai réparé avec du joli fil. Je pense à la première fois où j'ai porté tout ça : notre anniversaire du sixième mois. Nous avions mangé dans un restaurant qui surplombe le fleuve, sur la South Bank, les lumières de Londres scintillant à nos pieds. Le menu chic nous avait fait rire : la nourriture compliquée, comment les ingrédients proposés (« poireaux croquants », « sauce blanquette ») l'étaient d'une façon qui n'avait aucun sens (un fragment ! une goutte !). Zach avait commandé du champagne. Dans le taxi en rentrant, ma tête sur son épaule, son souffle sur mes cheveux, j'étais plus heureuse que jamais.

Maintenant, je suis debout sur la pointe des pieds devant la fenêtre de la chambre et je contemple le jardin ravagé.

Je ne veux pas chercher à savoir ce que je ressens exactement ; mon corps n'en fait qu'à sa tête. Je ne suis pas seule à habiter ma peau, les émotions qui s'installent dans mon cerveau n'ont rien de simple. Je bascule d'heure en heure. Par moments, je suis infirme, repliée sur moi-même pour me protéger. Je veux serrer mes bras, me rouler en boule, me refermer. À d'autres, j'ai l'impression que je pourrais défoncer des murs de brique, m'élancer dans le monde, hurlant au ciel, les bras écartés, le cœur exposé.

Je passe de la crainte que quelque chose arrive à la déception que ce ne soit pas arrivé.

Je n'arrive pas à déterminer s'il veut m'aimer, ou me tuer.

Dimanche, j'emmène le chien faire une longue promenade dans le parc de Wandsworth puis dans le dédale de ruelles qui mène à Tooting Common, son frère jumeau plus sauvage au sud. Les deux portent les traces de l'orage de jeudi soir : de nombreux chemins sont impraticables. Ça fait bien huit kilomètres de marche. À notre retour, nous sommes trempés, lessivés. Howard se recroqueville dans son panier et je m'assois à la table de la cuisine. La pièce n'est pas rangée. Des journaux au bord de l'évier. Mon nécessaire à couture ouvert par terre. J'ai laissé le lait dehors.

Je consulte mon portable.

Onnie n'a pas appelé.

Je vais récupérer mon ordinateur sous mon lit et j'ouvre Facebook. Je cherche « Onnie Murphy ». Sur sa photo, elle fait la moue, ses cheveux forment un voile flou... une adolescente comme il y en a des millions. Les paramètres qu'elle a configurés ne me permettent pas d'accéder à son profil, ni à sa liste d'amis. Mes doigts se préparent. Je ne devrais pas faire ça. Elle n'a pas besoin qu'on l'encourage et je n'ai pas besoin d'Onnie dans ma vie. Xenia n'a peut-être rien à voir avec tout ça. Mais je veux savoir. J'appuie sur « Ajouter un ami ».

Demande envoyée.

Au coin de l'écran, j'ai une notification. Je clique dessus.

C'est Fred Laws. Il a écrit : *Salut, étrangère.* Et laissé un numéro où le rappeler.

Je me renfonce dans ma chaise.

Fred Laws. Mon ancien chef. L'ami d'enfance de Zach. Cela fait des années que je ne l'ai pas vu. Ça n'avait pas été très difficile de le laisser glisser hors de ma vie. J'avais mon travail à l'école et il avait déménagé à Durham pour prendre un poste à la bibliothèque de l'université. Zach ne tenait pas à le revoir et je savais qu'il ne voulait pas que je le revoie moi non plus. Il était possessif. Au point que ça en devenait stupide. Il se sentait menacé par à peu près n'importe qui. Rob, le mari de Peggy, pour qui, avant mon mariage, j'étais « la sœur, la bibliothécaire, la vieille fille » : il a suffi qu'il me complimente à propos de ma nouvelle coupe de cheveux pour que Zach soit persuadé qu'il cherchait à coucher avec moi. « Ce salopard mielleux, il te dévorait des yeux », a-t-il dit sur le chemin du retour. J'ai ri en le traitant d'idiot ;

il m'a fallu une nuit de baisers pour le convaincre. J'aurais peut-être dû y faire plus attention, lui résister.

Un très petit enfant répond au téléphone. Un claquement quand il pose l'appareil.

— Papa ! *Papaa !*

En écoutant les bruits de pas étouffés dans cette maison, je sors dans le jardin. On dirait que le vent retient son souffle, même si la folie règne au sommet des arbres.

— Allô. Désolé pour le petit. Fred Laws.

Il a toujours été très formel.

— Bonjour Fred Laws, dis-je.

Ma voix ne porte pas aussi loin que je l'aurais espéré.

— Lizzie !

Pour évacuer la gêne de nous parler après tout ce temps, nous nous demandons mutuellement à trois reprises comment nous allons et, finalement, je dis :

— Tu as un enfant !

Et il me raconte, avec un bégaiement beaucoup moins marqué qu'autrefois, comment il a rencontré Penny à la bibliothèque trois ans auparavant. Elle était en doctorat, « un petit peu plus jeune que moi, dit-il, non pas que cela compte. Tout va bien. » Je le vois très bien lever son doigt en l'air en disant ça. L'imitation de Zach donnait l'impression qu'il était pontifiant, mais je trouvais ce geste délicieux. J'avais aussi oublié comment je me sentais avec lui : jeune, remplie d'espoir, de possibilités.

— Seigneur, ça fait du bien de t'entendre, dis-je.

— J'avais tellement espéré que tu viendrais au mariage. Nous t'avons envoyé une invitation, mais je comprends tout à fait que tu n'aies pas pu venir. Ça fait une sacrée trotte…

Une invitation ?

— C'est génial d'avoir pensé à moi, mais je n'ai rien reçu !

— Ah, la poste, quelle saloperie. Je savais que j'aurais dû t'appeler. Mais je crois bien l'avoir fait, non ? Je ne t'ai pas laissé un message ?

— Bon sang, non, Fred.

Les viornes de la haie s'agitent. Je distingue la forme sombre d'Howard sur l'herbe. Il dresse la tête, en alerte. Le vent se lève. J'ai soudain très froid aux bras.

— Non, je ne l'ai pas eu, dis-je.

— Merde.

— Si j'avais su, je serais venue. Je suis trop triste d'avoir raté ça.

— Saloperie.

J'éclate de rire. J'avais oublié à quel point je le trouvais drôle avec ses jurons ; de sa part, on ne s'y attend pas.

— Tu dis toujours merde et saloperie, même maintenant que tu es papa ?

— Oui, mais à voix basse.

Je ris encore. Howard se jette sous un des arbustes pour enquêter.

— Et toi, Lizzie, pas de gosses ?

— Non.

Et puis, pour adoucir un peu :

— Pas pour le moment.

— Oserais-je le demander ? Nul homme sympathique à l'horizon ?

— Oh, Fred…

Je m'appuie sur la table de jardin, étale mes doigts dans la pluie qui stagne entre les motifs gravés sur le plateau en métal et j'explique que, oui, j'ai rencontré quelqu'un, que je me suis même mariée – une toute petite cérémonie – mais que, malheureusement, il a eu un accident de voiture et... Fred tente de dire des choses : « Je suis abso... » et « Oh, ma pauvre Li... » et « si seulement il avait... », mais je continue à parler parce que je veux arriver au bout. Je frissonne un peu. Je finis par :

— Le plus bizarre, c'est que je crois que tu l'as connu quand tu étais gosse.

— Oh, Lizzie. Je suis tellement navré. Si seulement j'avais su. Comment s'appelait-il ?

— Zach. Zach Hopkins.

Un silence.

— Jack ?

— Zach.

— Oui. Oui, oui, oui. Bien sûr, je vois de qui tu parles.

J'étais en train de retenir mon souffle et, de soulagement, je le laisse s'échapper.

— Ah, tant mieux.

— Il habitait au village.

J'attends que Fred répète sa question initiale, qu'il répète « un homme sympathique » sur le ton de la confirmation, mais il ne le fait pas. Sa voix est tendue.

— Une enfance difficile, je crois, dis-je. Son père était d'une cruauté effroyable avec sa mère.

— Ah ? dit Fred. Je ne le connaissais pas très bien. On était juste du même coin, c'est tout.

— Je voudrais te poser une question un peu bizarre. Est-ce que le nom Xenia te dit quelque chose ?

— Xenia ?

Un silence.

— Je ne connaissais pas trop ses amis.

— Es-tu en contact avec quelqu'un de votre ancienne école qui pourrait la... ou bien à qui je devrais annoncer... Je ne sais pas.

— Non. Non, je ne vois pas.

Il y a quelque chose de définitif dans sa voix, de froid. Je frissonne encore. Des nuages laineux filent dans le ciel. Je passe ma paume sur la table, chassant l'eau de pluie, avant de retourner dans la maison. Je range la cuisine pendant que la distance et la gêne s'accroissent entre Fred et moi, nous bavardons encore un peu, tombons d'accord pour ne plus laisser autant de temps passer, promettons de nous rappeler et je raccroche.

Plus tard, timide et pleine de remords, je fais le ménage. Je mets les journaux dans un sac pour le recyclage, je range mon nécessaire à couture. Je lave les assiettes et vide le frigo. Je le nettoie soigneusement, jusque dans les coins, vérifiant qu'il n'y a pas de lait renversé. Zach déteste l'odeur du lait tourné : il disait qu'elle infestait l'air, qu'elle s'insinuait dans ses pores. J'empile les carottes comme il faut.

Zach

Mars 2011

Elle va encore rentrer tard ce soir. J'ai commencé à boire tôt.

Tous les jours ou presque, je la suis à l'école. J'attends dehors, dans le parc, sous les arbres. Je la regarde lever les stores de la fenêtre de la bibliothèque et à la pause emmener les gosses sur les pelouses. J'aime savoir exactement où elle est, pour garder son visage, et son sourire pris dans la lumière, gravés dans ma mémoire.

C'est comme avec Polly. J'ai la sensation qu'elle me ment. Je n'ai toujours pas confiance dans sa relation avec Angus, le petit nouveau. Je l'ai vue, derrière le portail, rire avec lui, ce petit connard avec ses touffes de cheveux roux, ses joues bien roses. « Ce n'est qu'un gosse », dit-elle. Elle se croit plus maligne que moi, elle pense me calmer avec ce genre de commentaires. Toutes ces pièces dans cette école, toutes ces portes fermées. Je ne peux pas m'en empêcher : je le vois qui la colle au mur, ses jambes à elle nouées autour de sa taille. Si je le chope, je le tue. En attendant, je reste vigilant. Pour l'instant, toutes ses histoires se sont révélées exactes. Elle a bien ramené ce garçon chez lui à Earlsfield hier, celui qui porte des pantoufles à l'école, et elle avait bien rendez-vous à

Waterloo avec cette jolie représentante de chez Puffin. Mais au moindre écart, je ne réponds pas des conséquences, elle le sait. C'est notre jeu à tous les deux. Je crois que ça lui plaît.

Ce soir, elle est chez Peggy pour l'aider à coucher les gosses. Mais qui a besoin d'aide pour ça ? Il n'y a qu'à les fourrer sous la couette avec un biberon, non ? Debout derrière leurs lauriers prétentieux, j'avais vue sur leur cuisine en sous-sol. Assise à la table, Peggy feuilletait un magazine. Dans le canapé, Lizzie faisait la lecture aux enfants, un sous chaque bras. Son expression, ardente, aimante, a failli me couper le souffle. Je ne sais pas ce qu'elle leur trouve à ces mioches. Quant à Peggy, elle se laisse vraiment aller. Bien sûr à chaque fois qu'on se voit, je lui dis à quel point elle est superbe, « une vraie super maman », et je lui serre la taille dès que j'en ai l'occasion (si j'arrive à la trouver).

Le week-end dernier, je suis allé boire un verre avec Rob au Nightingale (ou au « Gale » comme il dit, en vrai bon pote) : « On laisse les filles entre elles. » Quel con. Il veut se taper Lizzie, je le vois bien. Il fait tout pour s'attirer mes bonnes grâces dans l'espoir que je ne remarque pas ses yeux baladeurs. La monogamie le dépasse. Après une pinte de John Smith, il m'a raconté à quel point il avait apprécié une « séance de pelotage » lors d'une soirée à l'école avec une autre maman d'élève. Je l'ai félicité, « espèce de vieux cochon », ce qui l'a rendu fier comme un paon. Littéralement. En se regardant dans le miroir au-dessus du comptoir, il s'est lissé les sourcils, comme si c'étaient des plumes. Il n'a aucune idée du mépris que j'ai pour lui. J'aurais pu avoir de la peine pour Peggy si je ne savais pas qu'elle l'a épousé pour son argent. L'infidélité... il n'y a rien de plus ringard. Le manque d'imagination des gens ne cessera jamais de m'étonner, leur écrasante médiocrité.

Je me demande comment partager la nouvelle avec Lizzie, quand lui balancer cette bombe. Bien sûr, elle foncera sur le téléphone prévenir sa sœur. Elles se racontent tout, selon Peggy pour qui c'est un jeu de pouvoir. Chaque plaisanterie qu'elles échangent, chaque étreinte réconfortante sont là pour m'informer que Lizzie prendra toujours son parti contre moi. Tout comme chaque commentaire dragueur, chaque caresse bon enfant sont un message caché : on sait bien, n'est-ce pas, que je préférerais être avec elle, si c'était possible. Elle était la première aux yeux de sa mère, elle a été la première avec chaque homme ensuite. Il ne lui viendrait jamais à l'esprit que je me planterais des épingles dans les yeux plutôt que d'échanger Lizzie contre elle. Ça m'amuse de l'observer. Elle croit maîtriser la situation. Comme elle est loin, très, très loin de la vérité.

Ce truc avec Rob : c'est une information utile. Je ne vais pas le nier. Après un million de petites piques condescendantes, voilà qui me soulagera. De quoi détruire Peggy. Et Lizzie, aussi, bien sûr. Je la garde en réserve. Pour l'utiliser au bon moment. Il s'agit d'attendre mon heure, de faire preuve de patience. Allume la mèche trop tôt et tu seras trop proche pour pouvoir apprécier la splendeur du feu d'artifice.

La maison est en ordre : je viens juste de vérifier. En haut et en bas, tout est parfait. Les surfaces sont nettes, les multiprises alignées. J'ai rangé ses livres par ordre alphabétique. La catastrophe il y a quelques mois, quand elle a fait repeindre la porte d'entrée sans m'en parler. En rouge. C'est rectifié maintenant. Elle en a pleuré de déception.

— J'abandonne. Je n'y arrive pas. À toi de choisir. J'ai des goûts merdiques.

Son goût n'y est pour rien. C'est le rouge. J'ai commencé un truc à propos du rouge. Une couleur qui me brûle à l'intérieur, qui me met les nerfs à fleur de peau. La bataille autour de la bouilloire n'est pas terminée. Elle aime qu'elle soit près de l'évier alors que la vapeur fait craqueler la peinture neuve. Je la déplace. Elle la remet. C'est une blague. Elle ne peut pas être stupide à ce point. Mais tant que je gagne à la fin.

Elle va bientôt rentrer. Nous attendons, le clébard et moi, sa tête sur mon pied. Il sait pourtant que je le hais. C'est effrayant l'affection que je suscite. Il est comme un chien battu dont je tiens l'existence entre mes mains. J'ai fait quelques recherches. Des os de poulet semblent la meilleure solution. Un éclat pourrait se loger dans sa gorge ou dans son œsophage ou même dans ses organes internes. Une perforation des intestins risquerait de provoquer une péritonite, ce qui conduirait presque certainement à la mort. Sinon, des drogues. Les drogues, à condition de pouvoir personnellement m'en passer, restent toujours une option.

Je lui caresse le cou. Elle l'adore et — même si ça me répugne de l'admettre — c'est grâce à cela qu'il est toujours en vie.

J'ai augmenté le Xanax, en essayant de le couper avec une petite dose de Tramadol acheté en ligne. Je cherche juste quelque chose qui m'empêchera d'avoir les nerfs à vif, mon cœur de s'emballer. Je n'y suis pas encore.

Je me suis levé le premier ce matin. J'aime récupérer le courrier avant Lizzie. Aujourd'hui : une grosse enveloppe blanche qui lui est adressée. Je l'ouvre dans la salle de bains, porte verrouillée. Une invitation à un mariage. M. Frederick Percival Laws et Mlle Penelope Olivia de Beauvoir. Tiens, tiens. Qui l'aurait cru ? Il en a trouvé une qui accepte de partager son lit. Mettant tout ça dans ma sacoche, je pars à l'atelier. La rigidité même de la carte, la vanité des caractères en italique me donnent la nausée. J'ai versé de l'eau bouillante dessus dans la cuisine de l'entrepôt et j'ai raclé le texte gravé avec un tampon à récurer.

13

Lizzie

La Wandle Academy apparaît de l'autre côté du pont sur les voies de chemin de fer, une ancienne usine de bougies reconvertie, immense, en briques jaunes et couverte d'échafaudages (une classe supplémentaire est en construction). Si l'édifice sombre de la prison de Wandsworth incarne la vilenie et la corruption, la façade de l'école aux fenêtres scintillantes est une manifestation physique de l'espoir.

C'est lundi matin et Howard et moi sommes pris dans un flot puissant de gosses en uniforme sur des vélos et des scooters. Je porte moi aussi mon propre uniforme scolaire – bottes, collants et jupe stricte – même s'il m'a fallu faire un effort pour être prête à temps, livrer un combat pour quitter la maison. Je me sens distraite, réticente à me concentrer sur les contraintes ordinaires du travail. J'aurais dû appeler pour dire que j'étais malade. Si je n'avais pas été si souvent absente l'année passée, je l'aurais fait.

L'école n'a pas de salle des profs à proprement parler. C'est un de ses principes : pas de barrière entre « éduqués » et « éducateurs », mais il y a une petite cuisine en bas, une sorte d'étroit couloir entre la salle

247

de dessin et l'administration où les enseignants ont tendance à se retrouver. Je passe devant avec l'espoir que personne ne me remarquera. Jane m'appelle. Je m'arrête un instant.

— Un café en vitesse ? dit-elle.

— Je ne sais pas...

— Allez.

Elle me tire dans la cuisine où Sam Welham est adossé au comptoir. Nous nous saluons un peu maladroitement et il en fait des tonnes avec Howard. Jane branche la bouilloire, lave quelques mugs.

Je lui demande comment s'est passé son week-end – elle est allée rendre visite à ses beaux-parents à Salford. Elle répond en me parlant d'un film, un thriller à propos d'un pilote de ligne corrompu, tellement génial qu'elle n'arrête pas d'y penser. Sam s'étire, pianote sur sa poitrine et dit :

— Ça a l'air intéressant.

Il bâille à moitié avant d'ajouter :

— Ça vous dirait d'aller le voir un de ces jours ?

Jane me fait les gros yeux derrière son dos, m'ordonnant silencieusement d'accepter. C'est juste un ciné, bon Dieu, disent ses paupières écarquillées, je ne te demande pas de l'épouser. Mais je suis tellement terrifiée que je ne sais plus où me mettre. Mes joues commencent à brûler. Le frigo produit un grincement alarmé. Je marmonne :

— Je ne sais pas. Je ne suis pas très cinéma.

— Pas de problème, dit Sam en souriant. Une autre fois, peut-être.

C'est un type bien, je le sais. Avec son visage fripé, ses cheveux coupés court et ses yeux noisette plissés de rides, il y a une négligence chez lui qui fait penser aux hommes dans les sitcoms des années 1970. Il n'a rien de menaçant, ou de dangereux. S'il m'avait invitée deux semaines plus tôt, j'aurais pu accepter. Maintenant, l'idée est inconcevable.

J'ai renoncé au café et je suis dans l'escalier quand je croise Sandra, la directrice, qui redescend, ses talons hauts claquant sur les marches.

— Lizzie ! J'allais vous écrire un mail mais puisque vous êtes là... Ofsted nous envoie ses inspecteurs, alors...

Elle fait un geste en direction d'Howard.

— ... laissez le chien à la maison une semaine ou deux, d'accord ?

— Bien sûr.

Il remue la queue qui claque contre le mur et y laisse une trace sur la peinture toute fraîche.

— Pas de problème pour aujourd'hui, ajoute-t-elle par-dessus son épaule en repartant. Ils n'arrivent pas avant demain. Ils nous ont donné un jour de préavis.

Je continue à monter en essayant de ne pas céder à la panique. Oui, je pourrais laisser Howard à la maison mais les journées sont longues. J'ai de la chance de pouvoir l'amener à l'école avec moi, je le sais. Au début, c'était une fois de temps en temps, mais j'ai obtenu une dispense grâce à un assistant qui s'occupe des gosses en difficulté : il avait remarqué que le chien avait un effet apaisant sur les enfants en proie à des problèmes de concentration ou à des troubles sensoriels. Je me triture la cervelle. Je ne vois qu'une seule solution : demander à Peggy. Je l'appellerai dès que possible.

En haut, sans les élèves, l'école semble calme et propre ; mais ils seront bientôt là, grouillant dans les couloirs, criant à qui mieux mieux, les plus grands sautant pour toucher le plafond en faisant semblant de ne pas courir. Quand j'entre dans la bibliothèque, la pénombre qui y règne déclenche un rituel : allumer les lumières et lever tous les stores. Dehors, le parc s'étale, gris et déserté, un manteau de boue bordé de grands arbres. Je scrute les recoins, les ombres dans les fourrés. Personne.

Un grand carton attend près du bureau, de nouveaux livres à tamponner, couvrir, enregistrer et cataloguer. Je m'assieds et je les contemple : du travail, la routine, une séquence d'activités que je peux accomplir en ayant l'esprit ailleurs. Howard se roule sur sa couverture dans un coin. Il n'était pas trop dans son assiette ce week-end, mais, même quand il est en pleine forme, il sait se tenir tranquille.

Avant que la cloche ne retentisse et que les élèves ne commencent à arriver, j'ai le temps de laisser un message à Peggy. Ensuite, je me laisse accaparer par mes tâches. J'ouvre les cartons, j'examine les nouveaux livres. Je suis en train d'essayer d'introduire un autre système de classement. (La classification Dewey en usage dans la plupart des bibliothèques anglaises est complexe : un système avec des décimales permettant de trouver les différents rayons que beaucoup d'enfants sont trop jeunes pour comprendre.) Après les livres, je consulte mes courriels. Une mère se plaint du livre illustré que j'ai recommandé à sa fille, « qui a douze ans, mais qui lit comme si elle en avait seize et demi ». C'était *Quelques minutes après minuit* de Patrick Ness, un roman sur la maladie, le chagrin et la perte, avec des illustrations magnifiques de Jim Kay. Elle est probablement trop jeune pour ça. Je commence à rédiger une réponse dans ce sens, mais finalement, je me contente de dire que je suis désolée et je lui dis de m'envoyer sa fille pour choisir autre chose. Dans une école privée comme celle-ci, fréquentée par des gosses issus de milieux plutôt favorisés, ce sont toujours les parents qui ont des problèmes. En général, il suffit de les apaiser.

Mon groupe de lecture envahit la salle avant la récréation. Nous travaillons sur *La Voleuse de livres* de Markus Zusak. Conor ne porte pas de chaussettes et les poches de son blazer sont encore décousues. J'essaierai de le récupérer tout à l'heure pour le raccommoder à la maison.

À midi, il se met à pleuvoir, une bruine plate et morne qui force les élèves à rester à l'abri sous les arches et dans les entrées. Une bande de sixièmes, rien que des filles, vient me demander si elles peuvent me donner un coup de main. L'an prochain, ce sera du chewing-gum collé aux dos des livres et des textos envoyés en cachette depuis la section Sciences sociales, mais pour l'instant elles ne sont que bonne volonté. Ellie et Grace Samuels, qui en font partie, traînent autour de mon bureau ; Ellie a un paquet carré dans les mains, enveloppé dans un papier-cadeau avec des oiseaux.

— De la part de maman, dit-elle.

Je l'ouvre avec délicatesse. C'est un livre, *L'Épanouissement après un trépas*, avec un mot agrafé sur la page de garde : *En voyant ce livre, j'ai pensé qu'il pourrait vous faire du bien. Avec mes meilleurs vœux, Sue.*

Je remercie les filles et je leur promets d'écrire à leur mère le soir même :

— C'est si gentil à vous, dis-je tout en pensant que les endeuillés passent leur temps à consolider l'estime de soi de ceux qui veulent les réconforter.

Une fois seule, je le feuillette et je prends conscience de la distance que j'ai parcourue depuis que Peggy m'a offert ce même livre l'an dernier. Quand je l'avais lu à l'époque, chaque page m'emplissait de rage : comment l'auteur pouvait-il s'imaginer savoir ce que je ressentais ? Même la police de caractères me paraissait hypocrite.

Maintenant, son contenu me laisse indifférente, comme s'il s'agissait d'un guide de voyage pour un pays qu'un type quelconque a inventé, qui n'existe que dans sa tête.

— Tu as le temps de venir au pub ?

Jane m'attend à la sortie.

— Pas vraiment.

J'ouvre mon sac et je lui montre la veste de Conor Baker à raccommoder.

— Tu feras ça plus tard, dit-elle en prenant la laisse d'Howard et en glissant son bras sous le mien.

— Non, vraiment. Je n'ai pas le temps.

— Mais si. Je suis sûre que si. Allez, viens. Pat a été plaquée par son mari. Elle a besoin de soutien. La solidarité enseignante.

Elle me regarde et, quand je veux protester, elle m'interrompt :

— Tu aurais dû dire oui à Sam. Franchement, Lizzie, ça fait un an maintenant... Tu ne pourras pas te cacher toute ta vie.

Quelque chose en moi se durcit. Elle n'a aucune idée de ce que j'ai découvert cette semaine, de ce que je cache ou pas. Je ne lui ai pas parlé de mon voyage à Brighton, ni de la visite d'Onnie. Elle a tort de vouloir me brancher avec Sam. On ne vit pas dans le même univers.

— Dix minutes, c'est tout, dit-elle en me tirant par le bras. Quel mal y a-t-il à ça ?

C'est mon amie. Ma meilleure amie. Elle aimait Zach. J'éprouve un brin de nostalgie pour cette époque, quand tout était si simple, quand je savais qui il était.

— Dix minutes, dis-je.

Le Bird & Bush, au bout de la rue, est l'autre salle des profs officieuse : un pub à l'ancienne oublié par l'embourgeoisement du quartier ; des chaises en bois, une moquette rococo et cette odeur sirupeuse d'huile de cuisson et de bière renversée. Tous les soirs, on y retrouve un échantillon de professeurs de la Wandle Academy ; ça fait longtemps que je ne me suis pas jointe à eux.

Pat, une pinte de bière qu'elle malmène entre ses mains, tient séance à une grande table du fond. Elle se lève à moitié en me voyant.

— Lizzie, hurle-t-elle. Et tu t'imagines que c'était dur pour toi ? Au moins, ton mari ne t'a pas plaquée. Au moins, il ne s'est pas fait la malle avec une femme deux fois plus jeune.

— C'est vrai, Pat, dis-je. Au moins, il n'a pas fait ça.

Machinalement, je m'installe sur la première chaise venue. La personne à côté de moi se racle la gorge. C'est Sam.

— Deuil ou divorce, chuchote-t-il. Un choix délicat. On dirait que c'est vous qui avez fait la meilleure affaire.

— On dirait.

Jane est en train de commander à boire et je me triture la cervelle pour trouver quelque chose à dire. Maintenant que je suis ici, autant l'accepter. Je me rappelle qu'il habite de l'autre côté de Tooting Common et j'évoque ma promenade de la veille. Nous bavardons avec une gentillesse forcée – aucun des deux ne laissant le silence s'installer – de la tempête de jeudi soir. Un arbre est tombé dans Streatham High Road et les bus doivent faire un détour. Des tuiles ont été arrachées du toit de son immeuble, mais un des nouveaux locataires n'a heureusement pas peur de grimper sur une échelle. Mon jardin, lui dis-je, est dans un triste état.

Jane nous rejoint avec des verres et une bouteille de vin ; elle s'installe face à moi. Pendant que Pat se fait réconforter à l'autre bout de la table, nous commençons à comparer nos vacances. Jane se penche en avant pour annoncer à Sam et à Penny, la prof d'anglais, que je suis tombée sur leur *bête noire**, Alan Murphy. Ils exigent des détails. Je leur parle de Sand Martin et de son « bras droit » avec ses tennis en cuir qui me flanquait un peu la frousse, de la comédie que Murphy joue en permanence. Jane se souvient d'un de ses discours sur l'éducation et de l'importance, selon lui, « des trois F : les faits, les faits et les faits » et tout le monde postillonne d'indignation.

— Et Victoria Murphy, sa femme ! ajoute Penny. Vous avez vu son article dans le *Spectator* ? Elle exalte la sainteté du mariage, sauf si vous avez le malheur d'être gay, auquel cas c'est une abomination. Il faut que les enfants soient éduqués dans un environnement sain avec un rôle modèle pour chaque sexe. C'est une fasciste !

La voix de Pat s'immisce dans notre conversation :

— Juste parce que je suis une femme adulte qui a sa propre opinion. Il ne l'accepte pas. Ça, non.

Le bras de Sam repose sur le dossier de ma chaise et Jane m'a servi un deuxième verre. Le vin me réchauffe, me dénoue la nuque. La discussion enfle et tangue autour de moi. Je m'entends rire ; ma voix rejoint les leurs. Nous sommes au fond de la salle, à plusieurs mètres de la fenêtre, l'endroit le plus éloigné de la porte. Le pub s'est rempli : le comptoir est pris d'assaut. Nul ne pourrait me voir assise là, coincée entre tous ces gens, à moins de vraiment me chercher. Il lui faudrait se frayer un chemin à travers cette foule.

Je baisse la tête. Quel mal y a-t-il, à quitter sa vie un tout petit moment, à ne pas penser ?

Mon téléphone sonne dans ma poche. C'est Peggy. Je recule ma chaise pour l'entendre. Mon message l'a mise dans tous ses états car, c'est terrible, mais elle ne peut pas prendre Howard demain. Elle a des amis qui viennent déjeuner et elle est « certaine à 110 % » que leur petite fille est allergique aux chiens.

— C'est pas grave, ne t'inquiète pas, dis-je. Ne te fais pas de souci. Merci de m'avoir rappelée.

« Ton égoïste de sœur. Pour une fois, elle pourrait faire un effort. » J'entends Zach avec une telle clarté qu'il pourrait être accroupi à mes côtés. « Avec tout ce que tu fais pour elle. » Il me soutenait, toujours. Il ne pensait, il ne pense, qu'à mon bien. Qu'est-ce que je suis en train de faire ? Je n'ai pas le droit d'éprouver du soulagement en son absence, je n'ai pas le droit de l'oublier.

Je finis mon verre ; je récupère mes affaires et Howard.

Je pense à Zach m'attendant devant le pub la dernière fois que j'y suis venue.

— Je voulais te faire une surprise, avait-il dit. Je t'attends depuis des heures. Qu'est-ce que tu faisais ?

— Je prenais un verre, c'est tout.

— Un seul ?

Sa voix était angoissée, au bord de la panique. Il ne supportait pas de voir les autres boire, je le savais. Le souvenir de son père continuait à le torturer.

— Pas beaucoup. Tu aurais dû entrer. Te joindre à nous.

— Je ne voulais pas gâcher ta soirée.

J'ai embrassé son visage.

— Tu n'aurais rien gâché. La prochaine fois que nous allons au pub, viens !

— Ou alors, la prochaine fois, a-t-il dit après m'avoir rendu mes baisers, n'y va pas.

Je salue tout le monde à la table. Quand j'arrive à Pat, elle jette ses bras autour de moi, essaie de me faire rester ; je me tortille pour me dégager. Je suis pressée maintenant, impatiente d'être dehors. J'ai mal au ventre, un rhume peut-être ou les premiers frissons d'une grippe intestinale. J'étais assise là comme si de rien n'était et cette déloyauté m'est insupportable. Il pourrait croire que j'ai oublié, que je m'en moque.

Dehors, il pleut encore, ce rideau plat et régulier d'humidité qui semble propre à la banlieue de Londres. L'auvent du pub ruisselle. Une nuit, une autre que celle-ci, Zach avait surgi derrière moi dans Bolingbroke Grove et m'avait coincée contre un lampadaire. Il avait glissé les mains sous mon pull, m'avait arraché mon soutien-gorge. J'avais essayé de le repousser ; ses doigts qui tordaient mes tétons, sa bouche qui me mordait le cou. Mais le choc, la fureur, noire et envahissante, s'étaient soudain dissipés pour se transformer en quelque chose d'autre. Je l'avais embrassé à mon tour, je l'avais pris par les cheveux, sous cette pluie qui coulait sur ma peau dénudée.

C'est ce que j'ai tant de mal à admettre : j'aimais son obsession. J'étais excitée par son besoin de possession. J'en avais envie. Sa jalousie me donnait l'impression d'être aimée et désirée.

— Sale temps, dit une voix près de mon épaule. Vous allez être trempée.

Je me retourne. Sam. Un flot de colère. Il m'a suivie. Il laisse échapper un petit rire embarrassé. Je reprends vite mon souffle. Il est si proche que je sens le savon, les rognures de crayon et le houblon.

— Ça ira, dis-je sèchement. Ça ne me gêne pas.

— Allez. Partagez mon parapluie et laissez-moi vous aider : ce sac est énorme.

— Oui.

— Qu'est-ce que c'est ? Du nettoyage à sec ?

Je suis énervée.

— Le blazer de Conor Baker. Je dois le raccommoder.

— Venez. Je vais dans votre direction.

Pour la seconde fois de la soirée, quelqu'un me prend le bras contre mon gré. Je n'y suis pour rien. Ce sont des circonstances sur lesquelles je n'ai aucun contrôle. Je ne veux pas être ici, mais je ne sais pas comment m'en dépêtrer. Alors, je me cache sous le parapluie pour qu'on ne voie pas mon visage. Tous ces gens – Sam, Jane, Pat –, ils l'obligent à rester à l'écart. J'ai le sentiment horrible, dérangeant, de devoir m'extraire d'une situation que je n'ai pas provoquée. C'est tout moi, ça ; ce contre quoi Zach voulait que je me batte. Je suis à la traîne des autres. Je fais ce qu'ils me disent, pas ce que je veux. « Affirme-toi », répétait-il. Est-il là à attendre que je m'affirme en cet instant ?

— Pauvre Pat, dit Sam en évitant une flaque. Elle en est à la première étape de la séparation, celle de la révélation gênante, vous ne trouvez pas ?

— Oui.

— C'est comme si elle avait perdu tous ses repères, sociaux et émotionnels. J'ai éprouvé à peu près la même chose quand ma femme et moi nous sommes quittés. Je n'arrêtais pas de déverser ma douleur sur des gens que je connaissais à peine. On est tellement à vif qu'on ne pense qu'à ça, et on oublie que même nos meilleurs amis ne tiennent pas tant que ça à connaître tous les détails.

Je lui demande, à voix basse, si cela fait longtemps qu'il a divorcé.

— Quatre ans... non, cinq.

— C'est bon signe, dis-je.

Je jette un regard derrière moi. Des miroitements et le trottoir. Personne ne nous suit.

— Quoi donc ?

— Que vous ne vous rappeliez plus bien.

— On peut voir ça comme ça, de façon positive.

Nous avons atteint Bolingbroke Grove. Le chemin qui traverse le parc luit sous les petits lampadaires. Streatham, où habite Sam, est dans la direction opposée et je me dis que je vais enfin pouvoir lui échapper, mais il me tient toujours fermement le bras. Il me fait traverser la route. Je lui dis qu'il n'a pas besoin d'aller plus loin, que je suis presque arrivée, mais il déclare qu'il veut me ramener « en toute sécurité à la civilisation ».

Il fait sombre, le vent souffle par rafales. Je ne sais pas combien de temps nous avons passé au pub. Je regarde ma montre. Huit heures. Une éternité. Il est difficile de savoir s'il pleut encore ou bien si c'est l'eau chassée des arbres par les bourrasques. Mon regard fouille partout. La pelouse, les arbres, les buissons, les buts de foot qui se dressent comme des sentinelles. Une femme avec un labrador noir vient vers nous et nous dépasse. Plus loin, deux gosses sur des vélos. Sam comble le silence, essayant de me faire rire. Il a commencé une histoire à propos d'un garçon en sixième qui coince son chewing-gum derrière son oreille au début de chaque cours : « pour après, monsieur ». Il abandonne l'abri du parapluie pour imiter la démarche princière de la directrice.

— Vous allez vous mouiller, dis-je.

Il se frotte le crâne avec sa main.

— Un des avantages de n'avoir que très peu de cheveux, c'est qu'on sèche très vite, un peu comme un canard.

— C'est parce qu'elle doit faire attention à sa permanente qu'elle marche comme ça. Alors, je ne sais pas si votre imitation lui rend justice.

Il rit.

De l'autre côté de la voie ferrée, nous tombons sur les gens qui sortent de la gare pour rentrer chez eux, un goutte-à-goutte d'hommes en costume et de femmes en talons qui martèlent le sol. Ils arrivent par vague, comme des voitures après un feu rouge. J'observe chaque visage qui passe. La pluie s'est arrêtée : on s'en rend compte en regardant dans le halo orangé des lampadaires.

Au coin de Dorlcote Road, nous attendons le feu pour piétons. J'ai enlevé sa laisse à Howard un peu plus tôt, mais il est toujours à mes côtés et il pose la tête sur mes pieds.

— Tu vas bien, mon gars ? dit Sam en s'accroupissant pour lui gratter le cou. Il n'a pas l'air très en forme, non ?

— Non. Il a dû avaler quelque chose qui ne passe pas. Je le ramène à la maison.

— Écoutez...

Sam me touche le bras. Il laisse sa main là un moment.

— Je suis vraiment désolé si je vous ai embarrassée ce matin. Jane me l'avait suggéré. Je comprends tout à fait que vous ne soyez « pas très cinéma ».

Je détourne les yeux, voulant me libérer mais n'osant pas. Zach se moquait de moi, de mon incapacité à prendre des initiatives. Si j'allais au supermarché de l'autre côté de la Tamise, il disait : « Si loin que ça ? Notre voyageuse au long cours ne va pas s'aventurer jusqu'à Hammersmith ? »

— Je ne veux pas que vous pensiez que je vous harcèle. Si vous avez envie de prendre un verre avec moi, génial. Sinon, eh bien, c'est génial aussi. Je vous apprécie, mais je ne suis pas désespéré à ce point. Enfin, je...

Je ne peux pas m'en empêcher. Son expression est si comique, à la fois pleine d'espoir et d'autodérision. Je ris.

— Prenez le parapluie.

— Non. La pluie ne me gêne pas.

Une petite lutte s'ensuit. Il ne résiste pas longtemps et je parviens à le lui laisser. Au coin de la rue, au cas où j'aurais été impolie, je me retourne pour lui adresser un signe, mais il est déjà parti.

La maison est plongée dans l'obscurité.

J'entre et j'allume le couloir. Un design classique, a dit Zach quand il a ramené cette lampe. En forme d'artichaut, elle projette des espèces de mains noires sur les murs. Je pose mon sac et ramasse le courrier : un catalogue Bose pour Zach.

Et c'est là, qu'en haut, retentit la chasse d'eau.

Un craquement, la porte de la salle de bains qui s'ouvre. Un carré de lumière sur le palier.

Howard aboie. Une fois. Deux fois. Les poils de son cou se sont hérissés.

Une silhouette. L'ombre glisse sur la rampe. Un corps bouge, s'approche. Je sens la maison craquer. La première marche frémit.

Je respire à peine. Je suis prise de vertige.

— Vous voilà, dit Onnie.

Ma vision s'éclaircit. Elle est à mi-hauteur de l'escalier maintenant, la main sur la rampe.

— Je ne pensais pas que vous rentreriez si tard.

Je la fixe. Elle porte un jean déchiré et un tee-shirt à manches longues. Les pieds nus.

— Onnie, comment es-tu entrée ?

— J'ai fait faire un double de votre clé la semaine dernière.

— Tu as fait faire un double de ma clé ?

— Ça ne vous dérange pas, hein ?

Elle sourit en se mordant la lèvre.

— Tu as fait faire un double de ma clé ?

Je suis tellement choquée, troublée, que je ne fais que répéter cette phrase. Tout en moi est froid.

— Je me suis dit que ça pourrait être utile.

Elle m'aide à enlever ma veste, la lissant sur son bras.

— Et il s'avère que j'ai eu raison puisque vous arrivez si tard. Je croyais que vous rentriez beaucoup plus tôt.

— J'ignorais que tu allais venir, dis-je en m'écartant d'elle. Je pensais plutôt que tu appellerais. Nous n'avions rien prévu. Et… et oui, ça me dérange, pour la clé. Ce n'est pas le genre de choses que l'on s'autorise sans permission. Ça ne se fait pas.

Elle recule en rougissant.

— Non ? Merde, je m'excuse alors. Ma mère donne toujours des tas de doubles à tout le monde, aux ouvriers, aux femmes de ménage, aux gens qui s'occupent du jardin. J'aurais dû vous le dire, la semaine dernière, mais elle est arrivée et ça m'est sorti de la tête. Vous aviez dit que vous aviez perdu votre autre clé et je comptais vous la donner. J'ai cru bien faire.

— Je vois.

Elle pose ma veste sur la rampe.

— Tout est réglé alors, vous n'êtes plus en colère ?

Je souris comme je peux et la contourne pour passer dans la cuisine. Je sors de la nourriture pour Howard, mais après l'avoir flairée il va se rouler en boule, avec un petit gémissement, dans son panier. J'essaie de me souvenir de ma dernière conversation avec Onnie. Je suis sûre ne pas lui avoir proposé de venir, mais c'est un peu flou. Je n'ai peut-être pas été assez explicite. Zach me le répétait sans cesse : je ne sais pas dire clairement ce que je veux. Je me laisse marcher dessus.

— Écoute, dis-je. Tu ne peux pas rester. Je suis navrée si je t'ai donné une fausse impression. Je traverse une période assez difficile.

— Hein ?

Elle est debout juste devant moi maintenant. Un énorme trait de crayon sous sa paupière fait ressortir le blanc de ses yeux. Ils ont l'air plus gros, ou alors c'est parce qu'ils s'emplissent lentement de larmes.

— Mais vous avez dit... reprend-elle.

— Je ne crois pas.

— Vous êtes devenue mon amie sur Facebook.

— Ce n'était pas pour... Désolée.

Elle plisse le nez, se tord les mains en signe de désespoir.

— J'ai dit à ma mère que j'habiterais ici. Et c'est uniquement à cause de ça qu'elle me laisse faire le stage chez Shelby Pink.

Elle contemple ses propres paumes ouvertes et je me demande si elle refuse de croiser mon regard parce qu'elle ment. Tout ça est trop compliqué pour moi. S'il n'y avait pas Xenia, je l'enverrais faire ses bagages sur-le-champ. Je me passe la main dans les cheveux ; j'essaie de me secouer.

— Buvons un thé, dis-je. Maintenant que tu es là.

Je me tourne pour prendre la bouilloire. Sauf qu'elle n'est plus là. Elle est sur le frigo, à sa véritable place selon Zach. Un petit frisson me remonte le long des bras.

— Tu as déplacé la bouilloire.

— Non.

Je la lui montre.

— Si.

Elle se glisse sur une chaise à table.

— Elle n'était pas là avant ?

— Non.

Elle fronce vaguement les sourcils.

— Bon, peut-être alors. J'ai dû le faire sans réfléchir. Elle est mieux sur le frigo, non ?

— C'est toi qui as l'œil.

Mais je regrette aussitôt ce ton acerbe, alors je ris et je reprends très vite :

— Pas comme moi. Zach disait que je n'ai aucun sens des proportions, que je mets les meubles n'importe où. Aucun sens du rangement. Aucun sens du style.

Elle est assise avec ses mains croisées devant elle. Elle semble attendre que je prenne une décision.

— C'est toi qui as rangé les livres par ordre alphabétique l'autre jour ? dis-je soudain.

— Oui, répond-elle en levant les yeux vers moi. J'ai eu raison ? Ou bien est-ce que ça ne se fait pas, ça non plus ?

Elle est plus vive que je ne l'avais cru. Ou plus sensible aux reproches. Comme Zach. Un jour, je lui

263

avais dit qu'il imaginait des choses. Il avait fait une fixation sur cette phrase. Ma soi-disant transgression – j'aurais flirté avec un prof à l'école – n'était rien comparée à cet affront. « Est-ce que je suis en train d'imaginer ceci ? » avait-il dit quand je m'étais détournée de lui. « Est-ce que je suis en train d'imaginer ça ? », quand il avait essuyé mes larmes du bout des doigts.

Je me mords la lèvre. C'est la bouilloire qui a fait remonter tout ça.

— Non, c'était très gentil à toi, dis-je.

Je prépare le thé et j'ouvre le frigo pour voir ce qu'il reste à manger. Autant de gestes que j'accomplis très lentement afin de me donner du temps. Je trouve un bout de pain et du fromage que je pose sur une assiette. Je nous sers deux tasses.

— Quel âge avez-vous ? demande Onnie.

— Quarante et un.

— Vous êtes plus vieille que Zach ?

— Non.

— Il faisait plus jeune.

Je sais que ses yeux étudient mes traits.

— Vous ne trouviez pas, vous aussi, reprend-elle, qu'il faisait plus jeune ?

— Non.

Je me penche pour caresser le chien.

— Quand vous vous êtes rencontrés, vous étiez déjà trop vieille pour avoir des enfants ?

— Non, dis-je encore avant de me redresser.

J'espère qu'elle ne voit pas à quel point j'ai rougi. J'essaie de reprendre l'initiative :

— Tu veux manger ?

— Pas vraiment.

— Une fille doit manger, dis-je avec légèreté en m'asseyant face à elle.

Elle n'est pas impolie, juste maladroite et dépourvue du moindre tact ; elle ne cherche qu'à faire la conversation. Je coupe deux tranches de pain, en dépose une dans l'assiette face à elle.

— Alors, parle-moi de Shelby Pink.

Elle chasse les cheveux de son visage.

— Des tas de gens aimeraient bien y faire un stage. Et ils m'ont choisie moi sur, genre, des centaines. C'est la seule bonne chose qui me soit arrivée depuis...

— Depuis ?

Elle se détourne.

— Depuis que je me suis fait virer de cette école débile en Suisse.

— C'est génial, dis-je en poussant le fromage vers elle. Tu devrais être fière de toi.

Elle ignore l'assiette. Elle n'a pas touché son thé.

— Dites ça à mes parents. Je suis celle qui a tout foiré, la honte de la famille. Ils n'en ont que pour Tom, mon frère. Il est à Oxford, alors que je n'ai même pas réussi à me faire admettre à Cheltenham. Je n'ai jamais fait partie de la moindre équipe de sport. Bon, une fois, j'ai joué dans une pièce, mais ni l'un ni l'autre n'ont eu le temps de venir me voir.

Ce discours achevé, elle respire profondément et se frotte un point entre les sourcils avec son index, le petit geste malhabile d'une enfant qui cherche à se débarrasser d'une gêne.

— Ils sont très occupés tous les deux, dis-je. Avec leur travail et tout le reste. Cela ne veut pas dire qu'ils ne sont pas fiers de toi.

Elle lève les yeux au ciel.

— Ils me prennent pour une débile mentale. C'est parce que je suis dyslexique, c'est pour ça que j'ai du mal aux examens. Mais j'ai eu mon permis de conduire du premier coup, le code et la conduite. Je ne suis pas stupide.

— Et tu as été choisie pour ce stage !

Elle joint ses deux mains et me lance un regard implorant.

— Je peux rester ? Rien que ce soir, au moins ? S'il vous plaît ?

J'arrache un petit morceau de pain que je tartine de fromage. Je mange. Je vais devoir accepter ; je ne vois pas d'autre solution. Il est tard, il pleut et je n'ai encore rien appris à propos de Xenia. Et puis, elle fait tellement pitié, assise là, si mal équipée pour la vie ; cette façon qu'elle a de basculer en une seconde d'un défi agressif à une espèce de dépendance pitoyable. Je ne peux pas la rejeter comme tous les autres l'ont fait. Je finis par lâcher :

— Tu peux rester ce soir.

Je me dis qu'elle va sauter de joie, crier hourra ou exprimer une joie quelconque. Mais elle se contente de me considérer assez longuement.

— D'accord, dit-elle en hochant la tête. Tant mieux.

Je laisse passer un moment.

— Est-ce que tu as pu joindre Xenia ? Est-ce que tu as pu lui demander si elle accepterait de me parler ?

Ses yeux se détournent.

— Non. Mais je vais le faire, dit-elle avant de relever le menton. Il faut que je retrouve son numéro. Demain... ça ira ?

Je la considère aussi longuement qu'elle l'a fait.

— Comment a-t-elle connu Zach ?

Onnie s'étire.

— Dans les Cornouailles.

— Et toi, comment l'as-tu connue ?

— On s'est vues dans le coin.

— Vous étiez amies ? Elle a le même âge que toi ? Elle est plus vieille ?

— Mon âge, à peu près.

J'essaie de sourire.

— Tu veux bien m'en dire un peu plus ?

Elle ferme lentement les yeux avant de les rouvrir. Je pense au cœur sur les fleurs de Xenia, à la possibilité qu'il ait eu une aventure. Onnie fait craquer ses phalanges… une main, puis l'autre.

— Désolée, je ne cherche pas à te mettre mal à l'aise, dis-je.

— Étiez-vous fidèle à Zach ? me demande-t-elle doucement.

Quelque chose se tord en moi.

— Oui. Je l'étais.

— Parce que vous l'aimiez ?

— Oui.

Est-ce là sa manière un peu maladroite de me dire qu'il ne m'aimait pas ?

Elle penche la tête.

— Alors, c'était qui ce type ce soir ?

Je la fixe, je ne comprends pas.

— Quel type ?

— Celui avec lequel vous étiez dans le parc ? Je vous ai vus.

Je ris, choquée.

— Quelqu'un de l'école. On était allés prendre un verre avec tous les collègues.

— Donc, ce n'est pas votre nouveau copain ?

— Sam Welham ? Non ! Ce n'est pas mon nouveau copain. Il m'a raccompagnée, c'est tout. Il habite… le quartier.

Je me lève et je commence à ranger les assiettes. La mienne dans le lave-vaisselle avant de jeter les miettes qui sont dans la sienne à la poubelle. Puis vient le tour des mugs. Je verse son thé froid dans l'évier. Mais mes mains tremblent : les maigres informations sur Xenia et ses questions sur Sam m'ont troublée. Quelques gouttes tombent par terre.

J'entends Onnie se lever et ouvrir le placard dans lequel est rangé le papier absorbant. Elle en déroule deux feuilles puis elle pose ses mains sur mes épaules pour me déplacer sur le côté. Elle s'accroupit, essuie le liquide renversé et remet le rouleau à sa place.

— Il n'aimerait pas vous voir avec d'autres hommes.

— Il voudrait que je sois heureuse.

Elle ouvre la poubelle pour y jeter le papier mouillé. Le sac est plein ; elle prend le temps de le sortir et de refermer la lanière. Elle le dépose près de la porte du jardin, puis elle ouvre le tiroir où se trouvent les sacs de rechange − c'est fou comme elle paraît efficace, à quelle vitesse elle a appris à se repérer dans ma maison −, en déplie un qu'elle met en place. Son visage est caché derrière ses cheveux. Quand elle les repousse, sa bouche n'est plus qu'un mince trait.

— Il ne voudrait pas que vous soyez heureuse, dit-elle. Pas sans lui. Vous le savez. Vous savez comment il est.

Zach

Mai 2011

Je suis dans les Cornouailles. Lizzie me rejoint vendredi. « Ça te fera du bien de passer un peu de temps seul. » Je n'arrive pas à me sortir ses mots de la tête. Que veut-elle dire par là ? Que ça lui fera du bien d'être loin de moi ? Je n'arrête pas de décortiquer cette phrase, de lui chercher un sens.

Elle répète sans cesse que Gulls est mon endroit à moi, que c'est génial d'avoir mon propre lieu pour travailler. Quelle ironie ! J'ai enfin trouvé une femme que je veux bien amener ici et elle refuse de venir.

Il fait assez chaud. Une légère brume sur la mer. J'ai peint dans le garage, la porte verrouillée, les stores vénitiens fermés. Au début, des rais de lumière passaient, mais j'ai trouvé du ruban adhésif au village et j'ai bouché les fentes. Cinq petits tableaux terminés. Abstraits. Bleu phtalo. Noir de carbone. Blanc de zinc. « C'est une série, a dit Lizzie quand je l'ai appelée. Il faut que tu les vendes ensemble. »

Kulon m'a présenté à un vieil ami d'école, John Harvey, qui tient une galerie à Bristol. Il a pris ma carte. Il organise une grande exposition en septembre – « Lumière sur l'eau » – et il est venu jeter un œil sur mon travail avant de quitter le village. On a partagé un joint et, si

« je me calmais sur les tons sombres et que je m'excitais sur les couleurs », il serait sérieusement intéressé. « Plus que sérieusement », a-t-il ajouté, soit par tic de langage, soit par sincérité.

Je suis descendu au Blue Lagoon presque tous les soirs. Kulon avait ramené une pleine valise de médocs du Cambodge. « Là-bas, les pharmacies, c'est comme des marchands de bonbons. » Je lui ai gagné quelques cachets d'Oxycodone au poker qu'il a échangés contre du Diazépam. Il paraît qu'il peut acheter de l'Adderall à un des gosses du collège américain de Newquay, ce qui serait bien. Sous Adderall, je peux travailler toute la nuit. Ça faisait longtemps qu'il ne m'avait pas vu aussi détendu. « La vie conjugale te va bien. »

Hier soir, une fille est entrée, pas très stable sur ses jambes, et est venue s'asseoir à notre table. « Je vous connais, vous... » Il m'a fallu un moment pour la remettre. Onnie, la fille de Victoria et Murphy, la pauvre chose sur la plage. Elle a beaucoup changé en un an. Finis, boutons et tenues noires. Maintenant, c'est eye-liner, yeux intenses et dreadlocks. On lui donnerait vingt-cinq ans, alors qu'elle ne doit pas en avoir seize. J'ai eu de la peine pour elle. Elle a été virée de Bedale pour cyberharcèlement et alcoolisme ; pour la punir, Papa et Maman l'ont envoyée dans les Cornouailles. Appréciez l'hypocrisie. Je pourrais lui raconter un ou deux trucs sur Tarty Tory[1], comme l'appelaient les gars du yacht-club, dans quel état elle était après quelques verres de champagne. Pauvre gamine. Coincée ici dans cette maison isolée,

---

1. Jeu de mots difficilement traduisible. *Tory*, pour Victoria, est le nom du Parti conservateur en Angleterre ; *tarty* signifie « vulgaire ».

avec une fille au pair venue d'Europe centrale comme geôlière... pas étonnant qu'elle passe son temps dans la cave à vins.

Elle n'était pas en état de marcher, alors je l'ai reconduite chez elle. J'avais moi-même un peu forcé la dose, alors j'ai baissé la capote et je me suis offert l'euphorie d'une petite pointe sur des routes de campagne. Faut la conduire à l'italienne, avait dit le vendeur. Donc, passer les vitesses plein gaz, arracher quelques bordures de haies jusqu'à ce moment délicat dans un virage serré : c'était marrant. Onnie : diminutif de Aine, m'a-t-elle expliqué. Un prénom irlandais, qui se prononce « Onya ». La déesse païenne de l'abondance et de l'été. Rien que ça, bordel. « Aine » a le droit de retourner à l'école pour passer son brevet, « que je vais rater de toute manière, c'est donc une perte de temps ».

Quand nous nous sommes garés dehors, la fille au pair tapait sur un ordinateur devant la fenêtre. Elle ne se souciait guère de remplir ses obligations vis-à-vis de l'adolescente dont elle avait la charge, laissée ivre aux mains d'un étranger. Je me suis penché au-dessus d'elle pour ouvrir sa portière. « Aine » n'a pas bronché, restant assise là, à ressasser ses examens avec l'agaçant égotisme des jeunes. (« Je fais Sciences de la vie, quelle blague. ») Le seul sujet dont elle avait un peu à foutre, c'était l'art. Je lui ai dit que plus elle travaillerait, meilleure elle serait. « Tout ce qu'on raconte à propos du don naturel, ai-je dit en ravalant ma propre amertume, c'est des conneries. »

— Alors, vous croyez que j'aurai mon brevet ? Mon père dit que non.

— Bien sûr.

Elle s'est jetée sur moi. M'a chevauché, serait le terme exact. M'a brouté le cou.

J'ai réussi à me dégager en acceptant de l'aider pour son portfolio : c'est tout ce que j'ai trouvé pour la faire sortir de la voiture.

J'ai veillé tard à finir ce croquis de Lizzie, recommençant ses yeux plusieurs fois pour obtenir l'expression exacte.

Lizzie a téléphoné. Pour savoir si elle pouvait venir plutôt samedi. Pour avoir le temps de garder les enfants de Peggy et de passer voir sa mère. Est-ce que ça te dérange ?

J'ai laissé un silence assez long pour qu'elle demande :

— Tu es toujours là ?

Ces derniers jours, j'étais impatient de la voir, de la toucher. Je comptais les minutes qui me séparaient du moment où je la tiendrais dans mes bras. Ce retard me donne envie de démolir le mur à coups de poing.

— Je préférerais que tu viennes avant, ai-je réussi à dire.

— Tu te sens seul ?

Seul ? Avec Kulon, l'Adderall, sans parler des heures passées avec « Aine ». *Je-n'Aine-que-moi.* Non, le problème n'est pas la solitude ; c'est ce sentiment de ne pas suffire. Comme les autres, elle est prête à me laisser tomber. Je la croyais différente. Je l'espère encore.

Juste à temps, je me suis souvenu de son cycle.

— Ce sera le onzième jour. Celui où tu seras la plus fertile. Il ne faudrait pas rater l'ovulation.

Elle a soupiré et accepté de venir vendredi.

— Nous sommes heureux, n'est-ce pas ? a-t-elle dit.

C'était plus une question qu'une affirmation. Je lui ai dit que je ne voulais pas perdre mon temps avec les docteurs et des batteries de tests et d'examens, qu'il adviendra ce qu'il adviendra.

— Oui… a-t-elle répondu, hésitante.

Elle essaie de se persuader.

J'ai enfoncé le clou :

— Nous ne saurons à quel point nous pouvons être heureux que si nous essayons.

Onnie a une nouvelle fois passé la journée ici ; elle a débarqué avec sa petite boîte de peintures et son carnet de croquis. Son projet est sur la « Force » ; je lui ai donné quelques idées. Je lui ai dit de se concentrer sur des images de force physique, de brutalité, de muscles. De faire un collage pour avoir une idée de texture. Elle m'a donné le numéro de sa mère, m'a dit de l'appeler pour discuter avec elle. Je suis sorti téléphoner dans le jardin.

Vic n'est pas ravie, je le sens : elle ne tient pas à ce que sa petite chérie fréquente un type comme moi. « Je veux bien payer quelques cours de rattrapage, mais c'est tout. Et s'il te plaît, renvoie-la à la maison dès qu'elle a terminé. Elle a d'autres matières à travailler. »

Onnie n'a pas voulu partir à la fin de nos deux heures. J'ai essayé de me remettre à ma peinture, mais elle continuait à traîner dans l'atelier, à ramasser des trucs ici ou là.

— On peut aller dans le cottage ? a-t-elle demandé. Vous voulez bien me faire visiter ?

J'ai répondu que je ne pouvais pas. Je travaillais sur un paysage de mer – des lignes horizontales empilées les unes sur les autres – quand j'ai senti ses petites lèvres mouillées sur ma nuque, ses seins pressés contre mon dos.

Mon téléphone a sonné dans ma poche : Victoria s'inquiétait pour sa précieuse progéniture.

— Allez, arrête, ai-je dit en repoussant Onnie avec mes coudes. Je suis un homme marié et heureux en ménage.

Une modération inhabituelle de ma part. J'en conviens. Lizzie devrait réaliser les sacrifices auxquels je consens.

Elle a raté son train. Elle a été retardée. Angus ? Un autre dont j'ignore tout ? C'est une blague. L'idée d'un autre homme la touchant réveille une douleur régulière et permanente dans mon ventre.

Elle a pris le dernier train. Qui est arrivé juste avant minuit. Je faisais les cent pas sur le quai. Elle a couru vers moi, traînant ce clébard derrière elle, pour se jeter à mon cou. J'apprends à cacher mes émotions. Je n'ai pas arrêté de parler et de sourire durant le long trajet de retour, de la gare à Gulls. « Fatiguée, chérie ? La semaine a été dure ? » J'avais envie de mettre mes mains autour de sa gorge. Pense à Polly.

Elle s'est endormie dans la dernière montée, comme un enfant. Arrivé devant le bungalow, je suis resté un long moment à la contempler. Un bonnet à pompon sur les cuisses. Un infime duvet de poils au-dessus de sa lèvre supérieure. Les cils sombres sous le bleu des paupières.

Une chouette hululait au loin. De nulle part me sont revenus des bouts de poèmes appris à l'école. Un souvenir sans doute ravivé par les divagations d'Onnie. Mon anglais du brevet. Othello : « S'il fallait mourir maintenant, il n'y aurait pas de moment plus heureux. »

Soirée chez les Murphy demain : « Ce sera juste à boire », a dit Victoria, pas comme ces fêtes qu'elle organisait autrefois. Je-n'Aine-que-moi ne me lâchera pas. Mais je refuse que Lizzie y aille.

Je veux la garder à l'écart de tout ça. Je ne lui parlerai pas d'Onnie et je ne lui parlerai pas de la soirée. Il faut que je la garde pour moi tout seul, pour ne pas gâcher tout ce que je me suis donné tant de mal à construire.

14

Lizzie

Je déplie le canapé dans le bureau, j'installe les draps et la couette puis je dis à Onnie que je suis fatiguée, que je vais me coucher tôt. Assise au bord du lit, je raccommode le blazer de Conor, enfonçant encore et encore l'aiguille dans le tissu. J'essaie de me calmer. Je l'entends qui s'active dans la maison. Elle passe un long moment dans la salle de bains ; les grognements des tuyauteries, les robinets qui coulent ; le murmure de sa voix dans la cuisine tandis qu'elle parle à Howard ; des craquements et des raclements dans le bureau. Ça s'arrête enfin. Je ne vois plus le rai de lumière autour de ma porte, je sais qu'elle a éteint.

Il ne voudrait pas que je sois heureuse – pas sans lui. Elle a raison. Je le sais. S'il se trouvait dans les parages, j'avais appris à ne pas rire quand j'étais au téléphone. Si Peggy évoquait notre enfance, les voyages à la mer ou les journées à la foire, il se figeait, silencieux. Je changeais aussitôt de sujet, ou alors je le détournais… pour ne pas évoquer les garçons qui nous couraient après, mais les douteux hot-dogs que nous mangions sur le chemin du retour. En général, c'était trop tard.

Une fois seuls, il m'interrogeait. « Alors, elle revenait chaque année, cette foire ? C'étaient toujours les mêmes garçons ? Tu leur plaisais ? Tu les laissais t'embrasser ? » Pour le calmer, j'essayais de m'en sortir avec une plaisanterie. Sa propre enfance avait été dépourvue de joie. Il était mal dans sa peau. C'était ma faute. J'aurais dû faire en sorte qu'il se sente aimé, rassuré. Je n'y arrivais pas. J'échouais.

Il ne va pas revenir pour reprendre là où nous en étions. Je dois me souvenir de ça. Il ne va pas oublier ce qui s'est passé entre nous. Mais il faut que je sache ce qu'il prépare. Et surtout, je dois mettre un terme à cette attente.

Derrière la vitre, les nuages se rassemblent.

Mon téléphone portable sonne deux fois durant la nuit − « numéro privé ». On raccroche quand je réponds.

Je regarde le réveil. Huit heures. Je n'ai trouvé le sommeil que très tard dans la nuit, ou plutôt très tôt dans la matinée, et du coup j'ai trop dormi. Je rejette les couvertures. La maison est silencieuse. Je me demande si Onnie s'est levée et est partie sans me réveiller, mais le bureau est plongé dans l'obscurité et il y a une forme dans le canapé. Je traverse la pièce pour la secouer, trébuchant sur la pile de ses vêtements par terre. Elle grogne, agite un bras.

— Laisse-moi, dit-elle.

J'ouvre les stores et une morne lueur rampe dans la pièce. Un mug vide est posé sur le bureau, à côté de l'ordinateur de Zach, ouvert.

Je tape sur le clavier. L'écran s'allume : une vue de Stepper Point et la requête de mot de passe. Onnie n'a pas bougé. Elle est tournée vers moi mais ses yeux sont fermés. Mes doigts pianotent légèrement, patinant sur les touches. J'essaie deux fois, rapidement.

SAND MARTIN.

ONNIE.

MOT DE PASSE INCORRECT.

Elle s'agite, bâille. Je rabats le couvercle.

— C'est l'heure, dis-je en m'emparant du mug.

— J'y vais pas. Tu ne peux pas me forcer.

Je ris. Elle dort encore à moitié, elle croit que je suis sa mère qui veut la forcer à aller au lycée.

— Ce n'est pas l'école. C'est Shelby Pink ! Allez. Debout, Onnie.

Je vais m'habiller. Je n'ai pas le temps pour un vrai petit-déjeuner ; je me prépare une tasse de thé en vitesse et fais sortir le chien pendant qu'il infuse. Howard se traîne d'un pas incertain dans le jardin, lève une jambe contre un pot tout près de la porte et rentre aussitôt. Il se cogne maladroitement à la table avant de s'effondrer dans son panier. Il n'a pas touché à son écuelle.

Je m'agenouille pour le caresser. Le pauvre. Je n'ai pas beaucoup fait attention à lui ces derniers temps. Je lui soulève la tête pour examiner ses yeux. Ce sont les mêmes symptômes que précédemment : manque d'énergie, démarche bancale, perte d'appétit. La dernière fois, les analyses de sang n'avaient rien révélé. Je me dis que c'est pareil aujourd'hui. Comme dit le vétérinaire, les chiens sont les pires hypocondriaques. Je réfléchis néanmoins à mon emploi du temps. Je prendrai rendez-vous dès que possible.

Onnie entre dans la cuisine en culotte et le même tee-shirt à manches longues que la veille. Elle est décoiffée, son visage est chiffonné.

— Pas encore habillée ?

Elle pose son téléphone sur la table.

— Je ne pense pas que j'irai aujourd'hui.

— Quoi ? Je croyais que tu adorais ce stage.

— Bof...

— Mais tu disais que c'était une sacrée opportunité, qu'ils t'avaient choisie parmi tout un tas de candidats.

— Je me sens un peu, genre, pas à ma place. Personne ne m'adresse la parole.

— Je comprends, dis-je en me levant et en souriant avec toute la sympathie qu'il m'est possible de trouver. Je me souviens quand j'étais nouvelle. Tu es intimidée, c'est ça ? Tu ne sais pas où sont les choses et il faut demander pour tout. Tu as l'impression que tout le monde te regarde et tu essaies d'avoir l'air très occupé alors que tu n'as rien à faire. Tu ranges ton bureau pour la centième fois.

— Je ne sais même pas ce que je suis censée faire, dit-elle en levant les mains. L'autre jour, je devais, genre, appeler tous les fournisseurs pour trouver un échantillon de dentelle assorti à telle ou telle référence Pantone. Je ne comprenais pas ce que j'étais en train de demander. J'ai dû l'écrire et me relire à haute voix.

Je ris.

— En plus, je suis pas payée.

— C'est de l'expérience.

Je commence à enfiler ma veste, je fouille mon sac à la recherche des clés et de mon portefeuille.

— Le travail, c'est parfois ennuyeux, sauf si tu as la chance de faire ce que tu aimes, et même ainsi tu as des comptes à rendre.

— À moins d'être indépendant comme Zach. Il n'avait de compte à rendre à personne. Il était libre.

— Peut-être, mais il ne gagnait pas un sou.

279

— Ça compte ?

— Oui, ça compte si tu veux vivre dans le monde réel. Il avait toutes ces grandes idées sur l'autosuffisance. Mais c'est une chose d'en parler et une autre de le mettre en pratique. Tout ce que je dis, c'est que, si tu as l'occasion, le *privilège*, de gagner de l'expérience, tu ne devrais pas laisser passer ta chance.

Très concentrée, elle se frotte le dos de la main du bout des doigts, comme s'il n'y avait rien de plus essentiel que ce geste. J'ai l'impression de ne plus exister.

— Bon, dis-je en sortant, il faut que j'y aille maintenant, sinon je serai en retard.

Je cours en haut récupérer le blazer de Conor et je redescends. Elle n'a toujours pas bougé. Je voudrais qu'elle quitte la maison en même temps que moi mais ça semble peu probable.

— Tu pourras fermer la porte derrière toi en partant et glisser la clé dans la boîte aux lettres ? Et... Onnie ?

Elle abandonne sa main.

— S'il te plaît, appelle-moi quand tu auras parlé à Xenia.

— OK.

Je suis dans le couloir quand je l'entends :

— Je pourrais très bien partir d'ici, disparaître et ne jamais revenir. Personne ne s'en rendrait compte.

J'hésite. L'irritation me gagne. Je suis tentée de lui répondre : « Alors, vas-y, Onnie, ne te gêne pas pour moi. » Mais je ne le fais pas. Je pose mon sac et le blazer de Conor par terre dans le couloir et je reviens dans la cuisine. Tête baissée, elle flanque des coups de pied à un des pieds de la table : une enfant dans un corps d'adolescente. Je m'accroupis près d'elle pour poser mon bras sur ses épaules.

— Ne fais pas l'idiote. Imagine dans quel état seraient tes parents, et tous tes amis, s'ils ne savaient pas où tu es.

Elle essaie de se libérer.

— Je n'ai pas d'amis. Et mes parents ne s'en apercevraient même pas. Je vous l'ai dit : à la maison, tout le monde se moque de ce que je fais.

— Je suis sûre du contraire, dis-je avec toute la gentillesse dont je suis capable. Je suis sûre qu'ils s'inquiètent pour toi.

Elle éclate d'un rire amer.

— Est-ce que l'un ou l'autre a appelé depuis que je suis ici ?

Elle prend son téléphone avant de le rejeter sur la table.

— Ils en ont rien à foutre de moi.

Elle se tourne vers moi, les yeux tout petits, la bouche tordue par le malheur.

— Tout ce qui compte pour eux c'est que j'évite de les embarrasser pendant les séances photo. C'est le seul moment où mon père veut m'avoir près de lui, quand il y a des journalistes.

— Je suis sûre que ce n'est pas vrai, dis-je.

— Qu'est-ce que vous en savez ? Vous ne savez rien de moi. Vous ne voulez même pas que je reste ici et pourquoi le voudriez-vous ? Je ne vous reproche pas de me détester.

— Je ne te déteste pas. Pourquoi diable te détesterais-je ? C'est idiot de dire ça. Viens.

Je lui frotte l'épaule et lisse sa chevelure d'où j'extrais une plume de duvet.

— Voilà, c'est mieux.

— Pourquoi vous êtes gentille avec moi ?

— Ce n'est pas ça. Je suis juste… je crois…

Je me penche pour voir son visage.

— … que tu devrais te ressaisir et aller chez Shelby Pink. Tu te sentiras mieux après ça, tu auras plus confiance en toi.

Elle se frotte les yeux.

— Je ne peux pas. Pas dans cet état.

Je sens l'agacement me gagner.

— Alors, rentre chez toi, regarde la télé ou appelle une amie.

Le chien dans son panier a un petit frisson. Je vais le voir, je lui caresse le museau. Il est sec.

— Tu n'es pas très en forme, toi non plus, dis-je à mi-voix. Onnie, je suis vraiment désolée, mais il faut que j'y aille. J'ai beaucoup à faire aujourd'hui et, comme si ça ne suffisait pas, je vais devoir emmener le chien chez le vétérinaire à midi…

Dans un grand sourire, je conclus :

— Alors, à plus tard.

— Je sais ! dit-elle.

Je suis à la porte.

— Quoi ?

— Je vais m'occuper d'Howard. Veiller sur lui. Je l'emmènerai même chez le véto à votre place, si vous voulez.

— Non, franchement. Ça ira.

Le chien est couché dans une position étrange, tête basse, les flancs qui remuent vite. Je le regarde puis je me tourne vers Onnie. Elle ne pleure plus.

— Allez, laissez-moi faire, dit-elle avec empressement. J'irai chez Shelby Pink dès qu'il ira mieux.

— C'est sûrement une cochonnerie qu'il a mangée, c'est tout.

— Et si c'est pas ça ? Et si c'était plus grave ? Laissez-moi le numéro du vétérinaire. Je m'en occupe.

Je ne sais pas si c'est parce que je suis inquiète pour Howard ou parce que j'ai de la peine pour elle mais, malgré moi, je m'entends accepter sa proposition.

Quelque chose s'est passé à l'école. Je le sens dès l'instant où j'y arrive. La porte de la directrice est fermée et Michele, la secrétaire, qui est en train de parler à un jeune homme dans le couloir, ne me sourit pas quand je passe près d'elle. Des chuchotements dans la cuisine. Jane et Pat traînent près du frigo. Pat tient sa main devant sa bouche. Les yeux de Jane sont rouges et gonflés.

— Tu es au courant ? dit-elle dès qu'elle me voit.

— De quoi ?

— Sam.

Un sentiment de malaise.

— Quoi, Sam ?

Pat se penche en avant.

— Il est à l'hôpital. Il a eu un accident.

— Quel genre d'accident ?

— Il a été agressé, dit Jane. C'est grave. Une blessure à la tête. Il est inconscient.

— On l'a transporté à St George, ajoute Pat. Son ex-femme est avec lui. Elle a téléphoné à Sandra hier soir pour lui dire.

— C'est grave ?

— Oui, je crois bien.

Jane hoche la tête, une, deux, trois fois, comme pour essayer de se calmer.

— Il n'avait toujours pas repris connaissance quand Michele a appelé ce matin.

Quelque chose de sombre palpite dans ma poitrine.

— Quand ?

— Peu après avoir quitté le pub, dit Pat. On l'a retrouvé vers neuf heures hier soir, des adolescents qui traînaient dans le parc, de l'autre côté du pont, près de l'étang. En nous quittant, il a dit qu'il rentrait directement chez lui, mais...

— Il m'a raccompagnée. Il avait un parapluie. Il pleuvait. Je lui ai dit que ce n'était pas la peine.

Jane me fixe.

— Tu devrais prévenir la police, dit Pat. Il est possible que tu sois la dernière personne à l'avoir vu.

Zach

Elle a nagé ce soir, là-bas dans cette crique qui n'apparaît qu'à marée basse.

On revenait le long de la falaise depuis Daymer Bay quand on est tombés sur Victoria et Murphy. J'ai paniqué un moment au cas où ils mentionneraient les « séances » d'Onnie. Je n'aurais pas dû. Victoria, qui déjà adolescente n'avait que mépris pour « les gens du commun », comme elle disait, et ces « gogos » de touristes, était trop occupée à toiser Lizzie de haut pour s'engager dans une conversation allant au-delà des politesses habituelles. « Désolée que vous n'ayez pu venir l'autre soir », s'est-elle contentée de dire.

— Nous avons bien rigolé, a renchéri Murphy.

Mot qu'il a prononcé « rigalé », parce qu'il s'imagine qu'il est dans le coup.

— Des gens charmants, a dit Lizzie après leur départ.

Ensuite, comme pour dissiper la tension provoquée par leur rencontre, elle m'a traîné sur le chemin qui mène à la mer.

L'air était calme là en bas, à l'abri du vent ; elle s'est débarrassée de ses vêtements et elle s'est jetée, en hurlant, dans l'écume. Elle a plongé comme un marsouin pour refaire surface en crachant. Des rubans d'algues accrochés à ses cuisses. Sa peau blanche, ses membres pâles, la tache de ses cheveux mouillés. Comme elle est banale, me suis-je dit, ordinaire, et pourtant elle tient mon cœur entre ses mains. Je me suis rendu compte que si jamais elle couchait avec un autre, je la tuerais.

Et lui aussi.

15

Lizzie

Je suis en haut dans la bibliothèque, contemplant depuis une des fenêtres l'étendue grise du parc et les toits rouges de South London. Je presse mon front contre le carreau froid. La conviction est revenue, se déployant en moi, étalant ses doigts ; une étreinte de peur et d'effroi, et quelque chose d'autre, plus bas, une envie si honteuse que je voudrais m'éclater la tête contre la vitre, me mordre la lèvre jusqu'au sang.

Je cherchais à l'obliger à se montrer, à le forcer à agir. Et ça a marché... aux dépens de Sam.

J'entends la voix de Hannah Morrow dans le couloir.

— Bon sang, ces marches, dit-elle. Pas besoin de cours de gym avec ça.

— Elles vous tuent les genoux, répond Michele.

Hannah est en uniforme aujourd'hui : cravate pied-de-poule, chapeau à galons, talkie-walkie sous le menton. Ce n'est que quand les élèves se lèvent et commencent à sortir en file indienne que je m'aperçois qu'un homme l'accompagne : grand, l'air sévère, en jean et veste en toile huilée pas très propre. L'inspecteur Perivale, son chef. Pour le moment, il est adossé au mur du couloir, les bras croisés. Quand il pénètre à son tour dans la pièce, il me salue d'un hochement de tête, mais il ne s'assied pas. Au lieu de ça, il reste planté près du rayon Fiction, section A-H, à faire semblant d'examiner les rayonnages, la tête penchée, se frottant le menton comme s'il était profondément plongé dans ses pensées.

Michele demande s'ils veulent un café, du thé ou un verre d'eau. Seule Hannah répond :

— C'est pas de refus. Une tasse de café. Avec plaisir.

Sa nouvelle coupe au carré est tirée en arrière dans une minuscule queue de cheval grâce à un chouchou en tissu bleu et plusieurs épingles.

Perivale, toujours de dos, ne dit rien et Michele attend, grimaçante – elle a oublié son nom et ne sait comment attirer son attention – avant de filer.

Hannah est déjà venue ici, le matin après mon cambriolage. Pour le moment, elle traîne près de la fenêtre et se contente de faire la conversation à propos de la vue.

— C'est l'antenne de Crystal Palace, là-bas ? Seigneur, on dirait la tour Eiffel.

Son ton est plus abrupt aujourd'hui, comme pour prouver que la présence de Perivale n'intimide personne. Nous attendons le retour de Michele, pour ne plus être interrompus, mais je veux en finir. Il faut arrêter Zach avant qu'il ne fasse autre chose. Avant que je ne fasse, pense ou ressente quoi que ce soit d'autre.

Michele pousse la porte avec son plateau ; j'empile des livres pour lui faire de la place sur le bureau.

— Des gâteaux, annonce-t-elle.

Hannah s'assied et se sert.

— Oh, oh, ce serait impoli de laisser tout ça, dit-elle.

Perivale ferme doucement la porte derrière Michele et nous rejoint à mon bureau, retournant la chaise libre pour s'y installer à califourchon, menton sur le dossier. L'attitude et le geste de quelqu'un qui aime être dans le contrôle, ou qui s'ennuie tellement qu'il fait n'importe quoi pour s'occuper. Les ourlets de son pantalon se décousent. Les talons de ses chaussures en cuir sombre, qu'il cogne rythmiquement sur le sol, sont usés d'un côté.

— Bon... dit-il avec un soupir.

C'est une visite de routine. Il veut s'en débarrasser. Il passe la main dans ses cheveux raides et ternes.

— L'agent Morrow dit que vous êtes la dernière personne à avoir vu Sam Welham hier soir.

Je raconte ce qu'il s'est passé. Il prend des notes. Je parle en fixant ses sourcils broussailleux, non taillés. Il a des pellicules. J'essaie d'être aussi factuelle que possible. Je donne tous les détails qui me paraissent pertinents : la météo, le flot de gens à la gare qui revenaient du travail, les quelques minutes que nous avons passées au coin de Dorlcote Road.

— Nous avons parlé de mon chien, dis-je. Nous nous sommes disputés à cause du parapluie. Il voulait que je le prenne.

— Et l'avez-vous pris ? demande Hannah.

— Non. C'était le sien. Je lui ai dit qu'il en avait plus besoin que moi. J'étais presque arrivée.

Perivale, les yeux rivés à son carnet, me lance sa liste de questions d'une voix mécanique.

— Avez-vous repéré quelqu'un à un moment quelconque ? Une personne au comportement bizarre ? Avez-vous eu le sentiment qu'on vous suivait ?

— Il n'y avait que les gens qui rentraient du travail. Rien de spécial.

— Et M. Welham a-t-il dit où il se rendait après vous avoir quitté ?

— Chez lui. C'est ce que j'ai pensé, en tout cas.

— Avait-il, pour autant que vous le sachiez, un objet de valeur sur lui ?

— Non. Son téléphone. Son portefeuille, je suppose. On les lui a volés ?

— Non, dit-il. Ils ne lui ont pris ni son téléphone ni son portefeuille. En l'absence d'indices supplémentaires, il semble qu'il s'agisse d'un acte de violence gratuite.

— Gratuite ?

Pendant un moment, Perivale ne semble pas décidé à répondre. Il plisse les yeux puis ajoute, sur le ton de la conversation :

— Est-ce que vous connaissez bien M. Welham ?

— Non. Non, pas vraiment. Il vient de commencer cette année.

J'ai conscience de bafouiller. Perivale agrippe les montants de la chaise, ses coudes ressortent selon un angle étrange ; un conducteur qui se bat avec son volant.

— Selon vous, quelqu'un aurait-il des raisons de lui vouloir du mal ?

Je lance un coup d'œil à Hannah. J'aurais préféré qu'elle vienne seule. C'est mon moment. Celui où je pourrais tout raconter. Mon cœur se met à battre très fort. Je regarde à nouveau Perivale, si sûr de lui, si brusque.

— Non, dis-je d'une voix hésitante.

— Très bien.

Il se lève, fait pivoter la chaise en l'air avant de la reposer sur le sol.

— Je pense que nous en avons terminé, dit-il à Morrow.

Elle se lève à son tour, essuyant quelques miettes de gâteau au coin de sa bouche. Perivale, les bras ballants, les talons joints, m'adresse un autre hochement de tête, plus formel cette fois, comme un agent d'assurance prenant congé, et sort de la pièce. Il s'arrête dans le couloir pour parler bruyamment dans son portable.

Une dernière chance. Je n'ai plus beaucoup de temps. Si je lui dis maintenant, elle pourra peut-être arrêter Zach.

— C'est un marrant, dit doucement Morrow. J'aimerais bien rencontrer sa femme un jour, voir comment elle le supporte. Bon, vous allez bien ?

— En fait, non. Ça ne va pas trop.

J'ai le souffle court, ma voix est tendue. Je suis au bord des larmes. Le dire à haute voix est quasiment intolérable.

— Il faut que je vous parle de Zach. Je crois qu'il est responsable de...

Une expression balaie son visage et disparaît aussi vite qu'elle est apparue, mais j'ai eu le temps de la surprendre. Ce n'était pas de l'attention, habituelle chez elle, mais de l'ennui, mêlé à une vague irritation.

Perivale est toujours au téléphone. Une porte claque : c'est Joyce Poplin dans la classe en face qui manifeste sa désapprobation. D'une seconde à l'autre, la cloche annonçant le prochain cours va retentir.

— Responsable de quoi ? demande Morrow.

En signe de sympathie, elle fronce son nez couvert de taches de rousseur.

Je laisse passer un instant. Mes mains sont crispées, cachées au fond de mes poches.

— J'ai découvert que sa dernière petite amie est morte, dis-je. Peu après leur séparation. Elle a eu un accident.

— Quel genre d'accident ?

— Je ne sais pas. Malheureusement.

— Comment s'appelait-elle ?

Elle se rassied sur le coin du bureau.

— Reid. Charlotte Reid. Elle habitait Brighton.

— Dites, agent Morrow, lance Perivale depuis le seuil, vous comptez dormir ici ? Sinon, et si ça ne vous dérange pas trop, on a besoin de nous à l'hôpital.

— À l'hôpital ? Pourquoi ?

Perivale me jette un regard lourd d'impatience, puis, m'ignorant, s'adresse à Morrow :

— Vous avez d'autres projets ?

— Je suis toute à vous, dit-elle en sautant sur ses pieds. Du nouveau ?

— C'était le médecin. On peut prendre sa déposition.

Il faut un moment pour que je comprenne le sens de ces mots.

— Il est conscient ?

— Apparemment, dit Perivale.

Le soulagement me scie les jambes. Je m'effondre sur une chaise. Mieux vaut ne rien dire. Il faut jouer son jeu. C'est la seule façon.

Perivale me regarde. Il se frotte le menton.

— GARE, dit-il soudain.

— Quoi ?

— GARE. G : Gardez votre sac fermé. A : Au cas où vous auriez l'impression d'être suivie, traversez la rue une première fois, puis une seconde fois et, si vos soupçons se confirment, entrez dans un endroit public. R : Restez dans des rues animées et bien éclairées. Et enfin E : Évitez d'appeler « à l'aide » mais criez « au feu », c'est plus efficace.

— Ah, merci.

— Juste au cas où, un de ces quatre, vous envisageriez encore de vous balader dans un parc à la nuit tombée.

— Je me souviendrai du conseil. Merci.

Morrow l'a rejoint et ils partent ensemble vers l'escalier.

Zach

Août 2011

Quel connard. Quel gâchis. Tous ces efforts pour rien.

Ce n'était pas une galerie, mais plutôt une boutique de posters coincée dans une rue paumée de Bristol, entre un cordonnier et une pâtisserie. John Harvey, le copain de Kulon, avait même oublié notre rendez-vous. Il a examiné les toiles lentement, se massant le menton, hochant la tête d'un air sentencieux. Intéressant, original, audacieux, a-t-il dit. « On voit que vous avez beaucoup à dire, mais… »

Il y a toujours un « mais » avec les gens comme lui. Aucune imagination. Incapables de se projeter. Ce n'était pas le genre de choses que recherchent ses clients. Trop ténébreux. Il adorerait essayer, « mais… » S'il avait l'argent lui-même, « mais… ». Mais. Mais. Mais. Mais.

J'étais là, silencieux, à le regarder se tortiller. Un ver sur une aiguille. Pas de hanche, maigre, la barbe clairsemée. Un jean et des sandales à la Jésus. J'ai soupesé tout ça. Il n'avait pas les moyens. Depuis le début, il se foutait de nous pour rester pote avec Kulon. Mon poing a cogné sa mâchoire ; c'est arrivé avant que je ne puisse y faire quoi que ce soit. Il gisait par terre, se tenant la bouche, le sang ruisselant entre ses doigts. Je me suis penché. « Si, lui ai-je dit dans l'oreille, si jamais je te revois, je t'éclate la gueule de telle sorte que tu connaîtras pour de bon le sens du mot "ténébreux". »

Je suis rentré direct à Londres. Tout ce que je voulais, c'était Lizzie, la voir, la tenir, mais la maison était vide. Il n'y avait que le chien – je l'ai bourré de coups de pied jusqu'à ce qu'il aille se planquer en geignant sous la table. Je l'ai appelée encore et encore, dix fois en tout. Elle a fini par répondre. Elle était à l'école, je ne me rappelais plus ? Pour aider un groupe d'élèves de terminale qui avaient du mal avec leurs dossiers d'inscription à l'université. J'ai pris la voiture et j'ai foncé là-bas. La porte de l'école était fermée et j'ai cogné, cogné… mais personne n'a ouvert. Finalement, j'ai attendu, assis sur le trottoir.

Quand, enfin, elle a descendu l'escalier dans ses confortables chaussures et qu'elle m'a vu, elle a rougi comme une tomate. Elle s'est bien débrouillée, je veux bien lui accorder ça. Elle a couru jusqu'à moi pour jeter ses petits bras autour de mon cou ; elle a embrassé ma main abîmée. (Je lui ai dit que je l'avais coincée dans la portière.) Je lui ai raconté ce qu'il s'était passé – pas tout – et elle a répondu que je n'avais rien à me reprocher, que j'étais brillant, « exceptionnellement talentueux », que ce type était un béotien. Elle me caressait avec des mots. Elle n'était pas assez maligne pour cacher ce qu'elle pensait vraiment. Je le voyais dans ses yeux.

Je ne peux plus l'encaisser ; la déception, la perte de confiance. Elle était censée me sauver. Elle est celle que j'ai choisie. Elle est tout pour moi… Et elle n'était même pas à la maison à mon retour. Elle ne peut pas laisser tomber ses élèves, mais elle n'arrête pas de me laisser tomber, moi. Il faut qu'elle apprenne à quel point elle a besoin de moi. C'est la seule façon d'avancer. Il n'y a que moi. Elle finira par le comprendre. Il faut juste que je trouve le moyen de le lui prouver.

Je n'aurais pas dû donner mon adresse à Onnie. C'était un moment de faiblesse. Cela dit, même sans ça, cette petite coquine aurait trouvé le moyen de me retrouver.

Deux choses ont joué en sa faveur. 1) Lizzie était absente pour la matinée – un problème de santé quelconque avec sa mère – et 2) j'étais là. Je n'étais pas en état de travailler cette semaine, pas depuis mon voyage à Bristol. En fait, j'ai jeté un tas de tableaux – la plupart dans une poubelle derrière le champ de courses. J'étais donc là, à traîner dans la maison en essayant d'éviter le chien, et voilà qu'elle se pointe à la porte. En larmes, tellement pleine de morve qu'elle n'arrivait pas à parler.

— J'ai les résultats, a-t-elle fini par lâcher entre deux sanglots.

Un moment pour comprendre de quoi elle parlait. Son examen. Le brevet. Trois E, deux D, un C et un B.

— En art, tu as eu quelle note ? ai-je demandé.

Elle s'est essuyé le nez sur mon épaule. À ce stade, elle s'était blottie tout contre moi.

— C. Désolée. Le B, c'est en éducation religieuse. Dieu sait comment j'ai fait.

Je l'ai repoussée.

— Tu devrais peut-être faire des études de curé.

Franchement.

Merde, j'avais bossé dur pour cet examen. Tout ce travail que j'avais mis dans son carnet de croquis.

Toutes ces idées que j'avais développées sur la « Force ». Qu'est-ce que ça dit de mon talent ?

Elle m'a supplié de la laisser entrer. J'en avais plus qu'assez de ma propre compagnie et Dieu sait quand Lizzie daignerait revenir, alors j'ai fait un grand geste du bras :

— Après toi.

Je lui ai préparé un café dans la cuisine. Elle était propre, j'avais nettoyé les saletés de Lizzie. J'ai expliqué à Onnie à quel point ma femme était désordonnée : « Une vraie souillon. C'est la croix que je porte. »

— Je déteste le désordre, a-t-elle dit.

— Ouais, moi aussi.

Le chien reniflait partout ; je l'ai sorti dans le jardin en fermant la porte derrière lui.

— Saleté d'animal, ai-je grommelé.

— Je déteste les chiens, a renchéri Onnie.

— Ouais, moi aussi.

— Je ne vois pas ce que les gens leur trouvent.

— Ouais, moi non plus.

On a rigolé tous les deux.

Mon téléphone a sonné : Lizzie. Elle avait emmené sa mère à l'hôpital. Ils étaient encore aux Urgences, dans l'attente des résultats d'examens. Elle n'avait pas la moindre idée de quand elle rentrerait. Les trahisons s'enchaînent maintenant. Si elle avait compris au son de ma voix, si elle avait eu la sensibilité suffisante pour saisir que j'avais besoin d'elle et si elle était rentrée tout droit à la maison, alors tout aurait été parfait.

— Ça va aller ? a-t-elle dit. Tu vas pouvoir te faire quelque chose à manger ?

Toute la semaine, elle m'a parlé comme si j'étais un enfant. Je n'ai pas besoin de sa pitié.

Donc : si j'ai succombé à Onnie, mea culpa. Elle était en chaleur, comme toutes les filles de son âge. Je n'ai eu qu'à la regarder – cet air langoureux, cette petite moue – et elle s'est déshabillée, se déballant comme un cadeau. On l'a fait là, sur le sol du salon, et un peu plus tard en haut, dans le lit conjugal. Une peau fraîche, des seins tout neufs. Épilée. De près, elle avait des taches de rousseur autour du nez. Ses cheveux, teints, étaient un peu rugueux. Passive, aussi, sur le dos, attendant que je lui montre quoi faire : si jeune, bien sûr.

Est-ce que je me suis senti mieux ? Après cette petite victoire ? Je n'ai pas arrêté de penser à Lizzie, d'imaginer son visage, la texture soyeuse de ses membres. Alors, non, je ne me sentais pas mieux. Je me dégoûtais, terrifié par ce qu'elle m'avait forcé à faire. C'est ça le problème avec la vengeance. Les gens se trompent. Elle n'est pas toujours douce.

16

Lizzie

J'ouvre la porte. Le silence et l'odeur de cire pour meubles. De minuscules grains de poussière dansent dans la lumière du couloir. Pas de musique, pas de télé. J'attends en vain le clic-clic des griffes d'Howard.

Il tourne la tête en me voyant entrer dans la cuisine, mais il ne se lève pas.

Je m'accroupis près de lui. Quand j'ai parlé à Onnie pendant la pause déjeuner, elle m'a dit qu'il allait mieux. Elle l'avait emmené au cabinet et le vétérinaire n'avait rien trouvé. « Probablement quelque chose qu'il a mangé, vous aviez raison. » Mais maintenant, sa respiration est rapide et ses yeux laiteux. Il lève sa patte avant, la suspend en l'air, pour que je lui frotte le ventre.

— Mon pauvre. Ça ne va pas, hein ?

Les poils de son menton sont teintés de blanc. Il a quoi : neuf ans ? Dix ? Ce n'est pas l'âge.

— Non, dis-je. Pas l'âge.

Il repose la tête sur le rebord du panier.

— On va te soigner, dis-je en lui caressant la tête. D'accord ?

— Que deviendriez-vous sans votre chien ?

Onnie est debout au-dessus de moi. Sa voix est morne, bizarre.

— Seigneur, tu m'as fait peur.

— J'étais dans l'autre pièce. Je somnolais. Je vous ai entendue parler au chien.

Elle ne porte qu'un pull sur ses jambes nues. Elle en tire les manches sur ses mains tout en se frottant la joue sur la laine qui couvre son épaule. C'est un immense truc bleu, doux comme une peau de bébé, avec un dessin brodé représentant un faisan.

— Tu as mis le pull de Zach, dis-je.

De près, on perçoit encore Acqua di Parma Intensa. En fermant les yeux, on imagine la chaleur de sa peau. Je sens Zach, en cet instant.

— Ça ne vous ennuie pas ? demande-t-elle d'une voix de petite fille. J'espère que non. J'avais froid.

J'ai envie de le lui enlever, de le lui arracher.

— Bien sûr que non, je lui réponds en espérant avoir l'air enjoué. Je suis désolée. Le chauffage est programmé pour se déclencher deux fois par jour. Il devait geler ici. Ma pauvre.

— Je l'ai reprogrammé pour qu'il chauffe tout le temps, dit-elle.

— Ah. Tu as trouvé le minuteur ?

— Oui... dans votre garde-robe.

J'ai besoin d'un moment pour digérer ça : le panneau de contrôle est dissimulé au fond d'une étagère, derrière des vêtements. Il a fallu qu'elle fouille toute la maison pour le trouver. Je me retourne vers Howard.

— Le véto a vraiment dit qu'il n'y avait aucun problème ? Il n'a pas l'air très bien.

— Mais non, il va bien. Il a dit que c'était rien. On a fait une immense promenade pour revenir. Il doit être fatigué, c'est tout.

— Quel vétérinaire as-tu vu ?

Elle hausse les épaules.

— Je ne me rappelle plus son nom.

— L'homme ou la femme ?

— L'homme.

Je l'observe, avant de regarder à nouveau Howard.

— Et ils n'ont vraiment pas voulu mon numéro de carte de crédit ?

— Non. Je vous l'ai dit. On est ressortis en un rien de temps.

— D'accord. Merci.

Howard est en train de se lécher le flanc, toujours le même endroit, celui qui le dérange. Elle ment, j'en suis presque sûre. Je pourrais l'accuser, mais si elle dit bien la vérité et si c'est moi qui exagère, je me retrouverais en situation d'infériorité. Il vaut mieux vérifier d'abord. Je vais appeler le cabinet de vétérinaires sans le lui dire. Je me redresse et m'étire pour gagner un peu de temps.

Onnie ne semble pas avoir remarqué ce que je trame. Elle est perchée sur le comptoir, balançant ses jambes nues.

— Les gens sont drôles avec les animaux, reprend-elle. Un homme est mort dans les Cornouailles en novembre dernier. Il a sauté dans la rivière pour sauver son chien. Le chien a survécu et lui s'est noyé.

— Ça arrive souvent. J'en ferais probablement autant. Sauter d'une falaise, plonger dans une rivière. Sur le moment, je ne crois pas qu'on se donne le temps de réfléchir.

— Dommage que vous n'ayez pas de bébé, dit-elle, le pull de Zach étiré sur ses genoux. Vous seriez une bonne mère. Quel dommage de penser que vous ne le serez jamais.

Je me détourne pour essayer de ne pas me laisser atteindre. Je tends la main vers la bouilloire. Elle n'est pas là où elle est censée se trouver. Elle l'a encore mise sur le frigo. Je la branche.

Onnie saute à terre.

— J'ai refait du rangement aujourd'hui, dit-elle en ouvrant le tiroir à couverts avec une telle force que couteaux et fourchettes s'entrechoquent. Ta-da !

Une nouvelle vague de ressentiment déferle en moi. Si elle s'est occupée de ça et n'a pas emmené Howard chez le vétérinaire, elle n'est pas désespérante, elle est folle.

— Et ce n'est pas tout. Venez !

Elle est déjà dans le couloir en train de faire de grands gestes. Je la suis alors qu'elle m'ouvre la porte du salon.

— C'est du feng-shui, dit-elle.

Je contemple la pièce. Elle a changé tous les meubles de place. Le canapé n'est plus près de la fenêtre mais contre le mur face à la cheminée. La table est revenue devant la baie vitrée, avec la lampe dessus.

— Où est le tapis ?

— Je suis désolée. J'ai renversé une tasse de café et j'ai essayé de nettoyer, mais je n'ai réussi qu'à étaler la tache. C'était pire encore. Alors, je l'ai roulé derrière le canapé. Et puis, ce plancher est trop joli. Ça vous plaît ou est-ce que ça aussi, ça ne se fait pas ? C'est mieux, non ?

Le pull de Zach a glissé découvrant son épaule. Je suis fascinée par la boule de peau lisse, le tendon et l'os dessous.

Je ressors pour monter à l'étage. J'ai conscience d'un étrange picotement dans mes mollets.

Onnie m'appelle au moment où j'arrive sur le palier.

— Attendez ! dit-elle. C'est une surprise.

— Juste une minute.

La porte de la chambre à coucher est fermée ; je l'ouvre et la referme derrière moi. Je m'adosse au bois. La vieille odeur familière est là — Acqua di Parma. Intensa, pas Assoluta. Elle n'est pas diffuse, mais forte et astringente, récemment pulvérisée. Ce n'est pas forcément Zach. Onnie est, elle aussi, venue ici aujourd'hui. Quand elle cherchait le thermostat, quand elle a enfilé le pull de Zach et quand elle s'est aspergée de son après-rasage. Je repense à ses questions, à sa façon de vouloir m'arracher tel ou tel détail, à tout ce qu'elle sait de Zach et de ses manies. Une alerte vient de se déclencher tout au fond de mon cœur, un noir soupçon que je refuse d'examiner.

Je traverse la chambre pour ouvrir la penderie. De mon côté, c'est le chaos habituel, mais celui de Zach est impeccable. Ses chemises sont alignées sur les cintres, par couleur, ses jeans séparés de ses costumes. Sur les étagères, ses pulls, ses tee-shirts et ses sous-vêtements sont empilés au carré, les chaussettes enroulées par paire. L'étagère en bas a été dépoussiérée et ses chaussures — une paire en daim foncé à lacets, des Converse délavées, de vieilles tennis portant encore l'empreinte de ses pieds — sont alignées et nettoyées.

Les mains d'Onnie ont touché tout ceci, ces vêtements qui couvraient son corps. Elle les a triés et caressés. Je fais glisser un jean de son cintre pour le laisser tomber par terre. Je tire sur les boutons perlés d'une chemise Paul Smith, froisse le tissu contre mon visage. Je pense à cette connaissance qu'elle a de lui. Il ne m'a jamais dit qu'il lui donnait des cours. Pourquoi ce secret, s'il n'y avait rien à cacher ?

Je reste assise sur le lit jusqu'à ce que ma tête arrête de tourner puis je redescends dans la cuisine. Elle est installée, immobile, sur une chaise devant la table, les genoux regroupés sous le menton. Elle tourne le visage vers moi. Est-ce que j'y vois de l'espoir, de la vulnérabilité ? Je ne sais pas.

— Merci pour tout le rangement, dis-je. Mais je suis désolée, et il faut que je te le dise, je préférerais que tu ne touches pas à mes affaires, ni à celles de Zach.

Elle se détourne.

— Je voulais juste rendre service.

— C'est juste envahissant.

Elle se gratte la paume, tête baissée.

— Désolée, dit-elle finalement.

Elle n'est pas sincère.

Dans une minute, je vais lui demander de partir. Rien de ce qu'elle pourra dire ne me fera changer d'avis. Quelques instants après, elle aura quitté ma maison et je serai enfin seule. Je n'aurai plus à me soucier de sa bizarrerie, à accomplir en vain tous ces efforts pour m'adapter à elle. Je n'aurai plus ces soupçons, cette colère. Je me sens mieux maintenant que je sais ça, plus optimiste.

— Tu peux me parler de Xenia ? C'est une de tes amies ? Ou bien est-ce que tu mens en disant que tu la connais ?

Son visage se colore violemment. Sa bouche s'ouvre à peine.

— Non, murmure-t-elle.

— Non à quoi ?

Je ne la brutalise pas. Je parle simplement avec fermeté et clarté. Je suis très consciente de ma posture, debout, bien campée sur mes jambes, les bras croisés.

— Non, je ne mens pas.

Elle ne me regarde toujours pas, mais elle fait un mouvement brusque avec ses doigts pour frotter quelque chose sous ses yeux.

— J'essayais, reprend-elle d'une voix qui se brise, de faire de mon mieux.

— De quoi parles-tu ?

Elle lève les yeux. Le bleu foncé est brillant. C'était une larme qu'elle essuyait.

— Le rangement. Je voulais me racheter, corriger mes erreurs.

— Quelles erreurs ?

Elle lance les bras vers moi puis, voyant quelque chose dans mon expression, les pose sur sa tête.

— Il me manque tellement. Je n'arrive pas à croire qu'il ne soit plus là.

Sa voix tremble.

Je ne bouge pas.

— Zach était-il plus qu'un professeur pour toi ?

Ces mots ont du mal à sortir. Comme s'ils étaient trop lourds pour ma bouche.

Elle ne répond pas.

— Plus qu'un ami ?

J'essaie toujours de repousser cette éventualité. C'était un béguin, c'est tout. Elle a fait une fixation sur lui, il l'obsédait... Il produisait cet effet sur les gens. Sur moi. Mais il n'en aurait pas tiré profit. Même dans un de ses pires moments, Zach n'aurait jamais fait ça. Non. Elle fait très jeune pour son âge aujourd'hui. Il y a un an, au moment de sa mort, c'était encore une enfant.

La tête rentrée dans les épaules, elle me regarde d'une façon très différente, par en dessous, paupières mi-closes. Une expression d'adulte que j'ai envie d'effacer de son visage.

— Il savait se servir de son charme, dis-je. Et il était bien plus vieux que toi, bien sûr.

— Ça ne comptait pas.

Elle a répondu trop vite. Sa tête est baissée si bien que je ne peux pas voir son visage, mais c'est inutile. Mes entrailles se sont mises à bouillir. Une douleur vive me traverse les épaules, comme si quelqu'un s'appuyait sur moi par-derrière. J'ai peur de m'évanouir. Zach et Onnie. Il faisait toujours tout ce qu'il lui plaisait. *Comment a-t-il pu ?*

— Nous avions une connexion, dit-elle.

— Vous aviez une connexion ? Tu veux dire que vous avez couché ensemble ?

Elle laisse échapper un petit rire inquiet, comme si je l'avais choquée. Comment a-t-elle osé s'installer dans ma cuisine, avec ses obsessions, son insensibilité, ses angoisses minables sur l'amour que lui portent ou pas ses parents, tout en sachant depuis le début qu'elle a couché avec mon mari ? *Couché avec mon mari.* C'est presque intolérable.

— D'accord, dis-je. Je m'en doutais. Ça a commencé quand ?

En apparence, je suis très calme. Elle n'a pas idée.

Elle se met à parler de sa petite voix aiguë d'écolière. Si elle croit m'apitoyer…

— Le jour où j'ai eu les résultats de mon brevet. En août 2011.

— Et où ça ?

— Que voulez-vous dire ?

— Où avez-vous baisé ?

306

Elle fait la grimace, sa lèvre inférieure se plisse.

— Ici, c'est ça ? Dans ma maison ?

Elle acquiesce. Je me dis avec détachement que cela explique pourquoi elle connaît si bien les lieux, les anomalies de la plomberie, l'endroit où on règle le chauffage, celui où on range les torchons dans la cuisine.

— D'accord. Et ça a duré combien de temps ?

— Nous ne l'avons fait que quelques fois. Il a arrêté à cause de vous. Parce qu'il vous aimait, il me l'a dit. Je vous le jure.

— Et combien de fois l'as-tu revu depuis ?

Je suis incapable de masquer mon amertume.

— Comment ça ? Depuis ? Bien sûr que je ne l'ai pas revu depuis.

Elle fronce les sourcils, secoue la tête.

Je n'aurais pas dû dire ça. Ça m'a échappé.

— Que voulez-vous dire ? demande-t-elle à nouveau. Pourquoi toutes ses affaires sont-elles encore là ? Vous n'arrêtez pas de parler de lui au présent. Comme s'il vivait encore ici.

Howard se remet sur pied, tourne sur lui-même dans son panier puis s'écroule à nouveau en geignant.

— Est-ce que tu as emmené Howard chez le vétérinaire ? Ou bien m'as-tu menti sur ça ?

Elle se couvre le visage et me regarde entre ses doigts écartés.

— Mais, merde, Onnie.

Elle pleure à nouveau, mais plus silencieusement maintenant, entre ses mains.

— Je fais toujours tout de travers, dit-elle. C'est pour ça que personne ne m'aime.

Je ne veux pas entrer là-dedans. Je ne veux pas avoir de la peine pour elle. Je suis trop en colère, trop

307

bouleversée. Il n'y a la place pour rien d'autre dans ma tête. Comment ose-t-elle ? Comment ose-t-il ? Toutes ces accusations qu'il me lançait, ses soupçons, alors que pendant tout ce temps c'est lui qui était infidèle. Pas moi. Lui.

Je me rends compte que je suis en train de me tordre les mains, de me mordre la bouche et qu'Onnie m'observe. Elle a l'air effrayé, faible, comme si elle avait peur de ce que je pourrais faire. Ses épaules tremblent. La chair de poule couvre ses jambes fines et jeunes. Eh oui, j'ai de la peine pour elle. Je n'y peux rien. Ce n'est pas réellement sa faute. Elle n'avait aucun contrôle. C'était lui. C'est lui qui a fait ça, qui le fait. Il vous entraîne là où il n'y a plus nulle part où aller. Il est tout ce à quoi vous pouvez penser. Elle l'a connu et elle l'a aimé. Elle est aussi obsédée par lui que je le suis. Elle est la seule autre personne, à part moi, qui sait ce que ça fait. Encore un peu et je la prendrais dans mes bras.

Elle dit quelque chose dans sa main que je n'entends pas.

— Quoi ?

Elle lève les yeux, tend les bras vers moi.

— Je me coupe parfois. J'ai cette tension qui monte et monte en moi et c'est la seule façon de la calmer. C'est pire encore depuis la mort de Zach.

Je prends ses poignets pour inspecter les crêtes rouges.

— Tu devrais te faire aider, dis-je.

— Je me fais déjà aider. Le dernier docteur m'a donné des antidépresseurs, mais ça ne sert à rien. Mes parents ne font que ça : payer pour qu'on m'aide.

— Eh bien, tu devrais envisager de t'aider toi-même. Réfléchir à ce que tu veux faire de ta vie. Tu es jeune et talentueuse ; on t'a choisie pour ce stage à Shelby Pink parmi des centaines d'autres.

Elle pose sa tête sur la table.

— Vous êtes très gentille.

— Je ne suis pas vraiment très gentille.

— J'imagine que je ne peux plus rester, maintenant que vous savez ?

Je pourrais hurler : non, tu ne peux plus rester. Mais je ne le fais pas. Je me contente de secouer la tête.

Onnie acquiesce.

Elle se lève pour aller chercher ses affaires en haut. Je l'attends devant la porte d'entrée. Elle revient en serrant son gros sac à dos entre ses deux bras.

— Bon, tu connais le chemin jusqu'à la gare ?

— Ouais.

— Ça ira ?

— Ouais.

Quand elle se tourne pour partir, elle fait ce geste que j'ai déjà vu : elle se frotte la peau entre les sourcils avec son index gauche plusieurs fois très vite. Je pose ma main sur sa manche.

— Je suis désolée, dis-je.

— Pour quoi ?

— Pour Zach, pour tout le mal qu'il a fait.

Elle penche son parfait petit visage vers moi et ajoute :

— Je voulais savoir ce qu'il vous trouvait. C'est pour ça que je suis venue.

— Et tu sais maintenant ?

Mais elle est déjà dans la rue et, si elle me répond, je ne l'entends pas.

Cette nuit-là, mon esprit a divagué sur des choses qu'il aurait dû éviter. Les cheveux d'Onnie sur le visage de Zach. Aimait-elle ce qu'il lui faisait ? Ses longs baisers si profonds ? L'amenait-il jusqu'au point où le désir se transforme en peur ?

Je savais, n'est-ce pas ? Au fond de moi. La semaine avant Noël, quand je suis rentrée de l'école, il y avait deux verres de whisky, pas lavés, dans l'évier. Je me souviens de les avoir fixés un moment. Mon sang s'était glacé. Le robinet fuyait et les gouttes éclataient sur l'émail comme un petit feu d'artifice liquide. Cela faisait un mois qu'il était bizarre, se nettoyant les mains encore plus souvent que d'habitude. Il buvait davantage. J'avais retrouvé des cachets sous son oreiller. Il ne répondait plus au téléphone quand je l'appelais.

Il était assis à table, tapant comme un fou sur son ordinateur : des notes pour un tableau, m'a-t-il dit. « Est-ce que tu vois quelqu'un d'autre ? » ai-je demandé.

Il m'a retourné l'accusation, disant que j'étais paranoïaque, que c'était la preuve de ma culpabilité.

— Qui est-ce que tu baises ? a-t-il lancé.

J'ai eu honte de lui avoir posé cette question.

Il aurait dû me le dire à ce moment-là. Il n'était pas trop tard. Le plus infime des remords et je lui aurais pardonné. J'aurais reconnu mes propres erreurs : mon incapacité à veiller sur lui. J'aurais été au lit avec lui sur-le-champ. J'étais sans défense, impuissante entre ses mains. Il suffisait qu'il me touche et je ne m'appartenais plus.

Au moins, il ne subsiste plus le moindre doute désormais. Attendait-il que je l'apprenne ? Selon Onnie, il avait arrêté de la voir à cause de moi. Au moment même où je lui annonçais que je le quittais. Pas pour un autre. Pour personne. Il ne me suffisait pas ou alors il n'était pas le bon. Un mélange de ressentiment et de remords me saisit. En tout cas, il a bien eu sa vengeance maintenant. Il faut en finir.

Un des anneaux du rideau s'est enlevé et une portion de fenêtre luit là-haut. Je quitte le lit et je monte sur une chaise pour le remettre en place, les bras écartés, exposée au jardin, aux maisons au-delà.

Zach

Octobre 2011

Onnie dit que je suis « la meilleure chose qui lui soit jamais arrivée ». Elle est censée faire des sessions de rattrapage à Esher College, mais personne ne remarque ses absences. Elle vient à l'atelier presque tous les jours. Je ne peux pas dire qu'elle me dérange dans mon travail. Ça fait des semaines que je ne fous rien. On baise comme des gosses, innocemment. Pas mal. Mais je ne supporte pas les clichés.

Je suis « l'homme de ses rêves ».

J'ai essayé de rompre. Lizzie a des doutes. Je vacille entre la panique et la fureur. Si seulement elle comprenait. Si seulement elle était prête à en finir avec ses propres flirts. Je sais ce qu'il se passe dans son école, toute cette tension sexuelle qui mijote. Nous serions heureux si nous déménagions dans les Cornouailles. Je n'aurais pas besoin d'Onnie si je me sentais en sécurité avec Lizzie. Je serais la meilleure personne du monde – l'homme que, dans nos meilleurs moments, je vois se refléter dans ses yeux – séduisant, doux, sexy. Ce sont les autres qui gâchent tout. Il faut qu'on parte. Elle ne le comprend pas, ou ne veut pas le comprendre. Mes intermèdes galants avec Onnie : c'est sa faute. Elle ne veut pas abandonner son travail. Ni quitter sa mère, ce qui est absurde : depuis cette crise de pneumonie, la vieille est tellement à l'ouest qu'elle ne reconnaît même plus ses propres filles. Et puis, Peggy a besoin d'elle, dit-elle. Enceinte encore une fois, la pauvre petite chérie. Combien de gosses il leur faut à ces cons ?

Lizzie veut un bébé. Nous « essayons ». Je me suis forcé à jouer celui qui est aux petits soins, à étudier de près ses tests d'ovulation alors que tout ce que je veux en réalité, c'est la prendre par les épaules et la secouer. « Pourquoi est-ce que je ne te suffis pas ? » « Qu'est-ce qu'un bébé nous apporterait que nous n'avons déjà ? » Mais je ne le fais pas. Il faut qu'elle arrive à cette conclusion par elle-même : voilà le vrai test de son amour. Je lui ai dit que nous laisserions la nature suivre son cours. J'attends qu'elle réalise ses erreurs, qu'elle comprenne que son bonheur est entre ses mains. Les choses iront mieux après ça. Si elle tombe enceinte : ce sera une autre sorte de preuve. Quelqu'un paiera. Et si elle refuse de s'en débarrasser, si elle ne veut pas accepter notre vie telle qu'elle est, alors ce sera la preuve de son désintérêt.

Le clébard doit dégager. Elle ne se rend pas compte de tout ce que cette bête exige d'elle, de toute l'attention qu'elle monopolise. Un cocktail de Témazépam et de Valium est mortel à long terme. (Dixit Google.) Cette bestiole est tellement stupide qu'elle dévore sa saucisse quotidienne comme si sa vie en dépendait. Pour le moment, elle est juste un peu assommée, incertaine sur ses pattes, mais je sais que l'empoisonnement est progressif, inéluctable et indétectable. Mieux vaut ça qu'un accident fortuit. Petit à petit, elle apprendra à vivre sans ce chien si bien qu'elle se rendra à peine compte de sa disparition.

Onnie vient d'appeler :

— Je ferai n'importe quoi pour toi. Tu n'as qu'à demander.

17

Lizzie

Le lendemain, je mets Howard dans la voiture et je le conduis chez le véto. La salle d'attente est d'une gaieté obscène : des chiens qui jappent, des chats dans des paniers sous des pubs pour friandises canines et pour peluches en forme de souris remplies d'herbe à chats. Après ma nuit tourmentée, on dirait que le monde s'est transformé en dessin animé.

Le vétérinaire ne voit pas ce qui ne va pas. Il effectue quelques analyses de sang, lui fait une piqûre de vitamines et me dit de l'hydrater. C'est sans doute un microbe, dit-il, ou une cochonnerie qu'il a mangée. Il tire joyeusement les oreilles d'Howard. « Ce que nous, les vétérinaires professionnels, appelons la gastroentérite des poubelles. »

Après avoir ramené le chien à la maison, j'arrive en retard à l'école, mais personne ne semble le remarquer. Les inspecteurs ne sont toujours pas là et tout le bâtiment est comme figé dans l'attente. La plupart des professeurs ne se soucient que de ranger leurs classes et de peaufiner leurs cours. Michele organise une collecte pour Sam qui est en soins intensifs. Des fleurs sont commandées, une carte circule.

À midi, je m'achète un sandwich à la cantine et installe une chaise devant la fenêtre de la bibliothèque face au parc. C'est une vieille habitude. Zach venait parfois m'attendre là-bas, sous un arbre. Un cours de kick-boxing a lieu : une rangée de femmes en leggings, les jambes fléchies. Comme un train désarticulé, une file de petits enfants, en tablier vichy, de la crèche voisine se dirige vers le terrain de jeux. Au loin, vers l'alignement de sycomores, un couple se promène main dans la main. C'est toujours une surprise pour moi de constater que le monde ne s'est pas arrêté.

Je quitte l'école dès que possible pour aller rendre visite à ma mère. Elle est d'humeur grincheuse et refuse de manger. C'est une lutte longue et pénible de la convaincre de goûter son hachis Parmentier. Elle me demande trois fois qui je suis.

— J'ai une fille, dit-elle en secouant la tête avec mépris. Mais ce n'est pas toi.

L'une des aides-soignantes m'a dit que Peggy était venue lundi.

— Elle avait amené votre adorable petite-fille avec elle, n'est-ce pas ? Comment s'appelle-t-elle déjà ?

Maman sourit avec un air innocent mais ne répond pas.

— Chloe, dis-je. Elle s'appelle Chloe, hein, maman ? Et les deux autres, c'est Alfie et Gussie.

Elle ne paraît pas comprendre et ça me brise un peu le cœur. Elle veut regarder la télévision et je lui fais lentement traverser la chambre pour l'installer devant le petit poste que nous lui avons acheté. C'est l'heure de *Pointless* et elle reste là, assise sur sa chaise, fascinée par l'écran. Avant sa démence, elle détestait les jeux de questions-réponses. Je pense à Iris Murdoch regardant les *Teletubbies* à la fin de sa vie. Je lui caresse les cheveux un moment, puis je lui prépare une tasse de thé noir que je pose délicatement à ses côtés.

J'erre dans la chambre, près des étagères. Combien de maisons en porcelaine Coalport devrait-il y avoir ? J'en compte quatre. Il y en avait six au début, une a déjà disparu. Et maintenant, une autre. La petite maison blanche hexagonale avec un toit en forme de parapluie. Je me mets à genoux pour la chercher sous le lit, je tire le rideau devant la fenêtre au cas où on l'aurait mise sur le rebord. Rien.

Zach détestait ces maisons. Il les trouvait ridicules. Je lui disais qu'elles me rappelaient mon enfance ; il me répondait que la nostalgie est une faiblesse dont je devais me débarrasser. Quel message chercherait-il à m'envoyer en les enlevant l'une après l'autre ?

Je vérifie une nouvelle fois l'étagère au cas où elle serait tombée ou aurait glissé derrière les livres – les Georgette Heyer[1] qu'elle aimait tant quand elle pouvait encore lire.

Mais la maison a bien disparu.

---

1. Auteure anglaise de romans sentimentaux.

Zach

Novembre 2011

Mon cœur cogne en permanence. Je recommence à ne plus dormir. J'ai augmenté les doses. Rien n'y fait. Je suis agité, sur les nerfs. Les changements d'humeur empirent. Je n'arrive pas à me concentrer. Je crois que c'est le Témazépam. Ces cachets de Kulon – je m'interroge. Ma main tremble quand je tiens le pinceau. Je n'ai aucune énergie. Je peux imaginer déposer la peinture sur la toile, mais je suis paralysé par l'angoisse de mal faire. Alors, je reste assis là, ou je fais les cent pas, ou je baise Onnie dès qu'elle se pointe.

— Comment va ta peinture ? m'a demandé Lizzie hier soir sur le ton qu'on emploierait pour : « Comment va ce pauvre bébé mourant ? Toujours sous dialyse ? »

Elle penchait la tête sur le côté. Avant, elle me suppliait pour voir mon travail, m'implorait pour que je l'apporte à l'atelier. Elle pensait que j'étais un génie, un géant. Elle a perdu sa foi dans mes capacités. Elle n'a aucune idée de ce que devient ma vie.

Est-ce qu'elle voit quelqu'un d'autre ? Elle parle d'Angus et de Pat. Je me suis occupé d'Angus. C'est qui, cet enfoiré de Pat ?

Je fouille dans son ordinateur quand elle est à l'école. Pour l'instant, rien dans son historique Internet. Pas d'e-mails révélateurs. Je me demande si elle a un autre compte à l'école. J'ouvre tout son courrier, je vérifie régulièrement son sac. Rien. Elle est trop maligne.

Elle est rentrée tard hier soir. Ça montait en moi, une brûlure, un serpent qui me léchait le fond de la gorge. J'ai fait semblant que tout était OK, l'ai laissé deviner toute seule ce qui m'avait énervé. Au souper, elle s'est levée de table, a pris son assiette et a quitté la pièce.

J'ai compté jusqu'à soixante avant de la suivre.

Elle était à la table du salon ; devant la baie vitrée, là où je l'avais déplacée. Son assiette était vide. Le chien était assis à ses pieds, les yeux levés vers elle.

Je lui ai demandé ce qu'elle fabriquait. Elle a souri et a dit qu'elle sentait qu'elle m'irritait, qu'elle m'avait vu grimacer à chaque fois qu'elle mâchait ; alors, comme elle ne pouvait pas mâcher plus discrètement, elle s'était dit qu'il valait mieux qu'elle aille mâcher ailleurs.

Je me suis senti piégé, manœuvré. Des mots se sont mis à couler de ma bouche. Je lui ai dit qu'elle me faisait honte, qu'elle se laissait aller. La plupart des femmes ne se curent pas les dents devant leur mari. Elles se rasent les jambes, s'épilent, se maquillent. À l'atelier, les filles portent des faux cils. Je lui ai dit qu'elle avait une verrue sur la joue et que même si elle s'imagine avoir arraché deux ou trois poils, il y a tous les autres qui grouillent là-dessous comme de la mauvaise herbe.

— Qui est Pat ? ai-je dit. Dis-moi qui c'est.

— Tu as bu. Depuis quand ? Combien de verres as-tu pris ?

J'ai éclaté. Qui pourrait me reprocher de boire un verre de temps en temps, quand je dois supporter tout ce que je supporte ? Des hommes plus solides auraient craqué depuis longtemps. Est-ce si étonnant, avec sa tête, que je sois son premier véritable amant ? Quel genre de mère croit-elle pouvoir devenir ? Elle restait assise là sans rien dire. Une larme a coulé sur la table et elle l'a épongée avec la manche de son cardigan.

Il était tout neuf, ce cardigan en cachemire ; je le lui avais moi-même acheté. Du même vert pâle que ces paillettes dans ses yeux. Je n'ai pensé qu'au peu de respect qu'elle me témoignait en l'abîmant ainsi. J'ai passé un moment à réaligner les photos sur la cheminée, à dépoussiérer la télé. Son couteau et sa fourchette étaient posés n'importe comment près de son assiette, selon des angles différents. J'ai corrigé ça. Puis je l'ai regardée. Elle essayait d'arrêter de pleurer. Je me suis penché pour lui caresser le visage, mais au lieu de ça, je lui ai tordu le nez. Fort.

Elle est venue vers moi plus tard. Elle s'est assise sur le bord du matelas, refusant que je la touche, mais finalement elle s'est allongée. Elle a voulu parler ; je ne l'ai pas laissé faire. J'ai arrêté sa bouche avec des baisers, je l'ai déshabillée, lui ai promis que je ne recommencerai plus jamais. Mon enfance. Mon passé. Nous sommes faits l'un pour l'autre. Un lien unique. Personne d'autre ne peut comprendre.

— Ne me quitte jamais, ai-je chuchoté dans son oreille. Si tu me quittes, tu n'as pas idée de ce que je ferai.

En bas, enfermé dans la cuisine, le chien aboyait encore.

18

Lizzie

Une maison vide : c'est à la fois un soulagement et une déception. Si Onnie empêchait Zach d'exécuter son plan, plus rien ne le retient maintenant. A-t-il repris sa stratégie de harcèlement ? Un autre carreau cassé. Un deuxième oiseau mort. Un signe quelconque. Je cherche, mais je ne vois rien.

Le chien est venu m'accueillir à la porte. Au moins, il est capable de se lever. Il remue la queue quand je le caresse et me suit dans la maison. Je vérifie d'abord le salon. Il est tel qu'Onnie l'a laissé. Je fais de mon mieux pour y semer du désordre. Je déplace les meubles. Je renverse une chaise que je laisse par terre. J'étale à nouveau le hideux tapis rouge et bleu (où il n'y a pas la moindre tache de café). Je sais qu'il le déteste.

Dans la cuisine, je replace la bouilloire sous l'étagère, mon endroit préféré. Je me sers un peu de vin, puis je monte dans le bureau. Je m'attends à ce qu'Onnie l'ait laissé impeccable, mais non. Les draps et les couvertures sont jetés par terre n'importe comment, les oreillers aussi. Je ramasse tout ce linge que j'enfourne dans la machine à laver et je replie le canapé. Ceci fait, je m'assois enfin au bureau, avec mon verre de vin, pour une nouvelle tentative sur le mot de passe de Zach.

Il faut un moment pour que je réalise ce que je vois. Le bureau est vide.

Je regarde par terre, sur les étagères. J'ouvre tous les tiroirs.

Est-ce que je deviens folle ? J'imagine des choses ? La maison en porcelaine et maintenant l'ordinateur. Ai-je à nouveau perdu la notion du temps comme ça m'arrivait au début ? Je vais voir dans la chambre, sous le lit, je redescends au rez-de-chaussée, je remonte. Je regarde encore sous le bureau.

Il était branché à la prise murale.

Est-il venu ici ? Est-ce lui qui l'a pris ?

Cette idée enfle et change de couleur, menace de me remplir la tête. C'est alors que je revois Onnie en train de partir : son sac à dos qu'elle serre contre sa poitrine.

Je l'appelle. Boîte vocale. Je laisse un message.

— Je sais que tu as pris l'ordinateur de Zach. Rapporte-le immédiatement.

Je raccroche, les mains tremblantes.

Un bruit. Je lève la tête. La porte. Pas la sonnette, mais un coup. Le grincement de la boîte aux lettres.

Je me précipite en bas.

L'inspecteur Perivale est là, sur le perron, solidement campé sur ses jambes, les mains enfoncées dans les poches de son jean.

— Mme Carter ? Je vous dérange ?

J'hésite.

— Non. Pas vraiment.

Il coince une mèche de cheveux derrière l'oreille. Ses rides de chaque côté de la bouche sont si profondes qu'on dirait des cicatrices.

— Je me demandais si nous pourrions discuter un peu.

J'ouvre grand la porte. Il entre, baissant la tête bien que cela ne soit pas nécessaire. Je tends les bras pour le débarrasser de sa veste. Dans mes mains, elle sent le froid, l'humidité et quelque chose de chimique. Je la pends sur la rampe aussi calmement qu'il m'est possible. Nous allons dans le salon.

Je ramasse les coussins par terre pour les reposer sur le canapé, je redresse la chaise que j'ai renversée et je m'y installe, lui faisant signe de prendre place à la table, face à moi.

Il s'exécute, examine la pièce autour de lui avant de revenir vers moi.

— Joli décor, dit-il. Monacal.

— Oui.

— La couleur me plaît, dit-il en caressant le mur. J'envisage de repeindre chez moi. Qu'est-ce que c'est ? Blanc cassé ? Bleu layette ?

— C'est un gris pâle qui s'appelle « Lumière volée ».

Il plisse les coins de sa bouche vers le bas, faisant semblant d'être impressionné.

— Il va falloir que je me souvienne de ça.

— Vous habitez le quartier ? dis-je en pensant : que faites-vous ici ?

— Presque, dit-il. Battersea. L'autre partie de Clapham Junction. Winstanley Estate, pour être précis.

— Oh, j'y ai vécu quand j'étais petite.

— Vraiment ? Il paraît que le quartier « est à la hausse ». Bon…

Il rassemble ses mains, comme pour une prière.

— … je suis navré si je vous dérange. Ce n'est pas grand-chose. Une simple remarque, à vrai dire.

Une simple remarque ?

— Hier, vous avez demandé à Morrow de se renseigner sur la mort d'une jeune femme. Charlotte Reid.

— Oui. Savez-vous ce qu'il lui est arrivé ? Elle a eu un accident ? Était-ce en voiture ?

— Je vais y venir. Mais d'abord…

Il essuie le bout de ses doigts sur la table avant de tapoter le bois trois fois. Il regarde le plafond.

— Le 25 décembre 2011. Le jour de Noël. Un dimanche. La police a reçu un appel signalant du tapage à cette adresse. Un voisin avait entendu des bruits très forts, des aboiements, des hurlements. Quand l'agent Evans est arrivé sur les lieux, la femme en question a affirmé être tombée dans l'escalier.

— C'est ça.

Au bout d'un moment, il dit :

— D'accord.

Et je répète :

— D'accord.

Ses yeux fouillent la pièce, regardent partout sauf vers moi. J'essaie de ne pas baisser les miens. Je ne vais pas me laisser entraîner là-dedans. Je l'ai promis à Zach. Cela ne fera que compliquer les choses. La nuit à laquelle Perivale fait référence… C'était entre lui et moi à l'époque, et c'est entre lui et moi maintenant.

— On m'a envoyé faire tout un tas de formations cette année, reprend-il. En pénitence. Une affaire récente dans laquelle je n'ai pas été aussi efficace que je l'aurais dû. Mon intuition s'est révélée fausse.

Ses sourcils tressaillent et sa lèvre inférieure s'avance.

— Un tas de formations, donc. Criminologie appliquée. Armes à feu. Utilisation avancée d'une base de données. En résumé, une perte de temps. Par contre, mon affectation temporaire aux Violences familiales, dans le cadre du programme pour l'égalité des genres… voilà qui s'est avéré fascinant. Quand j'entendais parler de relations abusives, je me disais toujours, comme la plupart des gens, j'imagine, pourquoi ne part-elle pas ? Ou pourquoi ne part-il pas ? Pas vous ?

— Quoi ?

— Vous pensez ça ?

— Sans doute, oui.

— Je vais vous dire pourquoi ils ne partent pas. Ils vivent dans l'illusion que leur relation est « unique », « spéciale ». Le partenaire a peut-être lui-même subi des abus et sa victime lui trouve des excuses, se sent responsable.

— Je peux le comprendre.

— La victime ne saisit pas forcément que l'escalade est inévitable. Elle est entraînée dans cette spirale avant même de s'en rendre compte. Elle croit souvent mériter un tel traitement. Élément important, la menace que fait planer le partenaire abusif n'est pas toujours physique au début. Elle peut être psychologique, émotionnelle, financière, sexuelle…

— Je vois que cette affectation vous a été utile.

— Mais ça se termine toujours par de la bonne vieille violence.

Maintenant, je veux qu'il se taise. Je ne veux plus avoir à l'écouter. Je souris.

— Je ne vois pas le rapport avec moi.

— Non, dit-il en clignant lentement des paupières. D'accord.

— C'est tout ?

Je bouge pour détendre mes mains. Des rires, des cris dans la rue. Le klaxon d'une voiture.

Il m'observe, pensif.

— Non. Donc… Charlotte Reid. Le légiste a conclu à une glissade. Un morceau de moquette décollé ; enfin, pas tout à fait de la moquette. Du jonc de mer. Elle vivait dans un appartement au dernier étage. L'escalier était très abrupt et elle est tombée tête la première jusqu'en bas. Cause de la mort : traumatisme crânien. Malheureusement pour elle, elle était seule dans l'immeuble à ce moment-là. Si les voisins n'avaient pas été en vacances, si on l'avait retrouvée plus vite…

Je secoue la tête.

— Elle était enceinte, ajoute-t-il d'une voix neutre.

Je ne peux pas parler. Je m'accroche à la table de peur de tomber.

— Pas de Zach, dis-je au bout d'un moment. Ce n'était pas celui de Zach.

— Non. Peut-être pas. Il semble qu'il n'était pas son partenaire à l'époque.

— Je ne vois pas où vous voulez en venir en me racontant tout ça.

Il rejette la tête en arrière et fronce le nez. Soudain, tout son corps se contracte à nouveau et il se penche au-dessus de la table, massif.

— N'avez-vous pas laissé entendre devant l'agent Morrow que votre mari pourrait avoir mis en scène sa propre mort, qu'il serait encore vivant ?

Je garde une voix calme.

— À une époque, je l'ai cru, oui.

— Aviez-vous peur de lui ?

Peur. Comme ce mot est simple.

— Je ne vois pas en quoi cela vous regarde.

— D'accord.

Il se lève, mime un mouvement d'étirement. Je le précède dans le couloir et lui tends sa veste. Il l'enfile, tripote l'ourlet pour trouver la fermeture éclair tout en contemplant l'escalier.

— Vous l'avez échappé belle. Votre chute, je veux dire.

— Je suppose, oui.

Arrivé à la porte, il se retourne.

— Pardonnez-moi, ajoute-t-il tout en m'adressant un petit salut moqueur. Je croyais pouvoir exorciser certains fantômes, c'est tout.

Zach

Suis-je quelqu'un de mauvais ? J'ai commis des erreurs par le passé. Je n'ai jamais voulu faire le moindre mal à Polly, ni à Charlotte. Je commençais à penser que tout ça, c'était derrière moi, que j'avais vraiment changé. Mais il est peut-être trop tard. Les pensées s'accumulent dans ma tête jusqu'à ce que je ne sache plus trop si c'est la réalité ou pas. Je voudrais pouvoir quitter mon cerveau.

L'an dernier, nous avons passé Noël à Gulls. Maintenant que j'y pense, j'avais dû la forcer. Toutes ces excuses qu'elle inventait. C'était mon « sanctuaire ». Je pense qu'elle voyait déjà quelqu'un d'autre. Cette année, j'ai accepté de rester à Londres. Vous voyez comme je peux être gentil... doux et raisonnable même, putain de merde. J'ai juste refusé de le passer avec Peggy et Rob. Il faut que ce soit juste nous deux, j'ai dit. Un moment spécial. On avait eu une année difficile. Les efforts pour avoir un bébé, la pression de mon travail, etc. On allait se mettre en pyjama, faire un feu, nous terrer, laisser le reste du monde dehors. Nous verrouiller.

Elle a accepté à contrecœur. Une longue promenade avec le chien et Jane : l'occasion de faire la langue de pute contre moi. Un appel déchirant à Peg l'Encloquée. Des promesses de messe de minuit le soir de Noël et de vin chaud pour le Boxing Day[1]. « Ça te convient ? » a-t-elle dit après avoir enfin raccroché. Oh, d'accord, je vais jouer le jeu. Je vais sourire. Faire l'idiot avec les gosses (« C'est tonton Zach » ; « Tonton Zach va jouer au foot » ; « Demande à Tonton Zach »). Je prendrai Peggy dans mes bras dans le couloir, je lui sourirai avec un regard un tout petit peu trop appuyé. Je discuterai rugby avec Rob. Je ferai semblant d'en avoir quelque chose à foutre. Mais après, Lizzie paiera. Une vengeance silencieuse. Une « retenue sur faveurs sexuelles » (dites ça les lèvres pincées). Elle me suppliera à genoux. Elle va apprendre à me mériter.

Matin de Noël.

J'ai ouvert les yeux et elle était déjà debout, en train de s'habiller. Elle allait sortir le chien, est-ce que je voulais venir ? Non, je ne voulais pas venir. J'ai essayé de la ramener sous les draps, mais elle s'est écartée.

J'aurais pu me vexer, facilement, mais c'était Noël. Pendant son absence, j'ai préparé du café, mis la table. J'ai étalé du saumon fumé sur deux assiettes et beurré des toasts. À son retour, le breakfast était prêt. Elle a exprimé du ravissement, de la surprise. Elle était inquiète à cause du chien. Il avait été « si tranquille ». Je lui ai dit qu'elle se faisait des idées. « Il va bien. » J'ai dénoué son écharpe, lui ai enlevé sa veste, lui ai avancé sa chaise. J'ai ouvert du champagne. On a tiré un pétard de Noël. On a raconté des

---

1. Jour férié en Angleterre, le lendemain de Noël ou le surlendemain si le 25 tombe un samedi.

blagues (« un homme entre dans un bar... Ouch !). On s'est embrassés.

J'avais décidé d'accorder sa journée à Howard. Une générosité de circonstance.

On est retournés au lit. J'ai fermé les rideaux et, dans la semi-obscurité, je me suis occupé de son corps, en partant des orteils. Elle a joui avant que j'atteigne les cuisses. Je prenais mon temps. Je traînais jusqu'à ce que je la sente bouger au bout de mes doigts. J'ai retardé autant que j'ai pu, jouant avec elle, caressant, taquinant. Même le son de sa respiration, hachée ou bloquée, m'excitait. Quand elle a touché ma bite, j'ai joui aussitôt.

On a mangé en milieu d'après-midi. Pas de dinde. (Je n'aime pas la texture.) Du poulet, sans sauce. La farce cuite à part, pas dans la volaille. Pommes de terre rôties et petits pois. Elle a mis *Goodbye Cruel World* sur l'iPod et on a dansé sur Elvis Costello là, dans la cuisine. Je n'ai jamais su danser. Mad Paul éclatait de rire dès qu'il me voyait. Il disait que je ressemblais à un âne constipé. Mais avec Lizzie, ça n'a aucune importance. Je peux être qui je suis. Pas de façade. J'ai déclaré que je l'aimais, que je n'avais jamais ressenti pour personne ce que je ressentais pour elle.

Il a fait nuit avant qu'on pense aux cadeaux. Je m'étais donné du mal : un collier en or avec nos initiales mêlées, une écharpe en soie Orla Kiely et de jolis sous-vêtements – Dieu sait qu'elle en avait besoin. Je voulais qu'elle ouvre les siens d'abord. Je ne pouvais plus attendre. L'anticipation de sa réaction m'excitait déjà. Elle a mis le collier, enroulé l'écharpe autour de son cou, agité le soutien-gorge en l'air en promettant « un défilé de mode tout à l'heure ».

J'étais heureux. J'oubliais tout.

Elle m'a embrassé.

Et puis, elle a dit :

— Tu n'aurais pas dû dépenser autant.

Plus tard, elle est montée s'excuser dans le bureau.

— Ce n'est pas ce que je voulais dire. J'ai manqué de tact. Mais tu m'as mal comprise. Je voulais juste dire : trois cadeaux ! C'est beaucoup trop. Je n'en ai qu'un pour toi.

Je faisais semblant de lire. Bon, avec le champagne, le vin à table et le whisky que j'avais descendu pendant qu'elle sortait le chien, j'avais atteint le stade où le monde était un peu flou sur les bords. Je ne cherche pas à me défendre. Ce qui s'est passé ensuite n'est pas ma faute.

— Tu n'as que du mépris pour moi, ai-je dit, les yeux fixés sur ma page. Mais tu n'es pas forcée de l'afficher en permanence.

— Ce que je gagne est à toi. Nous partageons. Ce n'est pas un problème. C'est Noël. Allez. Nous avons passé une si belle journée. Je t'ai amené ton cadeau. Ouvre-le, grand grincheux.

Elle avait ses bras autour de mon cou. Elle me chatouillait sous le menton, essayant de me faire rire. C'est ce qu'elle fait avec l'aîné de Peggy quand il est au bord d'une crise. Mais je ne suis pas un gamin gâté. Je refuse qu'on me parle ainsi. Je n'ai pas bougé.

Je l'ai entendue quitter la pièce, ses pas descendant les quelques marches jusqu'à la salle de bains. Elle avait laissé mon cadeau, un lourd petit cylindre emballé dans du papier soie rouge avec des Pères Noël grimpant des cheminées. Il y en avait vingt-deux. Je les ai comptés.

Dedans : une boîte jaune. De l'après-rasage. Mon préféré. Mon odeur signature. Acqua di Parma. Pendant un infime instant, j'ai été heureux. La bouteille dans la salle de bains était presque vide. Lizzie avait dû me voir presser le bouton encore et encore pour en extraire les dernières gouttes. Mais c'était Colonia Assoluta. Erreur. Immonde erreur. Je ne porte que Colonia Intensa. C'est la pensée qui compte. Et le fait est qu'elle n'avait pas pensé. Elle l'avait juste attrapé en vitesse sur une étagère. Même l'emballage était condescendant, le genre de papier-cadeau qu'on utiliserait pour un gosse. Un putain de gosse.

J'ai bondi de ma chaise et en deux pas j'étais devant elle alors qu'elle sortait de la salle de bains. J'ai eu le temps de remarquer la peur sur son visage, de vouloir la balayer d'un geste, et ensuite j'avais la main autour de sa gorge et je la plaquais contre le mur. Elle m'a repoussé. Son genou m'a touché à l'aine. Je me suis à moitié tourné pour éviter un nouveau coup. Elle a hurlé. Nos jambes se sont emmêlées et soudain elle est tombée, pas la tête la première, mais de côté, sur le flanc, ses mains cherchant à se raccrocher au vide, jusqu'en bas des marches.

Quand la police est arrivée, on était toujours au même endroit. Ni l'un ni l'autre n'avaient eu la force de bouger. Je lui tenais la tête dans mes bras, lui murmurant à quel point je regrettais. Le chien était allongé à ses pieds, haletant. L'effort pour venir jusqu'ici avait failli l'achever.

Un talkie-walkie diffusait des voix désincarnées dans la nuit. Je sentais les vibrations du véhicule qu'ils avaient laissé, moteur tournant, dans la rue. Les flashs de lumière bleus et rouges créaient une ambiance disco sur les murs du couloir.

La sonnette a retenti.

Elle n'a pas bougé. Elle ne m'avait pas encore regardé.

— Tu as besoin d'aide, a-t-elle dit. Je ne sais pas si c'est l'alcool ou ces cachets que je retrouve partout, mais il faut que tu voies quelqu'un.

— Je sais.

Elle s'est levée difficilement.

— Je suis sérieuse, Zach.

— Je le ferai.

Elle avait la main sur la poignée de la porte.

— C'est promis ?

Elle m'a fixé et un million de mots silencieux sont passés entre nous. Un pacte muet a été conclu. Alors, seulement, elle a ouvert.

19

Lizzie

Enceinte. Charlotte était enceinte. De Zach ?
Était-ce possible ? Tout dépend des dates.

Le jour de Noël 2011.

Il m'avait préparé un breakfast. Nous avons ri et
ouvert du champagne. Nous avons passé la moitié de
la matinée au lit, mêlés l'un à l'autre. J'étais sur mes
gardes : un changement d'humeur pouvait survenir
à tout moment, comme un plongeon dans de l'eau
glacée. Je ne pouvais jamais prévoir quand cela allait
arriver : les muscles de son visage qui se contractent,
ses pupilles qui se dilatent. C'étaient des crises, des
flashs lunatiques, mais je savais quoi faire. Rester
calme, insouciante, tout faire pour lui prouver qu'il
passait en premier. Que tout était ma faute. J'étais
capable de gérer.

Ce jour-là a été différent. Ce n'était pas juste de la
paranoïa qui explosait en violence. C'était son regard
vide, comme s'il avait oublié qui il était. Je ne me
souviens pas de tout : le monde qui devient noir et
blanc, qui tourbillonne, la douleur qui explose tout
au fond de ma tête.

Après, il était tourmenté, torturé par ses propres actes. Ce n'était pas lui. C'était la personne en lui qu'il ne voulait pas être : les mauvais traitements qu'il avait subis quand il était enfant, les médicaments. Il a dit qu'il ferait n'importe quoi pour me garder. Il irait voir un docteur, il arrêterait l'alcool. Et ensuite, les choses seraient différentes, les démons seraient repoussés. Il avait juste besoin d'être sûr de moi.

J'ai pleuré :

— Tu peux être sûr de moi.

Quand les cours ont repris à l'école, déglutir me faisait encore mal. J'ai couvert mes marques avec des manches longues. Jane a remarqué les veines éclatées dans mes yeux.

— Trop de fêtes, pas assez de sommeil, ai-je dit.

Il avait commencé à me briser. Je me sentais responsable de son bonheur et de sa santé mentale. Je rentrais tout droit de l'école pour être avec lui. Je déclinais les invitations de ma sœur et de mes amis. Je me permettais uniquement de sortir le chien, qui n'était pas dans son assiette quand Zach nous accompagnait. J'allais voir ma mère beaucoup moins souvent que je ne l'aurais dû. Si la culpabilité me saisissait, je la rejetais. C'était Zach qui avait besoin de moi désormais.

Peu après, j'ai attrapé un rhume qui s'est transformé en grippe. Zach a appelé l'école pour dire que j'étais malade. Il m'apportait du citron et du miel au lit, des œufs brouillés sur des toasts. Il me faisait la lecture et me passait de la musique sur son iPod. Il s'occupait de tout : de la maison, du chien, il m'achetait des vitamines. Du Redoxon : « Vitamine C et zinc double action » et du Pregnacare Conception : « Formule spéciale pour quand vous essayez d'avoir un bébé ».

— Il faut qu'on te remette en forme, disait-il. Il faut que ton corps soit prêt.

Une semaine de congés n'a pas suffi. J'ai entamé la deuxième. Jane est venue me voir un après-midi. Je les ai entendus parler sur le pas de la porte, mais il est remonté seul. Il lui avait dit que je dormais.

— Je ne dormais pas. J'aurais bien aimé la voir.

Il a paru blessé, comme si j'émettais des doutes sur ses capacités.

— Tu as besoin de te reposer.

J'ai voulu voir un médecin ; il m'a convaincue que c'était inutile. C'était juste un virus, pourquoi lui faire perdre du temps, prendre le risque d'une salle d'attente infestée de microbes ? Il veillait sur moi. Nous pouvions très bien nous débrouiller seuls.

J'avais le vertige. Mes membres me faisaient mal. Mais il voulait quand même faire l'amour. Il était doux. Et ce n'était pas par hasard.

Nous parlions du bébé que nous allions avoir : si ce serait un garçon ou une fille, à qui de nous deux il ressemblerait. Zach dressait des listes de prénoms et se renseignait sur les crèches et les écoles primaires de South London. Puis, comme souvent, il se mettait à parler des Cornouailles. Je somnolais, l'oreille au creux de son cou. Je sentais ses mots vibrer dans sa gorge. Il me racontait des histoires de petits enfants courant dans les vagues, de feux de cheminée et d'écoles de village. Il faisait miroiter les images de la vie parfaite que nous connaîtrions, et je me suis entendue acquiescer.

À mon retour à l'école fin janvier, j'ai donné mon préavis. Sandra m'a demandé si j'étais sûre de moi. Je lui ai répondu que je l'étais, mais que je n'avais pas encore annoncé la nouvelle à ma sœur et à mes amis et que je lui serais donc reconnaissante si elle gardait le secret encore un moment. J'y allais « pas à pas ». C'était ce que Zach m'avait dit de dire.

Un soir, pas longtemps après ça, je suis rentrée tard : pas très tard, juste plus tard que je ne l'aurais dû. Il n'était pas encore six heures. Il tournait en rond dans la maison. Il avait débranché toutes les prises, en les arrachant violemment. Il avait les mains rouges. Il les avait lavées dans de l'eau bouillante. Il m'a ignorée et s'est mis à taper frénétiquement sur le clavier de son ordinateur, rédigeant des notes, des mails, ou je ne sais quoi. Le chien était allongé sous la table, toujours en petite forme. J'ai vu Zach lui donner un coup de pied.

J'ai essayé de m'expliquer. Jasmine, une élève de cinquième qui faisait partie des cas difficiles et devait être placée dans une famille d'accueil le lendemain, était arrivée à la bibliothèque dans tous ses états. Elle s'était mise à jeter des livres par terre, à les piétiner, en hurlant des jurons.

— Ça m'a pris un moment pour la calmer. Il fallait que je parle sans arrêt, que je lui répète que tout allait bien se passer, mais je ne pouvais pas partir avant que l'assistante sociale ne soit là.

J'étais debout devant l'évier, parlant trop, donnant trop de détails pour masquer ma nervosité. Il s'est levé en repoussant bruyamment sa chaise. Il a traversé la pièce et s'est arrêté si près de moi que ses pieds m'écrasaient les orteils. Il me fixait. Ses mains se sont levées, comme s'il allait me caresser, puis il m'a pris par les cheveux et m'a tiré la tête en arrière. Il a ouvert le robinet à fond et l'eau froide m'a aspergé le visage, me remontant dans le nez, m'emplissant la bouche. J'ai paniqué, je me suis débattue – j'ai cru que je ne pourrais pas me libérer, qu'il allait mettre l'eau bouillante – mais aussi subitement qu'il m'avait saisie, il m'a lâchée et je me suis effondrée sur le carrelage.

Est-ce que cela aurait suffi à ce que je le quitte ? Probablement pas. Il a regretté, bien sûr. Et je m'en suis voulu. J'aurais dû l'appeler. Je ne l'avais pas fait parce que je me disais que ça irait, que je serais à la maison avant qu'il ne se rende compte de mon retard. Et ensuite, quand je lui avais expliqué la situation, j'aurais dû être plus détendue, moins timide. S'il m'avait crue coupable, c'était parce que je me sentais coupable.

L'épisode suivant est arrivé pendant la deuxième semaine de février. Cela faisait un moment que nous essayions d'avoir un bébé. Peggy m'avait dit qu'il fallait attendre six mois avant de commencer à s'inquiéter. Je savais que Zach voulait laisser la nature suivre son cours, mais quel mal y avait-il, me disais-je, à consulter ma gynéco ? Elle pourrait peut-être me donner des conseils pour accélérer les choses, si c'était possible. J'ai pris rendez-vous lors d'une de mes pauses déjeuner.

Zach était bien cette semaine-là. Un nouveau marchand d'art d'Exeter, qu'il avait rencontré aux ateliers de Wimbledon, était sérieusement intéressé par son travail – les paysages – et voulait lui en commander plusieurs autres. C'était un nouveau commencement pour lui, l'occasion d'oublier définitivement l'échec de Bristol. Il avait prévu d'aller le rencontrer puis de passer quelques jours à Gulls, pour préparer notre arrivée. Nous allions nous installer dans les Cornouailles plus tôt que prévu, mais ce n'était pas un problème, n'est-ce pas ? Quand Sandra me laisserait-elle partir ?

— Il faut d'abord qu'elle me trouve un remplaçant.

Il a paru déconcerté.

— Je ne vois pas pourquoi on aurait besoin de toi.

J'ai quitté la pièce pour monter m'allonger. Ce n'était rien, lui ai-je dit, juste une migraine. Il ne se rendait pas compte de ce qu'il avait dit. La panique est revenue. Est-ce que je voulais vraiment déménager dans les Cornouailles ? Comment pouvais-je abandonner ma mère, ma sœur et tous mes amis ? Eux avaient *besoin* de moi, et certains des gosses de l'école aussi. J'ai pensé à Jasmine, qui maintenant passait à la bibliothèque tous les midis, et à Conor qui ne se doutait peut-être pas que je veillais sur lui. Zach avait tort. Des gens avaient besoin de moi. D'autres gens que lui.

J'ai essayé de ne pas trop penser à ça. Il pouvait vite basculer d'une idée à l'autre. Au début de notre relation, il n'en avait que pour Londres, Londres. Peut-être que si j'attendais un peu, il changerait d'avis. Ou peut-être que si je tombais enceinte, c'est moi qui changerais d'avis.

J'avais pris mon rendez-vous la veille du départ de Zach. La médecin que j'ai vue était nouvelle. Elle ne paraissait pas beaucoup plus vieille que certaines des élèves de terminale : blonde et jolie, avec un sourire gai. Elle s'est levée pour venir m'accueillir à la porte de son cabinet. Les autres restaient assis, sans bouger. Je me souviens avoir pensé : ce doit être un nouveau truc qu'on leur apprend pendant leur formation.

Je me suis assise et je me suis expliquée. C'était probablement idiot de ma part, mais j'étais un peu triste de ne pas être tombée enceinte. Je me demandais si je pouvais lui demander conseil.

Elle avait déjà mon dossier sur son bureau. Elle m'a posé quelques questions. Depuis quand essayions-nous ?

Respections-nous les bons moments du cycle ? Mon époux avait-il un quelconque problème de santé ?

— Non. Il est plutôt en forme. Il prend quelques cachets contre l'angoisse, mais c'est tout.

— D'accord, votre mari s'appelle Carter lui aussi ?

— Non. Hopkins. Zach Hopkins.

Elle a hoché la tête et consulté son écran à nouveau, tapant sur quelques touches. Quelque chose a paru la dérouter.

— Votre mari a-t-il les mêmes envies que vous ? a-t-elle demandé.

— Oui. Il est impatient de fonder une famille. Il n'a pas été très gâté de ce côté-là dans son enfance.

Elle a acquiescé, pressant ses mains l'une contre l'autre.

— OK, a-t-elle dit. Bon, ce n'est pas la fin du monde. Les gens changent souvent d'avis. C'est généralement réversible. Envoyez-le-moi et nous nous en occuperons.

Rien de ce qu'elle disait n'avait le moindre sens.

— Qu'est-ce qui est réversible ?

— Sa vasectomie. Je vois ici…

Un nouveau regard vers l'écran.

— … qu'il est venu nous voir le 2 septembre 2010 puis a été adressé à Lister, une clinique privée. L'opération a eu lieu sept jours plus tard, le 9. Ça a été rapide mais…

Elle a souri.

— … en général, quand les hommes prennent cette décision, ils veulent en finir au plus tôt.

— Une vasectomie ?

J'ai ri.

— Vous devez vous tromper de dossier. Zach Hopkins.

Elle m'a jeté un coup d'œil avant d'éviter mon regard.

— Hum, a-t-elle dit. Vous devriez sans doute lui dire de venir. Prenez un autre rendez-vous, ensemble, et nous en discuterons.

Je ne sais pas comment je suis sortie du cabinet. J'avais l'impression d'avoir été frappée au ventre. Elle n'avait pas commis d'erreur. Je me souvenais de ce mois de septembre... il n'avait pas voulu faire l'amour pendant une semaine. Il boitait légèrement. Il avait dit qu'il s'était fait mal à l'aine en descendant de vélo... Il ne voulait pas d'enfants. Il n'aurait pas supporté de me partager. Il était jaloux de tout le monde, y compris de mon chien. Il ne me voulait que pour lui. Il s'était moqué de moi, m'avait joué cette comédie.

Je ne suis pas retournée à l'école. J'ai appelé pour dire que j'étais malade. J'ai passé l'après-midi à errer dans les rues, réfléchissant à ce que je pourrais faire. Si je m'installais dans les Cornouailles avec lui, il allait me broyer. Je suis entrée dans un café pour lui écrire une lettre. Elle était posée et distante. Elle ne disait rien de ce que j'éprouvais.

Ce soir-là, j'ai cuisiné une recette que Jane m'avait donnée. L'esprit ailleurs, j'ai ajouté des champignons à la sauce. Il a refusé d'y toucher. J'ai essayé de manger normalement. Chaque bruit de mon couteau ou de ma fourchette était abominable. Je mâchais aussi silencieusement que possible. Il observait chacune de mes bouchées, grimaçait à chaque déglutition. Nous n'avons pas dit un mot avant que toute trace du repas – de mon acte de rébellion – ait disparu. J'aurais pu encore l'accuser, lui donner l'occasion de s'expliquer. Mais il a émis un commentaire méprisant, accompagné d'une moue dédaigneuse.

Devant une grande vague, on fuit ou on plonge dedans. J'ai décidé de fuir.

Il était dans la salle de bains, en train de se laver les mains, quand j'ai posté la lettre. Ce n'était pas grand-chose d'aller glisser cette enveloppe dans la boîte aux lettres au bout de la rue. Ce n'était pas monumental. Rien de brisé ou de carbonisé. Pas encore.

Zach

Janvier 2012

Elle est à moi maintenant. Je le sens. Pas comme si elle était malade de moi, mais droguée plutôt. Elle est shootée à l'amour. Je suis heureux. Chaque jour est un cadeau que nous partageons. Personne ne vient nous voir. (À part Jane que j'ai envoyée balader.) Je garde son portable sur moi. Aucun amant n'a essayé de la joindre – à moins qu'il ne soit prudent. Je lui ai fait couler un bain tout à l'heure et j'ai vérifié sous son oreiller : pas de second téléphone. Je pense qu'elle dit la vérité. Après son bain, je l'ai enveloppée dans des serviettes, je l'ai séchée et remise au lit. Elle était allongée là, faible et reconnaissante, pendant que je lui caressais les cheveux, le visage. Je l'ai bordée bien serrée avant d'évoquer mon projet avec précaution : couper tous les ponts, aller vivre dans les Cornouailles, recommencer.

— D'accord, mon amour, a-t-elle dit, ensommeillée. Si ça peut te rendre heureux. Oui.

OUI.

Dommage pour Onnie. J'ai rompu la « connexion ». Elle me tapait sur les nerfs. Et franchement, elle ne me plaisait même pas, sans parler de la désirer. J'ai fait ça par téléphone. Ses parents ont enfin découvert ses absences à Esher. Ils l'ont envoyée dans les Cornouailles pour la punir et qu'elle tente encore de se faire admettre dans un autre collège de merde sous les auspices d'une petite conne au pair – loin de toute distraction. (Pas sûr que ça me convienne. Il faudra que je trouve un moyen de me débarrasser d'elle.) Elle sanglotait au bout du fil. Est-ce qu'elle avait fait quelque chose ? Était-elle trop grosse ?

— Mais non, tu n'es pas trop grosse.

— Qu'est-ce que c'est, alors ?

— Rien.

— C'est ta femme ? a-t-elle dit alors, incrédule.

Je n'ai pas pu me retenir.

— Oui. C'est elle.

Ma femme. Ma Lizzie.

20

Lizzie

Jeudi est une de ces journées où la lumière ne passe pas. Le ciel est bas comme un rideau tiré sur le monde. J'engueule des quatrièmes qui perdent leur temps devant l'ordinateur. Je renvoie deux troisièmes qui mâchent du chewing-gum. Je sursaute à chaque fois que s'ouvre la porte de la bibliothèque.

On peut se torturer avec des « si ». Je n'aurais pas dû écrire cette stupide lettre. J'aurais dû affronter Zach et me comporter en adulte. Cela aurait provoqué une scène effroyable. Il aurait sans doute nié ou déformé la vérité de façon que tous les reproches me retombent dessus, mais nous aurions peut-être pu dépasser cette crise. Il avait des excuses. Charlotte portait son enfant. Avait-il pris cette décision après son tragique accident ? Ou bien était-ce lié à son aventure avec Onnie ? Avec Xenia ? Ou peut-être était-ce tout simplement en raison des conséquences indépassables de son enfance : sa peur de la famille ? De toutes les familles. Je n'en sais rien parce que je n'ai pas demandé. Je me suis comportée comme la vieille Lizzie qui, pour être tranquille, ne se mêle pas de la vie des autres, même s'ils ont commis un crime.

Quand je la vois devant la maison, je me fige sur place. J'ai envie de tourner les talons et de repartir par où je suis venue.

Mais elle m'a vue. Elle a apporté des fleurs, un frêle bouquet d'anémones bleues : une seule couleur.

— S'il vous plaît, s'il vous plaît, s'il vous plaît, dit-elle en les tendant vers moi. Je vous demande pardon. Je sais que j'ai eu tort. Laissez-moi expliquer. S'il vous plaît.

Je passe devant elle, sans rien dire, et je mets la clé dans la serrure.

— Je ne veux pas de fleurs, dis-je. Je veux juste l'ordinateur.

— Oui. Pardon. Je sais.

Le sac à dos pend à son épaule. Elle le pose par terre pour fouiller dedans. Des vêtements – une écharpe, une veste noire – tombent dans l'allée.

Enfin, l'ordinateur est extrait et, toujours accroupie, elle me le tend.

— Merci.

Je le prends et m'apprête à lui fermer la porte au nez. Ce serait plus facile si elle était debout. Psycho-logiquement, je ne veux pas l'abandonner prostrée ainsi à mes pieds.

Elle lève les yeux vers moi. Immenses, ourlés d'eye-liner noir… elle me fait penser à une étrange créature des bois.

— S'il vous plaît, répète-t-elle.

Elle fourre à nouveau ses affaires dans le sac. Les anémones sont par terre.

— J'en sais plus que vous ne le pensez. Je peux vous être utile. Nous devrions faire ça ensemble.

— Faire quoi ?

346

Elle se lève.

— Retrouver Zach, bien sûr.

Dix minutes plus tard, Onnie est à nouveau assise dans mon salon. Elle a pleuré un peu – des larmes pleines de morve qui ont l'air vraies – et elle m'a répété à quel point elle était désolée. Elle a agi sous le coup d'une impulsion. Il était là, posé sur le bureau, et elle s'est dit que si elle avait juste un peu de temps, elle arriverait à trouver le mot de passe. Elle n'y est pas parvenue et maintenant qu'elle sait que moi non plus, elle pense que nous devrions essayer ensemble.

— Deux cerveaux valent mieux qu'un, dit-elle. Nous ne sommes pas ennemies. Nous devrions être amies et nous unir. À nous deux, on devrait être capables de deviner le mot qu'il aurait choisi.

Je n'ai pas dit grand-chose. Adossée à la cheminée, je serre l'ordinateur contre ma poitrine.

— Je vous ai entendue, ajoute-t-elle, au moment où vous avez quitté Sand Martin le jour où vous êtes venue déjeuner.

— Je n'étais pas venue déjeuner.

— D'accord, le jour où vous n'êtes pas venue déjeuner. Je les avais laissés dans le salon, j'étais dans l'escalier. Je vous ai entendue marmonner quand vous avez quitté la maison. Sur le moment, je n'ai pas compris : un truc à propos de retrouver Zach. Mais maintenant, je sais. Toutes ces choses que vous avez dites, votre façon de parler de lui.

— Et alors ?

— Il est toujours vivant, hein ?

Je ne réponds pas tout de suite.

— Comment cela pourrait-il être possible ?

347

— J'y ai réfléchi. Toute la journée hier, j'ai essayé de comprendre. Il a dû mettre en scène son accident.

— C'est très peu probable, dis-je avec prudence, avec ma voix de maîtresse d'école. Il y avait beaucoup trop de monde sur les lieux. Le paysan qui a appelé les pompiers. Le chauffeur du camion qui s'est mis au milieu de la route pour arrêter la circulation. La dépanneuse : trois personnes pour déblayer l'épave de la voiture. Sans parler des autres témoins, des médecins légistes et des deux services de police différents. C'était un événement important, Onnie.

— Vous avez entendu parler de Jolyon Harrison ? Vous savez qui c'est ?

— Ce nom me dit quelque chose.

— Il a disparu. Il se trouvait dans les Cornouailles. Pile-poil la semaine de l'accident de Zach. Vous ne trouvez pas ça bizarre ?

Ma poitrine se serre pour empêcher mon cœur de battre trop vite.

— C'est une coïncidence.

— Il a été vu pour la dernière fois à Bude. Kulon dit qu'il était au bar avant l'arrivée de Zach.

— Zach était au bar ce soir-là ?

— Oui. C'est là que je l'ai retrouvé.

Je regarde par la fenêtre derrière elle. Le nouveau carreau a un aspect différent. Plus lisse. Plus plat. Je le croyais à Exeter cette nuit-là. S'il était déjà dans les Cornouailles, qu'est-ce que cela signifie ? J'étudie la vitre, j'essaie de rester calme.

— Zach est assez intelligent pour avoir tout arrangé. Jolyon et lui sont peut-être partis en voiture ensemble et Zach a réussi à s'en sortir. Il a sauté de la voiture à temps et c'est en la voyant s'enflammer qu'il a décidé de disparaître. Ou alors, il n'a jamais été dans la bagnole. C'est Jolyon qui conduisait. Et c'est Jolyon qui est mort. Depuis, Zach reste planqué et il attend qu'il n'y ait plus aucun risque pour réapparaître.

Je décide de la tester :

— Ce n'est pas si simple de faire croire qu'on est mort. Pour vivre d'une façon à peu près normale, il faut un permis de conduire, un passeport, un numéro de sécurité sociale. Des choses banales, comme louer un appartement ou obtenir un boulot, rien de tout cela n'est possible sans papiers. Tout ce qu'on raconte à propos des certificats de naissance qu'on peut se procurer pour changer d'identité, ça ne marche plus avec l'informatique. Il n'y a aucun moyen de démarrer une nouvelle vie.

Je remarque que j'ai élevé la voix.

Onnie se lève et vient vers moi. Ses yeux brillent.

— Et si on ne veut pas d'une nouvelle vie ? dit-elle. Et si on veut juste semer la pagaille dans l'ancienne ?

Zach

Elle va mieux. La fièvre est tombée. Elle prétend avoir donné son préavis, mais je ne la crois pas. Elle ment, comme toujours. Ça a encore changé. Je le sens. Je sens la glissade, comme du sable qui se dérobe sous mes pieds quand une vague se retire. Je ne sais pas ce qu'elle fabrique, toute la journée, dans cette école. C'est une anguille qui me glisse entre les doigts. Je ne dois pas la lâcher une seule seconde. C'était la grippe qui la faisait m'aimer, pas son cœur.

Dès qu'elle est en retard, j'explose. Je ne devrais pas. C'est plus fort que moi. Je commence à boire trop tôt, j'arpente les pièces, je tripote les prises. Je vérifie encore et encore. J'ai mal aux mains à force de les laver. Tout va de travers. Les cachets, je crois. Elle me surveille. Elle me jauge. Elle me juge. Je l'aime tellement, l'émotion est si débordante que j'ai envie de lui cracher au visage.

J'ai inventé une galerie à Exeter. Je lui ai dit que le type est fou de moi. Rien à voir avec ce bon à rien de Bristol. Lui, c'est du sérieux. Un rendez-vous est prévu. Il s'intéresse aux paysages abstraits – il en veut d'autres. Il faut avancer notre départ dans les

Cornouailles. Elle a cru que je ne verrais pas l'horreur qui est passée dans ses yeux. Elle se trompait.

Howard, mon vieux : je crains que ta dernière heure ait sonné. J'ai raffiné ma technique d'empoisonnement. J'ai acheté des os à moelle que j'ai coupés en tranches dans lesquelles j'ai glissé un cachet. Une tranche, un cachet. Je les ai cachées dans un sac-poubelle suspendu à un clou derrière une vieille bâche dans l'abri à outils. Elle n'y va jamais.

21

Lizzie

Vendredi, Jane apparaît à la porte de la bibliothèque juste avant la dernière sonnerie. Elle compte faire un saut à St George : est-ce que je veux l'accompagner ? Je la regarde. Je suis tellement fatiguée, mon esprit est tellement fracturé que je ne comprends pas de quoi elle parle.

— Pour voir comment il va, dit-elle. Lui montrer qu'il a des amies.

— Qui ?

— Sam ! Qui d'autre ?

J'ai laissé Onnie à la maison en train d'essayer de craquer le mot de passe de Zach. J'ai fini par accepter son aide à contrecœur. Nous formons un duo douteux, bizarre : sa femme et sa maîtresse adolescente joignant leurs forces pour le démasquer. Nous avons passé la soirée à chercher toutes les combinaisons possibles. J'aurais abandonné. « Ça pourrait être n'importe quoi. Une série de signes aléatoire. » Mais Onnie est tenace. Elle est convaincue que Zach aura fait preuve de sa méticulosité habituelle. « C'est sûrement quelque chose qui lui tient à cœur. »

Et je ne dois pas m'inquiéter pour Xenia : elle essaie toujours d'entrer en contact avec elle.

Je pense qu'elle gagne du temps, mais je ne sais pas quoi lui dire.

Je me demande si notre complicité amuserait Zach ou si elle l'agacerait, à moins qu'il ne l'ait prévue depuis le début. Cette alliance me met mal à l'aise, elle m'écœure un peu, mais en même temps je veux le défier. Que peut-il faire de pire maintenant ? Me tuer ? Nous tuer toutes les deux ?

Onnie a promis de garder un œil sur le chien, de m'appeler si son état s'aggrave.

— D'accord, dis-je à Jane. La vie continue.

Elle nous conduit là-bas dans son break cabossé. La banquette arrière est surchargée de gants de boxe, de chaises pliantes, autant d'accessoires pour *Bugsy Malone*. Impossible de voir par le pare-brise arrière si nous sommes suivies.

— Tu ne dis pas grand-chose, fait Jane. Tu te sens comment ?

— Bien.

J'envoie un texto à Onnie pour la prévenir que je rentrerai un peu plus tard et j'éteins mon téléphone.

Nous trouvons Sam dans une salle commune en chirurgie. Il est allongé, tout habillé mais sans chaussures, sur un lit tout au bout de la rangée. Sa tête, bandée, est soutenue par plusieurs oreillers et il est en train de lire. Il ne nous entend pas arriver et je me dis deux choses. La première : comme c'est agréable de le voir, à quel point cet homme n'a rien de compliqué. Et la deuxième : comme c'est bizarre de voir un collègue à l'horizontale. Sans chaussures, ni chaussettes.

— Ah, dit-il en levant les yeux de son bouquin et en souriant. Une délégation du travail.

— Est-ce une façon d'accueillir vos collègues qui vous apportent des beignets ? dit Jane.

Elle l'embrasse sur le front, juste sous le rebord du bandage qui a la même teinte gris jaune, moutarde magique, que le désinfectant à l'iode qu'on utilise sur les égratignures à l'école. J'avais imaginé une bosse. Pas une coupure. Je ne l'embrasse pas, mais pas à cause de ça.

Je sens qu'il devine ma gêne.

— Carter, dit-il. Sympa d'être passée.

Il nous offre des muffins au chocolat rangés dans un panier en osier en forme de cœur et nous raconte ce qu'il s'est passé, ou plutôt le peu dont il se souvient. Après m'avoir laissée au coin du parc, il a pris l'allée qui le traverse en diagonale en direction du pont de la voie ferrée. C'est tout ce dont il se souvient. Il présume qu'il a traversé le pont, parce qu'on l'a retrouvé de l'autre côté des voies une heure plus tard, dans les fourrés, avec une blessure à la tête et deux côtes cassées. « Un hasard malheureux », selon la police. « Une erreur sur la personne, ou bien un vol qui a mal tourné. » Il doit sortir aujourd'hui si l'infirmière adéquate lui apporte le papier adéquat pour qu'il le signe à l'endroit adéquat. Paula, son ex-femme, vient de Hackney pour le reconduire chez lui. Jane lui demande s'il va pouvoir se débrouiller tout seul et il répond que Paula va rester cette nuit, juste pour s'assurer qu'il ne se noie pas dans sa bave.

— Ah ? dis-je, comprenant de quoi il veut parler.

— Je n'en suis pas là, dit-il en me lançant un rapide regard.

Je parle à peine. Je ne suis pas de bonne compagnie. Pour personne. Mais au moment où nous nous apprêtons à partir, il dit doucement : « Je suis désolé. » Comme si tout était sa faute. Nos yeux se croisent. Je découvre une moucheture sombre, comme une virgule, sous une de ses pupilles et les profondes rides de sourire aux coins de sa bouche. Il porte une chemise à carreaux, ouverte au col et sous laquelle j'aperçois sa clavicule ; un pouce y a laissé une marque bleue.

Après l'hôpital, Jane me persuade de venir boire un verre chez elle à Tooting. Sanjay travaille tard et ça ne lui ferait pas de mal d'avoir quelqu'un à qui parler. En réalité, elle veut surtout voir où j'en suis, mais j'y vais quand même. Je préfère rester loin de chez moi, et loin d'Onnie, aussi longtemps que possible. Ça ne me dérange pas qu'elle soit là, je me sens responsable d'elle, mais je ne tiens pas à passer trop de temps avec elle. Elle téléphonera, elle me l'a promis, si elle va quelque part. En attendant, j'ai besoin de m'accrocher à quelque chose de solide, de me calmer.

L'appartement de Jane et Sanjay, qui occupe les deux derniers étages d'une grande maison située derrière Broadway, est décoré comme un bordel victorien, avec de lourds rideaux, des méridiennes et des paravents tapissés de velours rouges. Nous prenons une tasse de thé dans leur petite cuisine puis un verre de vin. Jane réchauffe des pommes de terre et du fromage au micro-onde. Nous parlons de l'école : est-ce que le petit ami de Michele va se décider à lui demander sa main ? Pat a-t-elle besoin de Prozac ? Les inspecteurs d'Ofsted vont-ils enfin venir la semaine prochaine ? Mon esprit s'est compartimenté. Je suis déconnectée de mes amis. C'est ce qui arrive quand on leur cache des choses et plus ça va, plus le gouffre est impossible à combler. Je ne vais pas lui parler de Zach, mais j'évoque un peu Onnie, pour essayer d'expliquer pourquoi je suis devenue si distante. Je n'entre pas dans les détails : je dis juste que la fille d'une vieille amie de Zach a débarqué et qu'elle a un comportement fantasque. Jane répond qu'à m'entendre on dirait qu'elle a besoin d'un psychiatre. Je réplique que ce n'est pas vraiment mon problème, avec une désinvolture que j'aimerais réelle.

Avant que je ne m'en rende compte, il est déjà neuf heures. Je pourrais prendre le bus, mais je décide de rentrer à pied : le long de Garratt Lane puis sur Magdalen Road. Pour la première fois depuis des mois, il ne pleut pas. Le vin m'est monté à la tête. C'est une marche de quarante-cinq bonnes minutes et je n'emprunte que de grandes rues, avec des boutiques et des lampadaires allumés. Je me retourne fréquemment. Laquelle de nous deux est-il en train de surveiller : Onnie ou moi ? Est-il en proie à la confusion ? À une excitation érotique ? Je dis, à voix basse : « Je suis prête. Où es-tu ? »

Il est trop intelligent pour ça.

Arrivée devant la maison, j'entends les échos d'une musique familière. Une voix, veloutée et forte à la fois, sur une batterie et une guitare électrique. Elvis Costello : pas *Goodbye Cruel World*, mais un morceau tiré d'un album plus ancien, *My Aim is True*. « Alison », une chanson sur la trahison. Je fouille mon sac à la recherche de ma clé quand je me rends compte qu'Onnie est juste à côté de moi, derrière la baie vitrée, en train de me fixer. Son visage est une lune pâle entre les rideaux de ses cheveux tirés sur ses épaules.

Elle sort dans le couloir quand j'ouvre la porte.

— Vous rentrez si tard, dit-elle, en penchant la tête. Où étiez-vous ? J'étais trop inquiète.

— Je suis désolée. Je t'ai envoyé un texto. Je suis allée rendre visite à un ami à l'hôpital.

— Vous ne répondiez pas au téléphone.

Mon portable est dans ma poche. Je le sors.

— Bon sang. Désolée. Je l'ai éteint avant d'entrer dans l'hôpital. J'ai dû oublier de le rallumer.

J'appuie sur le bouton et l'écran s'illumine. Cinq appels manqués. Quatre textos.

— Désolée, je répète.

Elle me regarde et secoue doucement la tête.

— C'est pas grave. Rien n'est gâché.

Le chien s'est extrait de la cuisine pour venir m'accueillir. La musique est plus forte avec la porte ouverte. Gâché ? Je sens une odeur de cuisine. Je caresse Howard.

— Tu n'es pas un peu jeune pour Elvis Costello ?

— J'aime bien, c'est tout.

— C'était le chanteur préféré de Zach.

— Je sais.

J'essaie d'éviter la petite vague de jalousie et je la suis dans la cuisine, où un iPod diffuse la musique. La table est mise. Onnie ouvre le four pour en sortir un plat contenant deux blancs de poulet. Elle les dispose sur deux assiettes séparées puis ajoute des pommes de terre écrasées et des petits pois préparés à part.

— Ta-da, dit-elle. Je parie que vous ne vous doutiez pas que je savais cuisiner.

— C'est génial.

Je devrais être capable de lui dire que j'ai déjà mangé. Ça ne devrait pas me paraître aussi insurmontable. Mais je n'y arrive pas. C'est comme avec Zach, quand je me sentais piégée par ses attentes, quand j'étais sous son contrôle. J'éprouve la même perte de repères. Je ne sais pas ce que j'ai le droit de ressentir, si j'ai raison ou tort. Je me sers un verre d'eau que je bois adossée à l'évier. Je sens qu'elle guette mes moindres gestes.

— Sympa, hein ? dit-elle quand je repose mon verre. De rentrer à la maison et de trouver un repas tout prêt ?

— Génial.

— Vous avez bu ?

— Presque pas.

Elle rit et remue le doigt vers moi.

— Non, vraiment, je n'ai pas bu. Un verre, deux peut-être.

Elle dispose les assiettes sur la table et nous nous asseyons.

— Donc, qui est cet ami à qui vous rendiez visite ? demande-t-elle quand nous commençons à manger.

— Juste un collègue de l'école.

J'avale du poulet. Avec l'impression que c'est une punition.

— Sam Welham ?

— Oui ! Comment le sais-tu ?

— Je me suis souvenue, c'est tout. Vous m'avez parlé de lui, l'autre jour.

— Vraiment ?

Je baisse ma fourchette et je l'observe. Bizarre qu'elle se souvienne de ça.

Elle continue à manger, mais, sentant mon regard, elle lève les yeux et me sourit.

— Bon, vous ne m'avez pas demandé ce que j'ai trouvé aujourd'hui.

— Qu'as-tu trouvé aujourd'hui ?

Au moment même où je pose cette question, je comprends que c'est une erreur. Je ne veux pas qu'Onnie fouille dans l'ordinateur de Zach quand je ne suis pas là. En fait, je ne veux pas qu'elle fouille dans son ordinateur du tout. J'espère qu'elle n'a rien trouvé.

— Rien, dit-elle. Mais j'ai beaucoup réfléchi. Apparemment, une personne sur cinq utilise le nom de son animal domestique. J'ai essayé « Howard » mais ça n'a pas marché. Savez-vous si Zach avait un animal quand il était jeune ?

Une image de la froide maison d'enfance de Zach me vient en tête. Une grande demeure, des pièces vides, et un petit garçon que personne n'aime, caché dans un coin, cherchant à éviter les coups. Il avait toujours voulu un chien – il me l'avait dit un jour, au tout début – mais il n'avait jamais eu le courage de demander.

— Je ne pense pas.

— Sa première petite amie ? L'amour de sa vie ? Il a sûrement choisi quelque chose qui était important pour lui. Il était si romantique.

— Romantique ?

Je me lève et je jette en douce le reste de mes pommes de terre dans la poubelle avant de laver mon assiette. Maintenant qu'elle croit que j'ai accepté leur aventure, elle me parle comme si nous étions sur le même plan.

— Eh bien, je suppose qu'il a dû rencontrer sa première petite amie sur l'île de Wight, là où il a grandi.

— L'île de Wight ! On devrait y aller.

Je me retourne et j'éclate d'un rire faussement horrifié.

— Impossible. J'ai promis à Zach que je n'y mettrais jamais les pieds. Il ne voulait pas que je me fasse corrompre par cet endroit. Il avait juré de ne jamais y retourner.

— Il vous a fait promettre de ne jamais aller sur l'île de Wight ?

Elle a les traits tirés et elle semble à la fois déconcertée et un peu méprisante.

— Il n'a pas dû insister beaucoup, dis-je. Avant de le rencontrer, je ne savais même pas où ça se trouvait. Et puis, franchement, c'était pas sur ma route.

Alors même que je suis en train de lui répondre, une idée prend racine. L'île de Wight. Bien sûr. Je me suis persuadée qu'il rôdait près d'ici. Mais il pourrait très bien attendre à distance. L'île de Wight : le dernier endroit où j'aurais songé à le chercher. La cachette idéale.

— C'est drôle, ça, dit Onnie qui me contemple avec une certaine affection. « C'était pas sur ma route. »

— Pas si drôle.

— Merci de me laisser rester. On est OK maintenant, hein ? Quand Zach l'apprendra, il sera trop content que nous soyons amies.

Zach

13 février 2012

Je pars dans les Cornouailles aujourd'hui. Elle croit que je vais à Exeter voir ce soi-disant marchand d'art, que j'y passerai la nuit, mais en fait je fonce directement à Gulls. Je vais tout préparer pour notre installation. Et j'ai aussi besoin de me calmer un peu, de voir Kulon pour qu'il me file des médocs. Je veux qu'elle me regrette, qu'elle regrette mes mains sur son corps, entre ses jambes, le contact de mes lèvres. Elle a intérêt à regretter tout ça. Elle a intérêt à me regretter.

Demain, c'est la Saint-Valentin et je ne serai pas là. L'an dernier, c'étaient roses et chandelles, cartes et baisers. On avait passé la nuit emmêlés l'un à l'autre. Cette année, on n'en a même pas parlé.

Elle était bizarre hier soir. Elle a fait un poulet aux champignons, c'était infesté d'ail et en plus elle les a cuisinés *ensemble* ! Un coup de poignard préventif pour tuer l'amour ? Je ne crois pas. Ce n'était pas que je ne voulais pas lui adresser la parole. J'en étais incapable. Comment pouvait-elle être si peu attentive à mes goûts ? Elle m'a littéralement laissé sans voix. Je n'ai pas touché mon assiette, elle l'a débarrassée sans un mot, a jeté le contenu à la poubelle. Plus tard, elle a dit sur un ton bizarre, comme si elle évoquait un sujet qui n'avait qu'un lointain rapport avec elle, comme si elle me donnait la météo à l'autre bout du pays :

— Tu pourrais essayer de goûter des choses différentes. Comment savoir si ça te plaît, si tu n'essaies pas ?

— Je suis un adulte. Je n'ai pas besoin qu'on m'explique que les légumes c'est bon pour la santé, merci.

— Je dis juste que ça ne te tuerait pas d'essayer.

— Les gens veulent toujours dire aux autres ce qu'ils doivent faire.

— Les gens ? a-t-elle dit. Tu parles toujours « des gens », Zach. Tu fais de grandes généralisations sur « les gens », en les mettant tous dans le même sac, comme si le reste du monde se comporte d'une façon identique et que toi seul es différent.

Elle s'est excusée ce matin. J'avais dû me mettre en colère, je crois. Je ne m'en souviens plus trop. Est-ce que je l'ai bousculée ? C'est un peu flou. Mais bon, ça ne devait pas être si terrible, il était tard. On a fait semblant que tout était normal. Elle a à peine dormi, c'était visible : des cernes bleus sous les yeux. La radio était branchée, diffusant les résultats d'une quelconque élection partielle quelque part. Elle a enfilé sa veste et elle était déjà presque à la porte quand je l'ai rappelée.

— Je t'aime, lui ai-je dit. Tu le sais, n'est-ce pas ?

— Je sais, a-t-elle dit.

Elle mentait.

— Plus que tout, ai-je dit. Plus que la vie elle-même.

Je l'ai embrassée aussi fort que j'ai pu, mais j'ai senti qu'elle me résistait.

22

Lizzie

Samedi, je me réveille avant qu'il ne fasse vraiment jour. Je descends dans la cuisine le plus discrètement possible. Howard se lève dès qu'il me voit et il accepte la nourriture que je lui donne. Il remue la queue, faisant tomber une cuillère de la table. Elle heurte le sol avec fracas et je me fige, aux aguets. Pas de réaction en haut. J'écris un bref mot à Onnie, la remerciant pour le dîner d'hier et pour le rangement : *J'apprécie le geste et la maison en avait vraiment besoin.* J'explique que j'attends une amie qui va séjourner ici et que j'aimerais, si ça ne la dérange pas, récupérer le canapé-lit le plus tôt possible. J'ajoute pour conclure : *À la réflexion, je ne crois pas que ce soit la meilleure des choses que nous recherchions Zach ensemble ! Désolée ! Si je ne te revois avant ton départ, bonne chance pour tout !*

C'est une vilaine petite lettre agressive dans sa passivité, mais je m'en moque.

Je cache l'ordinateur de Zach sous mon matelas et je quitte la maison sans faire de bruit.

L'esplanade de Ryde en mars : délavée et trempée comme une rangée de poupées victoriennes abandonnées sous la pluie. La marée haute qui se brise sur la jetée. Au sommet de la ville, une église crève un oreiller de nuages bas.

J'ai l'impression d'entrer sans autorisation, de pénétrer sur un territoire interdit. C'était un lieu maléfique, disait Zach, le siège de tout son malheur. Le jour où il en était parti, il avait juré de ne plus revenir. Ce même jour, il avait tenu tête à son père pour la première fois et on l'avait jeté hors de la maison. Sa mère, faible, avait pris le parti de son père. Quand celui-ci était mort quelques mois plus tard, elle avait dit à Zach qu'il n'était pas le bienvenu aux obsèques. Il n'y était même pas retourné pour la vente du manoir : l'argent avait essentiellement servi à régler les dettes de son père.

— Est-ce que les voisins savaient ce qu'il se passait ? lui avais-je demandé. Personne n'est intervenu ?

— Ils savaient qu'on me frappait. Ils regardaient derrière leurs rideaux. Ils savaient, mais ils n'ont rien fait.

Je ne lui reproche pas d'avoir décidé de haïr l'endroit où il avait grandi, de le tenir pour responsable de tous ses maux. Mais ce n'était pas la faute de l'île. Elle n'était que la scène du crime. Une scène dont il lui était impossible de s'échapper. Il vivait chaque jour avec les conséquences de la brutalité de son père et de la complicité de sa mère. Tous ses problèmes venaient de là. Peut-être a-t-il fini par s'en rendre compte. S'il se cache ici maintenant, il doit être au comble du désespoir. Et s'il n'y est pas, s'il m'a suivie depuis Londres et m'a vue rompre la promesse que je lui avais faite, il doit être au comble de la rage. Dans un cas comme dans l'autre, cette initiative devrait le faire sortir. Je veux qu'il me voie ici. Je veux qu'il sache.

J'ai pris un train, un bus et un hovercraft. Dans le train, je scrutais les visages des autres passagers ; j'ai changé de voiture et de siège plusieurs fois. Nous n'étions plus que quatre sur l'hovercraft : deux filles d'une vingtaine d'années et un vieil homme assis devant, lisant son journal.

En débarquant, j'ai été surprise de voir à quel point l'île de Wight semblait douce et normale, un bout de terre ferme flottant au large, avec ses passerelles pour piétons, ses minis ronds-points et ses boutiques de *fish and chips*. Ryde dégage la mélancolie de toutes les villes de bord de mer hors saison : hôtel aux volets clos, maillots de bain en solde, adolescents désœuvrés.

Je pars sur le front de mer, Howard impatient devant moi, et je passe le long d'une piste de skate, d'une salle de jeux, d'un mini parc d'attractions Peter Pan. Un des wagons est à l'envers, révélant les entrailles graisseuses de ses mécanismes. Rien là qui ne soit aussi vulgaire et atroce que l'affirmait Zach. Au bord d'un lac artificiel, à côté d'une rangée de pédalos enchaînés en forme de cygnes, une jeune femme et un petit enfant donnent à manger à des canards. Me revient alors le souvenir de vacances à Bognor Regis : ma mère, dans sa satanée robe d'été, promenant fièrement ses deux impeccables filles. Elle nous avait trouvé des tenues assorties, maillots de bain bleu marine et jupes blanches, dans une boutique nommée Cuff's. Je me rappelle son commentaire :

— Ça va mieux à ta sœur. Elle a la silhouette pour ça. Mais bon...

En atteignant une longue plage en croissant de lune, j'enlève la laisse d'Howard. À mon grand soulagement, il a l'air beaucoup mieux aujourd'hui. J'ai trouvé un plan de l'île au port et je sais donc plus ou moins où je vais. Je suis le chemin le long de la mer, je dépasse un café fermé, une rangée de cabines de plage abandonnées et je traverse un parc jusqu'à une autre route principale. Tout est tranquille. Personne ne me suit. La vue sur le Solent gris est majestueuse et là-bas, au loin, les tours de Portsmouth mordent l'horizon.

Au bout de cette promenade en surplomb, là où les cabines s'arrêtent, un sentier redescend vers la route. Je remets sa laisse au chien et je consulte à nouveau le plan. Le prochain virage nous fait quitter la plage pour grimper une colline abrupte. Quelques maisons, la plupart divisées en appartements, ont été bâties à l'écart de la route, entre des arbres. C'est tellement différent des Cornouailles. Zach avait raison sur ce point. Tout paraît bien plus apprivoisé ici, plus résidentiel. La plupart des immeubles ressemblent à des lotissements de vacances. Ils sont désertés.

En haut, après l'entrée bruyante d'un mini-zoo où Howard tente de se libérer, j'atteins la route principale ; le village où a grandi Zach se trouve à quinze minutes à pied.

Je ne sais pas à quoi je m'attendais, à jouer les Miss Marple peut-être – un joli green, des toits de chaume. Mais c'est plus, eh bien, le sommet d'une côte, une route qui tourne, un carrefour, où le village s'est installé. Il y a une école primaire (même si je sais que Zach est allé à Tennyson Prep : « le meilleur enseignement de l'île »), un magasin de vins et spiritueux (solidement barricadé) et un supermarché. Un panneau fait de la pub pour Sky TV et un barbecue organisé par la commune le dimanche suivant.

Je m'assieds sur un banc posé sur un petit carré d'herbe près d'une poubelle pour crottes de chien.

Howard s'allonge à mes pieds. Je suis contente qu'il soit avec moi. Il n'y a personne en vue. Je n'avais pas imaginé une telle désolation. Je pensais que la demeure où il avait grandi, Marchington Manor, serait repérable de loin : une longue allée, un vaste jardin derrière des murs, un court de tennis. Pour l'instant, je n'ai rien vu qui ressemble à ça.

À la supérette du coin, la jeune fille avec un anneau dans le nez ne reconnaît pas Zach sur la photo que j'ai amenée : à moitié endormi sur une chaise longue dans notre jardin, la tête penchée vers le soleil. C'est ma préférée. Je l'avais prise à son insu. Elle n'a jamais entendu parler des Hopkins. La seule grande bâtisse qu'elle connaisse, c'est le Prieuré, mais c'est un hôtel de luxe. Zach avait un jour mentionné une nounou, Miss Caws. Une dame qui repassait ses uniformes et vivait dans un cottage fermier. La fille dit qu'elle connaît une Caws Avenue, mais aucune vieille dame qui faisait la nourrice. Quant au reste :

— Il y a bien une ferme pour animaux domestiques à St Helen, un chenil plutôt, mais pas sûr qu'il y ait des cottages... un gîte de vacances, peut-être ? Allez voir au café, mais je garantis rien, les propriétaires viennent de changer.

Le père de Zach ne fréquentait pas le pub. Il ramenait son alcool à la maison, préférant boire seul. Je vais quand même au bar. La patronne, une dame venue de Thaïlande, ne sait rien. Elle me suggère de reprendre la route qui descend vers la côte, jusqu'au petit lotissement en bord de mer. L'homme qui tient la boutique de cadeaux est là depuis des années : il pourra peut-être me renseigner.

La pluie s'est mise à tomber. Un crachin. Je ferme le col de ma polaire, remonte ma capuche et pars dans la direction qu'elle m'a indiquée. Adolescent, il a dû boire dans ce pub, foncer dans cette descente sur son vélo. Quelle vie mène-t-il s'il se cache par ici ? Je l'imagine marchant sur ces trottoirs, faisant ses achats dans ces magasins. Me suis-je trompée ? J'entends sa voix dans mes oreilles : « Je croyais que tu avais confiance en moi. »

Le village a quelque chose de digne, avec tous ses rideaux jaunes et bleus. Difficile de lui trouver quoi que ce soit d'effrayant. Je trouve la boutique de cadeaux en haut de la rue principale. Une cloche tinte à mon entrée. Une odeur douce et rance à l'intérieur, de rognures de crayon et de livres d'occasion. Mon mari dépensait-il son argent de poche ici, pour des avions en papier ou des pistolets à eau ? Ou alors pour du matériel de dessin : des fusains, des carnets de croquis ? J'essaie de l'imaginer petit garçon, choisissant avec soin. Je n'y parviens pas et mon cœur se serre. Je demande au propriétaire, un homme obèse avec des joues roses et des dents neuves, s'il se souvient de lui, ou s'il l'a vu récemment, mais non, ce visage ne lui dit rien et il n'a vu personne. Il me suggère de tenter ma chance juste à côté, au bureau de poste/épicerie/tabac.

Là-dedans, trois écoliers blonds choisissent un panier à crabes et un homme chauve en pantalon rouge tire de l'argent à un distributeur. Je commence à me sentir frustrée. Soudain, cette île me paraît bien plus grande que je ne l'avais cru. Le plan dit quarante kilomètres sur vingt. Il pourrait très bien ne pas être ici, mais ailleurs, n'importe où. La jeune femme au comptoir ne connaît pas non plus le nom d'Hopkins. Caws, ah oui, il y a bien une vieille famille, mais pas de nounou à ce qu'elle sache. Quant aux grandes demeures, il n'y en a pas tant que ça par ici, la plupart ont été reconverties en appartements il y a bien longtemps.

— Désolée de ne pas pouvoir vous aider, dit-elle en prenant un paquet de cigarettes qu'elle tend à l'homme au pantalon rouge. Je suis navrée qu'il ait disparu, ma pauvre. Ça doit vous briser le cœur.

Je me retrouve dans la rue devant la poste où deux teckels jappent, attachés à un poteau.

Une femme âgée aux chevilles enflées est assise dans la pharmacie en face, sur une chaise près du comptoir. Le pharmacien est grand et maigre, avec des joues creuses et une pomme d'Adam proéminente. Je tente le coup : je recherche un ami, Zach Hopkins, qui a disparu. Je décris ce que je sais de sa maison d'enfance. Après avoir à peine jeté un coup d'œil à la photo, le pharmacien secoue la tête, mais une femme plus jeune aux longs cheveux sombres sort de la réserve avec les médicaments de la vieille dame et se tord le cou.

La vieille dame regarde aussi. La plus jeune dit :

— Ce serait pas le fils de Jilly Jones ? Ça pourrait être lui, non ?

La vieille dame prend la photo pour l'amener tout près de son nez. Elle me la rend en hochant la tête.

— C'est le garçon de Jilly Jones.

— Jones ? Non, je ne crois pas. Vous devez...

La jeune femme s'est détournée. On dirait qu'elle n'a plus trop envie de me parler. Je me sens gênée, comme si j'avais fait quelque chose de mal. Quand la vieille dame se lève péniblement, je tends la main pour l'aider et elle et moi quittons la boutique ensemble. Elle s'appuie sur moi pour traverser la rue vers les teckels. En les libérant, elle dit :

— Alors, il a fini par s'en sortir ?

J'acquiesce.

— Oui. Si nous parlons bien de la même personne, il s'est bien débrouillé. Il est devenu artiste. Un très bon artiste.

— Mme Bristock… C'est elle que vous devriez voir. C'était la plus proche voisine de Jilly Jones. Elle habite toujours là-bas. Elle se souviendra. Elle gardait souvent le garçon. Allez-y. Prenez cette photo et montrez-lui.

Elle me donne l'adresse, m'indique la direction avec sa canne et repart avec ses chiens.

Je traverse la rue et m'engage dans le lotissement moderne qu'elle m'a indiqué. Je passe une dizaine de minutes à suivre une route à flanc de colline qui ne cesse de tourner. Je prends à gauche, à droite, je reviens sur mes pas – c'est difficile, toutes ces maisons se ressemblent – pour, enfin, atteindre la bonne adresse. Une petite maison carrée, avec un bout de pelouse devant et une grosse antenne satellite sur le toit mansardé. Des rideaux à festons à l'unique fenêtre.

Je me dis que ça va être un moment gênant et inutile. Je vois déjà Mme Bristock jeter un regard à la photo et secouer la tête. Une partie de moi espère que ça se passera ainsi.

Une petite femme avec une chevelure blanche en boucles serrées et des yeux bleus laiteux derrière d'énormes lunettes vient m'ouvrir. Une grosse perle à chaque oreille, une robe de chambre à fleurs et des pantoufles en lamé doré sur des pieds zébrés de veines. Quand je lui explique la raison de ma visite – j'utilise encore le nom de Zach Hopkins – elle pose sa main osseuse sur mon bras et me dit d'entrer.

— Ne vous inquiétez pas pour le chien, dit-elle. Il peut profiter du jardin.

Il lui faut un moment pour déverrouiller la porte de la cuisine et laisser sortir Howard. Apercevant un chat, il lui fonce dessus. Nous passons au salon.

Une pièce encombrée de bibelots dans laquelle il fait très chaud. Un poêle à gaz s'époumone dans la fausse cheminée et la télévision est branchée, le son coupé. Il règne une odeur synthétique et étourdissante de pétales de roses.

— Alors, mon enfant, dit-elle en s'installant dans un fauteuil. Redites-moi pourquoi vous êtes venue.

Je m'assois sur le rebord du canapé face à elle ; sur une petite table, à côté de moi, se trouvent un bol de pot-pourri et un grand chat noir en verre torsadé. Je sors la photographie que je pose doucement sur la table.

— C'est Jack Jones, dit-elle aussitôt. Le fils de cette pauvre Jilly.

Jack Jones. Je m'effondre au fond du canapé, la tête dans les coussins.

— Vous êtes sûre ? Quand je l'ai rencontré, il s'appelait Zach Hopkins.

— Non, Jack Jones. Elle voulait qu'on l'appelle *Madame* Jones, pour faire bonne figure... mais elle ne s'est jamais mariée. C'était son nom de jeune fille...

Elle agite une main dans le vide.

— Maintenant que vous en parlez, je crois bien que le garçon a repris le nom de son père, quand il a eu l'âge. Il a fait les démarches officielles.

— Le nom de son père ? Que voulez-vous dire ?

— Ça a été assez terrible pour cette pauvre Jilly. Vous comprenez, le père n'avait jamais rien fait pour le petit : un de ces forains, ou alors un des gars de l'académie navale un jour de perm'. Il est venu le voir une fois quand le gamin avait cinq ans. Mais je sais qu'il n'a jamais versé la moindre pension.

— Je ne comprends pas. Le Zach que j'ai connu avait ses deux parents. Vous êtes bien sûre... ?

Je lui redonne la photographie et elle la tient tout près de son visage.

— Si. C'est bien Jack qui vivait à côté.

Elle se penche et écarte le rideau de dentelle avec son index.

— Cette maison-là, sur la droite. Exactement la même que la mienne, sauf que leur jardin est en pente et que j'ai un plus grand placard-séchoir.

Je regarde ce qu'elle me montre. Une maison identique à celle-ci, avec une antenne satellite sur le toit. Un petit tricycle bleu traîne dans l'allée. Pas de manoir. Pas de court de tennis. Pas de domestiques. Pas de père violent. Pas de père du tout.

— Je crois que vous vous trompez de personne, dis-je.

Mme Bristock se hisse sur ses pantoufles pour aller ouvrir un buffet sous la télévision. Elle en sort un album photo qu'elle feuillette.

— Tenez. Regardez. Le voilà. Avec Jilly à la fête du village.

Elle se penche pour lire ce qui est inscrit.

— 1985. Il devait avoir dans les treize ans.

Elle tend l'album et je regarde. La femme est mince avec un visage pincé. Elle porte des talons hauts et un manteau rose, cintré à la taille avec une ceinture noire en cuir verni. À ses côtés, réticent, donnant l'impression qu'il veut quitter le cadre de la photo, se trouve un grand garçon aux cheveux bruns avec des yeux bleus et une bouche reconnaissables.

— Est-ce qu'elle le battait ?

Il me faut un long moment pour parvenir à poser cette question.

— Elle était folle de lui, ma Jilly, dit Mme Bristock. Elle travaillait chez Tesco. Quand ils ont lancé le supermarché ouvert vingt-quatre heures sur vingt-quatre, elle a pris deux services. Elle n'a jamais su conduire, alors elle montait là-haut à vélo. Rien n'était trop beau pour son fils. Gâté, bien sûr. Elle lui passait tous ses caprices. C'était ça, son problème, à ce garçon.

Après un long silence, la voix brisée, je demande :

— Où a-t-il été à l'école ?

— D'abord à celle du village puis au collège de Newport. Jilly voulait l'envoyer au lycée de Portsmouth, mais il n'a pas été pris. Il avait une passion pour l'art, si je me souviens bien. Une année, à Pâques, il avait remporté la compétition artistique du village et il avait un stand à la foire où il faisait des caricatures pendant la semaine des régates. Mais ça n'a pas marché. Il n'a pas eu les notes.

Elle s'interrompt pour me sourire. Mon expression a dû l'arrêter.

— Je peux vous offrir quelque chose, mon enfant ? À boire ?

Je lui dis que je voudrais bien un verre d'eau mais que je peux aller le chercher. Je lui demande si elle désire quelque chose : « Pourquoi pas un petit thé… c'est un peu tôt mais au diable. » Je lui dis que je m'en occupe. Dans la cuisine, en attendant que l'eau bouille, je regarde par la fenêtre. Howard est allongé au milieu de la pelouse, à côté d'un abreuvoir à oiseaux.

Pas de père violent, pas de raclées, pas de couloirs froids ni de caves gelées. Une enfance ordinaire dans un village ordinaire. Une mère qui le gâtait, qui lui donnait tout ce qu'il voulait. Un parent unique, mais personne n'est jamais mort de ça. Rien de ce qu'il m'avait dit n'était vrai. Tout n'était que mensonges. Combien de fois avais-je excusé son comportement, ses lubies, sa tyrannie, à cause de tout ce qu'il avait subi ? Combien de fois ?

Il n'était pas allé à l'université. Il n'avait jamais vécu à Clapham. Je pense aux murs nus de son atelier à Wimbledon et je me demande même s'il lui arrivait de peindre. La galerie à Exeter, j'avais tellement cherché à la retrouver, pour récupérer son travail... Était-ce aussi une invention ? Cet homme que j'aimais. Auprès de qui je m'allongeais. Dont je touchais chaque partie du corps. Que j'ai laissé m'habiter, me posséder. Qui couchait avec Onnie. Un étranger. Même son nom est une invention.

Quand je reviens enfin dans le salon, Mme Bristock regarde à travers la fente qu'elle a créée dans son rideau de dentelle. Elle « ne me remerciera jamais assez pour le thé : bonté divine, servie à domicile », et commence à me parler de son mari, M. Bristock, qui gérait une boutique d'uniformes scolaires à Southsea. Il a eu la malchance de succomber beaucoup trop tôt à un cancer dans les années 1960.

— Jack Hopkins, dit-elle, pensive. Je me suis toujours demandé ce qu'il était devenu. Rappelez-moi pourquoi vous le cherchez ?

— C'était – c'est – un ami. J'ai perdu le contact. Vous ne l'avez pas vu... ces derniers temps, par hasard ?

— Pas depuis le jour où il est parti. Je crois qu'il est devenu guide touristique. Des voyages en car. À travers l'Europe ?

— Probablement. C'est ce qu'il m'a dit, mais...

— Après tout ce qui s'est passé, j'ai pensé qu'on le reverrait peut-être pour la vente de la maison, mais la seule personne qui est venue, c'est l'agent immobilier. Il ne tenait sans doute pas à se montrer dans le coin après...

Elle perd le fil.

— Les nouveaux, ils sont bien gentils. Mais ils laissent le jardin aller à vau-l'eau. Jilly adorait son jardin.

— Comment était-il enfant ?

Elle me jette un coup d'œil.

— Un visage splendide. On lui aurait donné le bon Dieu sans confession. Doux comme une tarte aux pommes. Ces grands yeux bleus : il faisait de vous ce qu'il voulait. Je le gardais souvent, quand Jilly était au travail. Quand il était petit, bien sûr. Ensuite, ça s'est arrêté.

Elle tapote doucement ses fines boucles blanches. Ses yeux restent fixés sur un coin de moquette.

— C'était un gamin compliqué...

Sa voix n'est plus aussi enjouée.

— ... je ne suis pas sûre d'être bien placée...

— Continuez.

— Si vous y tenez, alors.

Elle commence à me raconter des histoires, de longues anecdotes. Au début, ça n'a l'air de rien, des blagues de gamin : des pétards, des grenouilles écartelées, des souris disséquées, le chat de Mme Bristock qui a disparu.

— J'ai toujours pensé qu'il y était pour quelque chose. Il s'était fait griffer un jour quand il était tout petit et, depuis, il le détestait. Il ne voulait pas s'en approcher ; c'était un chat méchant, d'après lui. Il a participé aux recherches avec les autres gosses parce que j'avais promis une récompense, mais j'ai bien vu le regard qu'il m'a lancé. On aurait dit qu'il jubilait.

375

Elle enlève ses grosses lunettes pour frotter la marque rouge sur l'arête de son nez avant de les remettre.

— Il n'y a pas grand-chose à faire l'hiver ici pour des jeunes. L'été, c'est différent. Quand il a été un peu plus vieux, il passait son temps avec les vacanciers. Il a eu un boulot au yacht-club, au bar. Je me souviens qu'il était dingo d'une fille, une gamine qui venait d'un pensionnat. Elle ne passait qu'un mois par an ici, avant de descendre dans les Cornouailles où sa famille avait une maison.

— Une certaine Victoria ?

— Aucune idée, ma pauvre. Mais après, Jack nous a fait son numéro habituel. Il n'arrêtait pas de dire à Jilly de déménager dans les Cornouailles. Rien ici n'était assez bon pour lui.

— En fait, il adorait les Cornouailles. Il y a acheté un petit bungalow… avec l'argent…

Je fais un geste vers la maison voisine de l'autre côté du rideau.

— Eh bien, j'espère que ça lui a porté bonheur.

Je ris un peu vite puis je soupire.

— Je ne sais pas.

Elle me jette un regard de fouine.

— Je ne lui reproche rien. Malgré tout ce que les gens racontent. Je vois toujours ce qu'il y a de mieux chez les autres. Et puis, le médecin légiste… il a pris son parti.

Je me sens sourire bizarrement.

— De quoi parlez-vous ?

— De l'accident. L'été avant son départ.

— L'accident ?

Le canapé sur lequel je suis assise est en velours beige. Je le caresse prudemment. La couleur s'assombrit.

— Il ne vous a pas dit ?

— Non.

— Bah, si je ne vous raconte pas, quelqu'un d'autre s'en chargera. C'était Polly Milton, sa petite amie… Son père dirigeait le yacht-club, dit-elle en hochant la tête. C'était une jolie gamine, impétueuse, comme elles le sont toutes à cet âge. Elle dressait sans arrêt les garçons les uns contre les autres. Mais ça, ça a failli tuer ses parents.

— Quoi donc ?

Un gamin est sorti de la maison voisine et il monte et descend la rue sur le tricycle bleu, en actionnant la sonnette.

— Elle s'est noyée. Elle était partie avec Jack faire de la voile du côté de Bembridge, sur le Laser de son père. Son corps a été rejeté à Gosport un mois plus tard. C'était la chérie de Jack à l'époque. Il a été dévasté. Il a dit qu'elle avait sauté à l'eau pour rigoler et que le temps qu'il fasse demi-tour, elle avait disparu. Il avait viré dans tous les sens, pour essayer de la retrouver, mais…

Mon visage n'exprime plus rien. Ma langue est une masse lourde dans ma bouche.

— Et qu'ont dit les gens ?

— Eh bien, les gens ont pensé qu'il l'avait tuée. Quelqu'un sur un bateau qui était passé près d'eux les avait entendus se disputer. Personne n'a cru qu'elle avait sauté, pas là, pas avec un courant pareil, pas si près de la voie de navigation.

— La police l'a arrêté ?

— Oui, mais ça n'a pas été jusqu'au procès. Pas assez de preuves. Mais après ça il n'était plus le bienvenu par ici.

Zach

13 février 2012

Avant de quitter la ville tout à l'heure, je me suis garé près de l'école. Je suis allé dans le parc pour la surveiller, là-haut, dans la bibliothèque de l'école. Elle est passée deux fois devant la fenêtre. La troisième, elle s'est accoudée au rebord pour regarder dehors. On aurait dit qu'elle me fixait droit dans les yeux, alors que, je le savais, elle ne pouvait me voir, adossé à cet arbre, le visage dissimulé par les branches. Je prévoyais de m'avancer lorsqu'un homme est apparu derrière elle ; elle s'est retournée, je l'ai vue rire, sa gorge si blanche. J'ai imaginé qu'il posait ses lèvres au creux de son cou, là où la veine palpite ; elle ferme les yeux, il frôle ses seins.

Si elle a tout oublié, si pour elle tout est terminé, je la tuerai.

Tout est sa faute.

Gulls n'est pas pareil sans elle.

Je viens de l'appeler, prétendant être à Exeter avec mes tableaux imaginaires représentant six mois de travail. Le patron de la galerie les a tous pris et il en veut d'autres ! On est en train de dîner pour fêter ça ! Dans son bar à vin préféré. Je vais prendre une salade. Je me suis douché et rasé dans la salle de bains d'un B & B. Tenu par une femme très gentille. Vieille. Veuve.

C'est presque comique, sa propension à avaler mes mensonges. Son imagination fait la moitié du travail. « C'est les abstraits qu'il a préférés ? Ou bien ceux où tu joues avec la personnification ? » Elle veut que ça marche pour moi, pour pouvoir se libérer de moi et baiser qui elle baise en toute impunité.

Je sens les larmes aux coins de mes yeux. La gnôle me rend pleurnichard.

J'ai à peine bougé de cette chaise depuis mon arrivée. Si la pluie s'arrête, j'irai chercher mes affaires dans la voiture. Lire, peut-être. Ou pas. La paix, le calme : voilà ce qu'il me faut.

Je descendrai peut-être au Blue Lagoon plus tard, voir si Kulon a eu l'occasion de refaire le plein. Je suis un peu à court d'argent. Je prendrai le fric de secours. Elle n'en saura rien, je le remettrai avant de partir.

23

Lizzie

Je ne prends pas de taxi. J'ai besoin d'air.

Quand j'arrive au bord de mer, je contemple l'eau, là où elle s'est noyée. Polly Milton. Il m'avait parlé d'une Polly, il y a longtemps, dans un restaurant français en face du cinéma de Clapham. Steak. Du vin rouge. La douce chaleur des révélations intimes. Son amour d'enfance qui avait couché avec son meilleur ami et qui lui avait brisé le cœur. Il ne m'avait pas dit qu'elle était morte, ni qu'il se trouvait avec elle quand c'était arrivé.

Je titube le long de la digue. Les cheveux de Polly comme des algues qui filent dans l'eau. Son corps gonflé, ses yeux aveugles. Je pense à Charlotte : sa chute. Zach à des kilomètres de là. Ses membres qui cognent la rampe, le choc de sa tête.

Deux morts. Et cet homme qui n'a cessé de me mentir.

Je retourne à Ryde, je reprends l'hovercraft, le bus et le train. J'ai l'impression de marcher sous l'eau, face à la marée qui monte. Le wagon est bondé. Une mère berce un bébé. Une bande d'adolescents écoute de la musique sur un smartphone. Des femmes avec des sacs de courses. Un homme avec le *Daily Star*.

Par la fenêtre, je scrute le monde qui défile : jardins, champs, boutiques, usines. Il est là quelque part. Je le sais. Il ne va pas revenir pour que nous formions une heureuse famille. Il n'est pas traumatisé. C'est bien plus tordu que ça. Zach n'a pas peur de moi. Il ne m'aime pas. Toutes ces excuses que je lui trouvais. Toutes ces choses − *cette* chose − que je lui ai pardonnées.

Dans une gare, les portes s'ouvrent et un homme monte. Je me raidis, les doigts plantés dans le cou d'Howard. Il me tourne le dos tandis qu'il renfonce la poignée d'une valise à roulettes avant de la hisser sur le compartiment à bagages. Quand il se retourne, il est beaucoup plus vieux et plus petit que Zach, la soixantaine avec un gros nez et des joues rougeaudes. Mais je me suis mordu la lèvre si fort que je sens le goût du sang.

Je l'ai aimé. Qu'est-ce que ça signifie ? Il souffrait, je pensais qu'il avait besoin de moi, que je pourrais l'aider. J'ai effectivement cru qu'il était mon âme sœur. J'ai bien senti une connexion. Et, en dépit de tout, je n'étais jamais rassasiée de lui. Qu'est-ce que cela dit de moi ?

Je cherche mon téléphone et j'essaie de joindre Jane et Peggy. Ni l'une ni l'autre ne répond. Samedi après-midi : les gens normaux qui ont une vie normale sont au cinéma ou avec des amis.

Le train a dépassé Guilford quand j'appelle Sam. Il est la seule personne à laquelle je pense. Il est chez lui, il récupère. Oui, beaucoup mieux, merci. Ça fait du bien d'être à la maison. Non, c'est vrai, pas moyen de dormir à l'hôpital. Quel bonheur de retrouver son lit.

Il répond poliment à mes questions jusqu'à ce que je n'en aie plus.

— Vous allez bien ? demande-t-il alors. Vous avez une drôle de voix.

Le front collé à la vitre, je ravale mes larmes.

— Venez, dit-il.

En quittant la gare, je marche vite pour ramener Howard à la maison. Je reste dans les grandes rues, St John's Hill qui grouille de bus, puis Battersea Rise avant de longer Spencer Park avec la voie ferrée d'un côté et les grandes maisons de l'autre. Pour la première fois, j'ai vraiment peur. Je sais de quoi il est capable. C'est un homme violent. Non, il ne souffre pas. Non, il ne cherche pas à être sauvé. C'est un menteur et un meurtrier et il veut me tuer.

J'ai quitté l'itinéraire du bus et je m'éloigne des boutiques de Clapham Junction. Il commence à faire sombre et, s'il y a beaucoup de circulation, je ne vois aucun piéton. À ma gauche, dans une sorte de tranchée en contrebas, les trains passent dans une longue explosion de bruits et de lumières. Je ne cesse de regarder derrière moi. Je remarque enfin le cycliste au casque blanc à cinq cents mètres environ. Un homme. Pas de doute à en juger d'après sa silhouette, et il pédale lentement : les genoux pliés, le vélo qui reste près du trottoir.

Je me mets à courir. Sans cesser de le surveiller. Il baisse la tête et accélère. La distance entre nous se réduit. Je cours plus vite, Howard tirant sur la laisse. Je me retourne. Plus que deux cents mètres.

Le vélo de Zach, le casque que je lui ai offert : ils étaient dans la cabane à outils. Je m'arrête, la poitrine en feu. Et si je provoquais la crise ? Et si je le forçais à agir ? Un train s'immobilise en frémissant. Je vois les lumières des voitures, les visages indistincts des passagers.

Le cycliste est doublé par une voiture. Un taxi, libre. Je lève la main et, comme au ralenti, il s'arrête et Howard et moi montons à bord.

Par la lunette arrière, je regarde le cycliste, qui pédale à toute allure, s'éloigner lentement.

Le chauffeur m'attend pendant que je donne à manger à Howard dans la maison. Aucun signe d'Onnie. Mon mot n'est plus sur la table. Elle n'a pas laissé de réponse, mais les fleurs qu'elle m'avait offertes et que j'avais mises dans un vase sont maintenant à la poubelle : un message d'un autre genre. Je me lave le visage aussi vite que possible, je couche Howard dans son panier et je quitte la maison, en prenant soin de verrouiller la porte, pour reprendre le taxi.

Ce n'est pas un bavard, ce chauffeur, et c'est tant mieux. Mon esprit est en ébullition. Je n'avais pas pensé à un cycliste, je me figurais qu'il serait à pied, ou en voiture. J'avais oublié son vélo. Dans ce trafic, nous avançons lentement. Nous a-t-il rattrapés ? Je me retourne. Un bus – le 319, celui que je comptais prendre – obstrue la vitre arrière. Il pourrait se cacher derrière, ou alors nous avoir dépassés et nous attendre aux prochains feux. C'est comme ça à vélo à Londres : on peut se faufiler partout.

Streatham High Road défile en avance rapide, un brouillard de gens qui quittent les pubs pour s'entasser chez McDonald's. Par contraste, la rue de Sam, la deuxième à droite après le poste de police, est sombre et silencieuse. Le taxi ne va pas jusqu'au bout, s'immobilisant devant une église laissée à l'abandon. Je sors et je paie. Un chat émerge d'une ruelle et fonce sur la chaussée. Une porte claque, un bruit métallique retentit : une femme qui jette quelque chose à la poubelle. Le chauffeur de taxi repart. Le bruit de mes pas sur le macadam. Sinon, le silence.

J'attends un moment sur le trottoir. Aucun vélo n'apparaît au coin de la rue, pas de casque blanc. Mais plusieurs ruelles donnent dans cette rue ; sans compter l'église vide, pleine de recoins où cacher un vélo et guetter. Ai-je été imprudente ? Ai-je tort de mettre à nouveau Sam en danger ? Ou bien est-ce le seul moyen de pousser Zach à se montrer ? Ça ne peut plus continuer. Il faut que je fasse éclater la crise, que je l'amène à son terme.

La fenêtre du haut de l'immeuble de Sam, une maison victorienne en briques rouges reconvertie en appartements, est éclairée. Une ampoule nue accrochée au plafond.

J'attends encore un peu, puis je pousse le portail.

La sonnette de Sam correspond à l'appartement du rez-de-chaussée. J'essaie de me rendre présentable. Je suis une personne normale qui se rend à un rendez-vous normal. Une idée me vient et je fouille mon sac à la recherche du bâton de rouge à lèvres. Je n'ai pas de miroir, mais je me frotte quand même la bouche. En entendant les pas de Sam, je m'écarte très vite de la porte et je lève le visage vers la lumière. Dans mon imagination, une caméra se déclenche – clic, clic : la preuve de mon crime.

Sam est en jean et tee-shirt blanc tout propre. Je discerne les bandages sous le tissu. Il sourit en me voyant, des rides rayonnent de ses yeux. Il a l'air tellement normal que j'ai envie de pleurer.

— J'allais me doucher, dit-il. Mais je n'ai pas eu le temps. C'est un peu la pagaille ici. Désolé.

Le tee-shirt a l'air neuf : on voit encore les plis.

— Je n'ai rien contre un peu de pagaille, dis-je.

Son appartement, derrière une porte blanche portant des traces de griffes, est petit, mal rangé et bourré de livres. Le mobilier disparate suggère une division des biens post-divorce : un canapé élimé, un bureau victorien, des étagères Ikea. Nous allons dans la cuisine où la vaisselle déborde de l'évier. Un placard ouvert révèle des corn-flakes, de la confiture au citron, un petit paquet de riz Uncle Ben's. Sur la table sont empilés des journaux et des copies en attente d'être notées.

Une porte en bois donne sur un petit jardin, de l'herbe en bataille encerclée de ronces. Au bout, une clôture branlante puis le jardin voisin. La porte a deux verrous, en haut et en bas. Aucun des deux n'est mis.

Sam me tourne le dos. Il ouvre une bouteille, cherche des verres. Je ferme les verrous pendant qu'il ne me voit pas.

— Vous n'avez pas trop la main verte ? dis-je en regardant dehors.

Je m'interroge sur la propriété voisine – il y a un passage entre les deux maisons : il serait facile de se faufiler depuis la rue – mais je fais la conversation comme si j'étais à un cocktail.

Sam arrive derrière moi avec un verre de vin.

— Non. Je le partage avec mes voisins du premier. Le couple qui était là avant faisait des barbecues de temps à autre, mais le nouveau locataire l'utilise à peine. Parfois, en été, il s'installe dehors pour travailler.

— Quel genre de travail ?

— Allez savoir. Il reste chez lui. Écrivain ? Informaticien ? En gros, il bidouille sur son ordinateur.

— Vous le connaissez bien ?

— Non. Pas mon genre. Un peu sombre. Pas très causant.

— À quoi ressemble-t-il ?

Sam rit.

— Pourquoi ? Vous pensez le connaître ?

— La curiosité, c'est tout.

— Cheveux bruns. Grosse barbe.

Quand je prends mon vin, je remarque que ma main tremble.

Sam s'en rend compte, lui aussi. Il pose sa main sur la mienne.

— Je ne sais pas pourquoi j'ai dit que je ne me suis pas douché. En fait, je me suis douché. Pas facile, sans mouiller les bandages. Et j'ai mis un tee-shirt neuf. Je ne voulais sans doute pas que vous pensiez que je faisais un effort particulier pour vous.

Il n'y a absolument rien de dragueur dans sa voix. Je me mets à rire et je me rends compte que je pleure.

Je commence par les mensonges de Zach – tout ce que j'ai découvert, depuis son enfance jusqu'à son aventure avec Onnie –, puis je parle de ma vie avec lui. Je raconte à Sam des choses que j'ai cachées à ma sœur et à ma meilleure amie et tout ce que, depuis un an, j'ai tellement voulu oublier. Une fois lancée, je ne peux plus m'arrêter. Je dis que j'ai aimé Zach, qu'il était l'amour de ma vie. Ce n'était pas juste le sexe – même si ça comptait beaucoup. Quand je l'ai rencontré, il était doux et prévenant. Il veillait sur moi. Il pensait que je n'étais pas heureuse. Il voulait que je le sois. Je n'arrivais pas à y croire, qu'un homme pareil s'intéresse à moi.

J'explique à Sam comment Zach a changé si graduellement que je m'en suis à peine rendu compte, comment ça a commencé par de petits détails – des objets qui devaient être à tel ou tel endroit, dans telle ou telle position, dans la maison – avant de prendre des proportions angoissantes. Il ouvrait mon courrier. Il me surveillait. Un prof au travail – un homme marié, d'âge mûr – m'avait offert une boîte de chocolats pour me remercier d'avoir commandé des livres auxquels il s'intéressait : Zach les avait jetés aux toilettes. Un jour, au Sainsbury's, j'avais emprunté de la monnaie pour le parcmètre à un type qui se trouvait là. Quand j'étais rentrée à la maison, il était hors de lui. Il m'avait interrogée pendant des heures. Il m'avait suivie.

Sam enlève les assiettes, les pose en équilibre sur les casseroles dans l'évier.

— Était-il violent ? demande-t-il.

— C'étaient plutôt des menaces, dis-je au bout d'un moment. En général.

Il se rassied.

— En parliez-vous avec quelqu'un ?

— Au début, ça paraissait si anodin que j'avais l'impression de me raconter des histoires. Quand c'est devenu plus grave, j'avais déjà appris à penser que c'était ma faute, que c'était moi qui avais tort. Que c'était moi qui l'obligeais à se conduire ainsi.

— C'est pour cette raison que vous pensiez ne pas pouvoir le quitter ?

Je sens mes yeux s'emplir de larmes. Je les essuie.

— J'allais le faire.

— Qu'est-ce qui vous a donné la force de prendre cette décision ?

J'inspire un bon coup.

— C'est quelque chose que je n'ai encore jamais dit à personne.

Sam attend que je sois prête.

— Nous essayions d'avoir un bébé, dis-je d'une voix perchée, raide. Zach était d'accord, mais ça ne marchait pas. Il disait que c'était le signe que nous étions mieux ainsi. Il disait qu'il aurait dû me suffire. Mais le fait est que ce n'était pas le cas...

Je chasse mes cheveux.

— Je voulais un bébé. Je suis donc allée voir ma gynéco derrière son dos pour comprendre pourquoi ça ne marchait pas. Elle croyait que j'étais au courant.

— Au courant de quoi ?

— Elle a paru un peu gênée puis elle m'a dit de ne pas m'inquiéter. Que les gens changent souvent d'avis. Que la procédure était en général réversible. Que je devais revenir avec lui au cabinet.

— Il s'était fait faire une vasectomie ?

Je me mords la lèvre.

— Oui. Il ne m'avait rien dit. Il m'a menti. Il m'a laissé croire...

— Quel enfoiré.

— Je sais. C'était un enfoiré. Il n'y a qu'un enfoiré pour faire une chose pareille. Le fait qu'il me l'a caché, qu'il m'a laissé croire que nous essayions, alors que pendant tout ce temps... Comment imaginer que quelqu'un qu'on aime vous fasse ça ?

— Qu'a-t-il dit quand vous lui avez demandé des explications ?

Je fixe Sam.

— Je ne lui ai rien demandé. J'aurais dû, mais je savais qu'il déformerait la réalité, qu'il me manipulerait et que je finirais par croire que c'est moi qui avais tort. J'ai juste voulu lui échapper. Je lui ai écrit une lettre de rupture. Je...

Je déglutis.

— C'était vraiment une lettre odieuse et c'est un tel soulagement de pouvoir enfin en parler à quelqu'un. Je lui disais : « *Mon cher Zach, je n'oublierai jamais ce que nous avons vécu, mais je pense qu'un peu de distance ne nous ferait pas de mal. J'ai besoin d'avoir un peu de temps pour moi. S'il te plaît, ne me contacte pas pendant un moment. Avec tout mon amour, Lizzie.* » Oh, mon Dieu. Je viens de comprendre quelque chose. « *S'il te plaît, ne me contacte pas pendant un moment.* » C'est pour ça qu'il a attendu.

Sam paraît un peu perdu.

— Quand vous étiez ensemble, vous n'avez jamais envisagé d'aller voir la police ?

— Non. Je pensais pouvoir me débrouiller seule. Mais je devrais aller la trouver maintenant.

Il acquiesce, pousse un bol de cacahuètes vers moi.

— Ce n'est pas une mauvaise idée. Pourquoi pas ? On pourrait vous mettre en contact avec des professionnels, des gens à qui vous pourriez parler. Pour utiliser un cliché que je déteste, ça vous permettrait peut-être de tourner la page.

— Non, pas pour ça.

Il lève les yeux, surpris par ma férocité.

— Il ne s'agit pas de tourner la page, dis-je. Je pense qu'il faut que j'aille trouver la police parce qu'il est toujours en vie. Il est là, dehors, en ce moment même, Sam. Il sait sans doute que je suis ici. Et il est dangereux. Les deux femmes dont je vous ai parlé sont mortes dans de terribles accidents : ce n'est pas une coïncidence. J'ai peur.

L'expression de Sam ne change pas. Il tend à nouveau la main pour la poser sur la mienne. Ses ongles sont coupés à ras, bien ronds. Il baisse légèrement la tête.

— Oh, je sais que vous me prenez pour une folle. Comme tout le monde.

Il me prend par le coude et me tire doucement vers lui, si bien que je me retrouve sur le canapé élimé et plus sur le fauteuil où j'étais.

— Je crois surtout que vous devriez me dire ce qu'il se passe.

Je lui raconte tout : comment on m'a suivie ; les choses qu'on a mises chez moi en mon absence, l'oiseau mort et le rouge à lèvres ; les objets qui ont été dérobés, l'iPod, les Rotring, les maisons de porcelaine, toutes les affaires que j'avais ramenées de Gulls. Je lui parle de la chanson que je ne cesse d'entendre, et du jour où je l'ai vu sur le parking du stade, du message sur le tableau. Je dis à Sam que je pense que c'est Zach qui l'a attaqué.

Pendant tout cet exposé, il réagit à peine, hoche la tête une ou deux fois. Quand j'ai fini, je le regarde.

— Vous me croyez ?

— Que voulez-vous que je dise ?

— Je veux que vous disiez ce que vous pensez vraiment.

Il se lève et s'accroupit devant moi, en réprimant une grimace.

Il s'exprime avec prudence :

— Je pense que vous avez traversé une terrible épreuve. Votre mariage a été une expérience intense et Zach était, pour le moins, un homme extrêmement troublé. Tout cela s'achevant par ce terrible accident... il serait compréhensible que vous souffriez d'un stress post-traumatique.

— Donc, tout ça se passe dans ma tête ?

— Je pense que ça fait beaucoup de choses à surmonter.

Il est toujours accroupi. Il cherche une autre position. Il grimace pour de bon.

— Aïe. Désolé. Il vaut mieux que je...

C'est une bonne chose qu'il se redresse, car je suis sur le point de hurler ma frustration. Lui non plus ne me croit pas. Je lui ai pourtant *tout* dit, en croyant qu'il allait me sauver. Je me demande si je ne ferais pas mieux de filer d'ici tout de suite. Mais peut-être que je peux rester encore un peu. Deux portes entre cet appartement et la rue ; et les verrous sont solides, même si la porte du jardin ne l'est pas. Je pense au poste de police tout proche que j'ai vu dans le taxi. Sam est retourné dans la cuisine pour faire du café. Une autre pensée me vient, réconfortante, douce comme du cachemire. Un stress post-traumatique. Donc, rien n'est vrai. J'ai tout inventé. Je ne suis pas du tout en danger.

— De la mousse ? demande Sam. J'ai un gadget.

— Oui, s'il vous plaît.

Il y a des livres sur la table devant moi. Je prends celui qui se trouve au sommet de la pile. C'est une édition de poche, rose fluo, le genre d'ouvrage de psycho grand public qui se retrouve sur la liste des best-sellers. Je le feuillette. Un chapitre est titré « Sociopathie », le suivant « Trouble narcissique ». Mes yeux parcourent le texte rapidement. « *Manque d'empathie... charme superficiel ou charisme... croyance dans sa propre supériorité... insatisfaction chronique... un désir profondément ancré de contrôler son entourage.* »

Quand Sam revient, je lui agite le livre sous le nez.

— Zach serait un cas comme ça ?

— C'est possible. Quatre pour cent de la population est censée satisfaire aux critères de « sociopathe ». Cela fait une personne sur vingt-cinq parmi nous qui vit sans conscience.

En dépit de tout, mon premier instinct reste la loyauté.

— Ce n'est pas comme si tous les autres étaient des saints, dis-je. Je suis toujours gentille avec les gens, et agréable. Comme avec Joyce Poplin, qui est parfois une sacrée salope. Je lui prépare toujours sa tasse de thé, pour être *sympathique*. Mais au fond de moi, le plus souvent, je suis furieuse. Zach me disait toujours que « je vois ce qu'il y a de mieux chez les gens », mais c'est une façade. J'ai peur de ne pas être aimée.

— J'entends ce que vous dites.

Soudain, je hais Sam et tout ce qu'il représente, tout ce calme et cette raison.

— Quand les gens disent ça : j'entends ce que vous dites, c'est en général parce qu'ils n'écoutent pas. Zach en était convaincu.

Sam sourit. Il est revenu dans le canapé et son visage me paraît bizarre sous cet angle, avec ses sourcils froncés. Je l'imagine qui répète : « J'entends ce que vous dites », mais je ne crois pas qu'il le fasse réellement.

— C'est en partie génétique, dit-il. Ça n'a rien à voir avec être sympa ou pas avec Joyce Poplin. C'est la façon de fonctionner de votre cortex cérébral.

Je regarde sa bouche d'où sortent ces mots.

— Vraiment ?

— Vous vous sentez un peu mieux ? demande-t-il doucement.

Ses yeux ne sont pas comme ceux de Zach. Ses traits semblent se diluer.

J'inspire profondément, si profondément que mon cœur me fait mal. Mon corps est léger, les atomes de mon visage me picotent. La haine que j'ai éprouvée pour Sam il y a une seconde change de couleur, s'épaissit et devient plus complexe. Regarde-moi maintenant, me dis-je. Regarde à quel point il m'est facile de te laisser partir. Regarde ce que tu as fait de moi. Regarde. Je me penche pour presser mes lèvres contre les siennes.

Le matin, je me réveille tôt. Il fait encore nuit. J'entends des bruits dans l'appartement du dessus, des craquements, de l'eau qui coule.

Sam dort encore, tassé au coin du lit, un bras levé, la tête au creux de l'oreiller. Il y a une marque rouge en travers de ses joues. Je quitte le lit et fouille la chambre en silence, je retrouve mes chaussures, ma veste, une douleur roulant dans mon crâne à chacun de mes gestes. Dans la cuisine, je m'asperge le visage. Je crois l'entendre se lever, les ressorts du lit bougent, mais il n'émerge pas. Ce sont juste les articulations d'une vieille maison qui soupirent. Le jardin a l'air vide et mal-aimé. Une chaise pliante, de celles qu'on trouve dans les stations-service, est posée au milieu de la pelouse. Je ne me rappelle pas l'avoir vue hier soir. Je pense à l'homme en haut qui écrit sur son ordinateur. Qui tape, qui tape.

À la porte de l'appartement, ma main s'arrête sur la poignée ; j'attends un moment, je me prépare. Des pas lourds descendent l'escalier commun, semblent s'arrêter dans le couloir ; quand la porte sur la rue claque, je sors à mon tour.

Zach

13 février 2012

C'était mort en bas. Trois couples qui faisaient semblant de se croire amoureux, avec Kulon et Jolyon, un
de ses copains de surf, un Blanc avec des dreadlocks,
au bar. Le *patron** m'est tombé dessus comme un
amour perdu depuis longtemps. « Zacho, mon beau. »
On a joué au poker et descendu quelques verres.
Quand Kulon a dû aller servir les clients, Joylon a essayé
de m'entraîner avec lui à une soirée, Gueule d'amour,
à Bude. Franchement, il me tapait sur les nerfs. Je lui
ai prêté la voiture rien que pour me débarrasser de
lui. Il a promis de me la ramener demain.

Quand Kulon m'a rejoint, j'ai évoqué la « valise » dès
que j'ai pu. La mauvaise nouvelle : Kulon a passé janvier
avec ses parents à Alicante – « il le fallait, mec, c'est eux
qui financent la boîte ». La bonne : il a récupéré du MDPV
au Nouvel An grâce à des gamins du pensionnat. Mais il
devait couvrir ses frais : « Désolé, mec, c'est pas donné,
tu vois ce que je veux dire ? » Je lui ai filé ce qui restait
des quarante billets de la boîte de muesli, en lui promettant de lui payer le reste plus tard dans la semaine.

Ça m'a énervé, cette information sur ses parents.
On s'imagine que les gens sont comme vous, puis
on découvre qu'ils sont aussi privilégiés que tous les

autres branleurs. Un hippy rasta de mes deux. Quand il a repris le Blue Lagoon, je croyais qu'il avait bossé dur pour réussir, qu'il avait économisé, qu'il y avait mis tout ce qu'il avait. Mais non, il s'avère que ce café est juste un hobby, un style de vie ; ce sont ses parents qui y mettent tout ce qu'ils ont.

J'en avais marre de tous ces mecs, j'étais sur le point de rentrer quand devinez qui se pointe : Onnie. Les yeux comme des soucoupes quand elle m'a vu… non, détaillé de la tête aux pieds. Je l'aurais envoyée balader, si je n'avais pas remarqué la fureur sur le visage de Kulon. Lui et elle, donc. Intéressant. Elle n'avait pas tardé à en trouver un autre. Un homme plus âgé. Encore. On dirait qu'elle n'aime que ça.

Quoi qu'il en soit, ça a suffi pour que je reste, rien que pour emmerder Kulon. Qui dit qu'on ne s'amuse pas dans les Cornouailles ? Alan et Vic ont dû oublier les distractions dispensées par le Blue Lagoon et son propriétaire. Sans parler de sa valise. Onnie n'arrêtait pas de brailler, de déconner et de bouffer à la fourchette de Kulon. Elle cherchait à attirer mon attention. Sa tenue était réduite au minimum – jupe minuscule, Uggs aux pieds, pas de collants. Ses pupilles dilatées. Elle avait changé de coiffure.

— Je suis toute seule, disait-elle à chaque fois que Kulon allait servir un client. L'autre conne au pair m'a abandonnée pour aller se taper un paysan. Je suis toute seule là-haut pour la nuit. Tu es avec ta femme ?

— Non.

— Je croyais que tu tenais à elle plus que tout.

J'ai haussé les épaules. Elle a repris :

— Est-ce que je t'ai manqué ? Je peux venir à Gulls ? On n'est pas obligés de faire quoi que ce soit. C'est juste pour traîner un peu ensemble.

— Non.

— T'es vraiment bizarre. Maman dit qu'elle n'est jamais entrée chez toi – même à l'Âge de pierre quand vous étiez amis. Tu gardes des cadavres là-dedans ? Qu'est-ce que tu caches ?

— Je ne cache rien.

— Alors, pourquoi je ne peux pas venir ?

— Tu pourrais y introduire des saletés.

Elle a rigolé. Elle croyait que je plaisantais. Peu après ça, elle est montée avec Kulon. Sale petite pute.

Je suis de retour maintenant. J'ai dû marcher. J'avais oublié que j'avais prêté la voiture à ce connard. Il a intérêt à me la ramener en un seul morceau. Je n'arrête pas de penser à cette grande maison au sommet de la colline. Quand Vic venait de se marier, je m'y étais introduit en cachette une fois. Ça me rend presque nostalgique de repenser à cette époque. J'apprenais encore. Je croyais que le décor, tous ces machins Cole-fax & Fowler, ces tables avec des nappes à godets, étaient le summum de la sophistication.

Elle devrait être vide maintenant. La fille au pair avec son paysan. Onnie au pieu avec Kulon. Je pourrais prendre une torche et aller jeter un coup d'œil. Si je me souviens bien, les fenêtres du salon : jolies, mais avec de vieux loquets qui ne servent à rien.

14 février 2012

Je suis de retour à Gulls maintenant, trempé, puant. J'ai perdu une nuit et une journée entières, ou presque. Il faut que je me calme. Ces réactions sont-elles normales ? J'ai l'impression que je devrais me comporter autrement, qu'il existe un manuel dont je devrais connaître l'existence. Est-ce que je suis saoul ? Encore ? Franchement. Ça me donne envie de rigoler. Je veux voir Lizzie. J'ai besoin d'elle. Je vais l'appeler – à la seconde où Onnie sortira de la salle de bains. Lizzie va me sauver de ça. C'est ce qu'elle a toujours fait, depuis le début, me sauver de moi-même.

Elle m'a écrit. J'ai trouvé la lettre par terre juste à l'instant en rentrant. Une carte pour la Saint-Valentin, peut-être. Sa belle écriture sur l'enveloppe. Je l'ouvrirai dans une minute. Elle doit contenir des excuses et une immense déclaration d'amour. Quel ange. Je lui ai déjà pardonné. Je commence même à oublier pourquoi j'étais si en colère.

C'est mon talent, ou mes bottes, qui m'ont trahi. C'est drôle, ça aussi.

J'étais monté à Sand Martin. J'étais sobre à ce moment-là, non ? J'avais peut-être ouvert le sachet de cristaux que j'avais acheté à Kulon. Je le vois, là, devant moi maintenant, mais difficile de compter des cristaux. Pas moyen de savoir. J'en avais peut-être pris. Je ne me souviens pas. Ces pertes de mémoire : c'est une des choses qui m'inquiètent. Je fais trop de mélanges, je perds le fil.

Lizzie arrangera tout. Elle saura quoi faire.

La maison semblait déserte, surgissant des ténèbres comme un rocher du brouillard. Je n'ai pas eu trop de mal à piétiner les plates-bandes pour arriver aux fenêtres, puis à glisser ma carte de crédit dans l'interstice : le loquet a basculé. J'avais peur que les joints soient coincés si on les avait repeints depuis ma dernière visite, mais la fenêtre est remontée sans un bruit. Après ma séance de marche sur la colline, mes bottes étaient pleines de boue. Je me suis donc assis sur le rebord pour m'en débarrasser, les laissant tomber dans l'herbe avant d'entrer.

Elles sont restées là. Une paire de bottes Hunter abandonnées.

Rien n'avait changé. Pas un seul napperon, pas une seule horloge n'avaient bougé depuis la dernière fois. Des aquarelles insipides, des scènes marines. Un long buffet en acajou pour les boissons contre un des murs. Des carafes et des verres, du sherry, du Dubonnet. Une bouteille à moitié vide en provenance directe de la distillerie de Glengoyne dix ans d'âge, mon whisky – sauf que bien sûr ce n'est pas vraiment le mien, c'était celui de Murphy avant d'être le mien. La première fois que j'y ai goûté, c'était ici même, dans cette pièce. Je me suis servi et je me suis installé dans le grand fauteuil. J'ai posé mes pieds sur la table basse, délogeant un exemplaire de *Country Life*. À la première gorgée, j'ai senti le feu dans ma gorge se changer en ambre. J'ai fermé les yeux une seconde. Qu'était-il arrivé à Vic ? C'était une fille tellement géniale. Ces soirées sur l'île de Wight, ces bains de minuit tout nus. Quand avait-elle changé ? La pièce tournoyait.

— Tu es venu.

J'ai ouvert les yeux. Onnie était debout dans l'entrée. Je ne sais pas depuis quand elle m'observait. Elle portait une sorte de combinaison-pantalon en polaire, les cheveux tirés en arrière. Pendant une seconde, j'ai été déboussolé. Je l'avais vue partir avec Kulon au Blue Lagoon. Elle n'aurait pas eu le temps de monter jusqu'ici… sauf s'il était plus tard que je ne le pensais, sauf si j'avais perdu la notion du temps. Heureusement, je suis bon acteur.

Je me suis levé avec mon air paresseux.

— Te voilà. Je t'attendais.

Elle m'a fixé.

— Au bar, tu faisais semblant ?

— Quelque chose comme ça.

— Tu étais jaloux ?

— Je suis toujours jaloux.

J'ai cru que j'allais devoir repousser ses avances, mais elle s'est mise à se comporter comme sa mère : me servant un verre et allant chercher des cacahuètes dans la cuisine. Au fond, sous la rébellion, c'était une vraie petite dame de la haute. Je jouais la comédie, moi aussi, reprenant le rôle du vieux débauché à la recherche d'un peu d'excitation dans ce trou paumé, et au bout d'un moment, elle est allée chercher son « magot » : de quoi rouler deux ou trois joints. Quand je lui ai demandé si elle avait autre chose qui puisse faire plaisir à un vieil homme, elle a sorti de la benzphétamine, une pilule de régime. Selon elle, c'était meilleur que l'ecsta.

Tout est un peu flou ensuite. Je me souviens de musique jouée à fond sur un iPod dans une des chambres en haut et puis on a fait cuire des trucs dans la cuisine, même si je ne me rappelle pas avoir mangé. Elle m'a trouvé une autre bouteille de Glengoyne (dix-huit ans d'âge) à l'office. Ces cinq ou six fois où on s'était vus à Londres, on avait fait l'amour mécaniquement. Pas question de remettre ça. Je me souviens avoir pensé : reste cérébral. Je lui ai parlé de ma philosophie du design, de l'importance de la pureté des lignes : une maison doit être une toile vide pour un esprit occupé. Elle m'a dit que j'étais brillant, qu'elle n'oublierait jamais cette phrase. Elle a un peu dansé, en sautant sur les canapés. J'ai chanté « Alison » de *My Aim is True*. Elvis Costello : le plus grand chanteur que la terre ait connu, lui ai-je dit. Qu'elle n'oublie pas ça non plus. À un moment, on s'est mis à courir comme des fous de pièce en pièce, à la poursuite d'un chien sauvage qui avait réussi à entrer. Ou peut-être que je l'ai imaginé. Peut-être était-ce le fantôme d'Howard qui hantait mes rêves narcotiques.

Après ça, épuisés, on s'est effondrés au salon. Elle s'est remise à danser, plus lentement. J'ai déchiré une page blanche d'un livre sur la table basse et je lui ai dit de ne plus bouger. Elle a dégrafé sa combinaison, l'a laissé glisser sur son épaule, puis plus bas, jusqu'à ce que son sein apparaisse, s'est allongée par terre, la nuque rejetée en arrière. Je l'ai dessinée, à moitié nue, et quand le portrait a été terminé, je me suis agenouillé près d'elle, j'ai tiré la combinaison pour la descendre autour de ses genoux.

Il faisait jour quand je me suis endormi. Ou plutôt, je me souviens que je ne dormais pas encore quand le jour s'est levé.

Un hurlement m'a réveillé. En ouvrant les yeux, je n'ai vu que les cheveux d'Onnie, étalés sur l'oreiller. C'était comme un filet. Je distinguais le fil de chaque brin qui se croisait. Sa bouche était à moitié ouverte, la lèvre supérieure un peu tuméfiée. Pendant un moment, j'ai cru que c'était elle qui avait hurlé, mais elle était dans les vapes. Puis d'autres hurlements, en bas, une porte dans la maison qui claque. « Onnie ! » Un cri strident.

— Où es-tu ? Que se passe-t-il ici ?

J'ai bondi, me cognant le tibia. On était dans sa chambre. Je n'avais aucune idée de l'heure. Il faisait un peu sombre dehors. Le matin tôt ? Non, la fin d'après-midi. La pluie qui tombe. Une coiffeuse, du maquillage. Un papier peint rose cerise. Les yeux d'Onnie qui s'ouvrent. Elle était allongée dans un lit bateau, exactement là où j'avais dormi, nu.

— C'est ma mère, a-t-elle dit.

Un sourire a ourlé ses lèvres et elle s'est étirée langoureusement.

— Bizarre, a-t-elle ajouté.

Je pense avoir dit que je ne trouvais pas ça drôle et ça a paru la réveiller pour de bon. La porte était déjà grande ouverte ; elle a jeté un œil dehors, tendu l'oreille. Victoria était encore dehors, juste devant la porte d'entrée, sous le porche, parlant dans son téléphone portable. Onnie s'est rhabillée en vitesse, puis elle m'a attrapé par le bras et on a dévalé l'escalier de service, traversé l'office pour sortir par la porte de la cuisine et foncer dans l'herbe trempée jusqu'aux arbres. Tout ça sans chaussures, ni l'un ni l'autre. Mes bottes étaient restées dans les plates-bandes. J'étais en chaussettes. Les « pieds » de la combinaison d'Onnie étaient noirs et trempés.

Nous nous sommes arrêtés dès que nous avons pu nous planquer. Le vent secouait les branches et l'eau nous tombait dessus. Elle rigolait. J'étais furieux. Glacé, trempé et furieux. Nous nous sommes disputés.

Elle a dit : « On dirait, genre, qu'il pleut. » J'ai répondu : « Ce n'est pas, "genre, il pleut". Il pleut pour de bon. » Elle n'arriverait jamais à rien dans la vie si elle n'apprenait pas à parler. Je lui ai dit de rentrer chez elle et elle a répondu qu'elle n'irait pas sans moi. Je l'ai prise par les épaules et je l'ai secouée jusqu'à ce qu'elle pleure. Je suis parti et elle m'a suivi, en titubant derrière moi. On a traversé le bois, puis un champ dans une boue immonde piétinée par les vaches. Il fallait qu'on se sorte de là. On a pataugé comme ça jusqu'au muret et j'étais en train de le franchir quand mon téléphone a sonné. C'était Lizzie. Je me suis rappelé, comme un coup de couteau dans la poitrine, que j'étais censé être à Exeter aujourd'hui. Qu'est-ce qui m'avait pris, de descendre au Blue Lagoon ? J'ai jeté un regard noir à Onnie. Je n'aurais pas dû dormir avec elle. C'était sa faute.

Lizzie m'a demandé où j'étais. Je lui ai répondu que j'étais sur le Dartmoor, en train de peindre. Un paysage magnifique – aucun être humain à perte de vue. Onnie a émis un bruit, comme si elle trouvait ça drôle, ou alors comme si elle avait la stupidité de vouloir me corriger. J'ai failli la bâillonner avec ma main. Heureusement, depuis ma position à califourchon sur le mur, je ne pouvais pas l'atteindre. J'aurais pu l'étouffer pour de bon. Lizzie s'inquiétait de la nuit qui approchait. « Tout va bien, ai-je dit. Je retourne à la voiture dans une minute. »

Il m'en a fallu quarante au moins pour arriver au bungalow. J'avais les pieds en sang, mon pantalon était dégueulasse, mes chaussettes collaient à ma peau comme des pansements crasseux. Onnie boitait. La pluie tombait toujours aussi fort. On ne se parlait pas. J'étais trop occupé à essayer de réfléchir malgré le marteau qui cognait dans ma tête.

Je ne voulais pas la faire entrer chez moi, mais je n'avais pas le choix. La lanterne brillait sur le porche du bungalow voisin ; leur voiture, une Hyundai grise, était garée dehors. Je l'ai poussée dans la maison avant de refermer la porte derrière nous. Il faisait sombre à l'intérieur. Onnie était debout sur le tapis, trempée, dégoulinante de pluie sur le courrier du jour. Je lui ai trouvé une serviette puis je l'ai accompagnée à tâtons jusqu'à la douche. Elle pouvait allumer la lumière dans la salle de bains, lui ai-je dit, mais à condition de l'éteindre avant de ressortir. Je l'ai enfermée, juste pour être tranquille. Puis je me suis débarrassé de mes chaussettes et de mon pantalon, j'ai ramassé le courrier, dont la lettre de Lizzie, et je me suis assis là, dans le noir.

Mon téléphone a sonné. Un numéro que je n'ai pas reconnu. Une voix furieuse.

— Tu as ma fille ?

— Qui est à l'appareil ?

— Je sais qu'elle est avec toi. Vous étiez chez moi. N'essaie même pas de nier. Elle a la moitié de ton âge. Espèce d'infect personnage.

Victoria. Merde. J'ai raccroché.

Ça a sonné. Et encore. Et ensuite, un texto : *J'espère que tu es fier de toi.*

J'entendais la douche, le gargouillement des canalisations. Je me suis levé. Derrière la vitre, des arbustes sombres se ratatinaient. Des milliards d'épines de pluie. J'ai baissé les stores et je me suis assis sur le rebord d'un fauteuil.

J'ai eu l'impression que quelques secondes à peine s'étaient écoulées quand une voiture a heurté la bordure en bas. Victoria qui court, renverse des pots, cogne à la porte, en criant :

— Onnie, je sais que tu es là. Sors tout de suite.

Sa voix juste derrière la fenêtre, sous la gouttière qui coule.

— Jack. Je sais qu'elle est avec toi. J'ai trouvé le dessin. Et tes bottes.

Elle essayait de parler à mi-voix, fulminant. Elle s'est un peu écartée pour recommencer, plus fort. Elle perdait son sang-froid.

— Sale connard, Jack, Zach, quel que soit le nom que tu te donnes maintenant, tu n'es qu'un enfoiré, sans talent, nul à chier.

Elle a tourné autour du bungalow avant de redescendre l'allée. Je l'observais entre deux stores. La vieille femme était sortie de la maison d'en face, avec un parapluie. La veste de Victoria luisait sous la pluie ; ses cheveux étaient plaqués sur son visage. Elles se sont parlé. La vieille a lancé un regard vers Gulls et haussé les épaules. Victoria s'est flanqué une claque sur la tête et est retournée à sa voiture.

Un texto. *Où es-tu ?*

J'avais oublié mes bottes, bien sûr. Agaçant, vu qu'elles valaient un prix fou et que je ne vois pas comment je pourrais les récupérer ; mais elle n'a aucun moyen d'être certaine que ce sont les miennes. Mais « le dessin » : ça, c'était idiot. L'avais-je signé ? Une étourderie stupide. Bah, j'inventerai quelque chose.

Sur la route, dans le Dartmoor, ai-je écrit. *Qui est-ce ?* Puis « Envoyer ».

Un coup sur la porte de la salle de bains.

— Je suis prête. Je peux sortir.

— Cinq minutes, ai-je dit.

Texto suivant : *Tu mens, enfoiré. Je sais que c'était toi. Je ne suis pas idiote. Où est ma fille, minable ?*

Ma pression sanguine a fait un bond. Je me suis levé, j'essayais de retrouver mon calme. J'ai jeté un coup d'œil entre les lattes. Elle était là, la maîtresse de l'univers, assise dans sa BMW si noire, si lisse, avec toutes ses maisons héritées, son politicien de mari, son visage coincé et sa sale bouche. Elle croit tout savoir. Elle ne sait rien. J'aurais pu la suivre jusqu'ici à l'époque, pas par amour, bien sûr — même si j'avais éprouvé une réelle satisfaction à la séduire cette nuit-là — mais par admiration sociale, le sentiment qu'elle menait une vie qui aurait pu être la mienne. Mais c'est vide, tout ça, je le comprends maintenant. Toute cette soi-disant éducation. Elle ne sait même pas veiller sur sa propre fille. Il est impossible d'exprimer à quel point sa supériorité, son sentiment que tout lui est dû, m'irritaient. Elle se croit meilleure que moi. Son horreur parce que j'ai passé un peu de temps avec sa progéniture. Ce mélange empoisonné de snobisme et d'hypocrisie.

Je n'ai pas pu m'empêcher. J'ai écrit : *Onnie est si délicieuse. Quel régal de passer la nuit avec elle. Oh, la douce joie de la jeune chair.*

Le téléphone a sonné presque aussitôt. Je le regardais qui vibrait sur la table. Je me suis rendu compte que je souriais. Il a fini par s'arrêter. Et puis, plusieurs messages en rafales.

Enculé.

Tu ne sais pas ce que tu as fait.

Elle a 17 ans.

Je commençais à m'amuser. Si j'avais voulu attendre deux décennies pour me venger, je n'aurais pas pu trouver mieux.

Assez jeune pour être ma fille, ai-je répondu.

Un moment. Une pause. Puis son dernier texto a tinté. Je l'ai contemplé, conscient de la BMW dehors qui démarrait en trombe. Elle était partie. Il a fallu encore quelques secondes – cinq ou six – pour que le texte atteigne mon cerveau.

Et même alors. Les mots tremblaient, tour à tour lisibles et flous. Ils n'avaient aucun sens. Une mauvaise blague. Un brouillon maladroit de la future jeunesse d'Onnie. Une erreur prophétique.

Ils n'avaient aucun sens. Que fallait-il pour qu'ils en aient ? Mes synapses se sont connectées, des souvenirs aussi. Une nuit, il y a des années de cela. Une soirée à l'hôtel, j'étais entré en resquillant aux vingt et un ans d'un connard quelconque, j'avais flirté avec Victoria parce que c'était marrant de voir Murphy, un petit rondouillard dans son costume étriqué, le plus jeune membre du Parlement dans l'histoire du parti Tory, me lancer des regards noirs depuis l'autre bout de la salle. Et Vic, pas encore aigrie, se rebellant contre une maternité précoce et une vie d'Importante Épouse, anxieuse de flirter, d'être désirable, qui m'entraîne sur la plage. Enivrée par la nuit et par mon attention, complètement intoxiquée, me laissant la baiser sur les rochers, sous l'aplomb d'une falaise.

C'était quand ? Il y a seize, dix-sept ans ? Peut-être. Sans doute. 1994. Oui, c'était possible. Je n'avais pas encore acheté Gulls. Quand j'avais revu Vic la fois suivante, après la mort de ma mère et l'argent que j'avais touché, Onnie était perchée sur les épaules de Murphy. C'était là-haut sur le promontoire. Je n'avais jamais eu le moindre soupçon.

Je relis.

C'EST ta fille.

— Laisse-moi sortir !

Des coups contre la porte de la salle de bains.

— Attends.

Ma fille. Ses yeux, je suppose, on pourrait dire que ce sont les miens ; peut-être la forme du visage. Son agitation. Son intérêt pour les aspects les plus obscurs de la production pharmaceutique. Mais quoi d'autre ? Rien. Les grosses mains de Murphy sur ses jambes boudinées, ses genoux charnus sous les phalanges velues.

De la culpabilité ? Du remords ? Non, pas moi. J'ai éclaté de rire. Je me suis servi un autre malt et j'ai plongé les doigts dans le sac en plastique de Kulon.

Et j'ai enfin réalisé le délice de ma situation. Victoria ne me dénoncerait jamais. Quelle douce agonie. Elle allait devoir me voir continuer à vivre comme si rien ne s'était passé. Ne jamais pouvoir rien dire à personne, pour le bien de sa propre fille. Lizzie ne l'apprendra jamais.

J'ai ouvert la porte pour relâcher Onnie, le fruit de mes entrailles. Je lui ai donné quelques vêtements secs, un short qu'elle a serré avec une de mes ceintures, un sweat-shirt. Elle m'a dit qu'elle m'aimait et qu'elle voulait être avec moi. Est-ce que je l'aimais ? J'ai cherché un peu pour voir si je trouvais une émotion quelque part – un instinct paternel, peut-être – mais je n'ai rien trouvé.

— Oui, ai-je dit en souhaitant que ce soit vrai.

Je voulais me débarrasser d'elle pour pouvoir lire la lettre de Lizzie en paix.

Pourrait-elle avoir quelque chose de moi à emporter avec elle ? Oui, oui, prends un tableau, ai-je dit en regardant autour de moi, la laissant choisir. Je l'ai mis dans un sac-poubelle avec ses affaires dégueulasses. (Ennuyeux, en fait. C'est un de mes préférés.) Je commençais à perdre patience. « Où vais-je aller ? » Va voir Kulon, il s'occupera de toi. « Tu viendras me chercher plus tard ? » Elle pleurait, pieds nus dans l'entrée, accrochée à son baluchon. « Est-ce que tu quitteras ta femme ? » « Oui. Oui. Oui. Je viendrai te chercher. » « Tu le jures ? Quoi qu'il arrive ? » Oui. Oui. Oui. « Aie confiance ! » lui ai-je crié quand elle était dans l'allée.

Je crois que j'ai bu pas mal de whisky. La réserve dans la voiture. Le sac de cristaux s'est vidé. Il faut que je lave mes affaires et que je me change. Lizzie. La seule femme en qui j'ai jamais eu confiance, car j'ai confiance en elle, malgré tout. Les autres : elles finissent toujours par se retourner contre vous. Par vous trahir, par jeter votre cœur dans la boue.

Une lettre d'amour : je la retourne entre mes mains. C'est tout ce dont j'avais besoin.

Je remercie Dieu pour Lizzie.

Il ne s'agit pas des maisons, je m'en rends compte, ou de trouver l'endroit idéal. Ce n'est pas la mer. C'est l'amour. Je vais allumer la lumière maintenant et ouvrir sa lettre, m'imprégner de la douceur de ses mots, et puis je l'appellerai. Je trouverai un moyen de sortir de cette pagaille. Tant que j'aurai Lizzie, tout ira bien.

24

Lizzie

Le froid est vif. Le ciel s'est éclairci, bleu pour la
première fois depuis des semaines, mais un vent glacial
bat l'auvent de la supérette et couche l'herbe haute
du parc. Je cours dès que je sors du bus, dévalant
le dernier bout de Trinity Road avant de prendre
à gauche dans ma rue. Ma déloyauté envers Zach a
libéré quelque chose de sauvage et d'irrésistible. C'est
la trahison finale. Qui suscite une peur et une liberté
que je ressens jusque dans la plante de mes pieds.

À la seconde où j'arrive devant la maison, je sais
qu'il s'est passé quelque chose. La porte d'entrée est
entrouverte. Je la pousse et je m'arrête dans le couloir,
la poitrine en feu.

Le sol carrelé est jonché d'enveloppes, de pubs
pour des pizzas, de relevés de compte non ouverts,
d'épingles à cheveux... une bouteille de liquide de
dégivrage et des clés. Des tas de clés. Le pot dans
lequel elles se trouvaient est par terre lui aussi.

Pendant un moment, je ne fais que contempler
ces dégâts. L'étagère où tout ceci était rangé hier est
vide à l'exception d'une chose. Une petite peinture.
Celle d'une jeune femme avec des cheveux sombres

sur le seuil d'une porte. Elle regarde ses bras, le visage déformé par l'angle de la perspective. C'est une image dérangeante, d'ombre et de solitude. La pièce semble froide et la femme porte trop peu de vêtements. On a du mal à ne pas la regarder.

C'est un des meilleurs tableaux de Zach, celui qu'on montrerait si jamais quelqu'un émettait des doutes sur son talent. Il était accroché à Gulls. C'est celui qui avait disparu.

Un tas de vêtements est au pied de l'escalier. Je m'en approche, comme en transe, et je les ramasse, un par un : son vieux short marin, délavé, la fermeture éclair ouverte ; un sweat-shirt gris, avec une tache d'encre, une vieille ceinture en cuir. Je tiens le sweat-shirt contre mon visage, le frotte contre ma bouche, me caresse la joue avec la lourde boucle de la ceinture. Il y a aussi une serviette repliée et quelque chose en tombe : un petit album photo d'un bleu brillant. Je l'ouvre. Une seule image par page. La première montre Zach, souriant, dans son costume acheté d'occasion. Il est debout devant l'hôtel de ville de Wandsworth. Le jour de notre mariage. On voit encore la moitié de mon bras sur son épaule, mais mon visage a été découpé. À travers le trou, on aperçoit un autre bout de photo. Un fragment de l'ardoise gravée fixée sur le portail dans les Cornouailles : « Gulls ».

Un choc au-dessus de ma tête. Un grattement. Je laisse tomber l'album et je repose le short sur la première marche. Je n'ose pas respirer, l'air a du mal à franchir mes lèvres. Je me sens si faible que je ne suis pas sûre d'y parvenir, pourtant je commence à monter. Je mets un pied devant l'autre. Un pied devant l'autre : c'est ce que je fais depuis un an. Un pied devant l'autre : c'est ainsi qu'on survit. Il est revenu d'entre les morts, mais le fantôme c'est moi. Je suis si silencieuse, si légère, je me déplace sans un bruit, j'arrive à la salle de bains, à la dernière volée de marches avant les deux pièces du haut. Un vertige. Je pose la main sur le mur pour ne pas m'effondrer. La porte de la chambre est ouverte et je vois la pagaille qui y règne. Les draps et la couette sont par terre, à moitié recouverts par le contenu de la penderie qu'on a vidée. La lampe de chevet, allumée, est renversée, projetant une étrange ombre jaune sur le mur.

Je m'appuie à la rampe. La porte du bureau est fermée. Il est à l'intérieur, remuant des objets.

Je ne sais pas ce qu'il va se passer maintenant, si je le hais ou bien si je l'aime encore, s'il est revenu pour demander pardon ou pour me tuer, si j'ai peur de lui ou bien si − je n'y avais encore jamais pensé − c'est lui qui a peur de moi. J'oublie que c'est un tueur et un menteur. Tout ce qui compte en cet instant c'est que je suis sur le point de voir son visage.

Des larmes coulent sur mes joues. Je goûte le sel.

Je pousse la porte. Elle se coince sur la moquette et je dois fournir un effort supplémentaire pour la bouger. J'ai peut-être arrêté de respirer.

— Bonjour, Zach.

Silence. Puis un petit quelque chose − à la fois mouvement et bruit, le frottement d'un tissu sur le bois. Quelqu'un est là, une silhouette près du bureau. À contre-jour. Jean, bottes, chemise drapée, longs cheveux.

La vague qui enflait en moi se brise net.

Je m'adosse à la porte. Quelque part sur Trinity Road, une moto rugit.

— Vous, dis-je.

411

La silhouette vient vers moi.

— Oh. Je suis désolée. C'était ouvert et...

Je me sens couler. Les muscles de mes jambes cèdent, comme du papier mouillé. Je suis peut-être morte. Je suis peut-être un fantôme.

— Désolée. Vous devez vous dire... Je...

— Que faites-vous ?

— Je cherchais Onnie. La porte était ouverte et... je suis entrée. Je suis navrée. Je n'aurais pas dû.

Victoria s'apprête à partir, jetant la lanière de son sac sur son épaule, tirant sa chevelure blonde en arrière, la coinçant dans un élastique.

— Onnie ?

Ma voix me semble oppressée, bizarre.

— J'ai cherché partout.

Je la fixe, mais elle refuse de croiser mon regard.

— Désolée pour vos photos, dit Victoria. Vous avez des sauvegardes ?

— Quoi ?

Je baisse les yeux. Le sol est couvert de fragments de papier déchirés : un bras, un coin de mer. Mes photographies. La pièce a été dévastée. Les livres jetés des étagères. La boîte qui se trouvait sous le lit a été mise en pièces, piétinée avec violence. Je suis arrivée trop tard. La colère de Zach, comme il a dû la réprimer pendant un an, la garder en lui, tout contre son cœur, et comme elle a dû grossir, enfler. Il était déjà effrayant quand il se contrôlait et si maintenant il ne se contrôle plus...

La porte est encore ouverte. Je la referme et je m'y adosse.

— Appelez la police, dis-je. Mon téléphone est dans mon sac en bas. Pouvez-vous appeler la police ? S'il vous plaît ?

Victoria fait un autre pas vers moi. Elle tend les bras.

— Attendez un peu. Parlons de tout ça calmement, d'accord ? Je suis furieuse contre elle. Elle ne se domine pas toujours. Mais la police... eh bien, si vous pouviez réfléchir à ma... à notre situation.

Elle s'assied à la table et sort un long chéquier dans un étui en cuir.

— Une pagaille terrible et une gêne effroyable pour vous. Permettez-moi de vous dédommager. Ici, en haut, c'est plutôt superficiel, mais au rez-de-chaussée il y a de la vaisselle cassée et je crois qu'il faudrait remplacer la vitre de la porte du jardin. Disons 1 000 livres... ça devrait suffire, n'est-ce pas ?

Je la fixe. Sa main gauche se balade sur sa nuque, lissant sa queue de cheval, cherchant et recherchant une mèche rebelle. Un nerf palpite sur sa joue.

— Vous croyez que c'est Onnie ? Pourquoi aurait-elle fait une chose pareille ?

Elle soupire, étale ses mains pour exprimer son désespoir. Mais c'est une comédie. Elle fait semblant d'être ouverte et honnête mais, sous la surface, je sens la panique.

— Ça lui arrive parfois.

— Je ne crois pas que ce soit Onnie qui a fait ça, dis-je avec prudence. En bas, on a laissé des affaires : des vêtements et un tableau. La personne qui a apporté ces choses dans la maison les a laissées là pour que je les voie. Et cette personne...

— Non. Non. Non, dit Victoria en se levant et en venant à nouveau vers moi. C'était moi. C'est moi qui les ai apportées. Je sais... qu'elles appartenaient à feu votre mari. Et, encore une fois, je ne m'excuserai jamais assez.

— Vous aviez les vêtements de Zach ? Le tableau ?
Vous les avez amenés ici ?

— Oui. Non. Pas exactement. Écoutez.

Elle place une longue main élégante sous mon
coude.

— Je suis terriblement désolée, dit-elle, la bouche
étirée d'une façon étrange. J'ai très mal géré tout ça.
J'étais absente toute la semaine. Quand je suis rentrée
hier soir, la maison était vide. Alan, quand j'ai enfin
pu lui parler, m'a dit qu'Onnie était à Londres chez
son amie dont la tante dirige cette boîte de mode.

— Shelby Pink.

Elle me jette un coup d'œil puis se détourne.

— Eh bien, c'était un mensonge. Onnie ne répond
pas à son téléphone, mais j'ai appris qu'elle n'y est
pas allée de la semaine. Alors, j'ai passé sa chambre
au peigne fin et j'ai trouvé... ça.

Elle fait un geste vers la porte.

— Maintenant, reprend-elle, vous pourriez vous
demander pourquoi Onnie était en possession de certaines affaires de votre mari.

Elle tente un autre sourire. Des taches roses sont
apparues sur ses joues.

— N'allez pas imaginer quoi que ce soit de sinistre,
continue-t-elle. Cela remonte à l'époque où il lui
donnait des cours. Un jour, il pleuvait et il lui a
prêté des vêtements pour qu'elle puisse rentrer. Quant
au tableau, elle l'a emprunté comme source d'inspiration. Donc... voilà. Je crois que je ferais mieux
de retrouver ma fille avant qu'elle ne commette une
autre bêtise.

Elle se dirige vers la porte. Je ne peux pas la laisser
partir.

Je m'entends dire :

— Je sais pour Onnie et Zach. Inutile de me le cacher.

Elle me fixe avec horreur.

— Vous savez ?

On dirait qu'elle n'arrive plus à contrôler sa bouche.

— Que savez-vous ?

— Qu'ils ont eu une aventure.

Sa tête effectue un curieux sursaut en arrière.

— Ah... Une aventure ? Je ne pense pas que ça mérite ce terme. Je dirais plutôt une histoire d'une nuit.

— C'était plus qu'une histoire d'une nuit.

— Je ne crois pas.

Elle secoue la tête puis essuie une poussière invisible sur une de ses joues, des gestes légers, des frôlements : elle recherche un semblant de dignité.

— Je suis navrée, dit-elle, que vous l'ayez appris. Vous ne saviez pas quand vous êtes venue à Gulls. C'est elle qui vous l'a dit ?

— C'est elle. Oui.

— Typique. Toujours aussi destructrice. Je suis sûre que feu votre mari et vous étiez très amoureux, qu'il n'y était pour rien.

—— Pourquoi l'appelez-vous feu mon mari ? Vous le connaissiez bien. C'est de Zach que nous parlons.

À nouveau, ce petit coup d'œil vers moi puis elle se détourne vers la fenêtre et regarde au loin.

— Ma fille...

Elle me regarde très vite avant d'enchaîner :

— Et si nous disions 5 000 livres, pour essayer de compenser le mal et les dégâts que ma famille a causés ?

Déconcertée, je secoue la tête.

415

— Vous cherchez à m'acheter ?

— Je n'emploierais pas ce terme, dit-elle, les lèvres pincées. Comprenez-moi, s'il vous plaît. Mon mari est sur le point de devenir chef du Parti conservateur. C'est un moment délicat pour nous.

J'ouvre la porte.

— Vous n'avez pas à me payer pour quoi que ce soit.

Je descends l'escalier devant elle. Maintenant, je veux qu'elle quitte la maison. Depuis un an, c'était donc Onnie qui avait le sac de Zach, ses vêtements, le tableau. Mais Onnie n'aurait pas ajouté la silhouette sur l'autre peinture dans l'atelier, elle ne l'aurait pas saccagée, pas plus qu'elle n'aurait laissé tous ces messages pour moi dans le bungalow. Elle n'aurait pas volé les maisons de porcelaine aux Beeches. Ce n'est pas Onnie que j'ai vue dans le parking près de son atelier. Ce n'est pas Onnie qui a failli tuer Sam. Il est toujours là quelque part, violent, incontrôlable, insaisissable. Hier, j'ai dormi avec un autre homme. J'ai de bonnes raisons d'avoir peur.

Je m'arrête dans le couloir. La porte de la cuisine est ouverte. Je vois la pièce, les pieds des chaises, la vaisselle brisée, le panier d'Howard renversé. Le chien n'est pas venu m'accueillir tout à l'heure. Quand j'ouvre la porte du jardin, un gros bout de verre tombe du cadre. Dehors, sous ce ciel si clair, tout est éclatant. Mais Howard n'est pas là.

— Au moins, elle n'a pas bousillé votre ordinateur, dit Victoria derrière moi.

Je me retourne. Le MacBook de Zach trône sur la table de la cuisine.

— Mon chien a disparu, dis-je. Je ne sais pas ce qu'il s'est passé. Il n'est plus là.

— La porte sur la rue était ouverte, dit Victoria. Il est peut-être juste allé faire un tour.

Je commence à paniquer.

— Je vais faire le tour du quartier en voiture pour le chercher.

J'attrape mes clés et file dans la rue, là où je crois avoir laissé la voiture. Elle n'y est pas. Je me fige sur le trottoir. Où l'avais-je garée la dernière fois ? Je vérifie dans toute la rue avant de revenir à la maison. Mon inquiétude ne cesse de s'accroître. Je me tords les mains.

— Ma voiture a disparu, dis-je à Victoria.

Je ramasse toutes les clés qui sont par terre, je les examine. Le double des clés de la voiture n'y est pas.

— Je peux vous emmener, propose Victoria.

— Non, non. Ma voiture a disparu.

J'essaie de rester calme.

— Onnie ou quelqu'un d'autre l'a prise, dis-je. Et peut-être…

Je ne maîtrise plus ma voix.

— … peut-être qu'ils ont pris Howard aussi.

— D'accord. Essayez de vous calmer, dit Victoria en me ramenant dans la cuisine. Où aurait-elle pu aller ? Il faut juste que j'arrive à réfléchir.

Elle se parle à elle-même.

— Pas Onnie, dis-je. Ce n'est pas Onnie qui a fait ça. C'est Zach. C'est Zach qui veut me punir. C'est Zach qui veut détruire ma vie.

— Voyez-vous ce qui aurait pu la bouleverser à ce point ? Pourquoi elle aurait pris votre chien ? Où l'aurait-elle emmené ?

Je répète :

— Pas Onnie. Zach.

417

Je suis assise devant l'ordinateur. Il est ouvert et branché. Il y a une feuille de papier devant moi, couverte de griffonnages. C'est la page du carnet sur laquelle Onnie écrivait l'autre soir. Je me concentre. Il y a plusieurs rubriques. Sous « *Animaux* », Onnie a inscrit *Howard* qu'elle a barré. On trouve aussi « *Endroits mémorables* », et raturés en dessous là aussi : *Cornouailles, Gulls, Sand Martin, île de Wight, Marchington Manor, Stepper Point, Blue Lagoon, Wandsworth*. Le troisième titre, celui qu'elle a ajouté depuis jeudi est : « *Qu'est-ce qui compte le plus pour lui ? Qui a-t-il vraiment aimé ?* » Là-dessous, elle a écrit : *Onnie Murphy, Aine Murphy, Zach Hopkins. Glengoyne.* Tous ceux-ci sont barrés.

Il ne reste qu'un nom.

Qu'est-ce qui comptait le plus pour lui ?

Pas barré.

Qui aimait-il vraiment ?

Un seul nom.

Lizzie Carter.

Je porte la main à ma bouche.

Je tourne le portable face à moi. Mes doigts trouvent les lettres sur le clavier.

LIZZIECARTER.

L'écran vibre. *MOT DE PASSE INCORRECT.*

J'essaie encore, avec un espace.

LIZZIE CARTER.

L'écran se fige pour reprendre vie aussitôt. Le fond d'écran de Zach l'emplit toujours mais en plein centre est affiché un fichier.

Mes mains tombent. Zach a utilisé mon nom comme mot de passe.

— Vous avez songé à quelque chose ?

Victoria me fixe. J'avais oublié qu'elle était là.

418

— Non. Oui.

C'est un fichier Word. Petits caractères, interligne simple. Page 119 sur 120. Je lis : « *Lizzie. Ma Lizzie.* » Je remonte le curseur pour que la page défile vers le haut. Mes yeux sautent. *« Je n'avais pas le choix... Dartmoor... espèce d'enfoiré... les gens veulent toujours... Que disait Lizzie, déjà ? »*

Je me cogne au dossier de ma chaise.

— C'est le portable de Zach. Nous essayions de trouver le mot de passe et je crois qu'Onnie y est parvenue. Je ne sais pas trop ce que c'est. Un journal, ou une lettre, peut-être. Mais si elle a réussi à l'ouvrir, je pense qu'elle l'a lu.

— Et c'est ce qui l'aurait bouleversée ?

Je regarde à nouveau l'écran. Je déplace le curseur d'abord vers le haut puis vers le bas, très vite. Le document est divisé en sections, avec des entrées séparées : des dates parfois précises. Non, pas une lettre. Un journal intime. Je revois Zach en train de le taper : des idées pour ses tableaux, me disait-il. J'entends sa voix dans ma tête. Je lis : « *Tant que j'aurai Lizzie, tout ira bien.* »

Je fais défiler le texte jusqu'à la dernière page. J'ai des douleurs dans les bras. Je veux les serrer contre moi pour compresser le vide qui se creuse en moi. Il faut que je lise. Je le sais. Je fais l'effort de bloquer mes yeux sur l'écran, de concentrer mon cerveau sur ce qu'ils absorbent. « *Une voie rapide et un mur, ou un arbre : c'est tout ce qu'il me faut.* »

En lisant ça, je me sens m'enfoncer si loin au fond de son cœur, que je crois que je n'en sortirai plus jamais.

— Qu'y a-t-il ? Vous tremblez.

Victoria a posé sa main sur la mienne.

— La dernière partie du journal, dis-je sans trop savoir comment. C'est... ça ressemble à une fin... à une lettre de suicide. À cause de moi. Il est mort à cause de moi.

Victoria attend avec moi un moment. J'ignore combien de temps. Puis elle se lève et parle. J'ai conscience qu'elle se déplace dans la cuisine. Un verre d'eau m'est servi. Elle parle toujours, mais plus à moi. Je l'entends, toujours au téléphone, quitter la pièce. Le bruit de ses pas sur les marches ; la porte de la salle de bains qui se referme.

Zach est mort. Il n'est pas là, quelque part, cherchant à me détruire. Il est mort. Et c'est moi qui l'ai tué.

Victoria est de retour, agenouillée près de moi. Elle a repoussé l'ordinateur à l'autre bout de la table.

— Y a-t-il quelqu'un que vous pouvez appeler ?

Je la fixe, sans comprendre.

— Pourquoi ? Où allez-vous ?

— Onnie. Il faut que je retrouve Onnie.

— Onnie ? Oui. Bien sûr, Onnie.

Je pose la tête sur le bout de mes doigts et je ferme les yeux. Je demande :

— Où a-t-elle bien pu aller ? Elle a pris ma voiture. Que compte-t-elle faire ?

— Je ne sais pas. J'essaie de réfléchir. Il me semble évident qu'elle a lu ce qu'il y a là-dedans.

— Elle me tient pour responsable de sa mort. Elle a pris mon chien.

— Où ? Où l'a-t-elle emmené ?

Stepper Point emplit à nouveau l'écran du portable de Zach.

— Les Cornouailles, dis-je soudain. Elle est partie dans les Cornouailles.

Dans la voiture, je suis assise avec le portable, un rectangle de métal froid, sur les cuisses. Victoria a voulu me l'enlever pour le laisser à la maison, ou au moins le mettre dans le coffre, mais je ne l'ai pas lâché. Je ne veux plus lire. Pas maintenant. Mais je sais qu'il le faudra. Les pensées de Zach. Ses secrets. La vérité derrière tous les mensonges. Je saurai tout. Si je le veux.

La plupart du temps, je fixe les pieds de Victoria. Elle a enlevé ses chaussures et conduit en chaussettes. De fines chaussettes bleu marine. Pourquoi certains conduisent-ils ainsi ? Pour protéger leurs chaussures, j'imagine, sauf que pour ça il faut avoir des chaussures auxquelles on tient suffisamment. Elle portait des bottines tout à l'heure. Talons hauts, cuir noir luisant, s'arrêtant aux chevilles. Je me demande où elles sont.

J'essaie de tenir la désolation à distance : pas une belle petite tristesse bien propre, mais quelque chose d'épais, crasseux. Si Onnie croit que je suis responsable de la mort de Zach, elle a raison. Cette lettre, je l'avais écrite avec minutie. J'en avais pesé la tournure avec soin, chaque terme insipide. Je savais à quel point il se sentirait trahi. Ce n'était pas juste la rupture, mais la vacuité de la formulation, la façon dont les mots évitaient toute émotion réelle. C'était ma manière de l'agresser. Mes coups de griffes à moi.

Je tente de me souvenir de notre dernière conversation, quand tout était encore normal. Sauf que non. Il m'a dit qu'il était dans le Dartmoor. Mais il n'y était pas ; il était déjà à Gulls.

— J'essaie d'attraper la lumière, a-t-il dit. Elle décline. C'est un empilement de vieilles pierres qui s'étalent jusqu'à l'horizon comme des tombes anonymes. Pas un être humain en vue.

— C'est merveilleux, ai-je dit, soulagée de savoir qu'au moins son travail se passait bien. Ne tarde pas trop, quand même.

— Je n'arriverai pas avant la nuit.

— Sois prudent sur la route, ai-je ajouté, soudain au bord des larmes.

Je savais que la lettre l'attendait. J'aurais voulu remonter dans le temps, jusqu'au début. Je regrettais déjà.

Que regardait-il en me parlant ? Était-il avec Onnie ? Quand j'en serai capable, le portable me le dira.

Je le serre contre ma poitrine.

Victoria jette un regard dans ma direction.

— Vous ne devriez rien lire de plus. Ça n'apporte jamais rien de bon de lire le journal intime de quelqu'un d'autre. Ça finit toujours par faire du mal.

— Vous avez sans doute raison.

— Vous en avez déjà beaucoup lu ?

— Un peu. Mais sans comprendre vraiment… à part cette dernière partie.

— Vous savez ce que vous devriez faire ?

— Quoi ?

— Le jeter par la fenêtre. Maintenant. Ouvrez la vitre et balancez-le.

Elle met son clignotant pour revenir sur la file de droite et elle ralentit. Elle appuie sur un bouton sur la console entre nous et ma vitre descend électroniquement. Le bruit et le vent s'engouffrent dans la voiture. Elle montre le portable.

— Je ne pense pas, je crie, le serrant plus fort encore. Je ne suis pas prête.

Elle remonte la vitre et le silence absorbe à nouveau l'habitacle.

— Comme vous voulez.

Je l'examine un moment, au cas où elle plaisanterait, mais elle serre les dents. Plusieurs mèches de cheveux se sont échappées de son chignon bas. Elle se mordille la lèvre.

Nous avons à peine parlé depuis que nous avons quitté la maison, trop désemparées toutes les deux.

— J'espère que mon chien va bien, dis-je soudain. Elle ne le lui ferait pas de mal, quand même ?

Victoria ne répond qu'après plusieurs minutes de silence :

— Laissez-moi m'occuper d'elle quand nous la trouverons, d'accord ? Prenez votre chien et partez. Vous n'avez pas à être mêlée à tout ça.

Et là, elle se met à parler. Des bouts d'informations. Onnie a reçu le nom de la mère d'Alan. En fait, c'est Aine.

Déjà bébé, elle était difficile, on n'arrivait pas à la nourrir, elle ne dormait jamais, toujours à essayer de prendre des objets qu'elle jetait ensuite par frustration. Elle ne ressemblait en rien à son frère aîné. Ensuite, l'école a été un « catalogue de désastres ». Elle n'avait jamais aucune amie. Victoria s'inquiétait pour elle, « bien sûr que je me faisais du souci », mais par son comportement, Onnie n'arrangeait rien. « Elle était arrogante. En colère en permanence, sujette à des sautes d'humeur. Si elle échouait, c'était toujours la faute des autres. Jamais la sienne. Et elle prenait tout au pied de la lettre. Impossible de la raisonner. Tout ce que vous disiez était un reproche. »

— Ça ressemble à une adolescence typique.

— Eh bien, ses nombreuses écoles n'étaient pas de cet avis. Il y a deux ou trois ans, elle s'est fait maltraiter par une autre élève et nous aurions dû l'enlever de cette école. Si nous l'avions fait, nous aurions évité des problèmes à tout le monde. La situation n'a fait qu'empirer. Onnie a fini par se venger de la fille en question. Elle a photoshopé quelques photos qu'elle a postées sur Facebook. Des images assez odieuses. Cruelles. Elle s'est fait virer.

Elle regarde droit devant elle maintenant. Nous venons de dépasser Bristol et l'endroit où les deux autoroutes convergent. Elle se concentre sur les pancartes et se range sur la file de droite. Finalement, elle ajoute :

— J'espère qu'elle n'a fait aucun mal à votre chien.

Je tourne la tête pour qu'elle ne puisse voir mon visage.

Quelques kilomètres défilent.

— Comment avez-vous su pour Zach et Onnie ? je demande. Quand l'avez-vous découvert ?

— Le jour avant son accident, répond-elle brièvement. Je les ai surpris.

— Dans les Cornouailles ?

— Oui.

Elle fronce les sourcils, se concentrant pour doubler un car de touristes.

— Cela n'avait rien d'une scène agréable, mais après ce qui est arrivé à Zach nous avons tenté d'oublier. La nouvelle de sa mort a mis Onnie dans un état effroyable. J'ai bien essayé de la lui cacher, mais c'était impossible.

Elle soupire.

— Votre mari est-il au courant ?

— Non.

Brève réponse. Puis, quand je me dis qu'elle ne va rien ajouter :

— C'est une chose que j'ai réussie. Une des raisons pour lesquelles je tenais tant à envoyer Onnie en Suisse. Je ne voulais pas qu'elle laisse échapper quelque chose devant Alan. Je suis toujours sidérée par la quantité de secrets qui existent dans un couple. Cette grande et belle idée : tout se dire. Neuf fois sur dix, quelqu'un cache quelque chose. Même si c'est juste des idées, des désirs, des espoirs. On peut vivre dans la même maison, partager le même lit, mais à quel point connaît-on vraiment quelqu'un ?

Je regarde le bas-côté défiler. Au bout d'une minute, elle déclare :

— Vous avez eu raison de ne pas faire d'enfants. Ils vous gâchent la vie.

— Vous n'êtes pas sérieuse.

— Je ne sais pas.

Elle sourit rapidement.

— Je voulais un enfant, dis-je. Zach, non.

— Ah.

Nous restons silencieuses un moment. Je continue à regarder par la fenêtre. Finalement, je reprends la parole :

— Xenia. Quelqu'un qui s'appelle Xenia a laissé des fleurs pour Zach.

Je pense qu'elle n'a pas entendu mais Victoria répond :

— Tout le monde a une Xenia.

Nous quittons l'autoroute à Exeter pour rejoindre l'A30. C'est le milieu d'après-midi et le soleil est bas. Les nuages se rassemblent, des serpentins gris sur le ciel bleu pâle. De part et d'autre de la route s'étalent les coteaux pourpres du Dartmoor où Zach ne s'est

425

pas arrêté pour peindre, où il n'a pas quitté la voiture pour marcher jusqu'à un coin nommé Cosdon, où des pierres anciennes s'étalent ou pas comme des tombes anonymes, où il n'a pas attendu la lumière déclinante.

Elle ne prend pas le raccourci, la route que Zach et moi empruntions, celle que je croyais qu'il avait oubliée. Elle reste sur la quatre voies. Je regarde passer la sortie.

En moi commence à monter un mélange de colère, de panique et de malheur. Ça fait des heures, semble-t-il, que je résiste, que je tente de ne pas me laisser déborder, mais maintenant que nous arrivons, je deviens si agitée que je ne sais plus quoi faire de moi. Je commence à bouger sur mon siège.

— Qu'y a-t-il ? demande Victoria.

Je ne réponds pas.

J'aperçois quelque chose et je me mets à crier.

— STOP. Arrêtez-vous. Arrêtez-vous !

— Merde. Quoi ? Quoi ?

Elle donne un coup de frein brutal et la BMW dérape un peu pour s'immobiliser de travers tout au bout d'une zone d'arrêt. Une voiture klaxonne et nous double. Derrière nous, ma Nissan grise est parfaitement garée.

Je suis dehors avant qu'elle n'ait le temps de dire quoi que ce soit, courant sur le gravier vers la Micra. Elle est vide. Pas d'Onnie. Pas de chien. Victoria est sortie, elle aussi. Elle se débat avec ses bottines. Ses cheveux volent. Les boutons du haut de son chemisier se sont défaits, le vent gonfle le tissu. Je crie pour couvrir le grondement de la route, montrant l'autre côté, le lieu de l'accident de Zach. Je scrute la haie. Il y a une silhouette là-bas, avec un chien en laisse…

juste avant le virage. De longs cheveux, une tache bleue. Le chien s'arrête sans cesse et elle essaie de le traîner derrière elle.

Il faut que nous traversions mais la circulation est ininterrompue dans les deux sens. Des voitures qui coulent en flot continu. Un pâle soleil d'été se reflète sur leurs pare-brise. À la première occasion, j'attrape Victoria par le bras pour courir jusqu'au milieu de la chaussée. Les câbles entre les pylônes vibrent au-dessus de nos têtes. Je guette l'autre voie maintenant. Un espace entre deux véhicules un tout petit peu plus grand que les autres. Des phares qui m'éblouissent. Je fais signe à Victoria et je fonce.

Elle est à une trentaine de mètres de nous. Je ne sais pas si elle nous a vues. Elle ne s'est pas retournée.

— ONNIE ! crie Victoria.

Elle regarde par-dessus son épaule, hurle quelque chose et repart.

Il n'y a pratiquement pas d'espace entre la haie et la chaussée. Nous partons vers elle. Onnie se met à courir, la laisse tressautant dans sa main. Le chien, maintenant qu'il m'a vue, lutte contre elle. Sur le sol, des bouts de pneus crevés. Je me cogne aux branches qui sont plus touffues que la dernière fois. Elle sent que nous la rattrapons, alors elle se retourne et s'arrête.

— N'approchez pas, hurle-t-elle. Vous avez pas intérêt.

Elle tient Howard par le collier maintenant. Il se débat pour lui échapper.

Victoria et moi nous sommes toutes les deux figées, mais c'est moi qu'Onnie regarde. À cette distance, je distingue les larmes dans ses yeux, les traînées de mascara, la dureté de sa bouche.

— Vous l'avez tué, me dit-elle. C'est votre faute s'il est mort. Vous disiez que vous l'aimiez, mais vous ne l'aimiez pas. Il est mort à cause de VOUS.

— Non, dis-je. Ce n'est pas vrai.

— C'est vrai. Vous étiez en train de le quitter. Vous lui avez brisé le cœur. Vous m'avez menti, en prétendant que sa mort vous rendait trop triste. Vous vouliez que j'aie de la peine pour vous. Que j'aie du remords. Je vous emmerde.

Du genou, elle pousse Howard sur la route. Une voiture doit faire un écart brutal pour l'éviter, elle klaxonne. Victoria fait un pas.

— Pas plus près. Tu m'as menti aussi, maman. Vous êtes toutes des menteuses. Tu m'as fait croire que j'étais la ratée de la famille. Celle qui foire tout. *Je ne savais pas.* Pourquoi ne m'as-tu rien dit ? Pourquoi as-tu permis que ça arrive ?

Victoria laisse échapper un sanglot.

— Ce n'est pas ce que tu crois. Nous pouvons en parler. Je t'expliquerai.

— C'est trop tard, crie Onnie. Je te déteste. Je me déteste.

Elle repart, traînant toujours Howard de force, vers le virage. Par-dessus son épaule, elle hurle à nouveau :

— Vous l'avez tué, Lizzie. La seule personne que j'ai jamais aimée est morte.

On dirait qu'elle suffoque. Nous sommes presque arrivées à l'endroit de l'accident de Zach. L'arbre est là. Il bloque le soleil, nappe la chaussée d'une ombre immense. Elle s'arrête à nouveau. Un semi-remorque passe dans un grondement assourdissant, klaxon bloqué. Elle fait un écart vers la route. Elle se baisse pour soulever Howard. Il lutte pour s'échapper.

Elle dit :

428

— Je croyais que vous m'aimiez. Vous êtes comme les autres.

— Retournons à la voiture. On parlera. Je t'expliquerai.

— J'en ai marre de parler. J'en ai marre de tout.

Victoria lâche un cri et me pousse pour passer devant.

— Ne t'approche pas de moi, dit Onnie.

Elle avait reposé le chien, mais elle le soulève à nouveau et fait un autre pas vers la chaussée. Elle est tout au bord maintenant, dangereusement proche de la circulation. Un van fait un écart, klaxonne, accélère.

— Vous voulez me sauver ? Le chien, plutôt ? Vous donneriez votre vie pour lui ? Pour lui, pas pour moi.

Une voiture de sport noire gronde. Elle est distraite un instant. Puis elle me fixe à nouveau, une expression terrible sur le visage. Je sais ce qu'elle va faire. Nous sommes trop proches du virage. Les voitures vont trop vite. Elles n'ont pas le temps de s'arrêter, pas la place de l'éviter. Victoria s'est mise à hurler.

Je ne réfléchis pas. Je cours, c'est tout. Onnie me voit arriver et se jette sur la chaussée. Elle est étendue, bras et jambes écartées, le visage sur le goudron : je vois ses bras et le chien coincé sous elle. J'imagine le hurlement des freins, la chaleur du gasoil, le métal qui se déforme. Je sens un courant d'air derrière mes genoux et je suis sur elle, la relevant, la traînant en arrière, tirant, les bras enfouis sous ses cheveux et son corps, les doigts accrochés à du tissu. Elle se débat, haletante, en larmes. Je ne sais pas où est le chien. Mais je ne lâche pas Onnie. Je titube en arrière sous son poids et mon pied se coince. Nous tombons. L'arbre de Zach surgit au-dessus de nous. Des branches me griffent le visage. Ma tête heurte une racine. Des piqûres sur mes joues, des coupures sur mes bras. Quelque part, j'entends Howard aboyer et des pas qui courent vers nous. Mais je tiens toujours Onnie et même si elle bouge sans arrêt et donne des coups de pied, je ne la lâcherai pas.

Nous sommes en travers du fossé. Je vois le tronc de l'arbre de Zach. Les lys sont toujours là, poussés un peu à l'écart par le vent ; la cellophane a jauni, les fleurs sont brunes et desséchées. Le mot est encore agrafé. Je peux le lire. Le cœur avec le nom autour. X E N I A.

— Je suis désolée. Je suis vraiment désolée.

C'est moi qui sanglote dans l'oreille d'Onnie.

Elle ne se débat plus.

Mes yeux sont toujours sur le mot avec les fleurs. De là où je suis, la tête près du sol, les lettres ont l'air de tourner dans l'autre sens.

Je lis : A I N E X.

Son nom, Aine, avec une croix pour un baiser. Onnie.

Elle murmure :

— Je l'ai fait pour Zach.

— Mais il est mort, dis-je, et ces mots m'emplissent de soulagement. Zach est mort.

Zach

Je suis calme. Mes émotions sont mortes. Je ne suis pas en colère, ou alors peut-être que ma colère n'est pas comme celle des autres. Elle ne jaillit pas, comme du sang ; elle ne craque pas, comme du feu. C'est un objet lourd, solide. Je la tiens contre ma poitrine. Elle me traverse la peau pour enserrer mon cœur dans une boîte dure.

Cette lettre : chaque phrase en a été conçue pour faire mal. Elle me quitte et elle n'a même pas la décence de s'y prendre avec franchise et loyauté. Elle a besoin « de distance » pour en baiser un autre. Elle ne m'aime pas. Fin de l'histoire.

La maison est rangée et propre. C'est important. J'ai supprimé toute preuve de mon bref passage. On n'avait même pas dormi dans le lit. Plus de sacs-poubelles. J'ai donné le dernier à Onnie. Je mets les bouteilles de whisky vides, mes vêtements sales et la serviette d'Onnie dans un sac fourre-tout. J'ai nettoyé la salle de bains et ciré la chaise où je suis assis pour lire sa lettre. J'ai frotté si dur que j'ai failli me faire des ampoules. Si je n'étais pas aussi pressé de partir, je l'aurais brûlée.

J'ai fini ce tableau qu'elle aimait. Il lui manquait quelque chose. Le type de Bristol disait que mon travail nécessitait davantage « d'engagement émotionnel ». Eh bien, j'ai ajouté une silhouette. Zach Hopkins, face à sa mort. Elle le trouvera après, quand ce sera arrivé. Elle me connaît. Elle comprendra. Est-ce que ça représente l'espoir ou le désespoir ? À elle de trouver.

Ça pourrait la détruire, ma mort, et ce qui viendra après. Elle m'aime assez pour ça, même si elle ne le sait pas. Peut-on tuer quelqu'un depuis sa tombe ? Question nouvelle pour moi.

Je ne suis pas un tueur ordinaire. Je suis différent. Mon héritage, le travail de ma vie : finalement, ce ne sont pas les tableaux. Polly Milton. Je ne voulais pas qu'elle meure. Elle a dû se cogner la tête quand on se battait et passer par-dessus bord. J'ai à peine entendu le splash. Charlotte, aussi, un accident inutile, même s'il était planifié. Je n'aurais pas dû coucher avec elle, mais elle aurait dû prendre ses précautions. Sa faute.

J'irai chercher la voiture dans une minute ; escalader la clôture de derrière pour rejoindre l'allée où Jolyon l'a laissée, m'a-t-il dit. J'attends que le monde soit couché, que les routes soient désertes. La pluie est moins forte. De lourds nuages roulent en provenance de la mer. Je prendrai de l'essence. Un réservoir plein. La capote baissée. Un peu de brume : tant mieux. Une voie rapide et un mur, ou un arbre : c'est tout ce qu'il me faut.

Les murs se referment sur moi. La confiance que j'avais tout à l'heure, je la sens qui s'échappe. Les gens sont toujours pressés de juger : ils ont pris la route facile de la moralité. Ils ne vont jamais au-delà des clichés. Lizzie ne m'aurait pas pardonné, même si j'avais arrangé les choses. Peut-être que moi non plus je ne peux pas me pardonner. Je devrais l'aimer. Je devrais ressentir quelque chose. Mais non.

Les gens… les gens… Que disait Lizzie, déjà ? Elle a raison. Le reste du monde, tous ces gens mis dans le même sac, ils sont tous pareils. Je suis différent.

Un petit vertige s'est emparé de moi. Mais il disparaît en une minute. Pas assez de sommeil. Trop… trop de pensées.

Lizzie. Ma Lizzie. J'ai cru que tu allais me sauver. Au lieu de ça, tu m'as détruit. Il s'avère que je ne veux pas vivre sans toi. Quelle ironie. Je pourrais dire « oublie-moi », mais je ne peux pas. Je ne veux pas que tu passes à autre chose. Je veux que nous restions ensemble. Toujours. Je veux que tu te souviennes de moi, que tu me sentes près de toi, chaque jour de ta vie.

Lizzie. Un dernier cadeau pour te prouver mon amour et que tu garderas à jamais : ma mort.

25

Lizzie

J'ai lu le journal de Zach. Je ne l'aurais peut-être pas fait s'il n'y avait pas eu Onnie. Je ne voulais pas qu'elle en sache plus que moi. J'ai passé un moment à pleurer, à ressasser mon rôle dans sa mort, et puis une nuit je l'ai lu seule, comme je l'avais décidé, dans une maison vide. J'ai mis Elvis Costello. De temps à autre, je m'interrompais pour me servir un verre d'eau. À un moment donné, j'ai posé ma tête sur mes genoux. Mais je n'ai pas pleuré, pas une seule fois, même quand j'ai lu les passages sur Onnie. Sa fille. J'ai été fière de moi.

Il n'était pas celui que je croyais : c'est un grand classique, c'est ce que j'ai dit à Jane. Ces secrets, cet esprit tordu, tout cela m'était étranger. « Il nous a tous trompés, a-t-elle répondu pour me réconforter. Nous étions tous sous le charme. Le mal a le don de se rendre attirant. Tout le monde le sait. »

J'ai montré le journal à Hannah Morrow. Évidemment, Victoria s'y est opposée, mais j'avais le sentiment de devoir le faire. Il y avait trop de trous dans son récit, trop de détails dérangeants. Elle l'a apporté à Perivale et les enquêtes sur la mort de

Polly Milton et de Charlotte Reid ont été réouvertes. Aucun indice supplémentaire n'a été mis au jour dans l'affaire Polly Milton.

Pour Charlotte Reid, ça a été différent. On a retrouvé le film d'une caméra de surveillance montrant Zach arrivant à la gare de Brighton à onze heures le matin de sa mort et un témoin s'est présenté, affirmant l'avoir vu près de sa maison peu après ça. Une nouvelle investigation a été ordonnée, mais elle n'a rien pu établir de décisif. Un « faisceau de présomptions », c'est tout. Ses parents ont été photographiés quittant l'institut médicolégal, sa mère accablée de chagrin tenant à peine debout. Nell a fait une déposition dans laquelle elle expliquait à quel point Zach lui avait toujours paru sinistre. « Il y avait quelque chose de bizarre, si vous voyez ce que je veux dire. » C'est facile de justifier les choses après coup.

Malgré tous les efforts de Victoria, la presse s'est emparée de l'affaire, le *Daily Mail* s'est épanché sur les dangers des rencontres sur Internet et le *Sunday Times* a publié un article exhaustif sur la mort de Charlotte Reid. Et finalement, Onnie a révélé sa version des événements. Un long article dans les pages Famille du *Guardian* est paru trois jours après son départ du Priory où elle avait été traitée pour « troubles de la personnalité » ainsi que pour stress post-traumatique. Le titre en était : « *Mon père, mon amant* » et ça a mis un terme aux ambitions politiques d'Alan Murphy (il est tombé au premier tour de scrutin). Je l'ai trouvé presque insupportable à lire, mais pas pour les raisons auxquelles on pourrait penser. Elle s'arrogeait un droit sur Zach, un droit sur sa mémoire.

Elle m'a écrit une lettre – une des étapes de son programme de guérison – disant à quel point elle regrettait d'avoir couché avec Zach, et pour avoir été aussi « agaçante » après ça. Elle a avoué avoir appelé quelques fois dans les mois qui ont suivi la mort de Zach pour raccrocher dès que je répondais. (Les autres appels anonymes, m'a assuré la police, étaient le fait de « soucis » technologiques dans des centres d'appel. On m'a conseillé de les signaler.) Je ne veux pas revoir Onnie – je suis sûre que cela vaut mieux – mais parfois je pense à son visage quand elle m'a montré ses poignets, à sa vulnérabilité, à sa gratitude angoissée, et je me demande si ça aurait pu se passer autrement.

Les gens ont été très gentils avec moi ces derniers temps – bien plus que je ne le mérite. Pas juste Peggy, Jane et les collègues de l'école, mais la police aussi. Tout le monde fait semblant de comprendre comment j'ai pu me convaincre que Zach était toujours en vie. On ne me considère plus comme une folle. Perivale, maugréant à propos du « manque d'expérience dans des affaires d'une telle sensibilité » de Morrow, a tenu à m'exposer les preuves ; particulièrement le rapport de la police scientifique. Celui-ci dressait le catalogue de la chaîne d'indices : traces de dérapage, fuites de liquide mécanique, la disposition des différentes parties de l'épave, un relevé sur l'état de la route et une puce d'ordinateur révélant que la Fiat roulait à plus de 130 km/h. « Personne n'a garé cette voiture contre cet arbre pour ensuite gratter une allumette », a dit Perivale. Il m'a aussi mise en contact avec l'agent Paul Johns, responsable des personnes disparues pour le Devon et les Cornouailles, qui a dit que la disparition de Jolyon Harrison n'avait jamais été une enquête prioritaire. Jolyon n'était pas considéré comme vulnérable ou comme un individu à risques et plusieurs témoins au Rogue Nightclub de

Bude l'avaient entendu dire qu'il comptait partir au Cambodge pour raisons professionnelles. Il s'est aussi avéré qu'il devait de l'argent à certaines personnes à Truro. L'agent Paul Johns a conclu qu'il s'était fourré « dans une situation où c'étaient les emmerdes ou la fuite ».

Le journal intime, Perivale me l'a annoncé d'emblée, est ma police d'assurance : « M. Hopkins ne reviendra plus maintenant, même s'il le pouvait. Il serait arrêté à la seconde où il franchirait cette porte. »

— C'est de l'humour ? lui ai-je demandé en le regardant dans les yeux.

Il a esquissé un sourire.

La plupart des événements qui me hantaient ont reçu une explication. Je savais déjà que c'était Onnie qui avait les vêtements et le tableau de Gulls, mais elle avait aussi saccagé l'atelier dans sa détresse le jour de sa mort. C'était Peggy, irritée par mon manque de générosité envers Alfie et convaincue que je ne m'en apercevrais pas, qui avait pris les Rotring. Elle avait aussi rapporté le rouge à lèvres, après l'avoir retrouvé un jour sous son canapé. Elle avait juste oublié de me le dire. L'oiseau mort : Jane s'est renseignée pour moi. Ce n'est pas inhabituel, semble-t-il. La collision avec une fenêtre est une des trois causes de mort d'oiseaux les plus répandues au Royaume-Uni, avec les chats et les voitures. « Le Fonds britannique pour l'ornithologie assure que cent millions d'oiseaux se cognent à des vitres chaque année dans ce pays, et qu'un tiers d'entre eux en meurt. »

L'attaque contre Sam faisait partie d'une série d'agressions perpétrées cet hiver-là. Howard avait découvert les os à moelle empoisonnés de Zach quand la tempête avait ouvert la porte de l'abri à outils. Le

Xanax s'était détérioré en raison de l'humidité, il en restait donc, heureusement, juste assez pour le rendre malade, mais pas pour le tuer. L'homme dans la salle de bains dont parlait sans cesse ma mère : je pense que son cerveau se repassait en boucle le traumatisme d'avoir vu Zach cette première fois. Les deux maisons de porcelaine se trouvaient chez Peggy : « Vraiment ? Tu t'inquiétais de les avoir perdues ? Sans déc'. Si elles te plaisent tant que ça, tu peux les garder. » Une infirmière de l'hôpital a dû voler la bague de ma mère.

Quand j'ai cru le voir, à l'autre bout du parking du champ de courses de lévriers, c'était mon imagination qui me jouait des tours, mon obsession qui me rattrapait. Parce que ça a tout le temps été ça : mon obsession. Jane et Peggy m'ont, chacune de leur côté, dit à quel point j'étais « la victime », l'objet malheureux des obsessions de Zach. Mais c'est moi qui étais obsédée. Il y a des passages dans son journal qui me choquent. Mais quand je pense à lui, mon cœur bat toujours plus vite, quelque chose au plus profond de mon ventre se serre. Peggy dit qu'il a fait en sorte de m'aveugler – ce sont ses mots – mais ce n'est pas vrai. Pas vraiment. Je crois que j'ai toujours senti que quelque chose n'allait pas. Dans mes moments les plus noirs, je me demande si je ne l'aimais pas à cause de ce qu'il était, et non malgré ça... Sa colère, sa rage. Ses crises de jalousie m'excitaient, me donnaient l'impression d'être vivante. J'aimais un assassin potentiel, probable : qu'est-ce que cela dit sur le fonctionnement de mon propre cœur ? Il avait tort sur une chose : je lui aurais pardonné d'avoir couché avec Onnie. Il ne savait pas ce qu'il faisait. Peut-être, après tout, lui aurais-je pardonné même s'il avait su.

Les gens me demandent si j'aurais préféré ne jamais l'avoir rencontré, mais ce serait comme vouloir que mon sang quitte mon corps, ou alors me dépouiller de tout jusqu'à ce qu'il ne reste que les os blancs.

Il m'a aimée en retour. Je le sais. C'est ce qui ressort, éclatant, de son journal. Sam, qui l'a lu, dit que Zach écrivait par besoin de contrôle, d'auto-justification. « Le ravissement de la tromperie : une facette habituelle chez les sociopathes, a-t-il expliqué. Une joie extrême à dominer les autres. » Ce n'est pas ainsi que je le ressens. Si je ferme les yeux sur certains aspects, si j'essaie d'oublier les autres femmes et Onnie, je lis son journal comme une déclaration d'amour. Son amour pour moi qui l'a conduit à la mort. C'est une équation simple. C'est mon esprit, depuis sa mort, qui a tordu et manipulé, qui a tout reconstruit de travers, qui a rêvé de vengeance et de traque, qui attendait la violence. Les gens me caressent et m'étreignent. Ils peuvent parler autant qu'ils le veulent du chagrin et du deuil, des relations abusives, de mon rôle de victime. Mais parfois je me demande si ce n'est pas plutôt de moi qu'ils devraient avoir peur.

Mai 2014

Le week-end dernier, on était dans le Northumberland. Les parents de Sam habitent Newcastle et on a passé quelques jours avec eux avant d'aller sur la côte dans un cottage que j'avais loué sur un site Internet, un peu à l'intérieur des terres, à Berwick-upon-Tweed. On voulait faire voir la mer pour la première fois à Agnes.

Il a plu presque sans discontinuer, ce qui nous a obligés à rester à l'intérieur ou à faire la tournée des boutiques du coin. Mais, dimanche, le soleil a crevé les nuages et on a roulé jusqu'à un parking situé au sommet d'une falaise qu'on avait repérée sur une carte. Depuis là-haut, une longue marche menait à la plage. Pour atteindre le sommet d'un promontoire, on a traversé un champ d'où deux alouettes se sont envolées, avant d'entreprendre une descente abrupte sur un sentier en zigzag dans un creux de la falaise. En bas, nous avons établi un campement au pied des dunes de sable. Howard pourchassait les oiseaux et Agnes était assise sur un plaid, adossée au panier de pique-nique, agitant ses petits poings.

On avait apporté des saucisses et du pain, et Sam a ramassé du bois de flottage pour faire un feu. Personne d'autre nulle part. Ou presque : quelques silhouettes là-bas au loin. Je me souviens les avoir comptées, j'ai tendance à remarquer les étrangers. Quand on perd un proche, quelle que soit la vérité de la relation, on ne cesse jamais d'avoir l'impression que quelque chose vous manque. Mais c'était la fin d'après-midi ; ce moment du dimanche quand, d'habitude, on se prépare à reprendre l'école ou le travail. Le lendemain était férié et on s'accordait le luxe d'imaginer qu'on mettait les voiles. Le sable s'étalait dans toutes les directions. Le vent couchait les herbes sur la plage. On sentait le souffle précoce de l'été dans l'air. C'était le paradis.

Quand on s'est rendu compte qu'on avait oublié les allumettes, j'ai dit que j'y allais. J'aime Sam. J'aime ma fille. Chaque jour, je dois me pincer ; je n'arrive pas à croire à ma chance. Mais je recherche encore souvent des occasions d'être seule.

On était passés devant un garage sur la route principale. Je suis remontée à la voiture et j'y suis allée, me garant devant la boutique, non loin des pompes. Il n'y avait pas d'autre voiture. À l'intérieur, une jeune femme avec de grosses poches sous les yeux était assise derrière la vitre de séparation du comptoir. La boutique était vide. Je choisissais une barre au chocolat quand j'ai senti une présence. La porte avait dû s'ouvrir et se refermer sans que je ne m'en aperçoive. Une silhouette solitaire, haute, cheveux sombres, prenait du lait au rayon frais.

Quelque chose dans la silhouette, la démarche de guingois, voûtée. Il portait de grosses chaussures, du genre de celles qu'on utilise sur les chantiers, un jean et une chemise bleu pâle. Il a traversé la boutique devant moi jusqu'au comptoir pour payer. J'attendais derrière, respirant à peine. Ce que je pouvais voir de son visage était tanné par une vie au grand air, des mèches de cheveux retombaient en boucles au-dessus de ses sourcils.

Il ne m'a regardée qu'en arrivant à la porte. Il s'est retourné, a croisé mon regard, l'a emprisonné un court instant dans le sien.

Bien sûr, ce n'était pas lui. Trop grand, le visage trop anguleux. Mais je n'ai pas bougé d'un millimètre tant que la porte n'a pas été refermée.

Je ne pense pas que je serai jamais libre. Je regarderai toujours par-dessus mon épaule, malgré tout, désirant à moitié le trouver là.

J'ai attendu en feuilletant des magazines, jusqu'à ce que je sois certaine que l'homme était parti.

REMERCIEMENTS

Nombreux sont ceux qui m'ont apporté leur aide pendant mes recherches pour ce livre. Ma reconnaissance va à Sophie Mellor, Karen Robinson, Sophie Hayes, Jo Marchington, Ben Smith, Katie Smith et Ella Hearn. Merci aussi à mon merveilleux agent, Judith Murray, et à mes fantastiques éditeurs, Russ Tross, Emily Bestler et Lorissa Sengara. Et, comme toujours, merci à toi, Giles Smith.

VOUS AVEZ AIMÉ CE LIVRE ?
Découvrez ou redécouvrez
au **Livre de Poche**

QUAND LES FAUX-SEMBLANTS
VOLENT EN ÉCLATS

LES APPARENCES
GILLIAN FLYNN

N° 33124

*Amy et Nick forment en apparence un couple
modèle. Victimes de la crise financière, ils ont quitté
Manhattan pour s'installer dans le Missouri. Un jour,
Amy disparaît et leur maison est saccagée. L'enquête
policière prend vite une tournure inattendue : petits
secrets entre époux et trahisons sans importance
de la vie conjugale font de Nick le suspect idéal. Alors
qu'il essaie lui aussi de retrouver Amy, il découvre
qu'elle dissimulait beaucoup de choses, certaines
sans gravité, d'autres plus inquiétantes.
Après* Sur ma peau *et* Les Lieux sombres, *Gillian Flynn
offre une véritable symphonie paranoïaque,
dont l'intensité suscite une angoisse quasi inédite
dans le monde du thriller.*

LES MORTS REVIENNENT
RÉGLER LEURS COMPTES...

RÉSURRECTION DE SHERLOCK HOLMES
CONAN DOYLE

N° 1322

En 1891, à l'issue d'un combat mortel avec son ennemi de toujours, le professeur Moriarty, Sherlock Holmes disparaît et tout le monde le croit mort. Mais, trois ans plus tard, sous la pression conjointe de ses lecteurs et de son éditeur, Conan Doyle se voit contraint de le « ressusciter » ! C'est dans « La maison vide », la première des treize nouvelles de ce recueil – dans laquelle Holmes découvrira qui a assassiné l'honorable Ronald Adair – , qu'on apprend de la bouche même du fameux détective comment il a pu réchapper d'une mort certaine... Et, comme il se doit, nous devons à l'excellent Watson le récit de ces affaires palpitantes.

ET S'IL N'Y AVAIT PAS
QU'UNE SEULE VÉRITÉ ?

LES REVENANTS
LAURA KASISCHKE

N° 32804

Une nuit de pleine lune, Shelly est l'unique témoin d'un accident de voiture dont sont victimes deux jeunes gens. Nicole, projetée par le choc, baigne dans son sang, et Craig, blessé et en état de choc, est retrouvé errant dans la campagne. C'est du moins ce qu'on peut lire dans les journaux. Mais c'est une version que conteste Shelly. Un an après, Craig ne se remet toujours pas. Il ne cesse de voir Nicole partout... Serait-il possible que, trop jeune pour mourir, elle soit revenue ?

Le Livre de Poche s'engage pour
l'environnement en réduisant
l'empreinte carbone de ses livres.
Celle de cet exemplaire est de :
900 g éq. CO_2
PAPIER À BASE DE   Rendez-vous sur
FIBRES CERTIFIÉES   www.livredepoche-durable.fr

Composition réalisée par PCA

Achevé d'imprimer en février 2016 en Italie par
Grafica Veneta
Dépôt légal 1re publication : mars 2016
LIBRAIRIE GÉNÉRALE FRANÇAISE
31, rue de Fleurus – 75278 Paris Cedex 06